AF178439

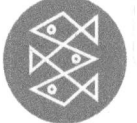

CLARA LANGENBACH

IM TAKT
DES
HERZENS

ROMAN

FISCHER
TASCHENBUCH

Dieses Buch enthält potenziell triggernde Elemente.
Auf Seite 429 ist deshalb eine Inhaltswarnung zu finden.

Originalausgabe
Erschienen bei FISCHER Taschenbuch

© 2024 Clara Langenbach
Für diese Ausgabe:
© 2024 S. Fischer Verlag GmbH,
Hedderichstr. 114, 60596 Frankfurt am Main
Die Nutzung unserer Werke für Text- und Data-Mining
im Sinne von § 44b UrhG behalten wir uns explizit vor.
Dieses Werk wurde durch die Literarische Agentur Gaeb vermittelt.
Redaktion: Silke Reutler
Satz: Fotosatz Amann, Memmingen
Druck und Bindung: GGP Media GmbH, Pößneck
ISBN 978-3-596-70925-0

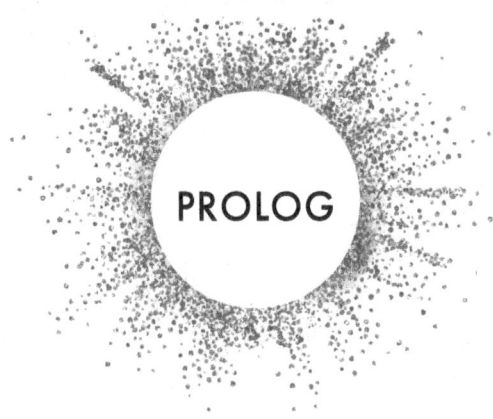

PROLOG

1919. München.

Vor großen Ereignissen verwandelte sich die Villa der Abbings in eine Ballettbühne. Die Bediensteten schwebten wie in einer perfekten Choreographie durch die Räume, um die letzten Vorkehrungen für den Empfang der Gäste zu treffen. Aus der Küche wehten die köstlichsten Düfte heraus, unzählige Gärtner gaben dem Park des Anwesens seinen letzten Schliff, während die Dienerschaft die Anweisungen von Hilde Abbing, der Grande Dame des Hauses, erledigte.

Mit einem prüfenden Blick inspizierte Iwa ihr Erscheinungsbild im Spiegel. Der Blumenschmuck, der ihren dunklen Locken ein mädchenhaftes Flair verlieh, das zarte Rouge, das etwas Farbe auf ihre blasse Haut zauberte, der Sitz des Kleides, das ihre Figur umschmeichelte. Alles musste perfekt sein. Doch je länger Iwa sich anstarrte, desto mehr kam sie sich vor wie eine Porzellanpuppe, die man zu Dekorationszwecken auf ein Sofa setzte.

Mit einem Ruck stand sie auf und trat von der Frisier-kommode zurück. Am liebsten hätte sie sich die ganzen Blumen aus dem Haar gerupft und das Rouge von den Wangen gerieben – sie war nicht so zart und lieblich, wie das Spiegelbild es vortäuschte. Aber das ging natürlich nicht. Es wurde von ihr erwartet, sich entsprechend ihrer Rolle als künftige Erbin der traditionsreichen Abbing-Brauerei zu verhalten.

Sie schnaubte, wandte sich schwungvoll vom Spiegel ab und stemmte herausfordernd die Arme in die Hüften. »Und, was sagst du dazu?«, fragte sie die üppige Mons-tera deliciosa, die in einer Ecke ihres Zimmers wuchs. »Nur nicht so schüchtern! Ah, verstehe. Du findest einfach keine Worte, um auszudrücken, wie grässlich das alles ist. Ja, geht mir genauso.« Sie erzwang ein Lächeln, machte einen Knicks und hielt mit gekünstelter Geste eine Hand an eines der großen, dunkelgrünen Blätter. »Sie sehen heute ganz fabelhaft aus, Frau Richterin«, säuselte sie. »Oh, tat-sächlich, Herr General? Wie überaus amüsant!« Iwa ver-zog das Gesicht und schlug enttäuscht gegen die Pflanze. »Ja, dann sag mir doch, wie ich dieses Theater ertragen soll!« Die Blätter nickten ihr bloß stumm zu. »Ach, was erwarte ich auch von einer Zimmerpflanze!«

Sie hatte das Gefühl zu ersticken, trat zum Fenster und öffnete es sperrangelweit. Die abendliche Brise wehte her-ein und zupfte sanft an den Vorhängen. Tief sog Iwa die frische Luft ein und wollte – ihrem Schicksal ergeben – zu-rück an die Frisierkommode treten, als sie eine Gestalt durch den Park schleichen sah.

Sie spähte in die Dämmerung. Wer besaß bloß so viel Dreistigkeit, am Abend der Festlichkeiten im Hause Abbing sich vor seinen Pflichten zu drücken? Großmutter würde toben, sollte sie davon erfahren. Denn für private Belange, geschweige denn romantische Rendezvous konnte heute niemand Zeit haben. Iwa betrachtete die Gestalt genauer. Diese Leichtigkeit, der schwungvolle Gang – das war doch ihre Mutter!

Geräuschvoll schnappte Iwa nach Luft. Das konnte nicht sein! Ihre Mutter hatte sich bereits am frühen Nachmittag auf ihr Zimmer verabschiedet, weil eine heftige Migräne sie wieder einmal plagte.

Irgendetwas stimmte hier nicht.

Ohne lange nachzudenken, schnappte Iwa sich einen Mantel und huschte aus ihrem Zimmer. Sie eilte die Treppe hinunter, bog nach links in den Korridor ein und stieß mit Martha zusammen. »Nanu!«, rief die Haushälterin überrascht – eine große, gutgebaute Frau in einem stets tadellosen dunkelbraunen Kleid. »Wohin denn so eilig?«

»Dringende Familienangelegenheit!«, stieß Iwa atemlos hervor.

»So, so.« Martha lächelte ihr wissend zu, blickte sich um und beugte sich verschwörerisch vor. »Dann meiden Sie in dieser Angelegenheit am besten den linken Flügel, gnädiges Fräulein. Ihre Großmutter erfreut sich heute nicht der besten Laune und könnte Sie von Ihrer dringenden Familienangelegenheit abhalten.« Bedeutungsvoll wackelte Martha mit den Augenbrauen. »Ach, muss junge Liebe schön sein!«

»Doch keine solche Familienangelegenheit!«, widersprach Iwa vehement. Außer in ihren Liebesromanen hatte sie noch nie das Bedürfnis gehabt, jemanden anzuschmachten. Was vermutlich daran lag, dass die besagten Liebesromane, meist von Frauen geschrieben, ihre Ansprüche extrem hochgeschraubt hatten.

Marthas Augenbrauen wanderten noch ein wenig höher. »Sicher?«

»Ich habe keinen heimlichen Verehrer.« Sie seufzte und dachte an das Buch, das aufgeschlagen auf ihrem Nachttisch lag. Wie sehr wünschte sie sich, so geliebt zu werden, wie Mr. Rochester seine blasse, unscheinbare Jane Eyre liebte und zu der er sagte: *In meinen Augen bist du eine Schönheit, eine Schönheit genau nach meinem Herzen. Ich will erreichen, dass auch die Welt in dir diese Schönheit sieht.*

Das Seufzen ließ Martha zweifelnd die Lippen schürzen, doch zum Glück ließ die gute Frau das Thema fallen. »Was auch immer. Beeilen Sie sich, sonst wird es nicht unbemerkt bleiben. Und nehmen Sie am besten den Dienstbotenausgang! Ich habe Ihren Vater in der Nähe der Eingangshalle gesehen.«

»Danke!« Iwa stürmte davon, im Laufen drehte sie sich noch einmal um und rief: »Danke, liebste Martha!«

Auf die Haushälterin war immer Verlass. Sie strahlte so viel Ruhe und Gelassenheit in diesem überspannten Haushalt aus. Auch ein Jahr nach dem Kriegsende blieb die Stimmung in der Abbing-Villa gedrückt. Was aber nicht verwunderlich war. Ihr Vater hatte seinen Bruder an der Ostfront verloren. Doch offen seine Gefühle zu zeigen hatte Alois Abbing noch nie gekonnt. Statt die Trauer an sich heranzulassen, flüchtete er sich in die Arbeit, während sämtliche Familienbelange von Hilde Abbing geregelt wurden.

Iwa rannte schneller, als wäre ihr die alte Dame persönlich auf den Fersen, um sie an ihre Pflichten zu erinnern. Die Hochsteckfrisur löste sich, die Blumen hüpften an den Strähnen auf und ab. Raus aus dem Haus, geradewegs durch die Allee zum Tor – die vielen Gymnastikübungen und die geliebten Ballettstunden kamen ihr zugute. Sie war nicht einmal außer Atem, als sie die Straße erreichte.

Da! Im Licht der Straßenlaternen klar erkennbar, eilte ihre Mutter den Bürgersteig entlang. Immer wieder sah sie sich um, als spürte sie, verfolgt zu werden. Was ging da vor sich? Nach einem kurzen Luftschnappen sah es längst nicht mehr aus. Hoffentlich war sie nicht … Entschlossen verjagte Iwa den Gedanken, bevor er sich manifestieren konnte. Ja, ihre Eltern hatten Probleme, aber keine, die sich nicht überwinden ließen! Ihr Vater brauchte nur ein wenig mehr Zeit, um die Kriegsjahre zu verarbeiten. Ihre Mutter musste ihm gerade jetzt eine Stütze sein und sich auf ihre Aufgabe in dieser Familie besinnen. Diese Meinung vertrat zumindest Hilde Abbing – und die hatte man nicht in Frage zu stellen.

Iwa folgte ihrer Mutter mit einigem Abstand. Die Gegend zeichnete sich vor allem durch seine vornehme Idylle aus. Prächtige Villen, gepflegte Gärten – die Menschen hier wollten nicht von Lärm gestört werden, während sie ihre Privilegien genossen. Nun überquerte ihre Mutter die Straße und steuerte auf eine Kraftdroschke zu. Iwas Puls beschleunigte sich. Wollte ihre Mutter einsteigen?

O ja, sie wollte!

Iwa hielt den Atem an. Die Verzweiflung schlug in ihr hoch. Sie musste etwas tun! Sie musste ihre Mutter von einem schrecklichen Fehler abhalten, bevor es zu spät war!

»Mama, tu es nicht!«, rief sie aus Leibeskräften. Hoch und ängstlich hallte ihre Stimme durch die Straße, und die Fassaden der eleganten Häuser ringsherum schienen sie vorwurfsvoll anzustarren.

Johanna Abbing fuhr herum. »Wiwi? Was ... was machst du hier?«

»Ich ...« Nervös drehte Iwa an einem der Mantelknöpfe. Was hatte sie sich nur dabei gedacht? Bestimmt hatte das alles nichts zu bedeuten. »Ich habe mir Sorgen gemacht«, presste sie endlich hervor.

»Aber warum denn?« Die Stimme ihrer Mutter klang weich und tief wie ein wehmütiges Cello. In den Mundwinkeln spielte ein kleines Lächeln, das nichts und gleichzeitig so viel bedeuten konnte: einen stummen Tadel oder einen liebevollen Zuspruch.

»Du hattest Kopfschmerzen. Und dann habe ich dich davonschleichen sehen.« Noch bevor die Mutter etwas erwidern konnte, setzte sie energisch nach: »Jetzt sag nicht, du wolltest nur mal kurz an die frische Luft!« Iwa deutete auf die Droschke. »Wo willst du hin?«

»Ich fürchte, das kann ich dir nicht sagen.« Einen

Moment lang schien ihre Mutter nachzudenken, dann entspannte sich ihre Haltung, und sie neigte den Kopf keck zur Seite. »Aber was ist, wenn ich es dir zeige?«

»Zeigen?« Völlig überrumpelt wich Iwa einen Schritt zurück. »Was zeigen? Der Empfang …«

»… kann auch ohne uns stattfinden, du wirst schon sehen!« Ihre Mutter lächelte, dieses Mal richtig, und winkte ab. »Oder möchtest du unbedingt dabei sein? Ich nämlich nicht.« Sie trat näher und begann, die verbliebenen Blumen aus Iwas Haar zu pflücken. »Du bist so viel mehr als eine Abbing. Bitte vergiss das niemals.«

Die Aussicht auf ein Abenteuer ließ Iwas Herz höherschlagen. »Aber unser Wegbleiben wird Großmutter fürchterlich verstimmen.« Die Worte kamen wie von selbst aus ihrem Mund, fühlten sich aber ganz falsch an. Als hätte ein Fremder sie ihr hineingelegt.

»Es gibt viele Dinge, die Großmutter fürchterlich verstimmen. Vor lauter Pflichtgefühl hat sie leider vergessen, was es heißt, glücklich zu sein. Aber dafür können wir beide nichts. Weißt du, was ich glaube? Manchmal muss man jemanden verstimmen, um etwas zu erleben, was einem wichtig ist. Denn es ist dein Leben. Und du lebst es nur ein Mal. Also, was ist? Kommst du mit?«

Iwa nickte. Vor Aufregung wurde ihr ganz schwindelig, und plötzlich wusste sie selbst nicht, wie sie auf die Rückbank der Kraftdroschke gelangt war. Es roch nach kaltem Zigarettenrauch und altem Leder. Die Sitze waren durchgesessen und an einigen Stellen rissig, die Seitenscheiben fast blind. Der Fahrer – ein großer Mann mit lockigem

Bart und ebenso lockigem Haar, das unter seiner Mütze hervorquoll – verströmte den Duft von leicht fauligen Äpfeln.

»Wo soll es denn hingehen?«, brummte er.

»Hotel Vier Jahreszeiten. Maximilianstraße«, verkündete Johanna Abbing feierlich, wobei sie die Straße, in der sich eines der nobelsten und ältesten Hotels der Stadt befand, kaum hätte nennen müssen.

Die Droschke setzte sich in Bewegung. Unruhig rutschte Iwa auf ihrem Platz hin und her.

»Nervös?« Die leise Stimme ihrer Mutter fühlte sich an wie eine Umarmung. Der Duft nach weißen Lilien, ihren Lieblingsblumen, verdrängte den Muff des Innenraums. Dazu mischte sich eine feine Note aus Gewürznelken und etwas Zitrone.

Der vertraute Geruch ließ Iwa ruhiger werden, konnte die Unsicherheit jedoch nicht gänzlich vertreiben. »Ich glaube, ich sehe gerade nicht wirklich präsentabel aus.« Ohne Hut, mit zerzausten Haaren und im schlechtsitzenden Mantel, den sie so unbedacht aus der Garderobe herausgezerrt hatte, fühlte sie sich neben ihrer eleganten Mutter wie ein hässliches Entlein.

»Aber selbstverständlich siehst du immer präsentabel aus! Lass dir von niemandem einreden, du wärest irgendwo fehl am Platz nur wegen der Kleidung, die du trägst.«

»Ich hätte mich passend gekleidet, hätte ich gewusst, wohin es geht.« Mit einem kleinen Neidstich schielte sie zu ihrer Mutter. Johanna Abbing hatte schon immer ein feines Gespür für Mode besessen und verlieh dieser gekonnt einen Hauch Individualität. Ihre ausdrucksvollen, grünen Augen hatte sie mit Kajal betont, ein bordeauxfarbener Mantel harmonierte perfekt mit ihrem Lippenstift. Doch das gewisse Etwas gaben ihr die Ohrringe und das Collier aus braunem Rauchquarz.

»Sicher?« Die Mutter zwinkerte ihr schelmisch zu. Plötzlich nahm sie den Hut ab, zog die Haarnadeln aus ihrer Frisur und fuhr sich schwungvoll durch ihre dunkelblonden Locken, bis die langen Strähnen wild um ihre Schultern fielen. Entschlossen knöpfte sie ihren feinen Ausgehmantel auf, dann nahm sie das Collier ab und legte es Iwa um den Hals. Schließlich atmete sie tief ein. »Du hast recht, Wiwi. So fühlt es sich viel besser an!«

Überrascht fuhr Iwa mit den Fingerkuppen über den Schmuck, der noch Mutters Wärme in sich hatte. Zwei Stränge aus feinverwobenen goldenen Ketten, an denen die tropfförmigen Steine hingen. »Das kannst du doch nicht machen«, murmelte sie.

»Du hast doch gerade gesehen, dass ich das kann«, erwiderte ihre Mutter und schüttelte wie zur Bekräftigung den Kopf. Die extravaganten Ohrringe klapperten leise – große Quadrate mit abgerundeten Ecken und einem so filigranen Muster gleich einem Spinnennetz, in deren Mitte jeweils ein runder Stein saß.

So seltsam der Moment auch war – überrascht stellte Iwa fest, dass sie sich tatsächlich besser fühlte – freier.

Langsam näherte sich die Kraftdroschke ihrem Ziel. Durch die schmutzige Fensterscheibe versuchte Iwa, die umliegenden Fassaden zu erahnen, die bis in alle Ewigkeiten König Maximilian II. huldigen sollten. Trotz aller Kritik, mit der die Maximilianstraße seit jeher bedacht wurde, musste Iwa zugeben, dass sie ihr Erscheinungsbild durchaus mochte. Manch einer könnte behaupten, die Bauten wirkten zu geschlossen, als wollten sie die Passanten erdrücken, doch Iwa gefiel es, sich die einzelnen Elemente genau anzuschauen und dabei immer wieder etwas Neues zu entdecken. Das Zusammenspiel von Terrakotta, Eisen und Glas, dazu die feinen Details der Stuckverzierungen, bewiesen, dass München einiges zu bieten hatte. Und was konnte es Besseres geben, als in der allgemeinen Spießigkeit etwas Eigenwilligkeit zu entdecken? Auch wenn diese Augenblicke so rar waren wie die Gelegenheiten, zu denen die Mutter ihre extravaganten Ohrringe anlegen konnte.

Der Wagen hielt an. Der Fahrer stieg aus, zog seine Kluft glatt und rückte unter dem abschätzenden Blick des Hotelportiers, dessen glänzende Uniformknöpfe vermutlich mehr kosteten als ein Monatsgehalt, seine Mütze zurecht.

»Meine Damen, wir sind da.« Er räusperte sich verlegen. Die prachtvolle Fassade des Nobelhotels schien ihn einzuschüchtern. Kein Wunder, wenn man bedachte, welche berühmten Gäste hier bereits abgestiegen waren. Sogar die Kaiserin Elisabeth von Österreich-Ungarn hatte einst in diesem Hotel residiert.

Johanna Abbing bezahlte den Mann und hakte sich bei Iwa unter.

»Mama, dein Hut!«

»Ach, gönn ihm doch auch ein wenig Spaß und lass ihn etwas von der Welt sehen.« Sie zog Iwa dem Hoteleingang entgegen.

Mit wehendem Haar und aufgeknöpften Mänteln stolzierten sie auf den Portier zu, der zwar skeptisch guckte, sich aber beeilte, ihnen die Eingangstür aufzuhalten.

Johanna Abbing schien genau zu wissen, wohin sie wollte. Zielstrebig durchquerte sie das Foyer, in dem Luxus und Pracht zur Schau gestellt wurden. Die Glaskuppel über ihren Köpfen verlieh dem Raum etwas Erhabenes. In polierten Marmorflächen spiegelte sich das elektrische Licht unzähliger Lampen und brachte die vielen goldenen Verzierungen zum Glänzen. Dieses Haus war allerdings nicht nur der Inbegriff exklusiven Luxus, sondern auch des größten Fortschritts der Neuzeit. Nicht umsonst war ausgerechnet in diesem Gebäude die erste Telefonanlage Münchens installiert worden. Ganz zu schweigen von den rund tausend Glühlampen, die das Haus innen und außen beleuchteten, wofür noch vor der Jahrhundertwende ein eigenes Kraftwerk angeschlossen worden war. Ein Umstand, der Iwa durchaus beeindruckte.

Derweil wandte sich ihre Mutter an einen der Hotelangestellten. »Ich wäre Ihnen sehr dankbar, wenn Sie mir sagen könnten, wie ich zur für heute angekündigten Veranstaltung komme. Wenn ich richtig informiert bin, soll hier heute Mary Wigman auftreten, nicht wahr?«

»Gewiss.« Er lächelte mit professioneller Höflichkeit. »Bitte folgen Sie mir.«

Mary Wigman. Noch nie gehört. Lautlos formte Iwa

den Namen mit ihren Lippen. Etwas Verheißungsvolles lag darin. Fragend blickte sie zu ihrer Mutter. Doch diese eilte bereits hinter dem Hotelangestellten her.

»Wer ist diese Mary Wigman?«, wollte Iwa wissen, als die Neugier kaum noch auszuhalten war.

Ihre Mutter schenkte ihr einen vielsagenden Blick. »Wer Mary Wigman ist? Ach, nur eine Frau, die schon bald unsere Wahrnehmung von Bewegung, Körper und Tanz vollkommen verändern wird!«

Iwa stutzte. »Und das ist alles, was du mir über sie sagen kannst?«

»Oh, wenn du wüsstest! Ich könnte stundenlang über sie reden!«

»Ich bin ganz Ohr.«

»Nun gut.« Ihre Mutter senkte die Stimme. Auf ihren Lippen spielte ein geheimnisvolles, aber auch ein wenig verträumtes Lächeln. »Kannst du dich daran erinnern, dass wir im Sommer, bevor der Krieg losging, in der Schweiz am Lago Maggiore waren?«

»Natürlich!«

Wie hätte sie das vergessen können! Das war der letzte, wirklich unbeschwerte Sommer gewesen. Das Leben schien so leicht unter dem azurblauen Himmel in Locarno zu sein. Ihre Eltern hatten die Zweisamkeit genossen, und nichts konnte ihr Glück trüben.

»Als ich gesagt habe, dass ich auf meiner Reise auch eine Freundin in Ascona besuchen würde, habe ich nicht die Wahrheit gesagt«, holte die Stimme ihrer Mutter sie wieder in die Gegenwart zurück. »Denn ich habe gar keine Freundin in der Schweiz. In Wirklichkeit war ich auf dem Monte Verità, auf der Schule der Kunst von Rudolf von Laban!«

Iwa blinzelte. »Du hast gelogen?« Die Vorstellung, dass der Sommer doch nicht ganz so glücklich und ungetrübt gewesen war, wie sie gedacht hatte, bescherte ihr ein mulmiges Gefühl. »Aber ich dachte …« Sie verstummte. Ja, was hatte sie denn gedacht? Dass ihre Eltern das perfekte Paar waren, dem nichts auf der Welt etwas anhaben konnte? Und nur der Krieg und Onkel Gustavs Tod sie auseinandertreiben ließ wie ruderlose Boote?

»›Gelogen‹ ist vielleicht doch etwas übertrieben«, erwiderte ihre Mutter sanft.

»Wie würdest du es denn nennen?«, fragte Iwa pikiert. Sie wollte es einfach nicht wahrhaben, so blind gewesen zu sein.

»In Ordnung, du hast recht. Es war gelogen. Aber ich hab mir so sehr gewünscht, diese Künstlerkolonie zu besuchen, und dein Vater hätte es niemals erlaubt! Du weißt doch, wie er ist. Für etwas Neues, Innovatives ist er nur schwer zu begeistern. Das Vertraute gibt ihm Sicherheit.«

Entsetzt blickte Iwa ihrer Mutter ins Gesicht. »Aber was, wenn er es herausfindet?«

Ein Schatten legte sich über Mutters Gesicht. »Du wirst mich doch nicht verraten, oder?«

»Nein«, versicherte Iwa, auch wenn sie immer noch nicht wusste, was sie davon halten sollte.

»Außerdem ist es ja schon lange her. Und es war eine so wundervolle Erfahrung!« Ihre Mutter schloss die Augen, und aus dem wehmütigen Klang ihrer Cello-Stimme strömte pure Zufriedenheit.

»Eine Erfahrung? Welcher Art?« Etwas in Iwa fürchtete sich vor der Antwort. Gleichzeitig wollte sie mehr wissen. Um nicht zu sagen: alles!

»Wie soll ich es ausdrücken?« Ihre Mutter wurde so leise, dass Iwa die Worte mehr erahnte, als dass sie diese hörte. »Auf dem Monte Verità konnte ich meinen Körper erkunden und eine ganz andere Seite von rhythmischer Gymnastik erleben. Das alles an einem der malerischsten Orte, den ich je gesehen habe. Der Monte Verità hat einen anderen Menschen aus mir gemacht. Plötzlich habe ich gewusst, dass ich mehr will und vor allem mehr kann!«

Wieder überkam Iwa das Unbehagen, die prächtige Fassade der Familie Abbing würde nichts als Risse unter dem sorgfältigen Stuck tragen. »Was soll dieses Mehr denn sein?«

»Ich weiß nicht, ob ich es erklären kann.«

»Aber versuchen kannst du es doch wenigstens!«

Ihre Mutter schluckte. »Ich liebe deinen Vater, Iwa. Das musst du mir glauben. Aber manchmal … Manchmal frage ich mich, ob es das schon gewesen sein soll. Früher hatte ich eine richtige Aufgabe und eine Vision! Jetzt bin ich nicht mehr als nur eine nette Dekoration auf den Empfängen im Hause Abbing.«

»Aber das stimmt doch nicht! Jeder, der Rang und Namen hat, möchte mit dir befreundet sein. Auf Bällen bist du umringt von Menschen, die an deinen Lippen hängen!«

»Und doch interessiert es sie nicht im Geringsten, was ich zu sagen habe. Das hier ...«, sie deutete um sich herum, »sind die einzigen Momente, in denen ich mir erlauben kann, ich selbst zu sein.«

»Vater würde alles für dich machen. Er würde dir die ganze Stadt zu Füßen legen!«

Das Lächeln ihrer Mutter, das sich so tapfer auf ihren Lippen hielt, wurde bitter. »Spricht jetzt deine Großmutter aus dir? Sie hält mir ja oft genug vor, dass ich mich glücklich schätzen kann. Eine Gymnastiklehrerin heiratet den begehrtesten Junggesellen Münchens! Was kommt ihr in den Sinn, sich zu beschweren? Nach ihrem Selbst zu suchen? Etwas Eigenes erreichen zu wollen? Wo sie doch alles hat, was das Herz begehrt, und in einer prächtigen Villa mit einem liebevollen Mann leben kann. Aber es gibt Tage, da habe ich das Gefühl, in dieser prächtigen Villa zu ersticken. Ich kann dort nicht atmen, Iwa. Verstehst du? Verstehst du es jetzt?«

Iwa schwieg. Dass ihre Mutter so viel Schmerz im Herzen trug, hätte sie niemals gedacht. Jeder kannte die Frau von Alois Abbing und beneidete sie. Niemand hinterfragte dabei, was aus Johanna Hellwig geworden war. Nun spürte Iwa Gewissensbisse, nie darüber nachgedacht zu haben, was ihre Mutter für das Leben mit ihrem Vater aufgegeben hatte und wie sehr es sie belastete, stets in seinem Schatten zu stehen.

»Auf dem Monte Verità habe ich Mary Wigman kennengelernt«, fuhr ihre Mutter fort, plötzlich so unbeschwert, als wäre nichts gewesen. »Und sie ist ... O ja, sie ist eine wahre Naturgewalt! Ein Quell der Inspiration. Sie gibt der Kunst eine ganz neue Form, sie ist die personifizierte Impression des Tanzes! Wenn jemand der Welt eine Offenbarung schenken kann, dann ist sie es. Ganz bestimmt.« Ihre Augen glänzten nahezu fiebrig. So hatte Iwa ihre Mutter noch nie gesehen, als würde diese von innen leuchten und alles ringsherum mit ihrer Begeisterung erhellen. Eine Fremde? Oder viel mehr eine faszinierende Frau, die so viel Lebendigkeit ausstrahlte, dass die vornehme Johanna Abbing, die Iwa von den Bällen kannte, wie ein blasses Abziehbild im Vergleich wirkte. Wie gern hätte sie mehr über diese neue Frau erfahren, doch nun standen sie im Veranstaltungssaal.

Der Hotelangestellte verabschiedete sich höflich und zog sich zurück. Zu Iwas Überraschung war der Raum leer. »Sind wir zu früh?«

»Keineswegs!«, widersprach ihre Mutter enthusiastisch und machte eine weit ausholende Geste. »Wir haben freie Platzwahl. Das nenne ich Glück!«

Iwa runzelte die Stirn. »Ich hätte mehr Interesse an der personifizierten Impression des Tanzes erwartet.«

»Es liegt nicht an der Künstlerin.« Ihre Mutter verzog den Mund, während sie die leeren Plätze betrachtete. »Die Tanzkultur in München – ach was, in ganz Deutschland – steckt noch in den Kinderschuhen! Sogar das klassische Ballett führt bei uns nur ein mickriges Dasein im Schatten der Oper. Der Tanz muss sich endlich von den Zwängen befreien und seine wahre Strahlkraft entfalten!«

»Aber München hat doch viele Kunstschaffende hervorgebracht ...« Iwa hatte das Gefühl, ihre Stadt verteidigen zu müssen. München leuchtete – die Formulierung aus Thomas Manns *Gladius Dei* hatte sich ihr eingebrannt. Vielleicht, weil sie so sehr daran glauben wollte, in einer weltoffenen, außergewöhnlichen Stadt zu leben.

»Die Schweizer sind da um einiges weiter«, erwiderte ihre Mutter. »Dort versteht man es, Neues zu fördern, statt sich hinter Altbewährtem zu verschanzen. Mary Wigman ist ihnen längst ein Begriff!«

Während sie sprach, strömte ein ganzer Pulk junger Menschen in den Saal hinein, die sich lebhaft miteinander unterhielten. »Ach, schau, da kommen sogar wahre Kenner!« Ihre Mutter senkte die Stimme. »Wenn ich mich nicht irre, sind das Schüler aus Labans Schule für Bewegungskunst. Ich hoffe, ich kann nach der Veranstaltung ein paar Worte mit ihnen wechseln. Und oh, sieh nur! Sogar Rudolf von Delius ist da!« Sie deutete auf einen Herrn mittleren Alters, der in Begleitung einer Dame durch die Tür kam.

»Auch ein Tanzkoryphäe?« Iwa schwirrte der Kopf, während sie versuchte, die Unterhaltung am Laufen zu halten. Diese neue Seite an ihrer Mutter war so echt und so voller Hingabe. Zum ersten Mal hatte auch Iwa das Gefühl, sie würde mehr und intensiver wahrnehmen – die Umgebung, sich selbst.

»Rudolf von Delius ist Schriftsteller und ein sehr gesellschafts- und kulturkritischer Mann. Ein kluger Kopf. Mary Wigman kann eine so prominente Unterstützung gut gebrauchen.«

Nach und nach kamen andere Gäste, doch die Plätze füllten sich kaum. Ihre Mutter redete begeistert weiter. Schon wieder schwärmte sie von Labans Kommune auf dem Monte Verità, von ihren Mitstreiterinnen, mit denen sie sich in leichten Gewändern, kaum bekleidet, frei bewegen konnte, von den Tänzen zu Tamburinen, Kastagnetten und Trommeln. »Alles ist Musik, Wiwi, und die Musik ist in uns. Wir müssen ihr nur folgen!«

Iwa versuchte, es sich vorzustellen, und versagte dabei kläglich. Niemals durfte ihr Vater davon erfahren. Geschweige denn ihre Großmutter. *Wir repräsentieren eine renommierte Familie, Iwa,* hörte sie die kühle, stets gefasste Stimme von Hilde Abbing in ihrem Kopf. *Und das jederzeit. Vergiss das nie!*

Nein, natürlich vergaß sie das nie. Wie sollte sie auch, wenn es in ihrem Leben nur darum ging, den Schein zu wahren?

»Es fängt an!« Die Mutter zog an Iwas Ärmel.

Iwa blinzelte und richtete ihren Blick nach vorne, wo eine Frau in einer seltsamen, beinahe verrenkten Pose stand. Ein dunkelbraunes Kleid, weit wie ein Priesterinnengewand, verhüllte ihren Oberkörper, ließ dabei aber ihre durchtrainierten Beine unbedeckt. Noch nie hatte sie einen fremden Körper so betrachten können. Iwa spürte, wie ihre Wangen rot wurden. Warum starrte sie so eindringlich hin, und warum gefiel ihr so sehr, was sie da sah? Die Klaviertöne setzten ein, verschmolzen zu einer eigenwilligen Melodie und lockten Iwa mit sich.

»Ekstatische Tänze«, flüsterte die Mutter ergriffen, ohne den Blick von der Bühne abzuwenden.

Unwillkürlich fasste sich Iwa an den Hals, spürte das Collier unter ihren Fingern und das wilde Pochen ihres Herzens. Ekstatische Tänze. Mary Wigman. Schon jetzt wusste sie, dass dieser Abend alles verändern würde.

Die Spannung im Saal stieg sich ins Unermessliche. Endlich begann sich die Tänzerin zu bewegen. Sie reckte einen Arm in die Höhe, dann den anderen, beschrieb damit fließende, kreisende Bewegungen, als würde sie einen Zauber in die Luft zeichnen, während sie sich zu den Klängen hin und her bog. Die Musik schien ihren Körper zu umweben. Und doch war jede Bewegung völlig losgelöst von den Klaviertönen, die sich eher an die Regungen anzupassen schienen. So viel Geschmeidigkeit und Ausdruckskraft hatte Iwa noch nie bei einem Tanz gesehen.

Mit angehaltenem Atem schaute sie zu ihrer Mutter, als müsse sie sich vergewissern, diese Schönheit von einem Tanz wirklich vor sich zu sehen. Diese nickte ihr wissend zu und deutete nach vorne. Richtig, sie durfte sich nicht ablenken lassen. Keine Sekunde dieser magischen Vorstellung verpassen! Mary Wigman reckte ihre Glieder in die Höhe, machte federnde, hohe Sprünge, vollführte schwungvolle Drehungen, drückte sich gen Boden, verrenkte die Arme. Unwillkürlich beugte sich Iwa nach vorne, als würde der Tanz sie in eine vollkommen andere Welt katapultieren. Unmöglich, stillzusitzen! Ihr Herz stolperte dem Musiktakt hinterher, sie wollte aufspringen, mittanzen, ihren Körper mit allen Sinnen spüren. Wie ordinär kamen ihr nun ihre Ballettstunden vor, in denen sie die vorgegebenen Schritte exakt im Takt der Musik auszuführen hatte – ohne jeglichen Spielraum, die wahre Natur des Tanzes zu entdecken. Was sich auf der Bühne entfaltete, war die Magie selbst, was kaum noch mit menschlichen Sinnen zu beschreiben war. Iwa konnte es kaum glauben – nur fühlen. Tief in ihrem Inneren spürte sie das Feuer, das von der Tänzerin ausging und immer mehr Funken in Iwas Seele zündete. Als wäre darin etwas Neues geboren worden und drängte sich nach draußen, bahnte sich unaufhaltsam einen Weg, um endlich aus der Enge auszubrechen.

Aus dem Saal tönte ein höhnisches Lachen. Iwa zuckte zusammen, beachtete die Störung aber nicht weiter. Ganz wie die Tänzerin, die völlig konzentriert die Bewegungen vollführte. Ihre Augen halb geschlossen, ruhte sie in sich selbst, während die Gefühle in Sprüngen und Drehungen ihre Kraft entfalteten. Mary Wigman gab sich völlig ihrem Tanz hin und zeigte eindrucksvoll, wie facettenreich und kunstvoll er war. Es schien sie nicht zu beeindrucken, was andere darüber dachten, ob nur vereinzeltes Lachen die Vorstellung störte, oder sogar Pfiffe und Gejohle. Mary Wigman tanzte weiter, als hinge ihre ganze Existenz davon ab. Mit jedem Sprung dehnte sie die Grenzen des Möglichen ein wenig weiter aus, machte sich die Naturgesetze untertan.

Plötzlich erstarben die Klänge und die Tänzerin verharrte. Es war vorbei. Schluss.

Einem Impuls folgend, sprang Iwa auf und klatschte, so

heftig, dass ihre Handflächen weh taten. Für die Tänzerin. Vielleicht sogar für sich selbst, für die Erkenntnis, die wie eine Brandung über sie hinwegspülte. Denn mit einem Mal wurde Iwa bewusst, dass sie es auch wollte. Auf einer Bühne stehen, ihren Körper spüren, die ganzen Emotionen durch die Bewegung formen und Menschen, die nach etwas Neuartigem suchten, vollkommen in den Bann des Tanzes ziehen.

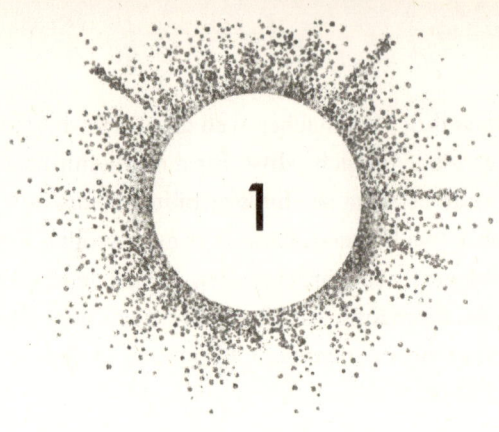

1923. München.

Bälle waren die größte Verschwendung von Musik, die es nur gab. Missmutig ließ Iwa ihren Blick über die Gäste gleiten, die sich im Saal tummelten. Die einen hatten nicht die geringste Ahnung, was zu tanzen wirklich bedeuten konnte. Die anderen waren eh nur am teuren Champagner und an den exquisiten Häppchen interessiert. Am schlimmsten unter ihnen waren allerdings die hoffnungsvollen Junggesellen, die ihre Begeisterung für Fräulein Abbing, die Erbin der erfolgreichsten Abbing-Brauerei, mimen sollten.

Iwa stöhnte. Was tat sie hier eigentlich noch? Warum war sie nicht längst weg? Ach ja. Als besagtes Fräulein Abbing musste sie die gute Gastgeberin spielen. Was bedeutete, dass es keinerlei Möglichkeit gab, diesem Spießrutenlauf zu entkommen.

»Sie überstrahlen heute alle Anwesenden«, raunte der Mann neben ihr, dessen Name sie bereitwillig vergessen hatte. Albert? Alfons? Alfred? Sein gieriger Blick klebte auf ihrer Oberweite. Wobei ihn nicht einmal ihr Dekolleté zu interessieren schien, sondern der kostbare Familienschmuck, den sie um den Hals trug. Damit jeder sehen konnte, dass der Wohlstand und der Ruf der Familie – allen Krisen zum Trotz – kein bisschen gelitten hatten.

Routiniert setzte Iwa ein liebreizendes Lächeln auf, obwohl die Nähe dieses Kerls ihr äußerst unangenehm war. »Im Namen meiner Edelsteine darf ich Ihnen mitteilen, dass sie Ihre Lobhudelei sehr zu schätzen wissen, mein Herr.«

Der junge Mann blinzelte verwirrt, und zum ersten Mal, seit sie einander vorgestellt worden waren, schaute er ihr ins Gesicht.

»Verzeihung?«, murmelte er, und auf seiner hohen Stirn erschien ein feiner Schweißfilm. Seine wässrig blauen Augen zuckten unruhig hin und her und erinnerten Iwa an einen Kalmar. Noch ein bisschen, und er würde sie mit seinen Tentakeln umwickeln. Wobei viel eher die Juwelen – sie selbst wäre vermutlich nur ein Kollateralschaden.

»Sie scheinen so fasziniert von meinem Schmuck zu sein, dass ich angenommen habe, dass sie Ihre Worte an die Steine richten und nicht an ihre Trägerin.« Ihr Lächeln war breiter geworden. Natürlich würde sie es niemals laut zugeben – schon gar nicht, wenn ihre Großmutter in Hörweite stand –, doch ihn aufzuziehen versprach tatsächlich Spaß. Wenigstens etwas, denn dieser öde Abend diente sonst nur dazu, sie allen ledigen Herren von Rang und Namen anzupreisen.

»Meine Aufmerksamkeit gilt selbstverständlich nur Ihnen und unserer vorzüglichen Konversation, gnädiges Fräulein«, versicherte Albert-Alfons-Alfred inbrünstig. Fast hätte sie aufgelacht. Welche Konversation? Bis jetzt blieb ihr der Genuss eines interessanten Gesprächs verwehrt. Die meisten Gäste beschränkten sich in ihrer Gegenwart auf nichtssagende Floskeln und oberflächliche Höflichkeiten. Vielleicht glaubten sie tatsächlich, das würde vollkommen ausreichen, um eine junge Frau wie sie zu bezirzen.

»Das freut mich aber zu hören.« Iwa angelte sich ein Champagnerglas von einem Tablett, das gerade vorbeigetragen wurde. »Sie sind also ebenfalls besorgt, dass die Ernennung von Kahrs zum Generalstaatskommissar die Situation im Land außerordentlich verschärfen könnte?«

Er blinzelte erneut. Vielleicht hatte er etwas im Auge.

»Ähm …«, meinte er schließlich. Vermutlich, um die vorzügliche Konversation mit einem geistreichen Kommentar am Laufen zu halten.

»Das Konstrukt der Demokratie ist sicherlich noch sehr fragil. Dass ausgerechnet jetzt ein Monarchist an die Macht kommt, ist nicht besonders förderlich für die Stabilität des Landes, nicht wahr?«

»Iwa!«, erklang neben ihr die harsche Stimme ihrer Großmutter. Iwa verdrehte innerlich die Augen. Natürlich entging Hilde Abbing nicht, dass ihre Enkelin wieder einmal dabei war, einen jungen Mann zu vergraulen.

»Ja, Großmutter?«, säuselte sie und nahm einen großen Schluck aus ihrem Glas. Nüchtern würde sie diesen Abend vermutlich nicht überstehen können.

»Glaubst du nicht auch, dass dies hier nicht der richtige Ort ist für solch … verwirrende Diskussionen?«

»Ich habe nicht die geringste Ahnung, was du mit verwirrenden Diskussionen meinst, Großmutter.«

Hilde Abbing hob bedeutsam eine Augenbaue. »Mir war, als ginge es gerade um die Ernennung des Generalstaatskommissars.«

»Furchtbar, nicht wahr?« Sie wandte sich zu Albert-Alfons-Alfred um und prostete ihm zu. »Gleich einen Ausnahmezustand zu verhängen halte ich für keinen klugen Einstieg ins neue Amt. Die Unruhestifter warten doch nur auf einen Anlass in den Krisenzeiten, die Wankelmütigen und Unzufriedenen gegen die Regierung in Berlin aufzuwiegeln.«

Aus dem Augenwinkel sah Iwa, wie Hilde Abbing den Mund verzog. Tiefe Falten gruben sich um ihre Mundwinkel. »Ach, Kind!« Ihre Stimme klang dennoch so süßlich, dass man davon einen Zuckerschock hätte bekommen können. »Es ist nicht unsere Aufgabe, uns mit solchen Themen zu beschäftigen und politische Aussagen zu treffen.«

»Sind solche Gespräche wirklich nur den Herren der Schöpfung vorbehalten, die sich dafür mit einem teuren Cognac und stinkenden Zigarren zurückziehen? Während unsere Aufgabe darin besteht, dekorativ mit den Wimpern zu klimpern?«

Alle Farbe wich aus dem Gesicht ihrer Großmutter.

»Bitte entschuldigen Sie uns, Herr Neumüller.« Wie eine Gewitterwolke rückte die alte Dame auf Iwa zu, und die knochigen Finger schlossen sich um ihren Arm wie Handschellen. »Ich habe etwas Dringendes mit meiner Enkelin zu besprechen.«

Geschickt schlängelte sich Hilde Abbing durch die Menge und zog dabei Iwa hinter sich her. Erst als sie den Saal weit hinter sich gelassen hatte und in den Gang zum Dienstbotentrakt eingebogen war, lockerte sie den Griff um Iwas Handgelenk.

»Hat diese Familie nicht genug gelitten? Musst du uns derart beschämen?« Ein Sturm der Entrüstung fegte über Iwa hinweg. Doch Iwa war gewappnet. Sie wollte nicht länger schweigen und alles über sich ergehen lassen.

»Warum machen wir das? Was soll diese Farce? Ist dieses Fest wirklich für mich? Für meine Zukunft? Die meisten Menschen da drinnen kenne ich nicht einmal. Und sie kennen mich nicht. Ich habe keine einzige Freundin, niemanden, mit dem ich reden kann.«

»Du brauchst keine Freundinnen! Du hast deine Familie. Deinen Vater und mich. Wir tun alles für dich!«

»Was denn genau?« Sie deutete an sich herab. »Mich in ein teures Kleid stecken und mit Juwelen behängen, damit ich präsentabel genug bin, um irgendeinen Herrn Neumüller zu unterhalten?«

Die Nasenflügel der Großmutter bebten. »Wie kannst du so etwas sagen?«

»Ich bin mir selbst fremd. In diesem Kleid, in diesem Körper, in meinem Leben, das ich für sinnlose Konversation mit irgendwelchen Männern vergeude!« In ihrem

Inneren bebte etwas, drohte, jeden Moment auszubrechen. Dieses Etwas war so dunkel und so voller Feuer, dass Iwa manchmal Angst vor sich selbst bekam.

»Das ist so typisch für dich!« Hilde Abbing schnaubte abfällig. »Nie ist dir etwas gut genug. Nie bist du glücklich mit dem, was du hast.«

»Ja, richtig, ich bin nicht glücklich!«, rief Iwa ihr entgegen.

Mit verkniffenem Gesicht starrte die alte Dame sie an. »Und was hindert dich daran, glücklich zu sein, die schöne Musik zu genießen, dich zu vergnügen und nett zu den Gästen zu sein? Du bist zwanzig Jahre alt, und kein einziger Verehrer ist in Sicht!«

»Darin soll der Schlüssel zum Glücklichseins liegen? In der Existenz eines Verehrers?« Ihr Herz schlug so ohrenbetäubend laut, dass ihr schwindelig wurde. »Das ist einfach nicht meine Art, glücklich zu sein. Ich möchte auf eigenen Beinen stehen, eine Aufgabe haben, eine Spur in dieser Welt hinterlassen und nicht meine Freiheit, mein Leben einem Mann vor die Füße werfen!«

»Deine Aufgabe ist es, die Pflichten zu erfüllen, die deine Herkunft mit sich bringt!«

»Bin ich nicht mehr als meine Herkunft? Ist es vollkommen egal, was ich mir von meinem Leben erhoffe?«

Die Gesichtszüge ihrer Großmutter entgleisten nun vollends.

»Wie undankbar kann man nur sein?«, zischte Hilde Abbing nahezu tonlos. Ihr Gesicht sah maskenhaft aus, rissig wie ein altes Gemälde. »Du bist wie deine Mutter.

Aber sei dir gewiss, ich werde nicht tatenlos zusehen, wie du unseren Namen mit Füßen trittst.«

Die Worte schnitten ihr wie Klingen in die Brust. »Meine Mutter …«

»Deine Mutter hätte es fast geschafft, den guten Ruf unserer Familie zu ruinieren! Die Leute reden noch immer hinter vorgehaltener Hand über uns. Dass du in ihre Fußstapfen trittst, werde ich nicht zulassen! Aus dir kann eine respektable, feine Dame werden, und ich werde dafür sorgen, dass ein angesehener junger Mann dir den Hof macht! Bald werden die Hochzeitsglocken läuten, und die Leute vergessen endlich die Schande, die uns deine Mutter bereitet hat!«

Iwa hatte das Gefühl zu ersticken. Die Luft fühlte sich zäh an und ließ sie kaum atmen. »Ist es wirklich eine Schande, ein Dasein hinter sich zu lassen, das einen fast kaputtgemacht hat?« Sie hatte die Worte kaum ausgesprochen, da traf sie eine heftige Ohrfeige. Iwa taumelte gegen die Wand hinter ihr. Für einen Moment sah sie nichts. Alles war hinter einem Schleier verschwunden. Erst dann begriff sie, dass es ihre Tränen waren, die ihre Augen füllten, die Sicht verhinderten und unaufhaltsam ihre Wangen hinunterliefen.

Sie spürte eine behandschuhte Hand auf ihrer Wange. Nahezu zärtlich strich ein Daumen über ihre Haut. »Ach Kind. Was machst du nur? Sieh dich doch an … Was sollen die Leute nur denken?« Liebevoll schaute Hilde Abbing auf sie herab. Ein mildes Lächeln umspielte ihre Lippen. Iwa spürte, wie ihr ein Taschentuch in die Finger gedrückt wurde. »Nimm das, dann gehst du auf dein Zimmer und machst dich zurecht. Und wenn du zurückkommst, bist du die Gastgeberin, die man von dir erwartet zu sein.« Schon wandte sich die alte Dame ab und stolzierte davon, ohne auch nur im Geringsten daran zu zweifeln, dass ihrer Anweisung Folge geleistet werden würde.

Krampfhaft schloss Iwa die Finger um das Taschentuch. Wie sollte sie das alles nur überstehen? Sie hob den Blick gen Himmel. *Mama ... Warum bist du nicht hier, Mama?* In solchen Momenten fühlte sie sich verraten. Sie schlug sich die Hände vors Gesicht und rutschte an der Wand zu Boden.

»Fräulein Abbing!«

O nein. Niemand durfte sie in so einem aufgelösten Zustand sehen! Mit dem Taschentuch wischte sie die Tränen weg, hob den Kopf und seufzte erleichtert auf. Es war Martha, die auf sie zukam. »Es geht mir gut«, log sie trotzdem, denn sie war es gewohnt, ihren tatsächlichen Gemütszustand nicht preiszugeben. Mit wackligen Beinen stand sie auf und war froh, sich dabei an der Wand festhalten zu können. »Ich muss nur an die frische Luft.«

»Und sich den Tod holen?«, empörte sich die Haushälterin. »Oktobernächte sind definitiv nichts für ein Abendkleid.« Sie deutete auf die mit funkelnden Glassteinchen verzierte Robe aus Chiffon, die Iwa trug. Darunter verbarg sich zwar ein Unterkleid aus Baumwolle, aber auch das wärmte nicht sonderlich. »Kommen Sie erst einmal mit.« Martha legte einen Arm um sie und führte sie zum Dienstbotenausgang. Ringsherum herrschte rege Betriebsamkeit, doch niemand beachtete sie. Im Laufen zog Iwa sich den Haarschmuck aus ihrer zerzausten Frisur, nahm die Ohrringe und die schwere Edelsteinkette ab. Schon atmete sie leichter, freier. Sie legte den Schmuck auf einer Kommode ab, wischte sich übers Gesicht, schob sich die Locken aus der Stirn. In Marthas Nähe fühlte sie sich so sicher und geborgen, wie sie sich sonst nur bei ihrer Mutter gefühlt hatte. Die Gedanken an die Mutter machten ihr Herz wieder schwer. Noch ein wenig, und die Tränen würden erneut ihre Wangen herabfließen. Dabei durfte sie weder verbittert sein noch sich bemitleiden, denn von allen hatte sie es am leichtesten. Sie musste weder hungern noch frieren, und sie blickte einer sicheren Zukunft entgegen. Das Einzige, was sie dafür tun musste, war, nett zu dem einen oder anderen Albert-Alfons-Alfred zu sein.

»Warten Sie hier einen Moment.« Martha verschwand, kehrte aber wenige Minuten später mit einem Mantel und einem Hut zurück. »Damit bleiben Sie warm, und man erkennt Sie nicht sofort. So können Sie etwas Zeit für sich haben.« Die Haushälterin setzte ihr den Hut auf und zog ihn ihr tief ins Gesicht.

»Danke, Martha«, hauchte Iwa schwach. Der Mantel war zu groß und kratzte, dennoch kuschelte sich Iwa dankbar in ihn hinein.

Die Haushälterin war schon wieder an die Arbeit gegangen, prüfte, ob die Sektgläser akkurat gefüllt waren, schickte die Diener mit den bestückten Tabletts in den Saal und dirigierte die Dienstmädchen, die im Hintergrund für den reibungslosen Ablauf des Abends sorgten. Niemand beachtete sie.

Iwa schlüpfte durch den Dienstboteneingang nach draußen. Die Nacht war kalt und nass. Ein kräftiger Wind fegte durch die Bäume und ließ die Äste knarzen. Im Dunkeln wirkten sie wie knochige Arme, die sich zum Himmel reckten.

Iwa hob den Kopf und sah in den finsteren Himmel. Tropfen fielen auf ihr Gesicht – es begann zu regnen. Doch obwohl das Wetter nicht gerade freundlich war, fühlte Iwa sich hier deutlich wohler als im stickigen Saal. Sie konnte hören, wie der Kies unter ihren Sohlen knirschte. Jeder Schritt brachte sie weiter weg vom Trubel, von den unbekannten Gesichtern und den sinnlosen Gesprächen. Was, wenn sie einfach immer weiter gehen würde? Ohne zurückzublicken. Schritt für Schritt. Irgendwann würde sie doch bestimmt in einem neuen Leben ankommen. Doch dafür hatte sie nicht den Mumm, nicht wahr?

Sie schaute zu den hell erleuchteten Fenstern der Villa, schauderte und zog den Mantel noch enger um sich. Der Wind fand jedes Loch in der Naht, um bis zu ihrem Körper vorzudringen. Sie lief dennoch weiter, bog um die Ecke des Hauses, ging die Allee entlang.

Plötzlich hörte sie Motorgeräusche, Scheinwerferlicht streifte die Bäume. Kamen noch mehr Gäste, die sie nicht kannte? Sie beobachtete den Wagen, der auf den Haupteingang zurollte. Es war ein erst im letzten Jahr auf der Automobilmesse vorgestellter Lancia Lambda. Sie kannte das Modell, weil ihr Vater wochenlang über dieses Wunder

der Technik referiert hatte. In Weinrot sah er wirklich äußerst schnittig aus – irgendjemand wollte hier offensichtlich gehörig Eindruck schinden.

Der Wagen hielt vor dem Eingang der Villa.

Der Chauffeur, ein großer, kräftig gebauter Mann, stieg aus. Er öffnete die hintere Tür, und ein älterer Herr mühte sich aus dem Inneren. Mit seinen breiten Schultern erinnerte er an einen Stier, der sich zum Kampf bereitmachte. Langsam ließ er den Gehstock von einer Hand in die andere wandern, rückte seinen Hut zurecht und trat einen Schritt beiseite.

Iwa hörte ein platschendes Geräusch.

»Musst du ausgerechnet neben einer Pfütze halten?«, polterte der Mann los. Seine kratzige Stimme klang leicht verwaschen. »So viel Unzulänglichkeit ist kaum zu ertragen!«

»Tut mir leid. Mein Fehler«, sagte der Fahrer mit fester Stimme.

»Wessen sonst?« Der Alte schnaubte entrüstet.

Iwa fragte sich, ob der Chauffeur solch einen Umgang gewohnt war. Man konnte von Hilde Abbing halten, was man wollte, doch die Angestellten behandelte sie mit Respekt. Ganz gleich, ob es um Martha ging, die für alle Abläufe im Haus zuständig war, oder um eine einfache Küchenmagd.

»Wegen dir sind wir zu spät! Und ich hasse es, zu spät zu sein.« Er hob eine Hand und drückte den Knauf des Gehstocks gegen die Brust des Fahrers. »Wehe, wenn ich heute keine Gelegenheit mehr bekomme, mit diesem Abbing zu sprechen. Hoffentlich gibt es da drin was

Ordentliches, um die Kehle zu befeuchten.« Endlich senkte er den Gehstock und wandte sich zum Haus. »Nicht einmal einen Regenschirm kannst du aufspannen!«, knurrte er missmutig. »Aber was erwarte ich da auch?«

»Für die zwei Schritte doch wohl keinen Schirm«, tönte es leise.

»Wie war das?« Mit erhobenem Stock drehte sich der Alte ruckartig um. Die Spitze sauste durch die Luft. Geistesgegenwärtig duckte sich der Fahrer zur Seite weg, doch er stand viel zu nah, und der Stock erwischte ihn ihm Gesicht.

»Grundgütiger, kannst du nicht aufpassen?«, keifte der Alte, schnaubte verächtlich und drehte sich zum Gehen. »Warte hier, bis ich fertig bin. Hast du verstanden?« Ohne eine Antwort abzuwarten, schwankte er zum Hauseingang.

Das konnte doch nicht wahr sein! Ließ er seinen Angestellten tatsächlich einfach so zurück?

Iwa lief auf den Fahrer zu. »Geht es Ihnen gut?«, rief sie besorgt. »Lassen Sie mich bitte sehen.«

»Da gibt es nichts zu sehen.« Eine Hand ans Gesicht gepresst, drehte er sich von ihr weg.

»Sie bluten ja!« So viel hatte sie trotzdem gesehen.

Er warf ihr einen grimmigen Blick zu. »Wird hier gleich das Riechsalz gebraucht?«

Immerhin drehte er sich nicht weiter von ihr weg, also trat sie direkt vor ihn. »Haben Sie welches dabei? Sie sehen wirklich etwas blass aus. Nun stellen Sie sich nicht so an und lassen Sie mich mal sehen.« Entschlossen griff sie nach seiner Hand, um sie wegzuziehen. Von der plötzlichen Berührung überrumpelt, fuhr er zusammen und wich einen Schritt zurück. »Entschuldigen Sie bitte«, stammelte Iwa rasch. »Ich wollte Ihnen nicht weh tun.«

»Haben Sie nicht.« Langsam senkte er die Hand, und zum ersten Mal konnte Iwa ihn genauer betrachten.

Die Nacht zeichnete die Konturen seines Gesichts weich, doch in seinen dunklen Augen glaubte Iwa eine gewisse Härte zu erkennen. Als wäre er es gewohnt, die Welt um sich herum misstrauisch zu betrachten.

»Und, wie schlimm ist es, Frau Doktor?«, brummte er und riss sie aus den Gedanken. »Wie lange hab ich noch?«

Sie musste sich geradezu zwingen, den Blick von seinen Augen zu lösen, um die Wunde zu betrachten. Der Gehstock hatte ihn an der Stirn über der rechten Augenbraue erwischt. Nur ein wenig tiefer, und es hätte böse enden können.

»Sie haben Glück, ich bin für solche Notfälle gut ausgestattet.« Die Wunde schien nicht besonders tief zu sein. Doch zusammen mit dem Regen lief unaufhörlich Blut hinunter. Sie holte das Taschentuch, das ihre Großmutter ihr in die Hand gedrückt hatte, hervor. »Darf ich?«

Er nahm das Taschentuch aus ihren Fingern und tupfte das Blut weg. Zumindest so viel wie möglich, denn es sickerte wieder neues hervor.

»Meine fachmännische Meinung – wir sollten ins Haus gehen und Sie ordentlich versorgen«, sagte sie bestimmt.

»Danke, ich verzichte.« Er drückte sich den Stoff fest auf die Wunde.

»Was wollen Sie denn die ganze Zeit über machen«, Iwa deutete zum Eingang, »während der feine Herr sich die Kehle zu befeuchten gedenkt?«

Er verengte die Augen. »Warten. Sie haben den feinen Herrn sicherlich gehört.«

»Im Regen?«

Er klopfte auf das Autodach. »Ich kann mich reinsetzen.«

»Und wie genau reagiert der feine Herr, wenn Sie seine teuren Ledersitze vollbluten?«

»Hat Ihnen schon mal jemand gesagt, dass Sie eine ganz schöne Nervensäge sind?« Er schnaubte.

»Eine Nervensäge? Ich?« Herausfordernd stemmte sie die Hände in die Hüften. »Heißen Sie zufällig Oskar?«

Er stutzte sichtlich. »Nein.«

»Sie sind nämlich so frech wie einer. Und stur wie … wie … eine Katze!«

Ganz langsam hob er die unverletzte Augenbraue. »Also, bitte. Katzen sind niedlich.«

Fast hätte sie losgeprustet. Das Wort ›niedlich‹ aus seinem Mund klang erst recht niedlich. Trotzdem gelang es ihr, eine ernste Miene aufzusetzen. »Ich nehme es zur Kenntnis. Sie sind niedlich wie eine Katze. Und genauso stur.«

»Sie haben nicht viel Erfahrungen mit Katzen, stimmt's? Katzen sind nicht stur, Katzen sind charakterfest.«

»Verstanden, Herr Charakterfest. Jetzt kommen Sie mit und lassen Sie sich Ihre Wunde desinfizieren und die Blutung stillen. Wenn Sie dabei ganz brav sind, bekommen

Sie in der Küche sogar ein paar Kekse und ein Glas warme Milch.«

Seine Augenbraue konnte gar nicht mehr höher wandern.

»Was ist?«, rief Iwa ungeduldig aus. So ein Katzensturkopf aber auch!

»Ich glaube, ich habe noch nie ein Gespräch geführt, in dem gleichzeitig eine Wundversorgung, Katzen und Kekse vorkamen.«

Iwa seufzte. Dass die Herren der Schöpfung gleich so überfordert mit allem waren! »Nun, die Erfahrung ist auch für mich ganz neu. Wie sieht es aus, kommen Sie jetzt mit? Und sobald Ihr Herr auf die Idee kommt, den Heimweg anzutreten, kriegen Sie selbstverständlich sofort Bescheid. Sie können sich natürlich auch völlig durchnässt ins Auto setzen und in der Kälte warten. Ihre Entscheidung.«

Er stöhnte übertrieben laut auf. »In Ordnung, bei dem Keks hatten Sie mich. Aber ohne Nüsse, die vertrage ich nicht.«

»Notiert! Keine Nüsse.« Sie grinste siegreich, wendete sich ab und ging zum Haus. Er folgte ihr tatsächlich.

Sicherheitshalber nahm sie wieder den Dienstboteneingang. Kaum vorzustellen, was für ein Donnerwetter ihre Großmutter veranstalten würde, sollte Iwa ihr in Marthas Mantel und mit einem Chauffeur im Schlepptau unter die Augen kommen. Ein Skandal! Was sollten nur die Leute denken! Iwa schmunzelte in sich hinein. Vielleicht fühlte sich die ganze Unternehmung gerade deswegen wie eine kleine Rebellion an.

Iwa öffnete die Tür und trat ein. Die Wärme des Hauses

schlug ihr entgegen wie aus einem Ofen. Zielstrebig führte sie den jungen Mann in die Küche, in der Hochbetrieb herrschte, und schließlich in den dahinterliegenden Raum, in dem normalerweise die Dienerschaft speiste. Dort würden sie ungestört sein.

Wieder musste sie schmunzeln. Noch vor einer Stunde hätte sie bei der Vorstellung, mit einem Mann *ungestört* in einem Zimmer zu sein, nichts als Brechreiz empfunden. Jetzt hatte sie einen geradezu genötigt, mit ihr hierherzukommen, und es fühlte sich überraschend gut an. Vielleicht, weil er an dem heutigen Abend der einzige war, mit dem sie eine zusammenhängende Konversation führen konnte. Worauf sie sich allerdings nichts einbilden sollte. Er hatte ihr deutlich gezeigt, dass er keinerlei Wert auf ihre Gesellschaft legte. Es ging nur um seine Wunde. Und vielleicht ein bisschen um die Kekse.

Iwa dirigierte den jungen Mann zu einem Stuhl. »Wie heißt denn der gnädige Herr, der so gerne seinen Gehstock schwingt?«

Sie merkte, wie er sich verspannte.

»Damit man Ihnen auch mitteilen kann, wann er den Heimweg anzutreten gedenkt«, erklärte sie und hoffte inständig, dass dies nicht allzu bald passieren würde.

»Baron Leopold Theodor Maria Franz Freiherr von Hohenstein. Und ja, er besteht darauf, genau so vorgestellt zu werden, auch wenn wir alle seit mindestens drei Jahren wissen, dass Namen nur Schall und Rauch sind.« Seine Stimme klang angenehm tief, doch jedes Wort schien nur widerwillig über seine Lippen zu kommen.

»Behandelt er Sie immer so schlecht?«, fragte Iwa so beiläufig wie möglich.

Er verengte die Augen. »Es war doch nur ein Unfall. Nicht der Rede wert.«

»Seinen Ton Ihnen gegenüber hat er dagegen sehr bewusst gewählt.«

»Wie viel haben Sie eigentlich mitgehört?«

»Genug, um zu wissen, dass man so nicht mit anderen Menschen umgeht! Nicht nur ein Gehstock kann verletzen, sondern auch Worte.«

Eine Weile starrten sie einander an, bis er entrüstet schnaubte und seinen Blick abwandte. »Wollten Sie sich um die Wunde kümmern oder um mein Seelenheil?«

»Vielleicht wäre die Welt ein wenig besser, wenn wir uns alle mehr um das Seelenheil eines anderen kümmern würden«, murmelte Iwa. »Aber sichtbare Wunden haben natürlich Priorität.«

Sie ging, um eine Packung *Hansaplast* zu holen – seit Beiersdorf im letzten Jahr den Schnellverband auf den Markt gebracht hatte, bestand ihr Vater darauf, immer genug davon vorrätig zu haben, falls sich jemand verletzte. Viel Erfahrung in der Wundversorgung hatte Iwa zwar nicht, nahm aber auch etwas Mull und Alkohol mit, um die Wunde zu desinfizieren.

In der Küche griff sie noch nach der Dose mit den Keksen, die zu jeder Jahres- oder Tageszeit stets mit knusprigen Leckereien gefüllt war. Nachdenklich betrachtete Iwa den Inhalt. Nüsse waren zwar keine zu sehen, aber die genaue Zusammensetzung hatte Iwa noch nie sonderlich beachtet.

Trude, die Köchin, gab gerade Anweisungen, wie die Häppchen auf den Servierplatten drapiert werden sollten. Groß, dünn und muskulös, sah sie aus wie eine Generalin auf dem Schlachtfeld, die zur Attacke blies. Kein Wunder, dass jeder in ihrer Nähe wenn nicht Angst, dann zumindest einen gehörigen Respekt vor ihr hatte. Auch Iwa kostete es eine kleine Überwindung, sie zu stören, um zu fragen: »Sind die Kekse mit Nüssen?«

Trude fuhr herum. »Nüsse? Sie möchten Nüsse?« Sie zog die Stirn kraus, auf der sich ein Schweißfilm gebildet hatte. Offensichtlich suchte sie in ihrem Kopf bereits nach einer Möglichkeit, wie sie in der ganzen Hektik noch Kekse mit Nüssen backen könnte.

»Nein, nein!«, beeilte sich Iwa zu erklären. »Ich möchte nur wissen, ob die ohne Nüsse sind.«

Trude kam näher und deutete mit dem Messer, das sie in der Hand hielt, auf die Dose. »Orangenschalen, Ingwer, Honig …« Ohne auch nur für eine Sekunde ins Stocken zu geraten, ratterte die Köchin die gesamte Zutatenliste herunter.

»Danke!«, rief Iwa und schob sich an der Köchin vorbei, die sich sofort wieder ihrem Feldzug widmete, und machte selbst etwas Milch auf dem Herd warm, gerade genug für zwei Gläser. Dann stellte sie alles auf ein Tablett und trug es in den angrenzenden Raum, nicht ohne einem der Dienstmädchen aufzutragen, ihr Bescheid zu geben, sobald ein gewisser Baron von Hohenstein das Haus verlassen wollte.

Auf der Schwelle blieb sie kurz stehen. Ihr Gesicht glühte. Vernünftigerweise hätte sie Marthas Mantel längst ausziehen sollen. Aber dann würde er ihr exquisites Kleid darunter sehen. Und vermutlich wäre es dann mit einer zusammenhängenden Konversation schlagartig vorbei. Also würde sie lieber noch ein bisschen länger im Mantel schwitzen, als sich zu erkennen zu geben.

Er drehte den Kopf und sah sie an. Mit einem Mal hatte Iwa das Gefühl, als wäre die Luft elektrisch aufgeladen. Nein, das bildete sie sich bestimmt nur ein. Sie gab sich einen Ruck, trat ein und stellte das Tablett auf den Tisch. »Da bin ich wieder«, sagte sie, um zu überspielen, wie durcheinander sie plötzlich war.

Er blickte auf das Tablett und hob die Augenbrauen. »Das mit den Keksen war kein Scherz?«

»Ein Glas warmer Milch gibt es auch dazu. Aber nur, wenn Sie bei der Wundversorgung ganz tapfer sind und Ihre Katzenkrallen nicht zu sehr ausfahren.« Sie nahm die Packung mit dem Hansaplast und schüttelte sie.

»Ich verspreche, mich zusammenzureißen.« Seine Mundwinkel zuckten kurz. War das etwa ein Lächeln? Herr Charakterfest war in der Lage zu lächeln?

»Damit kann ich leben.«

Sie befeuchtete den Mull mit Alkohol und deutete auf seine Wunde. »Darf ich?«

Er nickte.

Vorsichtig tupfte sie das Blut weg. Er zuckte nicht einmal. »Tut es weh?«, fragte sie dennoch.

»Noch lässt es sich aushalten.« Er sah zu ihr auf, und plötzlich musste sie daran denken, was für schöne Augen er hatte. Die Farbe erinnerte Iwa an braunen Rauchquarz, an die funkelnden Steine des Colliers ihrer Mutter. Sie verharrte, unfähig, den Blick abzuwenden. Ein warmes Gefühl breitete sich in ihrer Brust aus, es war, wie endlich zu Hause zu sein. In der vertrauten Geborgenheit, wo es sich so viel leichter atmen ließ und ihr Herz ganz frei sein konnte.

»So schlimm?« Neckisch runzelte er die Stirn. »Wie kritisch werden denn die nächsten Stunden sein bei der Verletzung?«

Ertappt räusperte sie sich. Sicherlich sah es mehr als seltsam aus, wie sie dastand und ihn anstarrte. Iwa zwang sich, den Blick von seinen Augen abzuwenden, auch wenn es ihr einen leichten Stich versetzte. Sie klebte das Pflaster in sein Gesicht und trat schnell von ihm weg. »Die Chancen stehen gut, dass Sie die Nacht überstehen.«

»Ein Glück!« Sie spürte, wie er sie aufmerksam betrachtete, traute sich aber nicht, ihn erneut anzuschauen. Ihr Gesicht fühlte sich schrecklich heiß an, und dieses Mal war nicht der Mantel allein schuld. »Ich bin übrigens Wilhelm«, sagte er mit seiner tiefen Stimme, die jetzt sanft und melodisch klang.

Was sollte sie tun? Sie konnte unmöglich ›Iwa‹ sagen. Der Name war zu extravagant, als dass er nicht eins und eins zusammenzählen würde.

Plötzlich hörte sie hastige Schritte, und ein Dienstmädchen erschien auf der Schwelle. »Gnäd ...«

Ruckartig fuhr Iwa herum. »Ja?«

»Der Baron möchte gehen.«

»Jetzt schon?«, kam es Iwa entsetzt über die Lippen. Nein, das konnte nicht sein! Das bedeutete ...

Der junge Mann sprang auf die Beine. »Ich muss los«, sagte er knapp und schenkte Iwa – so kam es ihr zumindest vor – einen entschuldigenden Blick.

Doch bevor er loslief, griff er nach einem Keks. »Bestimmt ohne Nüsse?«

Iwa nickte. »Garantiert!«

Er schob sich das Gebäck in den Mund, trank einen großen Schluck Milch und eilte zur Tür, wo das Dienstmädchen stand und die Situation mit großen Augen verfolgte. Es trat zur Seite, um ihn durchzulassen, doch statt an ihr vorbeizustürmen, machte er wieder halt und blickte zurück. »Danke«, murmelte er. »Für alles.«

Sie schwieg. Ihr Kopf war voll von Worten, die sie ihm sagen wollte, doch kein einziges davon kam heraus. Er wandte sich ab, um zu gehen.

»Wiwi!«, rief sie ihm hinterher. »Ich bin … Wiwi.«

Schon war er verschwunden. Iwa war ihm bis in den Flur gefolgt, aber er drehte sich nicht mehr nach ihr um und verließ eilig das Haus. »Einfach nur Wiwi«, murmelte sie, und eine seltsame Schwere legte sich auf ihre Schultern.

Was war das gerade gewesen? Diese unverhoffte Begegnung, die sie so schrecklich konfus machte? Und warum fühlte sie sich plötzlich so allein im Haus voller Menschen, nur weil er gegangen war?

Wenn sie ehrlich war, kannte sie die Antwort.

In dieser kurzen Zeit war sie sie selbst gewesen. Wie beim Ausflug mit ihrer Mutter, als sie sich zusammen den Tanz von Mary Wigman angeschaut hatten. Seitdem hatte sie nie wieder diese Leichtigkeit gespürt, das Prickeln des

Abenteuers, das Gefühl der Rundumbefreiung, das einen schwindelig machte.

»Iwa!«, donnerte die herrische Stimme ihrer Großmutter durch den Flur und ließ Iwa zusammenzucken. »Ach, Kind, was machst du denn bei der Dienerschaft? Und wie, um alles in der Welt, siehst du nur aus?« Wie benebelt spürte Iwa, dass ihre Großmutter nach Kräften versuchte, ihr den Mantel von den Schultern zu zerren. »Das muss sofort in Ordnung gebracht werden! Es gibt da nämlich jemanden, dem wir dich unbedingt vorstellen sollten ...«

Nein, auf keinen Fall!

Sofort hatte sie wieder das Gefühl zu ersticken. Zurück zu den sinnlosen Floskeln und oberflächlichen Begegnungen? Das würde sie nicht ertragen.

Iwa lief davon. Den Flur entlang, die Treppe hinauf stürmte sie in ihr Zimmer, wo sie die Tür hinter sich schloss und den Schlüssel umdrehte, damit niemand sie zurück in den Ballsaal schleifen konnte.

2

Was hast du dir nur dabei gedacht?« Auch Tage
später konnte sich ihre Großmutter noch immer
nicht beruhigen. Sie ging in Iwas Zimmer auf und ab und
gestikulierte aufgebracht mit den Händen. In ihren unzähligen Ansprachen ging es immer um das Gleiche: Iwas
Verantwortung gegenüber der Familie. »Es war eine so
wunderbare Gelegenheit, einen anständigen Mann kennenzulernen! Einer hat dir auch tatsächlich den Hof
gemacht, aber du rennst in den Regen und ruinierst
deine Frisur, um dem ganzen Vorhaben den Todesstoß zu
versetzen!«

Wie oft wollte sie noch darüber reden? Als würde sich
dadurch irgendetwas ändern. Iwa wunderte sich, wie gelassen sie selbst dabei blieb.

»Denk doch mal an deine Zukunft!«, rief die Großmutter auf und streckte dramatisch die Arme in Höhe.

Ja, die Zukunft.

Wie eine riesengroße Spinne lauerte sie in der Ferne.
Iwa schauderte und sah hilfesuchend zu ihrem Vater

auf. Groß und kräftig, ragte er auf wie ein Fels in der Brandung mitten im Zimmer. Dunkle Locken und graue Sturmaugen – kein Wunder, dass ihre Mutter für diesen Anblick einst alles aufgegeben hatte. Sein Auftreten strahlte Selbstbewusstsein und Zuversicht aus, mehr Verlässlichkeit konnte kein Mensch vermitteln. Doch genauso verlässlich mied er Iwas verzweifelten Blick und sagte nichts.

»Dir ist offensichtlich der Ernst deiner Lage überhaupt nicht bewusst«, zeterte Großmutter weiter und schaute herum, als suchte sie nach etwas, das ihre Aufregung weiter befeuerte. Schließlich streifte ihr Blick die Zeitung, die Iwa auf dem Beistelltisch neben ihrem Bett abgelegt hatte. Mit einer verächtlichen Geste deutete die alte Dame auf die Ausgabe der *Münchener Post*. »Ist das das Einzige, was dich interessiert? Irgendwelche sozialistischen Pamphlete, über die du dann schwadronieren kannst?«

Iwa seufzte tief.

»Nein, auch die Kulturseite ist äußerst ansprechend, wie ich finde«, konterte sie spitz. Einen politischen Diskurs über die Vor- und Nachteile der Demokratie anzufangen lohnte sich in dieser Familie nicht. Ihre Großmutter war eine Monarchistin durch und durch. Ihren Vater interessierten nur die Gewinne seiner Brauerei, Steuervorteile und Exportmöglichkeiten.

Mit einer wütenden Bewegung schnappte Hilde Abbing sich die Zeitung und hielt das Blatt anklagend hoch. »Das sehe ich! Leni Riefenstahl – Tanzabend in der Tonhalle. Wie genau soll dir das auf deinem Lebensweg helfen, wenn du irgendwelchen Weibern dabei zusiehst, wie sie sich auf der Bühne lächerlich machen?«

»Es ist nicht lächerlich, dem Tanz mehr Bedeutung verleihen zu wollen. Der expressionistische Ausdruck beeinflusst zurzeit alle Zweige der Kunst.«

»Schluss jetzt! Ich will nichts davon hören.« Die Großmutter warf die Zeitung auf das Tischchen zurück. »Nur gut, dass ich auch abseits des Balls ein paar Vorkehrungen getroffen habe. Morgen sind wir zu einem Teekränzchen bei Elvira Neumüller eingeladen. Ihr Sohn wird auch zugegen sein, also streng dich an und präsentiere dich von deiner besten Seite!«

Neumüller … Es ging doch nicht um diesen Albert-Alfons-Alfred?

»Wie schade!« Iwa drückte sich die Finger gegen die Schläfen. »Ich spüre eine aufziehende Migräne.«

»Du hast noch nie Migräne gehabt!«

»Mir scheint, es ist ein perfekter Zeitpunkt, damit anzufangen.« Natürlich wünschte sie weder sich noch jemand anderem eine so zermürbende Krankheit. Doch sie wusste nicht, was sie sonst hätte sagen sollen.

Empört wirbelte die Großmutter herum. »Alois! Sag du doch etwas!«

Ja, richtig, er sollte endlich etwas sagen! Iwa trat an ihn heran. »Vater!«

Er schloss die Augen, als würden ihn zeternde Weiber unglaublich müde machen. »Deine Großmutter hat recht. Dein Benehmen auf dem Ball war inakzeptabel.«

Du warst auf diesem verfluchten Ball doch nicht einmal

da!, wollte sie herausschreien, doch die Worte blieben ihr im Hals stecken. »Verstehe«, sagte sie bitter. Ihre Kehle war wie zugeschnürt, als würde eine unsichtbare Hand ihr die Luft abdrücken. »Für dich gibt es nur eine Partei, die du stets ergreifst. Auch dann, als meine Mutter versucht hat, die Missstände in dieser Familie anzusprechen und über die Probleme zu reden, richtig?«

Sein Gesicht wirkte wie aus Stein gemeißelt. Keine Regung zeichnete sich darin ab.

»Ich verbiete es, diese Frau in meinem Haus zu erwähnen!« Großmutters knochigen Finger packten Iwas Kinn und drückten fest zu. Der pudrige Lavendelduft der alten Dame stieg Iwa in die Nase. Und alles, was sie sah, war der lodernde Hass, der ihr aus den graugrünen Augen entgegenfunkelte. »In letzter Zeit überschreitest du zu viele Grenzen. Wie mir scheint, musst du dich endlich darauf besinnen, was wirklich wichtig ist, mein Kind.« Dann wurde sie wieder losgelassen.

»Vater!« Iwa versuchte erneut, zu ihm durchzudringen. Wie ihre Mutter es so viele Male versucht hatte. Doch er wandte sich von ihr ab und verließ den Raum, ohne sie anzuschauen.

Hilde Abbing quittierte seinen Abgang mit einem selbstzufriedenen Nicken. »Ich möchte dir die Lektüre eines Andachtsbuchs ans Herz legen. ›Maria, bete für uns‹ heißt es, und es wird dir helfen, deine Gedanken wieder auf den rechten Pfad zu lenken. Außerdem hast du in der letzten Zeit deine Handarbeit sehr vernachlässigt.«

»Meine Handarbeit? Natürlich. Wie konnte ich nur.«

»Eine der wirklich wichtigen Fertigkeiten, die eine junge Dame beherrschen muss!«

»Wir reden von Kreuzstich, richtig?« Sie versuchte nicht einmal den Hohn in ihrer Stimme zu verbergen. »Inwiefern bringt der Kreuzstich eine junge Dame in ihrem Leben weiter?«

Hilde Abbing ging zur Kommode und griff nach einer schon vor Ewigkeiten angefangenen Stickerei, die dort, aufgespannt in einem Rahmen, lag.

»Du weißt, was du zu tun hast!« Sie drückte Iwa den Rahmen in die Hand, drehte sich, ohne sie eines weiteren Blickes zu würdigen, um und ging aus dem Zimmer. Nahezu lautlos schloss sich die Tür hinter ihr.

Iwa stand da, während die schreckliche Stickarbeit in ihrer Hand Tonnen zu wiegen schien. Das Motiv zeigte die Muttergottes, um deren fromme Gestalt sich eine Inschrift wand. *Unbeflecktes Herz – Heilige Maria, bitte für uns Sünder.* Nicht einmal das erste Wort war fertig gestickt.

Heilige Maria … Das alles hatte so wenig mit ihr zu tun!

Tick-tack, tick-tack – die Sekunden auf der großen Standuhr echoten mit einem dumpfen Pochen in ihren Schläfen. Die Stille raubte ihr den Atem, presste ihre Schädeldecke zusammen. War ihr dieses Dasein vorherbestimmt? Gab es wirklich kein Entkommen?

Etwas bäumte sich in ihr auf, etwas Dunkles und Mächtiges, das alle Schranken niederzureißen drohte. Iwa schrie, schrie ihren ganzen Frust heraus und schleuderte die Handarbeit gegen die Wand. Der Holzrahmen zerbrach.

Gut so. Nur fühlte sie sich kein bisschen besser.

Iwa kam sich vor wie eine Gefangene. Die Wände rückten auf sie zu, näher und näher. Ihr wurde schwindelig.

Es gibt Tage, da habe ich das Gefühl, in dieser prächtigen Villa zu ersticken, kamen ihr die Worte ihrer Mutter in den Sinn. *Ich kann dort nicht atmen, Iwa. Verstehst du? Verstehst du es jetzt?*

Tränen traten ihr in die Augen. »Ja, Mama. Jetzt verstehe ich es«, flüsterte sie.

Doch niemand antwortete.

Sie wusste nicht, wie lange sie so dastand, völlig verloren in sich selbst, bis es klopfte.

»Moment!«, keuchte sie und wischte sich rasch die Tränen von den Wangen. »Einen Moment bitte.«

Auf wackeligen Beinen ging sie zur Tür und öffnete sie einen Spaltbreit. »Martha!« Sie trat beiseite und ließ die Haushälterin herein. Zusammen mit ihr wehte ein Duft nach Dampfnudeln, Vanille und Zwetschgenkompott herein. Offensichtlich hatte Trude, die Köchin, wieder ein neues Rezept ausprobiert und Martha kosten lassen.

»Hoffentlich störe ich nicht zu sehr, aber ...« Marthas wachsamer Blick entdeckte den zerbrochenen Stickrahmen. Sie ging sofort hin und hob ihn auf – jegliche Unordnung störte sie massiv. »Ich fürchte, der ist nicht mehr zu retten. Hat das gnädige Fräulein deswegen geweint, wenn mir die Frage gestattet ist?«

»Ach was. Ich kann mir einen neuen Rahmen besorgen.«

Skeptisch betrachtete Martha den Kreuzstich. »Ich vermute, das wird wenig nützen«, erwiderte sie in einem sachlichen Ton.

»So schlimm?«

»Ich bin nicht hier, um über die Qualität Ihrer Handarbeit zu urteilen«, Martha senkte die Stimme, »sondern weil am Dienstboteneingang ein junger Mann steht und nach einem Dienstmädchen namens Wiwi fragt.« Sie zwinkerte Iwa schelmisch zu. »Ich erlaube mir anzunehmen, dass Sie wissen, wen er meinen könnte.«

Iwas Herz machte einen Satz. Wiwi! *Er* musste es sein. »Wäre es möglich, den jungen Mann eine Weile mit Trudes wunderbaren, nussfreien Keksen zu beschäftigen? Ich brauche noch einen Moment.«

Martha hob eine Augenbraue. »Wer kann schon Trudes Keksen widerstehen? Wenn ich Ihnen einen Rat geben darf: Bleiben Sie Sie selbst. Sie brauchen keine Maske, um sich dahinter zu verstecken.«

Iwa sah an sich herunter. Natürlich hatte Martha recht. Zumindest in der Theorie. Aber was, wenn die Maske sie erst frei werden ließ? »Wäre es … Wäre es möglich …« Sie biss sich auf die Lippe.

»Ein passendes Kleid zu besorgen?« Zum Glück hatte Martha noch nie viele Worte gebraucht. Die Haushälterin bedachte Iwa mit einem prüfenden Blick. »Susi müsste ungefähr Ihre Größe haben, gnädiges Fräulein. Ich gehe gleich zu ihr.«

Ein paar Minuten später brachte Martha ein dunkelblaues, einfach geschnittenes Leinenkleid, dem ein runder, weißer Kragen einen schlichten Akzent verlieh.

Rasch machte sich Iwa fertig. Um die Spuren der Tränen endgültig zu verbannen, wusch sie ihr Gesicht mit kaltem Wasser. Ein Hauch von Puder vertrieb die Blässe. Etwas Wimperntusche verlieh ihren Augen mehr Ausdruck. Sie band ihr Haar zu einem lockeren Knoten zusammen und drehte sich prüfend vor dem Spiegel um die eigene Achse.

Einfach Wiwi.

Sie fühlte sich verwandelt. So leicht und unbeschwert. Die Aufregung prickelte unter ihrer Haut, das Herz schlug schneller und schneller, während sie wie beflügelt zur Küche lief.

Wilhelm saß am Tisch vor einem Teller mit Keksen. Trude werkelte am Herd. Der köstliche Duft, den sie schon an Martha wahrgenommen hatte, erfüllte den ganzen Raum. Wer konnte da keinen Hunger bekommen? Schwungvoll trat Iwa über die Schwelle, lief zum Küchentisch und schnappte Wilhelm ungeniert den Keks weg, nach dem er gerade greifen wollte.

»Guten Tag, gnädiger Herr«, sagte sie neckend. »Wie ich sehe, verheilt Ihre Wunde gut. Soll ich noch einmal Desinfektionsmittel und Pflaster holen?«

Seine Augenbrauen zuckten hoch. Ansonsten tat sich nichts in seiner Miene. »Nein, danke. Ich bin nur wegen der Kekse hier. Die mit Ingwer sind ganz besonders köstlich.« Er deutete auf den in ihrer Hand.

»Ich weiß!« Sie setzte sich ihm gegenüber. »Ein Glück, dass ich den letzten ergattert habe.«

»Ich habe ihn extra für Sie aufgehoben.«

»Tatsächlich? Wie nett von Ihnen! Es sind die kleinen Aufmerksamkeiten, die einen Tag erhellen, nicht wahr?«

»Dann wird diese ihn zum Strahlen bringen.« Es kam ihr so vor, als würde seine Stimme noch ein wenig tiefer und wärmer klingen. Aber vielleicht bildete sie sich das auch nur ein. Bevor sie weiter darüber nachgrübeln konnte, holte er ein Taschentuch heraus. Sie erkannte es sofort, dieses Stück Stoff, das sie ihm gegeben hatte, um das Blut wegzutupfen. »Eigenhändig gewaschen und gebügelt, Sie werden keinen Fleck darauf finden.«

»Eigenhändig gewaschen und gebügelt? Wenn ich es nicht besser wüste, würde ich denken, Sie versuchen, mich zu beeindrucken.«

»Klappt es?« In seinen Mundwinkeln zuckte ein Lächeln.

»Sie sind auf einem guten Weg, mein Herr«, bescheinigte sie ihm. Dass er sie allein mit diesem kurzen Schlagabtausch mehr beeindruckte als alle Albert-Alfons-Alfreds vor ihm, brauchte er nicht zu wissen.

»Darauf einen Keks!« Feierlich schob er sich ein Gebäckstück in den Mund.

Iwa prustete los, sie hielt das Lachen nicht zurück, obwohl die Großmutter behauptete, es würde wie das Schreien eines Esels klingen, der Schluckauf hatte. Sogar Trude am Herd sah überrascht auf, als sie die Laute hörte. Wilhelm dagegen kaute weiterhin sein Gebäck. Nur in seinen rauchquarzbraunen Augen blitzte es vergnügt auf.

Doch das entspannte Miteinander wurde jäh unterbrochen, als Martha auf der Schwelle erschien. »Ich möchte dringlich vorschlagen, dieses ...« Sie fuhr mit dem Arm durch die Luft. »... was auch immer das hier ist, auf einen anderen Bereich des Hauses zu verlegen.«

»Was ist passiert?«, hauchte Iwa und spürte, wie die ganze Unbefangenheit aus dem Raum wich.

»Noch nichts«, meine Martha mit Nachdruck und blickte über ihre Schulter zur Tür. »Aber Eure ...« Sie stockte. »Die Herrin des Hauses ist auf dem Weg hierher, und sie wird gewiss nur ungern fremde Personen in der Küche sehen.«

Iwas Herz rutschte in die Magengegend. »Hilde Abbing ...«

»... wird nichts erfahren, wenn Sie sich beeilen. Husch, husch. Weg mit euch beiden.«

Iwa verstand. Sie sprang auf, eilte um den Tisch herum und packte Wilhelm am Oberarm. Er zuckte zusammen. Nur ganz wenig, doch sie ließ ihn sofort wieder los.

»Entschuldigung«, stammelte sie. Hoffentlich merkte er, dass sie es absolut ehrlich meinte. Sie selbst wurde viel zu oft ungefragt gepackt und wusste, wie sich das anfühlte.

Er stand auf und streckte ihr seine Hand entgegen. »Etwas sagt mir, dass wir uns beeilen sollten.«

Definitiv! Iwa hakte sich mit dem kleinen Finger bei seinem kleinen Finger unter und zog Wilhelm mit sich. Er ließ es widerstandslos geschehen. Iwa huschte den Korridor entlang, stieg die enge, steile Treppe ein Stockwerk höher, bog in einen Flur ein, dann um ein paar Ecken und schob Wilhelm schließlich in einen Raum, den hoffentlich niemand so schnell betreten würde.

Iwa schloss die Tür und hielt inne.

Sie hätte Wilhelm in jedes andere Zimmer im Haus bringen können, und doch standen sie hier. In dem Raum, der ihr am meisten bedeutete. Plötzlich blitzten Erinnerungsfetzen vor ihrem inneren Auge auf. Vor dem großen Spiegel in der Ecke hatte Iwa zu tanzen geübt, angeleitet von ihrer Mutter, die ihre Haltung korrigiert und ihr Mut zugesprochen hatte. Am kleinen Tisch hatten sie zusammen die Schrittabfolgen für eigene Choreographien entwickelt. Am Klavier neben dem Fenster hatte ihre Mutter den Takt angegeben.

»Wo sind wir?«, hörte sie Wilhelm fragen.

Iwa trat ans Klavier. Sie brauchte einen Augenblick, um den Kloß in ihrem Hals loszuwerden. »In den privaten Räumen von Johanna Abbing.«

Sie spürte, wie er näher kam. »Dürfen wir hier sein?«

»Ja.« Iwa schluckte schwer. »Niemand sonst betritt dieses Zimmer, seit … seit …« Niemals hätte sie gedacht, dass es ihr so schwerfallen würde, die Worte auszusprechen. »Seit Johanna Abbing fort ist.« Ihr wurde eng in der Brust, während ihre Gedanken zu jenem Abend schweiften, an dem sie zusammen Mary Wigman gesehen hatten. Zu dem Abend, der alles veränderte. Iwa grub sich die Fingernägel in die Handflächen, so tief, dass es weh tat. Sie sah die Großmutter vor sich, die auf ihre Rückkehr schon gewartet hatte. Das versteinerte Gesicht ihres Vaters, der keinerlei Verständnis für Mutters Unternehmungen zeigen wollte.

Geräuschvoll saugte Iwa die Luft ein. Wäre es anders

gekommen, wenn ihre Mutter sie nicht mitgenommen hätte? Immerhin war es Iwas Fehlen gewesen, das bemerkt worden war.

»Ist alles in Ordnung?«, hörte sie Wilhelms Stimme dicht neben sich, leise und sanft. Offensichtlich konnte er nicht bloß grummeln.

»Ja«, versicherte sie schnell und lockerte die geballten Hände.

»Wirklich?« Langsam fuhr er mit einer Hand über das polierte Klavierholz, ohne seinen Blick von ihr zu wenden.

So leicht konnte man ihm wohl nichts vormachen.

Iwa senkte den Kopf. »Es ist nur ... Seit Johanna Abbing nicht mehr da ist, fühlt sich das Haus so trostlos und still an. Als wäre ...« Sie stockte, ohne zu wissen, wie sie den Satz beenden sollte.

»Als wäre seine Seele fort.« Gedankenverloren hob Wilhelm den Klavierdeckel. »Dann bleiben nur kahle Wände zurück. Kein Zuhause.« Seine Finger senkten sich auf die Tasten und spielten einen wehmütigen Moll-akkord.

Iwa blinzelte überrascht. Allein die Haltung seiner Hand verriet, dass er durchaus wusste, was er tat. »Du spielst Klavier?«, platzte es aus ihr heraus. Sogleich biss sie sich auf die Lippe. Und warum duzte sie ihn?

Er hob den Blick. »Gelegentlich.«

Nun zwickte sie die Neugierde. »Wäre heute eine solche Gelegenheit gegeben?«

»Möglich.«

Einladend deutete Iwa zum Klavier und trat beiseite.

»Überraschen Sie mich, Herr …« Eine peinliche Pause entstand zwischen ihnen, denn sie kannte seinen Nachnamen gar nicht.

»Herr Charakterfest reicht vollkommen«, versicherte er. »Sie stellen aber ganz schön hohe Ansprüche an meine Musikkünste.«

Iwa lehnte sich an das Klavier und stützte ihr Kinn mit einer Hand ab. »Ich bin eine äußerst anspruchsvolle Frau. Strengen Sie sich also an, Herr Charakterfest.«

»Ich gebe mir Mühe.«

Gespannt beobachtete sie, wie er einen Stuhl zum Instrument heranzog, sich hinsetzte und den Deckel öffnete. Es wirkte bedächtig, fast wie ein Ritual. Kurz verharrten seine Finger über den Tasten. Auf seinem Gesicht lag ein friedlicher Ausdruck, als wollte er diesen Moment mit allen Sinnen auskosten. Dann brach die Musik über den Raum herein. Triumphierende Töne, die schon bald in fließende und sehnsuchtsvolle Klänge übergingen. Wie eine frische Brise wirbelte die Melodie durch den Raum.

Iwa schloss die Augen. Die Töne durchdrangen jede Faser ihres Körpers, und zusammen mit ihnen fluteten die unterschiedlichsten Emotionen ihre Seele. Wild pochte ihr Herz gegen die Rippen. Plötzlich spürte Iwa ein seltsames Verlangen nach Bewegung – und sie konnte nicht anders, als dem Impuls zu folgen. Sie hob die Arme in die Höhe, bog sich zurück, drehte sich. Die Musik trug sie davon. Sie konnte nicht einmal sagen, ob sie tanzte oder einfach nur seltsame Gymnastikübungen vollführte. Doch das war ihr egal, sie folgte nur ihrem sehnlichsten Wunsch, die

Grenzen zu sprengen und der Enge in ihrer Brust zu entkommen.

Eine unbändige Energie durchdrang ihr ganzes Wesen. Tief in ihr drin trommelte der Takt, zu dem sie mitten im Zimmer herumwirbelte und sprang – so hoch, dass sie mit den Händen den Leuchter unter der Decke streifte. Egal. Sollte er doch runterfallen und auf dem Boden zerschellen – sie würde inmitten der Scherben weitertanzen.

Ein Schweißfilm bildete sich auf ihrer Haut. Das Haar löste sich aus dem Knoten und flog hin und her. Ihre Gedanken rasten, doch sie konnte keinen einzigen greifen. Es gab nichts mehr um sie herum – und doch alles – alles, was sie wollte und aus tiefster Seele begehrte.

Der Saum ihres Kleides schlug um ihre Beine, eine Naht riss, doch nichts auf der Welt konnte Iwa noch aufhalten. Sie sprang und drehte sich, zeichnete mit ihren Armen Formen in die Luft, die sie selbst nicht mit ihrem Verstand erfassen konnte, die sie aber fühlte. So sehr fühlte!

Sie tanzte weiter, warf die Beine in die Höhe, bog sich in alle Richtungen. Sie liebte ihren Körper – was er alles fertigbrachte! Sie spürte die Arbeit der Muskeln und Sehnen mit allen Sinnen. Nur das bedeutete Freiheit. Nur das war das pure Leben!

Plötzlich fiel ihr auf, wie still es um sie herum war. Schwer atmend sank sie zu Boden und füllte gierig ihre Lunge mit Luft.

Die Musik war verstummt. Wie lange schon? Sie wusste es nicht. Was hatte sie getan? Wie hatte sie sich nur so vergessen können?

Aber dennoch fühlte sie sich gut. So unglaublich gut! Glühende Wangen, zerwühltes Haar, atemlos und mit schnell klopfendem Herzen – das war die echte Iwa. Die, die sich so noch nie einem Fremden gegenüber gezeigt hatte.

Sie hob den Kopf. Wie durch einen Schleier registrierte sie, dass Wilhelm neben ihr stand. Schweigend reichte er ihr eine Hand. Sie ergriff seine Finger, und er zog sie schwungvoll auf die Beine. Iwa schwankte, noch völlig überwältigt und freudestrunken vom Tanz, und er legte eine Hand auf ihren Rücken, damit sie nicht stolperte. Plötzlich war sie ihm so nahe, dass sie fühlen konnte, wie sein Herz pochte. Genauso rasant wie das ihre.

»Was war das?«, keuchte Iwa, während sie wie gebannt in seine rauchquarzbraunen Augen starrte. Sein Duft umhüllte ihre Sinne. Er roch nach Sandelholz und Minze, und ein wenig nach warmer Vanille, deren Geruch er sicherlich aus Trudes Küche mitgebracht hatte.

»Keine Ahnung.« Er schluckte, und sein Adamsapfel hob und senkte sich langsam.

Ihr Blick fuhr seinen Hals entlang, streifte das Kinn und blieb an seinen Lippen hängen. »Was hast du da gespielt?« *Und was um alles in der Welt hat es mit mir gemacht?*, fügte sie stumm hinzu.

»Einen Walzer von Mykola Lysenko. Rozluka. Es bedeutet Trennung, habe ich mir sagen lassen.«

Er hielt sie immer noch fest, fiel ihr auf. Sie löste sich von ihm, trat einen Schritt zurück. »Noch nie gehört«, sagte sie mit einer belegten Stimme, die ihr selbst fremd vorkam. Viel zu schnell waren sie einander viel zu nahe gekommen. Das irritierte sie.

»Es muss ja nicht immer Mozart und Schumann sein, nicht wahr?«

Sie blinzelte, um sich der Gegenwart endgültig bewusst zu werden. Eine angenehme Schwere lag auf ihren Gliedern, während sich in ihrer Brust eine nie dagewesene Zufriedenheit ausbreitete. Als hätte Iwa endlich sich selbst gefunden, und mit einem Mal kam alles in Einklang: Ihre Seele, dieser Raum, der Mensch, mit dem sie diesen Moment teilte.

»Warum ausgerechnet dieses Stück?« Sie ließ den Blick umherschweifen. Wie gut hatte es zu diesem Zimmer, zu diesem Augenblick gepasst!

Er hob die Schultern. »Manchmal ist die Musik einfach da. Ich kann sie spüren. Vielleicht will sie, dass auch andere sie wahrnehmen können. Ich spiele das, was ich fühle.«

Alles ist Musik, und die Musik ist in uns, kamen ihr wieder Mutters Worte in den Sinn, und ihr Herz wurde ganz schwer. Ihre Mutter war allgegenwertig. Unsichtbar hatte sie überall ihre Spuren hinterlassen. Ohne dass Iwa es bisher bewusst wahrnehmen konnte. Jetzt hatte sie das Gefühl, ihre Mutter rufen zu hören.

Er kam einen Schritt auf sie zu. Obwohl er so groß war, wirkte es keineswegs bedrohlich. »Und, habe ich es geschafft, den hohen Ansprüchen gerecht zu werden?«

»Durchaus.« Sie räusperte sich, um ihrer Stimme wieder die notwendige Kraft zu geben. »Wo haben Sie das Klavierspielen gelernt?«

Er zögerte. Etwas Unergründliches lag in seinen Augen. »Wollen wir beim Du bleiben?«

Ihr Mund fühlte sich ganz trocken an. So wie er es sagte, klang es noch näher, noch persönlicher. Durfte sie das zulassen? Und wo würde das alles hinführen? Ganz egal, wie sehr ihre Großmutter darauf brannte, dass Iwa endlich einen anständigen Mann kennenlernte – einen Chauffeur würde ihre Familie niemals akzeptieren.

»Wo hast du das Klavierspielen gelernt?«, hörte sie sich fragen, als hätten sich ihre Lippen ohne ihr Zutun bewegt, obwohl ihr Verstand beteuerte, sie müsste dieses Beisammensein beenden. Auf der Stelle.

»Leider nicht an einem Konservatorium«, antwortete er. »Ich habe es mir zum größten Teil selbst beigebracht, weil meine Mutter unglaublich gern Klavier hört. Aber ich bekomme nicht sehr oft die Gelegenheit, es zu praktizieren.«

Du kannst jederzeit hierherkommen und spielen, hätte sie am liebsten gesagt, zügelte sich aber. »Ich weiß, wie es sich anfühlt, etwas, das man so sehr liebt, nicht tun zu können. Oder zumindest nicht so oft, wie man es gern möchte.«

»Was ist es bei dir?«

»Das Tanzen«, flüsterte sie und spürte Gänsehaut, die sich bis zu ihren Haarwurzeln ausbreitete. Noch nie hatte sie ihrer Leidenschaft, ihrer Sehnsucht so deutlich einen Namen gegeben.

»Was hindert dich daran, es öfter zu tun?«

Das Gesicht von Hilde Abbing tauchte vor ihrem inneren

Auge auf. Der abfällige Blick, das leichte Naserümpfen. *Wie genau soll dir das auf deinem Lebensweg helfen?* Vaters gefühllose Miene, als er sie und ihre Mutter nach dem Ausflug zu Mary Wigman in Empfang genommen hatte. *Es ist eine einzige Enttäuschung.* Die Gegenwart und die Vergangenheit vermischten sich. Sie wollte ihren Vater nicht enttäuschen und ihre Großmutter nicht verärgern. Die beiden hatten schon einmal sehr eindrucksvoll gezeigt, dass sie es weder verstehen noch akzeptieren würden.

»Die richtige Musik? Ein Partner?«, schlug er vor.

Iwa lachte auf, es klang gekünstelt. Vielleicht wollte sie damit nur die Anspannung lösen und ihre Großmutter und ihren Vater aus ihren Gedanken verbannen. »Für einen Tanz braucht man doch weder Musik noch einen Partner!«

Wilhelm runzelte die Stirn. »Was soll das für ein Tanz sein?«

»Ein moderner Tanz!«

»Ein moderner Tanz. Ganz ohne Musik, ja?« Er schielte zum Klavier.

»›Die beherrschte, bewusst in den Dienst der Freude und Beglückung gestellte Körperbewegung ist der Anfang der Kunst‹«, zitierte sie leidenschaftlich Emile Jaques-Dalcroze. Neben dem Tanzen selbst beschäftigte sie sich unglaublich gern mit der Theorie. Darin konnte ihr niemand das Wasser reichen, davon war sie überzeugt. »Und wenn Bewegung der Anfang von Kunst ist, dann ist es zum Tanz nicht weit, meinst du nicht auch? Denn was sollte er

sonst anderes sein, als die pure Freude an der Körperbewegung? Dafür braucht man keine Musik.«

»Die Musik gibt dem Tanz doch erst einen Sinn«, hielt
Wilhelm dagegen. Seine braunen Augen blitzten herausfordernd, so als würden in Mutters Collier die Edelsteine
funkeln.

»Papperlapapp!« Sie winkte ab. »Mary Wigman hat
schon längst ohne jegliche Musik getanzt, als andere erst
noch erforscht haben, was Tanzen überhaupt ist! Die
Musik ist nur eine Begleiterscheinung. Schön, aber nicht
notwendig.«

»Nicht notwendig?« Er spielte einige Akkorde, doch die
Wucht der Melodie befeuerte nur Iwas Diskussionseifer.

»›Der Tanz ist souveräne Kunst geworden! Wenn er die
Musik braucht, wird er sie rufen, doch nur, dass sie neben-
hergehe und seinen Zwecken diene‹«, zitierte sie selbstbewusst Rudolf von Delius. Nach ihrem ersten Wigman-Er-
lebnis, nach diesem denkwürdigen Abend, als sie zusammen
mit ihrer Mutter davongeschlichen war, um den Tanz zu erleben, hatte sie alle Zeitungen und Wochenschriften durch-
forstet, um mehr über Mary Wigman zu erfahren. Da konnte
sie gar nicht um Rudolf von Delius herumkommen, den sie
im Publikum gesehen hatte. Seine Worte beschrieben genau
das, was sie selbst zu wissen glaubte, doch nicht in Worte
fassen konnte. »Es geht dabei um den Ausdruck der Seele,
um die Abgründe und Hoffnungen, um das, was einen um-
treibt. Mit anderen Worten, um die Auseinandersetzung mit
den eigenen Dämonen. Ob mit Musik oder ohne!« Diese
Überzeugung – die war hingegen ganz ihre.

»Reden wir immer noch über den Tanz, oder sind wir schon beim Exorzismus angelangt?«, fragte Wilhelm skeptisch, und Iwa hätte ihn schütteln wollen.

»Mach dich nicht darüber lustig!«

»Dann erkläre es mir. Ich will es wirklich wissen!«

»Man kann es nicht erklären, man muss es sehen!« So, wie sie Mary Wigmans Darbietung mit ihrer Mutter gesehen hatte. Anders konnte man den Tanz nicht begreifen. »Es ist wie eine Offenbarung. Eine Erleuchtung.« Plötzlich dachte sie an die Veranstaltung, über die ihre Großmutter so abfällig gesprochen hatte. »Du willst es wissen? Wunderbar. Dann komm mit, und du wirst es hautnah erleben!«

»Jetzt gleich?« Er stutzte sichtlich.

»Nein, das nicht. Am dreiundzwanzigsten Oktober tritt Leni Riefenstahl in der Tonhalle auf. Was sagst du dazu?« Herausfordernd stemmte sie die Hände in die Hüften.

»Was ich dazu sage?« Er hob die Augenbrauen. »Dass es so aussieht, als würdest du mich zu einem Rendezvous einladen.«

»Tu ich nicht!«, widersprach sie vehement. »Es handelt sich bloß um einen Bildungsausflug. Denn offensichtlich hast du keine Ahnung von modernem Tanz!«

»Gut«, sagte er, und diesmal konnte Iwa wirklich ein schiefes Grinsen auf seinen Lippen sehen. »Dann treffen wir uns am dreiundzwanzigsten Oktober vor der Tonhalle.«

»Warte! Was? Du willst wirklich mitkommen?«

Er trat näher und beugte sich zu ihrem Ohr. »Überrasch mich.«

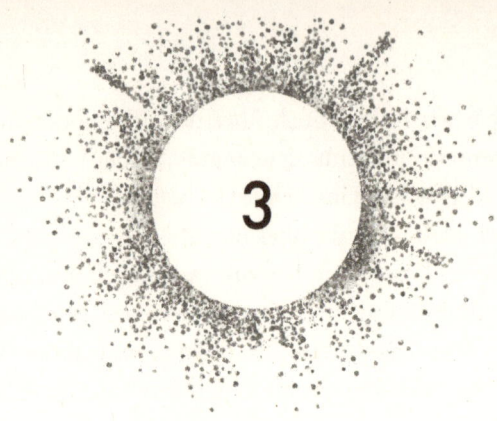

3

Natürlich wollte Hilde Abbing kein Wort von Riefen-stahls Veranstaltung hören, ganz egal, wie vorsichtig Iwa ihren Wunsch auch ansprach, hingehen zu dürfen. Auf die Unterstützung ihres Vaters war nicht zu zählen, wie so oft hielten wichtige Geschäfte ihn davon ab, sich mit dem Familiengeschehen zu befassen. Plötzlich verstand sie ihre Mutter, die irgendwann aufgehört hatte, über ihre Sehsüchte und ihr Verlangen zu sprechen, sondern ihre Unternehmungen heimlich plante.

Unter dem Vorwand, sie fühle sich nicht wohl, zog sich Iwa am Tag ihrer Verabredung mit Wilhelm auf ihr Zimmer zurück. Immerhin fanden heute kein Ball und kein Empfang statt, so dass sie kein schlechtes Gewissen zu haben brauchte, redete Iwa sich ein.

Das Kleid, das sie für den heutigen Abend ausgewählt hatte, war schlicht, dunkelblau und nur die einfachen, orangefarbenen Stickereien am Ausschnitt und am Rocksaum verliehen ihm einen farbenfrohen Akzent.

Als Nächstes versuchte sie, ihre Haare zu einer einfachen Frisur hochzustecken. Wie gewöhnlich wollten die Locken nicht so wie sie.

»Ich schneide euch irgendwann noch ab!« Frustriert funkelte sie ihr Spiegelbild an. Meistens ging es nach einer Drohung besser, und die Haare ließen sich bändigen. Aber nicht heute. Wild und ungezähmt hingen ihre Strähnen hinunter. Wie sollte sie so zu einer kulturellen Veranstaltung gehen?

Tief atmete sie durch, beugte sich nach vorne und schaute sich selbst in die Augen. »Lass dir von niemandem einreden, du wärst irgendwo fehl am Platz«, sagte sie mit fester Stimme, so, wie ihre Mutter es ihr damals in der Kraftdroschke versichert hatte. Plötzlich war die Präsenz von Johanna Abbing allgegenwärtig. Iwa merkte, wie sich ihr Gemüt beruhigte, wie sie sicherer wurde in dem, was sie tat. Als würde ihre Mutter ihren Segen für die Unternehmung geben. Wie konnte da etwas schieflaufen?

Iwa wandte sich vom Spiegel ab und trat zur Kommode. Ihre Finger bebten leicht, als sie eine Schublade öffnete und von ganz hinten eine unscheinbare Schatulle hervorholte.

Niemand durfte auch nur ahnen, was sich darin verbarg. Ihrem Vater würde der Anblick unendlich weh tun. Und die Großmutter würde kurzen Prozess damit machen und sich dieser Erinnerung an der Vergangenheit entledigen. Deshalb achtete Iwa auch penibel darauf, dass dieser Schatz niemandem unter die Augen kam.

Aber heute war ein besonderer Tag. Ihre Mutter würde es so wollen. Das spürte Iwa mit ihrem ganzen Wesen.

Ehrfürchtig öffnete sie den Deckel. Ganz oben lag ein Kuvert, beschriftet mit ihrem Namen. Sie hatte es so oft in der Hand gehalten, dass es ganz zerknittert aussah. Vorsichtig legte Iwa den Umschlag beiseite und nahm das filigrane Collier heraus. Kurz schloss sie die Augen. Mutters Duft, weiße Lilien und etwas Zitrone, kitzelten ihre Nase. Sie legte das Schmuckstück an und merkte, wie sich Zufriedenheit in ihr ausbreitete und ein kleines Lächeln auf ihre Lippen zauberte. Die Ohrringe vervollständigten das Bild. Bewusst verzichtete sie darauf, sich zu schminken. Heute wollte sie endlich Wiwi sein dürfen. Einfach Wiwi.

Es klopfte leise an der Tür.

Marthas Zeichen!

Es bedeutete, dass die Luft rein war.

Iwa schlüpfte in ihren Mantel und schlich hinter Martha her durchs Haus.

»Alles Gute!«, wünschte die Haushälterin und hielt ihr die Tür des Dienstboteneingangs auf. »Machen Sie bitte keine Dummheiten!«

»Niemals!«, versicherte Iwa und schlüpfte aus dem Haus.

Die Kraftdroschke wartete ein paar Straßen weiter – auch dafür hatte Martha gesorgt. Im Innenraum des Wagens roch es nach süßlichem türkischem Tabak, und Iwa hoffte nur, dass ihre Kleidung den Geruch nicht annehmen würde. Sonst könnte die Großmutter noch Verdacht schöpfen, sollte sie ihn an dem Stoff des Mantels bemerken. Aber warum sollte Hilde Abbing an ihren

Kleidungsstücken riechen? Iwa beschloss, sich keine Sorgen zu machen, und lehnte sich zurück.

Der alte Fahrer brummte hinter dem Steuer vor sich hin. Entweder redete er mit sich selbst, oder er hielt es für seine Pflicht, die Fahrgäste mit den Sehenswürdigkeiten Münchens bekannt zu machen.

Iwa starrte aus dem Fenster.

Nach und nach senkte sich die Dämmerung über München und zeichnete die Umrisse der umherliegenden Gebäude weicher. Langsam gingen die Straßenlaternen an, wobei ihr Licht nahezu mystisch anmutete. Die Fassaden der Häuser verschmolzen ineinander und zogen an ihr vorbei wie ein zäher Strom, von dem sie sich forttreiben ließ.

Bald ging die Fahrt zu Ende. Doch erst als Iwa ausgestiegen war und der Wagen davonrollte, wurde ihr bewusst, dass sie es tatsächlich geschafft hatte! Sie stand vor der Tonhalle, und dieser Abend gehörte ihr allein. Voller Vorfreude blickte sie dem riesigen Gebäude vor ihr entgegen, das an der Ecke der Türkenstraße und Prinz-Ludwig-Straße emporragte. Ihr gefiel der moderne Jugendstil von Martin Dülfer, die klaren Formen und feinen Stuckarbeiten, mit der er seine Kunstwerke verzierte. Jeder Stein des ehemaligen Kaim-Saals schien von der Musik durchdrungen zu sein. Die unzähligen Melodien, die in diesen Wänden erklingen durften, hatten sich mit den Blumenranken an der Fassade verwoben. Die ovalen Stuckrosetten könnten sogar Noten sein, dachte sie, während sie, den Kopf in den Nacken gelegt, die feinen Zierarbeiten betrachtete. Die Kunst war ihr schon immer wie ein guter Freund vorgekommen, bei dem sie stets Trost finden konnte und der das Leben noch ein wenig lebenswerter machte.

Langsam ließ Iwa ihren Blick zum Eingang wandern.

Da stand er. Wilhelm. Seine großgewachsene Statur erkannte man sofort. Auch in dem Menschenpulk, der sich vor der Tonhalle versammelt hatte. Da drehte er den Kopf und sah in ihre Richtung, und sein Gesichtsausdruck erhellte sich. Langsam ging sie auf ihn zu.

»Du bist da«, stellte sie fest. Dabei hatte sie nicht daran gezweifelt, dass er kommen würde.

»Eine Gelegenheit, mich weiterbilden zu können, würde ich doch niemals verpassen.« Seine kantigen Züge wirkten heute weicher. Die braunen Augen dunkler und unergründlich. Er trug kein Pflaster mehr, die Wunde schien gut zu verheilen, doch ein roter Strich deutete darauf hin, dass eine Narbe zurückbleiben würde.

»Das ist sehr vernünftig«, entgegnete sie und wusste nicht, ob es noch als schicklich zu bezeichnen war, ihn so eindringlich anzustarren.

Er schien sie mit gleicher Intensität zu betrachten wie sie ihn. »Eine neue Frisur?«

Mit einem Mal schrecklich verlegen, wischte sie eine der Strähnen nach hinten, die lose um ihre Schultern fielen. »Ich glaube, in der fachmännischen Sprache nennt man das ein völliges Desaster.«

Er nahm seinen Hut ab, tippte sich mit der Krempe an die Nase und neigte den Kopf nachdenklich zur Seite. »Meinst du, das würde mir auch stehen?«

»Vielleicht.« Sie zögerte, dann rief sie, »Achtung!«, stellte sich auf die Zehenspitzen und verwuschelte mit beiden Händen sein Haar, das er mit einem ordentlichen Scheitel gekämmt hatte. Er zuckte bei der Berührung nicht zurück, und so fragte sie sich, ob er genau das von ihr erwartet hatte. »Besser, würde ich sagen.«

»Es ist sehr praktisch, jemanden zu kennen, der sich gleichermaßen gut mit Wundversorgung und Frisuren auskennt«, meinte er, und etwas Freches blitzte in seinen dunklen Augen auf.

»Langsam sollte ich Rechnungen ausstellen.«

»Oh, dem weiß ich vorzubeugen.« Er fuhr mit der Hand in die Innentasche seines aufgeknöpften Mantels und holte eine Tafel Schokolade hervor. »Ich war mir nicht sicher, was man zu einem kulturellen Bildungsausflug als Dankeschön so mitbringt. Also habe ich Trude gefragt, und sie meinte, du würdest das hier mögen. Natürlich nur fast so sehr wie ihre Ingwerkekse, versteht sich.«

»Das wäre doch gar nicht nötig gewesen!« Sie konnte einfach nicht aufhören zu grinsen. Bitterschokolade zu naschen, bekam sie nur selten die Gelegenheit. Die Großmutter achtete penibel auf die ›schlanke Linie‹ ihrer Enkelin, die nie wirklich zu ihrer Zufriedenheit ausfiel. »Wollen wir die Tafel gleich miteinander teilen?«

Er verzog den Mund. »Lieber nicht.«

Sie warf einen Blick auf die Verpackung und schlug sich eine Hand vor den Mund. »Nüsse!«

»Ganz genau. Du musst also niemals Angst haben, dass ich dir deine Lieblingssorte klaue.«

Sie lachte laut auf, und es war ihr vollkommen egal, ob die Umherstehenden sie dabei schief anschauten. Seite an Seite ging sie mit Wilhelm dem Eingang entgegen. »Auf die Liste deiner beeindruckenden Eigenschaften ist gerade ein Punkt dazugekommen.«

Er hob eine Augenbraue. »Wie viele Punkte beinhaltet sie denn inzwischen?«

»Drei. Das mit meiner Lieblingssorte«, begann sie an den Fingern abzuzählen, »deine Klavierfertigkeiten und die Tatsache, dass du Taschentücher waschen und bügeln kannst.«

»Drei? Ich habe nur drei beeindruckende Qualitäten?«

»Es sind drei mehr als andere Vertreter deines Geschlechts haben, die ich bis jetzt kennenlernen durfte.« Wie sehr sie diese lockere Atmosphäre zwischen ihnen beiden genoss!

»Gut, das lasse ich so gelten.«

»Aber bilde dir nichts darauf ein!« Aus ihrem Handtäschchen, das in ihrer Ellenbeuge baumelte, holte sie das Programmheft des heutigen Abends und drückte es ihm in die Hand. »Hier. Damit du dich vorbereiten kannst. Auf die *Valse Caprice* bin ich persönlich sehr gespannt. Was ist mit dir, was findest du besonders anregend?«

Er überflog das Programm. »Das ist eine Fangfrage, hab ich recht?«

»Nein. Warum?«

»Da stehen die *Drei Tänze des Eros* drauf, und du fragst mich, was mich besonders anregt?« Er blickte auf, und in seinen Mundwinkeln zuckte es. »Die Antwort lautet selbstverständlich die *Valse Caprice*.«

Sie spürte, dass ihr Gesicht trotz des kühlen Herbstabends heiß wurde. Wie konnte sie sich beim Gespräch ausgerechnet in solch eine schlüpfrige Richtung manövrieren?

»Eine gute Wahl.« Sie räusperte sich, um die Verlegenheit zu überspielen. »Ich habe gehört, dieses Stück hat Busoni einzig und allein für Riefenstahl komponiert. Wie sehr muss ein Mensch von einer Tänzerin beeindruckt sein, um dies zu tun?«

Sie wollte noch mehr erzählen, wurde aber durch einen kleinen Tumult an der Kasse davon abgehalten. »Aber heute früh lag der Eintrittspreis noch bei fünfhunderttausend Mark!«, rief ein Herr in einem schlechtsitzenden Mantel. Seine Begleiterin – eine junge Frau mit fahlem Gesicht und verschrecktem Blick – umklammerte unsicher die Henkel ihrer Handtasche. Die Situation schien ihr äußerst unangenehm zu sein, was den Mann nicht daran hinderte, sich immer mehr in Rage zu reden.

»Dann hätten Sie die Karten halt heute früh kaufen sollen!«, keifte die Kassiererin zurück.

»Aber da hatte ich nicht so viel dabei!«

»Jetzt offenbar erst recht nicht. Zwei Milliarden. Zahlen Sie, oder gehen Sie nach Hause.«

Die Umstehenden wurden wegen der hitzigen Auseinandersetzung, die alles aufzuhalten schien, ungeduldig, doch insgeheim waren sie vermutlich froh, nicht an der Stelle des pöbelnden Mannes zu sein. Die Inflation betraf jeden – die unsicheren Zeiten waren von großen Entbehrungen geprägt. Dabei hatten sich alle so sehr erhofft, nach dem Krieg in eine bessere Zukunft blicken zu können. Diese lachte ihnen aber höhnisch ins Gesicht.

Iwa tat es im Herzen weh, die Szene mitanzusehen. Sie holte die Schokolade aus ihrer Handtasche, dann wanderte ihr Blick fragend zu Wilhelm. Er verstand ohne Worte. Ein stummes Nicken reichte, und Iwa eilte zur Kasse.

»Zwei Eintrittskarten bitte.« Mit bebenden Fingern schob sie die Schokolade der Kassiererin entgegen. Irgendjemand in der Schlange brummte, sie hätte sich vorgedrängt, doch Iwa beachtete es nicht.

Die Kassiererin stieß die Schokolade von sich. »Was soll ich damit?«

Iwa beugte sich hinunter und schaute der Dame fest ins Gesicht. »Vor wenigen Stunden hat die Schokolade ungefähr drei Milliarden Mark gekostet. Schon morgen wird es noch mehr sein. Es ist die perfekte Investition, glauben Sie mir.« Die ungefähren Preise der Lebensmittel kannte sie von Trude, mit der sie sich des Öfteren über die Inflation unterhielt. Natürlich wusste sie nicht genau, wie viel die Tafel zum jetzigen Zeitpunkt wert war, doch das war eigentlich egal. Solche Ware war mehr wert als das Papiergeld, mit dem man schon morgen bloß ein Kaminfeuer anzünden könnte.

Die Kassiererin überlegte nicht lange. Sie nahm die Schokolade, versteckte sie unter dem Tresen und schob Iwa zwei Karten entgegen.

Na also.

Triumphierend wandte sich Iwa dem Paar zu. »Bitte erlauben Sie mir, Sie zu diesem Abend einzuladen.« Sie reichte ihnen die Karten. »Ich hoffe, Sie werden die Vorstellung genießen.«

Der Mann griff nach den Karten. »Dieses verdammte Land geht vor die Hunde!«, knurrte er. Seine Begleiterin tätschelte beruhigend seinen Arm, doch er beachtete sie nicht. »Wo sind wir nur gelandet, dass anständige Menschen es sich nicht mehr leisten können, eine Kulturveranstaltung zu besuchen? Stattdessen sieht man ja, wer hier herumstolziert – die Taschen voller Gold!« Er machte eine ausladende Handbewegung.

Iwa rätselte, ob sie damit gemeint war. »Ich bin mir sicher, die Regierung ist sich der brenzligen Lage durchaus bewusst«, sagte sie ausweichend und hoffte, den aufgebrachten Mann damit irgendwie zu beruhigen.

»Die Regierung?« Der Kerl schnaubte. »Das ist keine Regierung, sondern eine Bande von Halsabschneidern! Was haben diese Novemberverbrecher denn bis jetzt getan? Ich sage es Ihnen: Das letzte bisschen, das wir haben, in den gierigen Schlund Frankreichs geworfen! Wir leiden, damit diese Juden noch reicher werden. So sieht es doch aus. Jawohl!«

Iwa schauderte. Sie hatte keine Dankbarkeit erwartet, aber sicherlich auch nicht so viel Polemik und Hetze gegen die Mitmenschen, die ihr entgegenschlugen. Unsicher schaute Iwa zu Wilhelm herüber, dann gab sie sich einen Ruck und wandte sich an den Mann.

»Die Krise hat uns alle hart getroffen. Wir sitzen alle im gleichen Boot!« Sie versuchte, ihre Stimme so fest wie möglich klingen zu lassen. Gleichzeitig fühlte sie sich wie eine Schwindlerin. Tatsächlich saßen nicht alle im gleichen Boot. Ihre Familie hatte zwar herbe Verluste erlitten, aber niemand von ihnen musste um die nächste Mahlzeit bangen oder sich Sorgen machen, morgen kein Dach mehr über dem Kopf zu haben.

Der Mann kniff die Augen zusammen und sah sie eindringlich von Kopf bis Fuß an. »Sind Sie eine von diesen?«

»Eine von … Was genau meinen Sie?«

»Eine von diesen Kommunisten?« Er spuckte ihr das Wort buchstäblich vor die Füße.

Iwa öffnete den Mund, wusste aber nicht, was sie darauf erwidern sollte. Plötzlich spürte sie Wilhelms Präsenz neben sich. Seine behandschuhte Hand streifte die ihre. Wie eine stumme Frage. Mit dem kleinen Finger hakte sie sich bei ihm ein. Sie war nicht allein, und das bedeutete ihr viel!

»Schluss jetzt.« Seine Stimme klang tief wie ein Grollen. »Sie haben Ihre Karten, also würde ich vorschlagen, Sie gehen in den Saal und genießen den Abend.«

»Und wir tun das Gleiche«, sagte Iwa kühl. »Guten Abend noch.«

Sie ging, mit Wilhelm dicht an ihrer Seite, während ihre Finger verflochten blieben. Trotzdem fühlte sie sich wie eine Verliererin, die das Feld räumen musste. Hier hätte sie doch mit ihrer Wortgewandtheit und ihrem politischen Wissen glänzen können! Stattdessen ließ sie sich von einem wütenden Bürger in die Flucht treiben.

An der Garderobe gaben sie ihre Mäntel ab. Die Luft ringsherum fühlte sich stickig an, das Gewusel beinahe schon zu viel des Guten. Dabei hatte Iwa noch nie wirklich ein Problem damit gehabt, viele Menschen um sich zu haben. Unruhig ließ sie ihren Blick umherschweifen.

»Beschäftigt dich dieser Kerl noch immer?«, fragte Wilhelm.

»Sieht man es mir an?«

»Du wirkst, als würdest du ein wenig neben dir stehen. Ich wüsste nicht, was sonst dafür verantwortlich sein könnte.«

Sie wollte es zuerst abstreiten, gab es dann aber zu. »Ich verstehe den Unmut und die Sorgen in diesen krisenreichen Zeiten. Wirklich. Und natürlich muss man den Menschen zuhören und mit ihnen in den Dialog treten. Nur bin ich überfragt, was ich ihm hätte sagen sollen. Er schien nichts als Wut zu kennen, die er bloß an jemandem ablassen wollte.«

»Man kann nur einen Dialog führen, wenn das Gegenüber das auch will.« Er deutete nach hinten. Da entdeckte Iwa das Paar von vorhin wieder. Galant half der Mann seiner Begleiterin aus dem Wollumhang. Seinen eigenen Mantel hatte er bereits ausgezogen und präsentierte stolz seine SA-Uniform.

Ihr wurde mulmig zumute. Unweigerlich dachte sie an die Gerüchte von einem Putsch, die derzeit hartnäckig in der Stadt kursierten. Auch wenn ihr Vater behauptete, man sollte diesen Pamphleten der linken Störenfriede keinen Glauben schenken, die würden zu gerne übertreiben.

Aber war es wirklich übertrieben, über Krawalle zu berichten, die diese Uniformierten in der letzten Zeit vermehrt veranstalteten? Auch wenn die Warnungen vor einem Putsch tatsächlich etwas überzogen erschienen, die Unruhen waren nicht von der Hand zu weisen. Obszöne Rufe, das Trampeln mit den Schuhabsätzen auf dem Boden schienen langsam zum Theaterbesuch dazuzugehören.

Iwa konnte nur hoffen, heute Abend keinen Krawall erleben zu müssen. »Lass uns gehen«, sagte sie und lief voran, um den Anblick des SA-Mannes nicht länger ertragen zu müssen.

Die Veranstaltung sollte in einem der kleineren Nebensäle stattfinden, nicht im Hauptsaal mit der beeindruckenden Orgel und den Galerien, wo die Philharmoniker ihr Können unter Beweis stellten. Noch immer schien der moderne Tanz zu unbekannt zu sein, um große Räumlichkeiten mit Publikum zu füllen.

Dennoch hatte dieser Ort etwas Erhabenes. Die hohe Decke war über und über mit blumenartigen Reliefs verziert, so dass Iwa das Gefühl hatte, in einen Palast gelangt zu sein. Obwohl sie schon oft hier gewesen war, beeindruckten sie die filigranen Details der Verzierungen und Dekorationen sie immer wieder aufs Neue. Links von der Bühne stützte eine Säulenreihe die Decke, die in ein kuppelartiges Gewölbe überging. Mehrarmige Kronleuchter erhellten den Raum, während die Bühne am Ende des Saals beinahe unscheinbar wirkte. Obwohl noch nichts darauf zu sehen war, übte sie eine unerklärliche Faszination auf Iwa aus. Plötzlich fragte sie sich, wie es sich wohl anfühlen müsste, auf so einer Bühne zu stehen. Als würde etwas Magisches sie zu sich rufen, verspürte sie einen unbändigen Drang, dort hinzukommen und ins Publikum zu blicken. In ihrem Magen kribbelte es vor Aufregung.

»Manchmal sieht es aus, als würdest du von innen leuchten«, hörte sie Wilhelms leise Stimme neben sich.

Ihr Herz machte einen Satz. Dass sie leuchtete, hatte noch nie jemand zu ihr gesagt. Schon gar nicht, wenn sie ungeschminkt und mit unfrisiertem Haar dastand.

Sie drehte sich zu ihm um. Hatte sie in Herrn Charakterfest ganz unverhofft ihren Mr. Rochester gefunden? Diesen fiktiven Mann, nach dem sie sich seit ihren Jugendjahren sehnte? *Jane Eyre* fand auch heute noch den Weg auf ihren Nachttisch.

»Vergleichst du mich gerade mit einem Glühwürmchen?«, konterte sie dennoch frech.

»Glühwürmchen sind wunderschön.« Sein Gesicht war so nah, dass sie das Gefühl hatte, sich in seinen Augen zu verlieren. »Ich wünschte, ich würde auch nur ein bisschen von diesem Leuchten haben.«

»Aber du hast es!«, widersprach sie. »Ich habe es bereits gesehen.«

Skeptisch runzelte er die Stirn. »Tatsächlich?«

»Ich mag Bühnen, und du – Klaviere. Definitiv Klaviere.«

Er zögerte, ohne seinen Blick von ihr abzuwenden, während in seinen Augen etwas aufflackerte. »Ich glaube, ich mag inzwischen nicht nur Klaviere.«

Ihr Atem beschleunigte sich leicht. Wollte er gerade sagen, dass er … sie mochte? Sie, Wiwi?

Jemand zischte, sie sollten sich endlich setzen, und unterbrach jäh die Innigkeit. Rasch nahm Iwa Platz, verwirrt von den Gefühlen, die in ihr brodelten. Wie konnte es sein, dass sie so viel empfand, für einen Mann, den sie kaum kannte? Sie beschloss, sich allein auf die Vorstellung zu konzentrieren, wegen der sie heute hierhergekommen war.

Der Saal war nur zu einem Drittel gefüllt, trotzdem lag eine besondere Spannung in der Luft. Die Gäste schienen der Vorstellung entgegenzufiebern, so dass Iwa glaubte, eins mit dem Publikum zu sein.

Dann erschien Leni Riefenstahl auf die Bühne. Barfuß, mit kurzen Locken und einem entschlossenen Blick wirkte sie wie eine feenartige Erscheinung aus einem Märchen. Sie trug ein Leotard aus einem silberig glänzenden Atlas, dazu umhüllte luftige Gaze ihre Arme und Beine, so dass der Eindruck entstand, die Tänzerin würde in einer Wolke durch den Raum schweben. Die schlanken Arme waren wie Flügel eines Vogels ausgebreitet, jederzeit bereit, dieses vollkommene Geschöpf in ungeahnte Höhen zu tragen. Es war nichts Freizügiges, Erotisches in ihrer Erscheinung, was Iwa noch mehr beeindruckte. Jede Kurve, jede Stelle der nackten Haut, jede Wölbung unter dem fließenden Stoff strotzte vor Ästhetik und sportlicher Eleganz.

Mit dem einsetzenden Klavierspiel entlud sich eine elektrisierende Welle in den Raum, die alles mit sich riss. Die Tänzerin wirbelte herum und erfüllte den Saal mit ihrer Präsenz. Die Musik wurde fordernder, kräftiger. Die Bewegungen mutiger und stürmischer, als würde die Künstlerin die Klänge zu bändigen versuchen. Unwillkürlich sah Iwa zu Wilhelm. Was dachte er gerade? Was fühlte er? Bewegte das Geschehene ihn in irgendeiner Weise, oder fragte er sich, was das hier sollte? Doch sein Gesicht verriet absolut nichts, als wäre es eine Maske, die er sich aufgesetzt hatte.

Iwa zwang sich, den Blick von ihm abzuwenden und das Geschehen auf der Bühne weiterzuverfolgen, spürte die Sehnsucht nach Tanz stärker als je zuvor. Riefenstahls Technik mutete nahezu perfekt an. Wie viel Training müsste da hinter jedem Sprung, jeder Drehung, jedem Schritt stecken! Und wie gern sie das alles lernen würde! Nicht heimlich, nicht für sich allein, sondern in einem richtigen Tanzunterricht.

Anders als beim Ausflug zu Mary Wigman, schien das Publikum hier bereit für den modernen Tanz zu sein. Endlich hatte sich München einer neuen Kunst geöffnet! Wenn ihre Mutter das nur sehen könnte …

Das nächste Musikstück folgte und der nächste Tanz. Die Zeit flog nur so dahin. Schon neigte sich die erste Hälfte dem Ende zu. Der letzte Ton verklang, die Tänzerin verharrte. Völlige Stille schlug in begeisterten Applaus um. Einige Zuschauende standen auf, ein paar eilten nach vorne, um die Künstlerin persönlich zu beglückwünschen. Auch Iwa erhob sich und applaudierte lautstark, von der Stimmung im Saal mitgerissen, bis ihr auffiel, dass Wilhelm reglos verharrte. Als würde um ihn herum nichts und niemand existieren.

Iwa senkte die Arme und ließ sich wieder auf ihren Platz nieder. Hatte es ihm nicht gefallen? War die Darbietung für ihn so unangenehm gewesen, dass er gar nicht wusste, wie er sich verhalten sollte?

Enttäuschung machte sich in ihr breit. Sie hatte so sehr gehofft, in ihm jemanden zu finden, der ihre Leidenschaft für diese Art von Kunst teilte! Jemanden, mit dem sie über Musik und Tanz voller Begeisterung reden könnte! Doch der moderne Tanz erschloss sich eben nicht jedem. Wie hatte sie nur davon ausgehen können, dass die Möglichkeit, dieser Vorstellung beizuwohnen, ihm genauso viel bedeuten würde wie ihr?

»Wir müssen nicht für die zweite Hälfte hierbleiben«, murmelte sie. Die Worte schmeckten wie bittere Medizin. »Wenn du willst, können wir in der Pause gehen.«

Stirnrunzelnd sah er sie an. »Warum? Ich dachte, es würde dir gefallen.«

»Schon. Aber dir doch nicht!«

Die Intensität ihrer Worte ließ ihn zusammenzucken. »Wie kommst du denn darauf?«

»Du hast die ganze Zeit stocksteif dagesessen. Was hätte ich sonst denken sollen? Oder habe ich verpasst, dass du den Gehstock deines Barons verschluckt hast?« Sie biss sich auf die Unterlippe, um sich zu zügeln, senkte ihre Stimme. »Du kannst mir ruhig sagen, wenn du damit nichts anfangen kannst.« Zerknirscht wandte Iwa den Blick von ihm ab. Nun musste sie beobachten, wie sich der SA-Mann zur Künstlerin durchkämpfte, um ihr begeistert zu huldigen. Riefenstahl schien kein Unwohlsein beim Anblick seiner Uniform zu empfinden, strahlte und umgarnte ihn mit ihrem Charme. Aus irgendeinem Grund rief dieser Anblick Bauchgrummeln in Iwa hervor. Dabei sollte die Kunst doch für alle da sein.

Oder etwa nicht? Eine Frage, auf die sie keine Antwort hatte.

»Es tut mir leid, wenn ich dir das Gefühl vermittelt habe, ich würde diese Veranstaltung nicht mögen«, hörte sie Wilhelm sagen und drehte sich überrascht zu ihm um. »Kunst bedeutet Emotionen. Und meine Emotionen zu zeigen oder in Worte zu fassen ist nicht unbedingt meine Stärke«, fuhr er fort. »Zumindest nicht ohne Klavier.«

Einen kurzen Moment lang ließ sie seine Worte auf sich wirken. »Hast du ... hast du denn dabei etwas empfunden?«

»Ja. Sehr viel sogar.«

Energisch deutete Iwa zur Bühne. »Das Klavier ist gerade nicht besetzt, soweit ich das beurteilen kann. Wir können unsere Unterhaltung gerne dorthin verlegen.«

Er hob die Augenbrauen. »Ich soll jetzt meine Gefühle spielen?«

»Warum denn nicht?«

Plötzlich blitzte ein Lächeln in seinen Mundwinkeln auf. Ein wahrhaftiges Lächeln! »Du bist unmöglich, Wiwi.«

»Das wurde mir schon unzählige Male bescheinigt! Wenn du mich beeindrucken willst, solltest du lieber wieder ein Taschentuch bügeln.« Entschlossen stand Iwa auf. »Was ist jetzt, kommst du mit?«

Perplex öffnete er den Mund. »Das ist wirklich dein Ernst, oder?«

Sie schluckte. »Ich möchte eben wissen, was du fühlst.« Es war die Wahrheit. Nichts als die Wahrheit. »Im besten

Fall werden alle denken, es wäre ein geplantes Intermezzo in der Pause. Im schlimmsten schmeißen sie uns raus, und wir werden uns die *Drei Tänze des Eros* nicht zu Gemüte führen können.«

»Das wäre ein Jammer!«, rief er theatralisch aus. »Ich bin doch nur deswegen hier!«

Iwa lachte laut auf, so dass die Umherstehenden sich nach ihr umsahen. »Und ich dachte wegen der *Valse Caprice*!«

Er stand auf. »In Ordnung. Lass uns etwas tun, was wir vermutlich gleich bereuen würden.«

Ihre kleinen Finger verschränkten sich wie von alleine ineinander. »Dann nichts wie los.« Iwa zog ihn hinter sich her, den Gang entlang zur Bühne.

»Fräulein Abbing?«

Fast wäre sie über ihre eigenen Füße gestolpert. Ihr Kopf fuhr herum und für einen Sekundenbruchteil erstarrte sie zu einer Säule. Nur wenige Schritte entfernt stand Albert-Alfons-Alfred.

Was macht er hier? Nur dieser Gedanke raste durch ihren Kopf. Bloß keine Panik. Sie gab sich einen Ruck und lief weiter. Sie würde einfach so tun, als hätte sie ihn nicht gesehen und irgendeine Ausrede finden, doch noch in der Pause die Tonhalle zu verlassen. Schade um die *Drei Tänze des Eros*, aber was blieb ihr anderes übrig? Dieser Kerl durfte keine Gelegenheit haben, eine Konversation mit ihr zu führen.

Sie beschleunigte ihre Schritte, steuerte die Bühne an, stieg die wenigen Stufen hoch, ging am Klavier vorbei und tauchte hinter die Kulissen. Erst da ließ sie Wilhelm los, wich zurück und versuchte, ihren hektischen Atem zu beruhigen.

Sein Blick forschte in ihrem Gesicht. »Hat dich da jemand Fräulein Abbing genannt? Iwa Abbing?«

Ihr Mund wurde schrecklich trocken. »Du musst dich verhört haben!«

»Ich spiele Klavier. Mein Gehör war bis jetzt noch nie ein Problem.«

Ihre Finger zitterten. Verzweifelt knetete sie die Hände. »Es ist kompliziert. Lass uns dieses Gespräch nicht hier führen. Bitte!«

Bange wartete sie auf seine Reaktion.

»Verstehe.« Seine Züge wurden milder. Er neigte den Kopf, und die verwuschelten Strähnen fielen im in die Stirn. Er strich sie mit einer fließenden Bewegung beiseite. »Wie wäre es in zweieinhalb Wochen?«

»Warum erst in zweieinhalb?«

»Demnächst reist der Baron geschäftlich nach Luxemburg. Die einzige Voraussetzung, unter der er mich nicht dabeihaben wollen würde, wäre mein vorzeitiges Ableben. Beispielsweise aufgrund von Haselnüssen.«

»Oh. Das sollten wir möglichst vermeiden.«

»Finde ich auch. Jetzt, wo wir doch anscheinend ein … Rendezvous haben.« Er lächelte ihr zu. Nicht zaghaft oder nur angedeutet, sondern dieses Mal richtig. »Am achten November sind wir zurück. Dann könnten wir uns am neunten sehen. Im Tambosi am Odeonsplatz? Um die Mittagszeit hält der Baron gern ein Schläfchen. Wenn du es also einrichten könntest … «

»Dann gegen zwölf Uhr im Tambosi!« Ihr Herz klopfte so heftig, dass sie glaubte, es spränge gleich aus ihrer Brust. Am neunten November würde es sich also herausstellen, ob er ihr die Lüge verzeihen konnte.

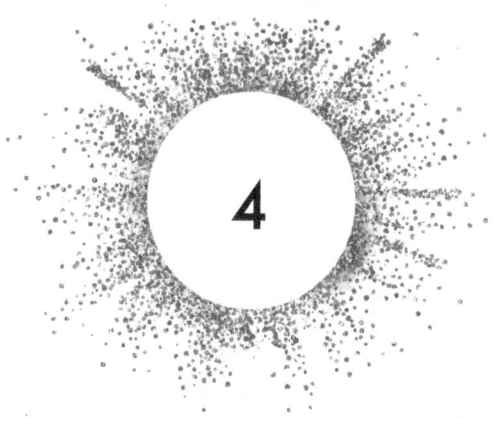

4

Stufe für Stufe stieg Baron von Hohenstein mühselig die Treppe hinauf. Zum Glück war niemand in der Nähe, der seinen Kampf um jeden Zentimeter beobachten konnte. Sein Bein tat wieder furchtbar weh, der stechende Schmerz setzte an der Hüfte an und zog sich bis hinunter zum Knie. Jede Bewegung war eine Tortur. Diese verdammte Kriegsverletzung! Und wofür das alles? Damit sich Deutschland wie ein geschlagener Hund in die Ecke verkroch, während die Feinde ihre Hälse nicht vollkriegten. Schwer atmend blieb er stehen. Die prachtvolle Umgebung ringsherum konnte sein Gemüt kaum besänftigen. Obwohl er sich gerne im Herrenclub aufhielt. Die Flure und Treppen waren mit roten Teppichen ausgelegt, die jedem das Gefühl verliehen, ein ganz besonderer Gast zu sein. Das filigrane, aus Gusseisen geschmiedete Geländer erinnerte an feinste Spitze. Noch eindrucksvoller waren die Wände und die Decken mit Stuckverzierungen, wohin das Auge reichte. Anstelle von Wandpfeilern trugen Atlanten und Karyatiden die Last der oberen Etagen.

Opulente Kronleuchter gaben den Räumen etwas Majestätisches.

Ja, die Umgebung war ganz nach seinem Geschmack.

Er wartete ein paar Minuten, um das schmerzende Bein zu entlasten, dann setzte er seinen Weg fort. Man hatte ihm zugetragen, dass Alois Abbing sich im Restaurant aufhalten würde. Hoffentlich lohnte sich die Anstrengung, den Weg hierher auf sich zu nehmen. Anders als der Besuch seines Balls, auf dem Abbing nicht einmal aufgetaucht war.

Es ärgerte den Baron, dass er diesem Mann wie ein Hündchen hinterherlief. Aber was sollte er tun? Die Abbing-Brauerei florierte trotz Inflation, und er brauchte dringend ein lukratives Export-Geschäft, um die eigene finanzielle Lage etwas zu verbessern. Natürlich waren die Schwierigkeiten nur vorübergehend, aber wenn er jetzt nichts unternahm, konnte es bald richtig übel werden und in einer Misere enden.

Nach einer weiteren Treppe gelangte er endlich in den sogenannten Weißen Saal, einen großzügigen, hellen Raum, in dem sich das Restaurant des Hauses befand. Der Geruch von herzhaften Speisen, Kaffee und Zigaretten hing in der Luft, die Teppiche schluckten die Schritte, kleine Tische für zwei bis vier Personen luden zum Verweilen ein. Antik anmutende Säulen stützten die Decke, die Armleuchter waren in regelmäßigen Abschnitten an den Wänden angebracht, am anderen Ende des Saals zog ein riesiges Ölgemälde den Blick auf sich.

Alois Abbing saß an einem Tisch für zwei nahe einem

der Fenster. Vor ihm stand eine Tasse dampfenden Kaffees, in den Händen hielt er eine Zeitung, die er aufmerksam studierte.

Die Information war also richtig gewesen. Wie gut, dass es noch Menschen gab, auf die man sich verlassen konnte. Zumindest bei entsprechenden Zuwendungen.

Auf seinen Gehstock gestützt, ging er auf Alois Abbing zu. »Wie erfreulich, Sie hier zu treffen! Darf ich mich zu Ihnen setzen?«

Irritiert hob Alois Abbing den Blick von der Zeitung, ergriff die ihm hingehaltene Hand und drückte sie. Nicht sonderlich fest, was auf keinen allzu durchsetzungsfähigen Mann schließen ließ. Vielleicht würde das Ganze ein leichteres Spiel werden als angenommen. Bevor Abbing etwas erwidern konnte, setzte sich der Baron ihm gegenüber auf den freien Stuhl und streckte mit einem dankbaren Seufzen das Bein aus. »Diese Kriegsverletzung bringt mich noch ins Grab. Neunzehn-sechzehn. Ostfront. Aber immerhin haben wir diesen feigen Russen gezeigt, was wahrer Kampfgeist bedeutet, nicht wahr?«

Abbing runzelte die Stirn. »Verzeihung ...«

»Baron Leopold Theodor Maria Franz Freiherr von Hohenstein. Wir haben uns auf dem vorzüglichen Ball kennengelernt, den Sie für Ihre bezaubernde Tochter ausgerichtet haben«, half er zuvorkommend. Es stimmte zwar nicht, aber wen kümmerte es?

Normalerweise reichte die Nennung seines Titels, um sich Gehör zu verschaffen und Aufmerksamkeit zu bekommen. Auch wenn der Adel offiziell abgeschafft war –

eine Schande dieser verbrecherischen Regierung in Berlin –, hatten manche Namen durchaus immer noch mehr Gewicht als andere. Seiner gehörte dazu. Oder hatte gehört. Bis es geschäftlich nicht mehr so gut gelaufen war und die Leute ihn nicht mehr so gerne trafen wie früher. Aber er war heute hier, um genau das zu ändern.

»Ich bin ein großer Liebhaber des Abbing-Biers. Sein vorzüglicher Geschmack erquickt mich bereits seit Jahren. Ach was. Seit Jahrzehnten.« Er lachte gutmütig. Zumindest hoffte er inbrünstig, dass sein Lachen so klang. Denn zu diesen dümmlichen Frohnaturen, die bei jeder Gelegenheit grinsten und kicherten, zählte er sich ganz gewiss nicht.

»Danke«, erwiderte Abbing trocken. Was für ein arroganter Schnösel! Seit Beginn ihrer Unterhaltung hielt dieser Kerl es nicht einmal für nötig, den Blick länger als für zwei Sekunden zu erwidern. Geschweige denn, wenigstens ein wenig Interesse an einer unbefangenen Konversation zu zeigen.

Ein Kellner kam heran und erkundigte sich, ob auch er etwas bestellen wolle. Wie alles an diesem Ort hatte auch der Bedienstete eine absolut makellose Erscheinung. Fast so, als wäre er kein Mensch, sondern ein Teil der Einrichtung. Für den Baron waren Angestellte ohnehin gesichtslose Kreaturen, deren Existenzberechtigung sich darauf beschränkte, die Wünsche der Herrschaften zu erfüllen.

Am liebsten hätte er einen Cognac getrunken. Dieses Haus verfügte über eine vorzügliche Auswahl an edlen Tropfen. Doch eventuell wäre es kein guter Kniff, um mit

Alois Abbing anzubändeln. Also bestellte der Baron einen Kaffee. Schwarz und bitter, wie die Seele des Teufels. Er schenkte seinem Gegenüber einen verschwörerischen Blick. Eine winzige Gemeinsamkeit wie die Vorliebe für schwarzen Kaffee konnte das Gespräch durchaus auflockern.

Die Anzüglichkeit rief allerdings keinerlei Reaktion bei dem Bierbrauer hervor. Als gehörte alles, was hinter seiner Zeitung war, zu einer anderen Welt, der Alois Abbing keinerlei Interesse schenkte.

Nun gut. Dann eben Klartext.

Der Baron richtete sich etwas auf und beugte sich vor. Manchmal reichte es schon, mehr Platz einzunehmen, um sein Gegenüber einzuschüchtern. Groß und kräftig wie er war, flößte er mit seiner Statur den meisten Menschen einen gehörigen Respekt ein. »Ich bin hier, um mit Ihnen von Geschäftsmann zu Geschäftsmann zu sprechen ...«

»Kein Interesse.«

Was zum Teufel! Seine rechte Hand verkrampfte sich um den Knauf des Gehstocks. Wie gern würde er ausholen, um alles kurz und klein zu schlagen. Vor allem diese selbstzufriedene Miene des Herrn Abbing. Aber er riss sich zusammen. Viele Menschen hatten seinen Zorn verdient. Aber nur bei manchen kam man mit Prügel weiter. In diesem Fall musste er Fingerspitzengefühl beweisen.

»Ich habe ein lukratives Angebot, das Sie bestimmt interessieren wird.«

Abbing reagierte nicht. Mühsam schluckte der Baron seinen Ärger hinunter. Er konnte es sich nicht erlauben, diesen Mann zu brüskieren.

»Ich habe nicht gelogen, als ich gesagt habe, wie begeistert ich von den Erzeugnissen Ihrer Brauerei bin. So begeistert, dass ich fest davon überzeugt bin, das Abbing-Bier hat es verdient, auch außerhalb Bayerns bekannt zu werden. Mit meiner Hilfe …«

»Wir exportieren bereits landesweit.«

Kurz knirschte er mit den Zähnen. Was fiel diesem Wichtigtuer ein, ihn schon wieder zu unterbrechen? Es dauerte ein paar Augenblicke, bis er sich wieder zu einem Lächeln zwingen konnte. »Ich meine eher, über die Grenzen hinweg. Auch außerhalb Deutschlands wird ein gutes Bier sehr geschätzt.«

Immerhin erntete er jetzt so etwas wie einen Blick. Alois Abbing nickte, bevor er sich wieder seiner Zeitung widmete. »In Ordnung. Schicken Sie mir einen fundierten Vorschlag zu, ich melde mich, wenn ich ihn interessant genug finde.«

Schon wieder verkrampfte sich seine Hand. Wenn er nur könnte … Dann würde diese Witzfigur nicht so gelassen dasitzen und die Zeitung lesen, sondern um Gnade flehen. Er wollte gerade etwas erwidern, als sich hastige Schritte näherten und ein junger Mann an den Tisch trat. Kräftig gebaut, aber sichtlich nervös, glättete er mit hastigen Bewegungen sein pomadisiertes Haar, bevor er mit einer bebenden Stimme ansetzte: »Meine Herren … Herr Abbing … Ich hoffe, Sie widmen mir ein paar Minuten Ihrer kostbaren Zeit. Es geht um Ihre Tochter.«

Ein Schatten huschte über das Gesicht des Bierbrauers. Mit bedachten Bewegungen faltete Alois Abbing die

Zeitung zusammen und legte sie auf den Tisch. »Und Sie sind …?«

»Verzeihung.« Der Mann verbeugte sich, als säße ein bayerischer König persönlich vor ihm. Oder zumindest ein Kronprinz. »Alfons Neumüller. Zu Ihren Diensten. Es dauert auch nicht lange.«

»In Ordnung.« Flüchtig streifte sein Blick umher, traf den Baron, wanderte dann aber sofort weiter. »Wir waren fertig, nehme ich an?«

Wo blieb nur der Kaffee! Ein Glücksfall, dass ausgerechnet in diesem Moment der Kellner wieder auftauchte und die Tasse vor ihm abstellte. Nun würde Alois Abbing ihn nicht wie ein störendes Kind fortschicken können. Zumindest nicht, bis der Kaffee ausgetrunken war.

Der junge Mann schien seine Geduld endgültig verloren zu haben und begann einfach draufloszureden. »Ich durfte gestern Abend Ihre bezaubernde Tochter samt Begleitung in der Tonhalle treffen, und da ist mir bewusst geworden, wie sehr ich ihre Gesellschaft auf dem Ball in Ihrem Hause genossen habe. Genau. Deshalb wollte ich Sie fragen, ob Sie mir die Ehre zuteilwerden lassen, sie zu einem kleinen Ausflug einladen zu dürfen? Jedenfalls … jedenfalls bin ich fest davon überzeugt, der Richtige … ähm, der Richtige an ihrer Seite zu sein. Sofern ich die Gelegenheit bekomme, das unter Beweis stellen zu dürfen.«

Na, der ereiferte sich aber sehr wegen eines Mädchens! Wobei – die Kleine war tatsächlich eine gute Partie, die man ungern einem anderen überließ. Offensichtlich hatte ein Rivale sein Interesse befeuert. Nachdenklich rieb sich der Baron das Kinn. Andererseits suchte Abbing sicherlich einen Nachfolger. Und ein Jungspund wäre bestimmt leichter für riskante Exportgeschäfte zu begeistern als ein alter Hase. Zu beobachten, wie sich diese Sache entwickelte, konnte lohnenswert sein.

»Völlig ausgeschlossen«, erwiderte Alois Abbing tonlos, doch die Sorgenfalten auf seiner Stirn wurden tiefer. »Meine Tochter kann gestern unmöglich in der Tonhalle gewesen sein. Und schon gar nicht in Begleitung!«

»Ich habe sie wirklich gesehen!« Neumüller blinzelte rasch, als wolle er ihr Bild vor seinem inneren Auge entstehen lassen. »Fräulein Abbing ist direkt an mir vorbeigegangen. Und hinter ihr dieser Mann. Ich muss sagen, ich war durchaus überrascht, sie in der Gesellschaft eines Herrn anzutreffen. Zumal ich nach dem Ball den Eindruck hatte, wir zwei würden uns hervorragen verstehen.«

Dem Baron entging nicht, wie sich der Bierbrauer bei der Erwähnung eines unbekannten Herrn verspannte. Mit dem Daumen fuhr er über den Rand der Zeitung, sein Blick war ins Nirgendwo gerichtet. »Ich versichere Ihnen, dass meine Tochter den Abend in ihrem Zimmer verbracht hat. Sie hat sich nicht wohl gefühlt.«

Mit fahrigen Bewegungen zog Neumüller an seiner Krawatte, als würde er kaum Luft bekommen. »Mitnichten. Sie trug ein dunkelblaues Kleid mit orangefarbenen Akzenten. Dazu ein Collier mit braunen Steinen und große Ohrringe. Ein wenig zu extravagant für meinem Geschmack. Ich hätte meiner Begleiterin jedenfalls davon abgeraten, mit diesem … ausgefallenen Schmuck so viel

Aufmerksamkeit zu erregen. Bescheidenheit ist doch die beste Tugend für eine junge Frau, nicht wahr?«

Alois Abbing erblasste.

Nanu! Das wilde Ding hatte sich offenbar tatsächlich ohne die Erlaubnis ihres Vaters davongemacht. Empörend, keine Frage! Nachdenklich rieb der Baron den Knauf seines Gehstocks. Ob sich aus diesem Umstand ein Vorteil ziehen ließe? Er stützte sich am Tisch ab und lehnte sich vor. »Da scheint sich jemand hinausgeschlichen zu haben«, raunte er so gutmütig, wie er konnte. Es war, als könnte er sich dabei zusehen, wie er in die Haut eines anderen schlüpfte. Dann war er ein guter Freund, ein netter Onkel, ein zuverlässiger Gesprächspartner. »Und dazu noch mit einem heimlichen Verehrer!«

Alois Abbing rieb sich über die Stirn. Eine kleine Geste, und doch steckte so viel Verzweiflung in dieser unscheinbaren Bewegung. Wie er es genoss zu sehen, wenn die Leute, die so sehr von sich überzeugt waren und von denen die ganze Welt abzuprallen schien, plötzlich ihre Maske fallen ließen und sich verwundbar zeigten. Der Baron spürte, dass jedes seiner Worte direkt ins Ziel traf.

Er senkte die Stimme, um es noch ein wenig vertraulicher wirken zu lassen. »Noch so ein Skandal wird dem Ruf Ihrer Familie einen dauerhaften Schaden zufügen. Die Geier warten nur so darauf, sich auf Ihren guten Namen zu stürzen und ihn zu zerfetzen.«

»Es gibt keinen Skandal«, sagte sein Gegenüber gepresst, ohne den Blick zu erwidern. »Es wird keinen geben!«

Der Baron gönnte ihm eine kleine Pause. »Wenn Sie mich fragen, sollten Sie alles tun, um diesen ... Ausrutscher Ihrer Tochter vergessen zu machen. Frauen brauchen Erziehung und eine starke Hand, die sie führt. Gibt man ihnen nur ein wenig Freiheit, schon tanzen sie einem auf der Nase herum.«

Alois Abbing schwieg. Gut! Die Worte schienen auf fruchtbaren Boden gefallen zu sein. Auch wenn der Baron selbst noch nicht genau wusste, wohin sich das Gespräch entwickeln sollte. Aber gemeinsam ein so delikates Problem zu lösen, schaffte Vertrauen. Vielleicht genug, um sich wieder über das Exportgeschäft zu unterhalten. »Haben Sie eine Ahnung, wer der Mann sein könnte, mit dem sich ihre Tochter getroffen hat?«

Alois Abbing schüttelte den Kopf. »Meine Tochter ist ein anständiges Mädchen! Sie würde niemals etwas tun, was der Familie schadet.«

»Außer sie tritt in die Fußstapfen ihrer Mutter, die bekannterweise gewisse Probleme hatte. Jeder konnte beobachten, was sich daraus ergeben hat.«

Der Bierbrauer schlug mit einer Faust so heftig auf den Tisch, dass die Tassen klapperten. »Nein, das wird niemals passieren. Dafür werde ich sorgen.«

»So spricht der liebende Vater, dem das Wohl seiner Tochter am Herzen liegt.« Der Baron nickte mehrfach und hoffte inständig, genug Mitgefühl in seine Stimme gelegt zu haben. »Ich verstehe Ihre Sorgen gut. Frauen sind wankelmütige Wesen. Ihr Verstand ist zerbrechlich, nicht geschaffen, um große Lebensentscheidungen zu treffen. Hysterie und Wahnsinn können Folgen sein. Bereits Paul Julius Möbius hat ausreichend dargelegt, dass ein Weib nur ein Mittelding zwischen einem Kinde und einem Mann ist. Und so entwickelt das arme Ding eine Neigung zu Täuschungen und Lügen.« Er zitierte gerne kluge Köpfe, die das Wesen der Frauenzimmer, genauso wie er, durchschaut hatten. »Jetzt gilt es, weise zu handeln und das arme Mädchen vor einem bösen Einfluss abzuschirmen, es wahrhaftig vor sich selbst zu retten, bevor es zu spät ist und die Hysterie ihren Verstand endgültig befällt.«

War da ein kaum wahrnehmbares Nicken zu sehen? Na also. Der Bierbrauer wurde langsam hörig. Manchmal brauchte es nur den richtigen Zugang. Und der schien sich, dank seiner Tochter, hier zu bieten.

»Können Sie ihren Begleiter beschreiben?« Unvermittelt wandte sich Alois Abbing an Neumüller, der wie ein vergessenes Paketstück dagestanden hatte.

Der junge Mann trat von einem Bein aufs andere. »Ich habe ihn nur kurz gesehen. Groß, breite Schultern. Dunkles Haar. Auf der Stirn hatte er etwas … so als hätte er sich vor einiger Zeit eine Wunde zugezogen.«

»Über der rechten Augenbraue?« Der Baron schnaubte überrascht. Nein, das konnte nicht sein!

Alois Abbing kniff die Augen zusammen. »Sie kennen diesen Kerl?«

»Möglich.« Er merkte, wie er zu grinsen begann. »Wenn Sie Ihre Tochter in den Griff bekommen möchten, dann habe ich eine Idee. Sie wird im Nu all Ihre Probleme lösen, und Sie brauchen sich nie wieder Gedanken um heimliche Verehrer Ihrer Tochter zu machen!«

Zufriedenheit breitete sich in ihm aus. Eine tiefe, wohltuende Zufriedenheit, die er so selten verspürte. Wenn alles klappte, wie es sich ihm sein Verstand ausmalte, würde er die Abbings in der Hand haben.

5

was Blick glitt über die Baumkronen, die langsam, aber sicher kahl wurden. Noch vor wenigen Tagen hatte der Park in Rot und Gelb geleuchtet, doch jetzt neigte sich der Oktober dem Ende zu, und das trostlose Grau des Spätherbstes verdrängte die Farben. Iwa mochte den Wechsel der Jahreszeiten, der sie daran erinnerte, wie vielfältig die Natur ihre Schönheit zeigte. Wann auch immer sie konnte, spazierte sie durch den Park, der die Villa der Abbings umgab. Ahorn, Essigbäume, Gingko und dazwischen wilder Wein … Mit den Füßen pflügte sie durch die auf dem Boden liegenden Blätter und lauschte dem Rascheln. Seit sie Wilhelm kannte, hörte sie überall Musik, und jede Bewegung glich einem Tanz. Von dem Gedanken beschwingt, drehte sie sich um die eigene Achse. Es kam ihr so vor, als würde sie ihre Welt auf eine ganz neue Art wahrnehmen. Viel intensiver und klarer als zuvor, so dass sich ihr Alltag umso mehr wie ein Korsett anfühlte, das ihr den Atem raubte.

»Sie verkühlen sich noch!«, hörte sie Marthas besorgte

Stimme und fuhr herum. Die Haushälterin stand wenige Meter entfernt und sah sie kopfschüttelnd an.

Iwa lächelte und winkte ab. »Ach, so kalt ist es nicht!«

Aber Martha hatte natürlich recht. Der Herbst war ungemütlich, die Tage wurden immer kürzer. Die Sonne schaffte es kaum, sich durch den dichten Wolkenschleier zu kämpfen. Trotzdem spürte Iwa die Kälte nicht. Womöglich, weil ihr Gemüt so erhitzt war – jedes Mal, wenn sie an die Momente mit Wilhelm dachte. Sie kamen ihr rar und kostbar vor. War sie verliebt? Sie rief sich zur Räson. Wie konnte sie in ihn verliebt sein, wo sie ihn doch kaum kannte? Drei Mal hatten sie sich gesehen. Ihre Eltern hatten dagegen unzählige heimliche Treffen gehabt, bevor die Großmutter der ungleichen Verbindung zugestimmt hatte, und letztendlich war alles dennoch in die Brüche gegangen. Warum sollte es dann zwischen ihr und ihrem Herrn Charakterfest klappen? Iwa zog den Schal enger um ihren Hals. Sie kannte ja nicht einmal seinen Nachnamen!

Sie bemerkte Marthas eindringlichen Blick. »Was gibt es?« Vielleicht, aber nur vielleicht würde die Haushälterin ihr mitteilen, dass sie unerwarteten Besuch hatte, der gerade in der Küche saß und Trudes Kekse naschte. Bei der Vorstellung schlug ihr Herz ein wenig schneller.

»Ihr Vater möchte Sie sprechen.«

»Mein Vater?« Die Vorfreude zerschellte. »Bist du dir sicher?«

Die Haushälterin nickte ernst.

Ein ungutes Gefühl breitete sich in ihrem Bauch aus. Ihr Vater hatte sie noch nie zu sich gerufen. Ihre Unterhaltungen beschränkten sich auf die Begegnungen am Esstisch und die üblichen Floskeln während der Empfänge in der Villa, falls er diese tatsächlich mit seiner Anwesenheit beehrte. Er mochte keine Menschenansammlungen und verbrachte seine Zeit viel lieber in der Brauerei oder im Herrenclub.

Sie fröstelte, als sie zum Haus ging.

»Viel Glück«, verabschiedete sich Martha, sobald sie die Schwelle überschritten hatten.

»So schlimm?« Iwa lächelte tapfer.

Ratlos hob Martha die Schultern. »Ich bin nicht gut darin, im Gesicht Ihres Vaters zu lesen, aber er sah nicht besonders gut gelaunt aus.«

»Vermutlich hat Großmutter ihm gesagt, dass ich immer noch nicht mit der Stickerei weitergekommen bin.«

»Diese Hoffnung besteht, gnädiges Fräulein. Diese Hoffnung besteht.«

Nun denn. Sie sollte es so schnell wie möglich hinter sich bringen. Mit hocherhobenem Kopf, so wie Hilde Abbing es zu tun pflegte, machte sie sich auf den Weg zu den Räumlichkeiten ihres Vaters, die sich im hinteren Flügel der Villa befanden – er legte viel Wert auf seine Privatsphäre. Sie waren sein Refugium, sein Rückzugsort, zu dem er nur selten jemandem Zugang gewährte. So erfüllte Iwa es mit einer gewissen Ehrfurcht, diesen Bereich des Hauses zu betreten.

Vor seiner Tür hielt sie inne. Ihr Vater mochte Zigarren, alte Bücher und Mutters Lilien, die einen süßen, melancholisch schweren Duft verströmten. Die Blumen hatte er

schon vor einiger Zeit aus dem Garten und dem Haus verbannt, doch ihr Duft schien in die Wände gezogen zu sein,
so dass Iwa ihn immer noch wahrnehmen konnte.

Oder bildete sie sich das nur ein?

Kein Geräusch drang an ihre Ohren.

War er tief in seinem Inneren einsam? Ein drückendes
Gefühl legte sich auf ihre Brust, als ihr bewusst wurde, wie
wenig sie ihn eigentlich kannte.

Iwa straffte die Schultern und klopfte. Ein samtiges
Herein tönte ihr entgegen. Sie drückte die Klinke hinunter
und trat ein.

Der dunkle Raum wirkte einschüchternd und geheimnisvoll. Hohe Regale aus Nussbaumholz bekleideten die
Wände bis zur Decke, Bücher und Ordner füllten den Platz
aus. Alles war penibel sortiert und ordentlich eingeräumt.
Es diente nur einem Zweck – konzentriert zu arbeiten,
ohne von anderen Dingen des Lebens abgelenkt zu werden.
Die Silhouette des Vaters wirkte wie eine Statue – so bewe-
gungslos verharrte er am Fenster. Doch sobald sie den
Raum betreten hatte, wandte er sich zu ihr um.

»Bitte nimm Platz.« Die Aufforderung kam nicht von
ihm, sondern von Hilde Abbing. Im Halbdunkel hatte Iwa
die alte Dame gar nicht bemerkt. Sie saß etwas abseits auf
einem Sofa und hielt eine filigrane Porzellantasse, die so
fein ausgearbeitet schien, dass ein zu grober Griff sie
pulverisieren könnte.

Wie so oft versuchte Iwa, die Stimmung im Raum zu
deuten. Doch es war ein sinnloses Unterfangen. Ihre Großmutter sah aus, als würde sie mit nur einem Blick jeden in

Stein verwandeln können. Ihr Vater wirkte, als hätte er nicht nur im Arbeitszimmer alles sortiert, sondern auch seine Emotionen beschriftet und in seinem Inneren ordentlich abgelegt. Früher, wenn es Auseinandersetzungen mit der Mutter gegeben hatte, war es meistens Johanna Abbing, die man manchmal hatte schreien hören. Wohingegen er nur sachliche Lösungsvorschläge für die angesprochenen Probleme gemacht hatte. Iwa hatte ihn schon immer für seinen kühlen Kopf bewundert und versucht, ihm nachzueifern, indem sie ihre Emotionen in sich einsperrte. Erst in der letzten Zeit fragte sie sich, ob es wirklich der richtige Weg für sie war, etwas nicht fühlen zu wollen, obwohl es zum Fühlen da war.

Sie setzte sich in einen viel zu großen Ledersessel, der vermutlich strategisch platziert war zwischen der Großmutter und dem Vater, damit die beiden sie ins Kreuzverhör nehmen konnten.

»Du wolltest mit mir reden, Vater?« Mit Absicht wandte sie sich ausschließlich an ihn. Noch war sie da, die zarte Hoffnung, ihn auf ihrer Seite zu haben. Bei was auch immer.

Er zögerte, als müsste er den richtigen Einstieg für das Gespräch finden.

»Wie geht es dir?«, kam endlich seine Frage, die ein abfälliges Schnauben der Großmutter nach sich zog. Auf eine nette Plauderei war die Grande Dame des Hauses offensichtlich nicht aus.

»Gut«, antwortete Iwa so ausweichend wie möglich. Sicherlich ging es hier nicht um ihr Wohlbefinden.

»Verstehe.« Er lief ein paar Schritte auf und ab. »Ich mache mir Sorgen. Wir alle tun das.«

Sie ließ ihren Blick herumwandern. »Alle?«

»Deine Großmutter und ich, um genau zu sein.«

Wer auch sonst. Iwa verdrehte die Augen. »Ich gestehe, dass mein Kreuzstich leider nicht wesentlich besser wird, und die Gebetbücher kenne ich auch noch nicht alle auswendig. Ich kann die Enttäuschung vollkommen verstehen, gelobe aber feierlich, mir mehr Mühe zu geben.«

»So schlimm finde ich deinen Kreuzstich gar nicht. Er ist immerhin besser als meiner.« Erstaunt schaute Iwa auf. Hatte ihr Vater so etwas wie einen Witz gemacht?

Mit einem hellen Klirren stellte die Großmutter die Tasse auf dem Untersetzer ab. »Ich wünschte, man würde die Angelegenheit hier etwas ernster nehmen.«

Der Tadel galt offensichtlich sowohl ihr als auch ihrem Vater. Er presste die Lippen aufeinander. Ein angespanntes Schweigen folgte, dann setzte er an: »Deine Großmutter hat recht. Wir müssen ernsthaft über deine Zukunft reden, Iwa.«

»Meine Zukunft? Es überrascht mich, dass ich bei diesem Gespräch anwesend sein darf.«

»Iwa!« Mit schneidender Stimme wies ihrer Großmutter sie zurecht. »Was erlaubst du dir, so aufmüpfig zu sein?« Hilde Abbing schnaubte. »Siehst du?«, wandte sie sich an ihren Vater. »So kann es nicht weitergehen.«

Iwa erhob sich aus dem Sessel. »Ihr habt recht, so kann es nicht weitergehen.« Sie spürte die Blicke, die sie taxierten. Früher hätten diese sie sofort zum Verstummen gebracht, doch heute ließ sie sich nicht beirren. Sie konnte nicht mehr schweigen – und wollte es auch nicht mehr. »Ich bin nicht die feine, folgsame junge Dame, die ihr euch so sehr wünscht. Diese Bälle, Empfänge und Teekränzchen sind eine wahre Tortur für mich. Ich bekomme kaum eine Gelegenheit für eine sinnvolle Konversation. Stattdessen besteht meine Aufgabe darin, brav zuzunicken und nett zu lächeln, wenn die Herren der Schöpfung sich dazu herablassen, ein Wort an mich zu richten. Ich habe Angst. Wirklich Angst, dass das alles ist, was das Leben für mich bereithält. Dieses Leben will ich nicht.«

Hilde Abbing verzog den Mund, als hätte sie Zahnschmerzen. »Nun gut. Was willst du dann?«

Für einen Moment hatte Iwa das Gefühl, irgendwo im Nichts zu schweben. Unauffällig wischte sie ihre Handflächen am Stoff ihres Kleides ab, die plötzlich ganz feucht wurden. »Ich möchte Tänzerin werden«, flüsterte sie.

Seit dem Abend in der Tonhalle war es ihr ganz klar gewesen. Die Bühne, das Rampenlicht, das Publikum, das gebannt zu ihr aufschaute – das war ihre Bestimmung.

»Tänzerin?« Ganz langsam wandte sich ihr Vater zu ihr um, als hätte er erst jetzt begriffen, Anteil an dieser Unterhaltung zu haben.

Iwa schluckte. Immerhin verbot ihr niemand das Wort – das war doch ein gutes Zeichen. Sie achtete darauf, ihre Stimme besonnen und fest klingen zu lassen. »Ich bin davon überzeugt, dass der Ausdruckstanz die Kunst auf eine neue Ebene hebt. Es ist die Verkörperung der neuen Zeit, und ich möchte ein Teil davon sein.«

»Tänzerin!«, rief die Großmutter jetzt aus und hob verzweifelt die Hände. »Hört, hört. Das Kind möchte Tänzerin werden.«

»Aber ich bin kein Kind mehr!« Mit aller Macht versuchte Iwa, ihre Emotionen im Zaum zu halten, doch es gelang ihr nur bedingt. Sie merkte, wie das Gespräch ihr entglitt, wie sie die Kontrolle verlor, weil man keines ihrer Worte ernst nahm. »Ich habe mich informiert. Wenn ich nach Hamburg gehe, wo Rudolph von Laban seine neue Schule für den modernen Tanz eröffnet hat ...«

»Unsinn.« Hilde Abbing schnitt ihr das Wort ab und erhob sich. »Du gehst nirgendwohin.«

»Aber ...«

»Hörst du dir überhaupt zu? Tänzerin willst du werden! Wer hat dir diese Flausen in den Kopf gesetzt? Deine Mutter? Ich habe es doch geahnt! Diese unsägliche Frau ...«

»Meine Mutter hat damit nichts zu tun! Lass sie doch endlich in Frieden!«

»Verdorben hat sie dich!« Die Worte kamen einer Ohrfeige gleich. »Mit ihren seltsamen Ansichten, ihrem verwirrten Verstand, ihrem unnatürlichen Drang nach Selbstverwirklichung.«

»Hör auf!«, rief Iwa aus und merkte, wie alles in ihr bebte vor Wut und Verzweiflung. Alles vermischte sich zu einem festen Knäuel, der in ihrem Bauch brannte. »Nichts an ihr war verwirrt oder unnatürlich! Vater! Sag du doch etwas!« Sie fuhr zu ihm herum.

»Beruhige dich erst einmal«, murmelte er und hob eine Hand, als wollte er seine Tochter auf Abstand halten.

»Ich soll mich beruhigen? Wirklich?« Ungläubig trat Iwa auf ihn zu. »Das ist alles, was dir dazu einfällt?«

Plötzlich wurde sie am Arm gepackt und von ihm weggezogen. »Ich habe alles versucht, um aus dir eine anständige junge Dame zu machen. Doch offensichtlich habe ich versagt.«

Iwa riss sich los. »Warum habt ihr mich dann nicht mit meiner Mutter gehen lassen?«, schrie sie.

Einsam verhallten ihre Worte im Raum. Die darauffolgende Stille erstickte jedes Gefühl, jede Regung. Als wäre die Zeit kurz stehengeblieben.

»Vielleicht hat der Baron recht.« Die Stimme ihres Vaters hörte sich nahezu resigniert an. »Frauen brauchen eine starke Hand. Sonst sieht man, wohin das führen kann. Du hast jeglichen Respekt vor uns verloren, Iwa. Aber der richtige Mann an deiner Seite könnte es noch schaffen, dir Gehorsam beizubringen.«

Seine Worte jagten ihr einen eiskalten Schauer den Rücken hinunter. »Was redest du da?«

Er sah sie nicht einmal an. Sein blasses Gesicht wirkte wie eine Maske, hinter der er jede Gefühlsregung verbarg, zu der er vielleicht noch fähig war. »Es ist Zeit, dass du heiratest, Iwa. Noch einen Skandal wird diese Familie nicht überstehen.« Es kam ihr vor, als würde ein Fremder aus seinem Mund sprechen.

»Ich werde nicht heiraten.« Dass ihre Stimme plötzlich so gefasst klang, hatte sie selbst nicht erwartet.

»Merkst du denn nicht, wie durcheinander du bist?«, mischte sich ihre Großmutter wieder ein. »Diese Stimmungsschwankungen, diese … diese seltsamen Vorstellungen!«

»Ich bin nicht durcheinander. Ich weiß genau, was ich will. Ich will endlich zeigen, was in mir steckt, wozu ich fähig bin! Zeigen, dass ich etwas Bedeutsames hervorbringen kann!«

»Kinder«, erwiderte Hilde Abbing schroff. »Kinder kannst du hervorbringen. Ist das nicht bedeutsam genug?«

»Aber ich will keine Kinder!«

Die alte Dame winkte ab. »Jede Frau will Kinder. Sobald du verheiratet und guter Hoffnung bist, hast du keinen Kopf mehr für so einen Quatsch. Dein Leib verlangt nach Kindern. Kein Wunder, dass du ganz hysterisch wirst, wenn du deine Bestimmung als Frau unterdrückst!«

»Ich bin nicht hysterisch, und das Einzige, was ich unterdrücke, ist meine Leidenschaft fürs Tanzen! Ich kann hier nicht atmen! In diesem Haus fühle ich mich wie lebendig begraben!«

»Wir wissen, was das Beste für dich ist. Vertraue uns. Du wirst sehen, alles wird gut.«

Alles wird gut? Ungläubig betrachtete Iwa ihre Großmutter. Hilde Abbing sprach mit ihr wie mit einem kleinen Kind. »Was das Beste für mich ist, weiß ich doch besser als du.«

»Wirklich?« Ihr Vater kam um den Tisch herum und blieb vor ihr stehen. Der Geruch nach Zigaretten und seinem herben Parfüm stieg ihr in die Nase. »Uns zu belügen, du würdest dich nicht wohl fühlen, und dich stattdessen zu einer Tanzveranstaltung in die Tonhalle davonzuschleichen, ist das Beste für dich?«

»Mit einem Mann!«, fügte Hilde Abbing kühl hinzu und fasste sich an die Schläfe, als würden urplötzlich starke Kopfschmerzen sie plagen. »Das dürfen wir nicht vergessen.«

»Mit einem Mann«, bestätigte der Vater. »Mit dem dich nun halb München gesehen hat.«

Iwa schluckte hart. Nun ergab alles einen Sinn. Dieses Gespräch, die merkwürdige Richtung, die es einschlug. Wie damals mit ihrer Mutter war ihr heimlicher Ausflug aufgeflogen. Die Geschichte wiederholte sich. Natürlich machten sich die beiden Sorgen. Nur – was war mit ihr? Noch nie hatte sie ihre Mutter so gut verstehen können wie jetzt, in diesem Augenblick. Das Gefühl, lebendig begraben zu sein, von dem sie gesprochen hatte. Nun spürte Iwa es auch, mit so einer eindringlichen Intensität, die sie nie für möglich gehalten hatte. Sie konnte schreien und gegen die Wände schlagen – und niemand würde sie hören. Dieses Haus schluckte alles.

»Zum Glück«, fuhr ihr Vater unbeirrt fort, »ist es noch nicht zu spät, um alles in Ordnung zu bringen. Schon in ein paar Wochen kündigen wir deine Verlobung an, und wenn alles gutgeht, wirst du nächsten Sommer verheiratet sein.«

Ihr wurde übel. »Was? Mit wem?«

Hilde Abbing verdrehte die Augen. »Als hättest du viel Auswahl! Sei froh, dass da wenigstens einer ist, der sich deiner anzunehmen bereit ist.«

Ihre Übelkeit wurde stärker. Ja, viel Auswahl gab es tatsächlich nicht. Sie konnte sich gut vorstellen, dass es sich dabei um Albert-Alfons-Alfred handelte. Nicht umsonst hatte er sich auf dem Ball so sehr angestrengt, sie mit seiner Nähe zu beglücken.

»Erfreulicherweise kann Baron von Hohenstein es recht kurzfristig einrichten«, fügte der Vater hinzu, »und wird uns mit einem Besuch beehren, sobald er von seiner Reise zurück ist. Dann besprechen wir die Einzelheiten.«

Nun hatte Iwa das Gefühl, sich an Ort und Stelle übergeben zu müssen. »Baron von Hohenstein? Nein! Bitte. Das kann nicht euer Ernst sein!«

»Diese Hochzeit ist nicht verhandelbar, Iwa«, sagte ihr Vater.

Ihre Gedanken rasten. Was sollte sie tun? Was *konnte* sie tun?

»Wir machen uns wirklich Sorgen«, fügte Hilde Abbing milde hinzu. Sie sprach mit einer mitfühlenden Stimme, als wollte sie ein trotziges Kind beruhigen. »Es geht um deinen Ruf, deine Gesundheit, dein Leben! Du lässt uns einfach keine Wahl.«

»Das könnt ihr mir nicht antun!«, schrie Iwa und merkte, wie all ihre Abscheu aus ihr herausbrach.

»Ich halte das nicht mehr aus.« Ihr Vater ging an ihr vorbei aus dem Zimmer, schloss die Tür hinter sich – offensichtlich, um ihr nicht weiter zuhören zu müssen.

Schwer atmend drehte sich Iwa zur Großmutter um. »Ich werde nicht heiraten. Vielleicht könnt ihr mich zu einem Altar schleppen, aber ihr werdet kein Ja von mir hören!«

Die Großmutter seufzte tief. »Wenn du dich erst einmal

beruhigt hast, wirst du verstehen, was für eine wunderbare Lösung es für uns alle ist«, sagte sie mehr zu sich selbst als zu Iwa.

»Mit Baron von Hohenstein anzubändeln ist niemals eine gute Lösung!«

»Du willst nicht heiraten, du willst keine Kinder kriegen. Du lügst und schleichst dich aus dem Haus. Schreist herum wie eine Wahnsinnige, wenn man mit dir reden möchte ... Weißt du, wonach das klingt?« Ihre Großmutter trat an Vaters Tisch und nahm ein Buch, das darauf lag. Sie schlug es auf, da, wo bereits ein Lesezeichen steckte. »Die Gebärmutter ist ein Tier, das glühend nach Kindern verlangt. Bleibt dasselbe nach der Pubertät lange unfruchtbar, so erzürnt es sich, durchzieht den ganzen Körper, verstopft die Luftwege, hemmt die Atmung und drängt auf diese Weise den Körper in die größten Gefahren und erzeugt allerlei Krankheiten.« Hilde Abbing hob den Blick von den Seiten. »Das hat Platon in Timaios festgehalten. Was sagt dir das?«

»Dass ein Mann, der in der Antike gelebt hat, der Meinung war, etwas über die Gebärmutter schreiben zu müssen?«

Geräuschvoll klappte die Großmutter das Buch zu. »Hast du nicht vorhin gesagt, du kannst in diesem Haus nicht atmen?«

Iwa schnaubte. »Du glaubst doch nicht wirklich ...«

»Ich habe keine Ahnung, was ich glauben soll! Ich weiß nur, dass dein Vater und ich uns große Sorgen um dich machen!« Mit einer majestätischen Geste legte sie das

Buch zurück auf den Tisch. »Deshalb wird morgen ein Arzt kommen und dir hoffentlich Laudanum verschreiben, um dein Gemüt zu beruhigen. Und wenn du erst einmal verheiratet bist, wirst du zurück zu dir finden und dich endlich auf deine Aufgabe als Frau besinnen.«

»Ihr wollt mich so lange betäuben, bis man mich vor den Altar bringen kann? Verstehe ich das richtig?«

Hilde Abbing senkte müde den Kopf, als wäre sie dieser Diskussion überdrüssig. »Wir wollen dir helfen, Iwa. Auch wenn du das in deinem aktuellen Zustand nicht sehen willst.«

»Ich sehe sehr gut, dass …«

»Schluss jetzt! Oder ich werde keine andere Wahl haben, als dich in deinem Zimmer einzusperren, bis der Arzt kommen und dich untersuchen kann. Hast du mich verstanden?«

»Ja, Großmutter«, presste Iwa durch die zusammengebissenen Zähne hervor. »Ich habe verstanden.«

Vor allem, dass dieses Haus ihren Drang nach Freiheit niemals akzeptieren würde. Wenn sie sich selbst nicht verlieren wollte, musste sie gehen.

Wie ihre Mutter.

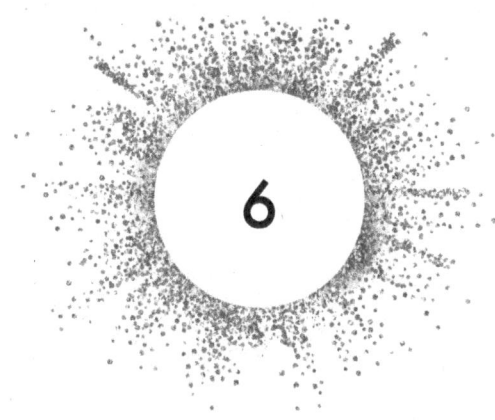

6

Ewa wartete, bis alle im Haus schliefen. Um keinen Verdacht zu erregen, erledigte sie brav ihre Abendroutine und schlüpfte ins Bett. Nun lauschte sie wie gebannt in die Dunkelheit, doch abgesehen vom Ticken der Uhr drang kein Geräusch an ihre Ohren. Um sicherzugehen, blieb sie dennoch eine weitere Stunde liegen. Dann setzte sie sich auf.

Tick-tack, tick-tack.

»Es ist so weit«, sagte sie zu sich selbst, streifte das Nachtgewand ab und zog sich die Sachen an, die sie zuvor herausgesucht und im Schrank bereitgelegt hatte. Schließlich holte sie einen kleinen Koffer hervor. Nach und nach ging sie die Liste im Kopf durch und packte alles Notwendige ein. Aus einer Schublade nahm sie etwas Geld mit. Nur so viel, dass sie die ersten Tage überstehen konnte. Schließlich trat sie an die Kommode und zog die Schachtel mit dem Collier hervor. Sie öffnete den Deckel und betrachtete den Umschlag, der auf dem Schmuckstück lag. Sie kannte jedes einzelne Wort. Trotzdem holte sie den

Brief aus dem Umschlag und faltete das Papier auseinander.

Wenn du einen Neuanfang wagen willst, weiß du, wo ich bin. Was auch immer die Zukunft bringt: Ich hoffe, du findest dein Glück, wie ich nun meins gefunden habe. Mama.

Darunter eine Adresse in Dresden.

Iwa holte tief Luft. Die Zeit für den Neuanfang war gekommen. Jetzt endlich auch für sie. Doch anders als für ihre Mutter, war es kein Sprung ins kalte Wasser, keine Reise ins Ungewisse. Auch wenn sie nicht so genau wusste, was sie erwartete, sobald sie an Mutters Tür klopfte. Würden sie sich wie zwei Fremde anschauen? Oder die alte Vertrautheit spüren, als wären die Jahre der Trennung nie da gewesen?

»Was auch immer«, flüsterte Iwa und schaute im Spiegel ihr blasses, ausgemergeltes Gesicht an. »Wenn Mutter keinen Arzt für Laudanum ruft, dürfte es auf jeden Fall eine Verbesserung sein.«

Denn natürlich hatte der freundliche, alte Mann nervöse Zustände und Gemütsschwankungen bei ihr diagnostiziert – und das nach nur einem Blick, den er ihr durch seine runde Brille zugeworfen hatte.

Iwa steckte den Brief in ihre Handtasche und packte die Schachtel mit dem Collier in den Koffer. Schließlich holte sie ihren Mantel und setzte den Hut auf. Zum letzten Mal ließ sie den Blick durch ihr Zimmer schweifen, wartete auf das beklemmende Gefühl des Abschiednehmens, auf irgendwas. Doch da war nichts. Sie schaute zur Monstera deliciosa, deren schattenhafte Umrisse sich im Dunkeln abzeichneten.

»Wünsch mir Glück!«, sagte Iwa, schritt über die Schwelle und zog die Tür hinter sich fest zu.

Um das Risiko zu minimieren, jemandem zu begegnen, der vielleicht doch noch durch das Haus streifte, wählte sie den Weg zum Wintergarten, um dort durch die Terrassentür nach draußen zu gelangen.

Dieses Fleckchen des Hauses war schon immer etwas Besonderes. Schon bald nahm Iwa den feuchten Duft der Erde und den betörend süßen Geruch der Blüten wahr. Ihr Blick glitt über die üppigen Palmenblätter, wanderte zum Dickicht der unterschiedlichsten Ficus-Arten, blieb an den saftig grünen Ranken der Kletterpflanzen, die sich von der Decke herabseilten, hängen. Kurz schloss sie die Augen. Von Pflanzen umgeben, hatte Iwa viele Stunde hier verbracht und an die Erzählungen ihrer Mutter vom Monte Verità gedacht. Hüllenlos die grenzenlose Freiheit des Körpers erkunden – schon bald würde sie dies mit ihrer Mutter tun können, die eigenen Emotionen in der Bewegung erforschen und über den Kern des Tanzens philosophieren.

Da hörte sie etwas. Geräusche, die definitiv nicht an diesen Ort gehörten! Das zaghafte Rascheln von Stoff, ein verstohlenes Stöhnen und … zarte Küsse.

Sie fuhr herum. Von einem Diwan in der Ecke blickten ihr zwei bleiche Gesichter entgegen.

Trude und Martha. Martha und Trude.

Die vollen rot geküssten Lippen der Haushälterin. Das zerwühlte Haar der Köchin.

Iwa taumelte zurück und stieß mit dem Kopf gegen einen Blumentopf, der von der Decke hing. »Verflixt!«

»Gnädiges Fräulein!« Trude sprang auf. Mit hastigen Bewegungen versuchte sie, die Knöpfe ihrer Bluse zuzumachen. »Es tut mir … Es ist nicht so, wie es …«

»Keine Sorge! Ich habe nichts gesehen.« Iwa hob beschwichtigend eine Hand. »Im Grunde hat hier niemand etwas gesehen, nicht wahr? Wir alle waren gar nicht hier.«

»Nein, waren wir nicht«, versicherte Trude erleichtert, doch dann fiel ihr Blick auf den Koffer. Vermutlich realisierte die Köchin auch erst in diesem Moment, dass Iwa in Mantel und Hut vor ihr stand. »Wo wollen Sie denn um diese Uhrzeit noch hin?«

Iwa öffnete den Mund, schloss ihn aber sogleich wieder. ›Frische Luft schnappen‹ klang nicht gerade nach einer geistreichen Erwiderung.

Martha erhob sich, tippte Trude auf die Schulter und deutete stumm zum Ausgang. Die Köchin verstand, wünschte murmelnd einen guten Abend und stahl sich davon. Nur das Rascheln der Blätter begleitete ihren Weg.

Martha trat näher. »Für diesen unsittlichen Moment muss ich mich entschuldigen. Es kommt nicht wieder vor.«

»O nein! Ich will doch sehr hoffen, dass das häufiger vorkommen wird.« Die Anspannung fiel von Iwa ab. Am liebsten wäre sie auf Martha zugestürmt und hätte sie in die Arme geschlossen. Um ihr Mut zuzusprechen, und vielleicht auch sich selbst. »Aber bitte … mit mehr Vorsicht. Leider gibt es in unserer Welt noch nicht genügend Verständnis für Liebe.«

Martha nickte bedächtig. »Und was ist mit Ihnen, gnädiges Fräulein? Gehen Sie, weil diese Welt ... dieses Haus ... nicht genügend Verständnis für die Liebe hat?«

Verständnislos runzelte Iwa die Stirn. »Was hat die Liebe mit mir zu tun?«

»Vielleicht eher mit dem jungen Mann, der keine Nüsse verträgt?«

Sofort schoss ihr das Blut in die Wangen. »Ach so! Nein. Da ist nichts.«

»Für nichts sind Sie aber ziemlich rot geworden.«

Verflucht. Die Haushälterin hatte schon immer sehr gute Augen gehabt, aber dass sie auch im Halbdunkel so gut sehen konnte, hätte Iwa nicht vermutet. »Ich bin nicht rot geworden«, hielt sie trotzdem dagegen.

Martha deutete auf den Koffer. »Haben Sie zufällig einen Spiegel eingepackt? Dann riskieren Sie einen Blick hinein. Ihr Gesicht leuchtet wie eine Laterne!«

Theatralisch fächerte sich Iwa Luft zu. »Es ist ja auch ziemlich warm hier drin, und ich trage einen Mantel!«

Die Augen der Haushälterin blitzten schelmisch auf. »Natürlich. Das erklärt alles.«

»Martha!« Iwa stöhnte auf, hielt dann aber inne. Hatte das Ganze vielleicht doch mehr mit Herrn Charakterfest zu tun, als sie sich eingestehen wollte? Immerhin hatte alles mit ihm angefangen. Seine Musik hatte Sehnsüchte in ihr geweckt, die sie zu lange weggeschlossen hatte. Ohne ihn wäre sie nicht zur Tonhalle gegangen. Und sicherlich hätte sie nach wie vor nicht gemerkt, dass dieses Haus längst zum Grab ihrer Träume geworden war.

Sie knöpfte ihren Mantel auf, nahm den Hut ab und setzte sich auf den Diwan. »Ach Martha. Bevor ich mit ihm in der Tonhalle war, habe ich nicht einmal realisiert, was es bedeutet, selbst zu bestimmen, was man machen möchte. Wie aufregend es ist, Neues zu entdecken, über etwas nachzudenken und …« Sie stockte.

»… sich mit jemandem auszutauschen?«, beendete Martha ihren Satz.

Iwa konnte nur noch nicken. So viel verlorene Zeit, in der sie versucht hatte, auf diesem Anwesen jemand zu sein, der sie nicht war. Musste tatsächlich erst ein Mann kommen, um ihr zu zeigen, was es hieß, Spaß zu haben? Um sie daran zu erinnern, wie sich das Glücklichsein anfühlte?

»Wir waren sogar hinter den Kulissen!«

Martha riss die Augen auf. »Er hat dich hinter die Bühne gebracht? Kannte er da jemanden? Wie aufregend!«

Iwa lachte auf. »Nein, ich habe ihn hinter die Bühne geschleppt. Es ist einfach passiert, und weil wir schon einmal da waren … Ich habe mit der Tänzerin gesprochen! Wusstest du, dass Riefenstahls Vater ihr das Tanzen verboten hat? Sie hat es trotzdem gemacht. Hat Tanzstunden an der Helene-Grimm-Reiter-Schule genommen, eine klassische Ballettausbildung bei Eduardowa, mehrere Stunden bei der Jutta-Klamt-Tanzschule. Und ein halbes Jahr bei Mary Wigman in Dresden!« Ihr Herz schlug schneller. »Meinst du, auch ich könnte bei Mary Wigman vorsprechen? Nimmt man mich in ihrer Meisterklasse auf? Bin ich bereit dafür?« Sie biss sich auf die Unterlippe. Hatte sie zu viel verraten? Bestimmt. Aber auf Martha war Verlass. Sie würde niemandem etwas sagen.

»Natürlich. Sie schaffen das.«

Iwa drehte ihr Gesicht zu Martha. »Glaubst du?«

»Gewiss. Sie erinnern mich an Ihre Mutter. Eine junge Frau, die ganz genau weiß, was sie will. Solche Menschen finden immer einen Weg.«

Iwa senkte den Blick auf den Koffer. »Also gibst du mir deinen Segen?«

»Meinen Segen brauchen Sie doch nicht! Nur ... Wenn es irgendwie möglich ist, lassen Sie mich bitte wissen, ob es Ihnen gutgeht.«

»Ich könnte dir schreiben.« Nachdenklich kaute sie auf ihrer Unterlippe. »Wenn du irgendwann einen Brief von ..., sagen wir mal ..., Bertha Müller bekommst, dann weißt du, dass er von mir ist.«

Martha nickte. »Das wäre wunderbar. Und nun – raus mit Ihnen. Oder wollen Sie hier bis zum Morgengrauen dasitzen?«

»Danke, Martha. Für absolut alles. Du bist immer für mich da gewesen.«

»Und werde es immer sein.« Verstohlen wischte sich die Haushälterin über die Augen. »Passen Sie auf sich auf, gnädiges Fräulein. Ich habe von Unruhen in der Stadt gehört. Irgendetwas braut sich da zusammen.«

»Das ganze Jahr ist doch voller Unruhen gewesen. Die Franzosen besetzen das Ruhrgebiet, Berlin ruft zum stillen Widerstand auf, die Kommunisten planen den deutschen Oktober ... Irgendwas ist immer. Leb wohl, Martha.« Sie straffte die Schultern, griff nach dem Koffer und trat durch die Terrassentür.

Die Nacht empfing sie mit Kälte. Iwa fröstelte. Das Verweilen im Wintergarten hatte ihr den Schweiß auf die Haut getrieben, nun klebte ihr Unterhemd unangenehm an ihrem Körper. Sie beschleunigte ihre Schritte, in der Hoffnung, sich auf diese Weise warm zu halten. Ein seltsames Gefühl beschlich ihre Seele. Obwohl sie die Straßen seit ihrer Kindheit kannte, kam ihr die Gegend mit einem Mal ganz fremd vor. Vielleicht spürte die Stadt, dass sie nicht mehr hierhergehörte. Irgendwo in der Ferne hörte sie Lärm – Motorengeräusche und Stimmen. Bloß nicht stehenbleiben. Ihr Koffer schien immer schwerer zu wiegen. Jedes Geräusch ließ sie zusammenzucken, in jedem Schatten glaubte sie zwielichtige Gestalten zu erkennen.

Je weiter Iwa in die Stadt hineinlief, desto unruhiger wurde es. Was war da los? Sie hatte keine Ahnung, dass zu dieser späten Stunde noch so viel Leben auf den Straßen war. Ein Lastwagen ratterte an ihr vorbei und brachte ihr Herz vor Schreck fast zum Stehen. Hatte sie Bewaffnete auf der Ladefläche gesehen?

Geh weiter. Geh einfach weiter. Sie redete so lange auf sich ein, bis der Schreck etwas nachgelassen hatte.

Auf einmal bemerkte sie eine Gruppe Männer, die ihr entgegenkam.

O nein. Wo kamen diese Menschen nur her? Zu gut konnte sie sich vorstellen, was einige dieser Gestalten mit einer einsamen Frau auf nächtlicher Straße machen könnten. Iwa fuhr herum, lief keuchend in die entgegengesetzte

Richtung davon. Sie bog in eine Gasse ein und presste sich in einen Hauseingang.

Schritte.

Sie kamen immer näher.

Iwa schloss die Augen, und plötzlich hörte sie nur noch ihr eigenes Herz, das in ihren Ohren dröhnte. Sie hatte keine Ahnung, wie lange sie so ausharrte. Als sie es schaffte, die Lider wieder zu öffnen, waren die Männer verschwunden. Auf zittrigen Beinen verließ sie ihr Versteck. Wie weit musste sie noch laufen? Es fiel ihr schwer, sich zu orientieren, als wäre München zu einem Labyrinth geworden, das sie auf keinen Fall freilassen würde.

Nach einer Weile kam ihr wieder eine Gruppe Männer entgegen, dieses Mal wechselte sie schnell auf die andere Straßenseite. Im Licht der Straßenlaternen erkannte sie die braunen Uniformen mit den Hakenkreuzbinden.

Das ist übel. Ganz übel. Ihr Mund fühlte sich trocken an. Etwas Bitteres lag auf ihrer Zunge. Was ging in der Stadt bloß vor?

Aber für sie gab es keinen Weg zurück. Was auch immer da kommen mochte, sie musste weiter. Davon war sie fest überzeugt.

Wie genau sie letztendlich ihr Ziel erreichte, hätte Iwa nicht sagen können. Irgendwann – es kam ihr wie nach Stunden vor – stand sie vor der kleinen Pension im Zentrum der Stadt, die sie sich als erste Station ihrer Reise auserkoren hatte. Hier würde sie sich ausruhen, bis sie am Vormittag Wilhelm im Tambosi treffen und schließlich weiter nach Dresden fahren würde.

Die Tür war abgesperrt. Iwa betätigte die Klingel. Eine unchristliche Uhrzeit, aber man würde sie erwarten. Sie hatte gestern einen Eilbrief geschickt, in dem sie ihr Kommen mitten in der Nacht ankündigt und dafür die doppelte Bezahlung für die Unterbringung versprochen hatte. Hauptsache, niemand fragte, warum eine junge Dame mitten in der Nacht auf ihrer Schwelle auftauchte.

Es dauerte trotzdem erschreckend lange, bis man ihr aufmachte. Dabei gab es viel Lärm und Gepolter, so als müssten zuerst Kisten und Schränke verschoben werden, um die Tür öffnen zu können. Ein großer, hagerer Kerl tauchte im Türrahmen auf. Argwöhnisch betrachtete er sie von Kopf bis Fuß.

»Wiwi Hellwig«, stellte Iwa sich mit ihrem Kosenamen und dem Mädchennamen ihrer Mutter vor. Eine kleine Vorsichtsmaßnahme. Der Name Abbing war viel zu bekannt in der Stadt, und sie hätte riskiert, dass jemand ihren Vater von ihrer Anwesenheit hier informierte. »Ich habe Ihnen ja angekündigt, dass ich heute komme. Ich weiß, es ist spät, aber ich zahle gut.«

Er bewegte sich nicht. Hatte er überhaupt gehört, was sie gesagt hatte?

»Bitte!«, stieß sie hervor. Anscheinend verzweifelt genug. Irgendwo polterte wieder ein Lastwagen, Rufe ertönten. Für einen Moment glaubte Iwa, der hagere Mann würde ihr gleich die Tür vor der Nase zuschlagen. Sie trat auf ihn zu, offensichtlich entschlossen genug, dass er ihr den Weg freimachte.

Endlich in Sicherheit, ließ sie den Koffer auf den Boden

fallen. Der Mann sperrte sorgfältig die Tür ab und schob tatsächlich eine Kommode davor. Erst jetzt bemerkte Iwa, wie sehr sie zitterte. Ob vor Angst oder Kälte, konnte sie nicht einmal sagen.

Vor ihr lag ein langer, spärlich beleuchteter Korridor. Irgendwo wurde eine Tür aufgemacht, vermutlich lugte ein Gast heraus, um zu sehen, wer zu so einer späten Stunde im Haus auftauchte. An der Garderobe hingen mindestens zehn Mäntel, in einem Ständer steckten Regenschirme. Es roch muffig und zugleich nach Essen – Rüben mit Speck, vermutete Iwa. Ihr Magen rumorte. Nach dem Erlebten wollte sie auf keinen Fall ans Essen denken.

Dielen quietschten. Eine Frau kam die Treppe herunter. Ihr braunes Haar war von grauen Strähnen durchzogen und hochgesteckt, sie trug eine schief sitzende Haube und einen Hausmantel. Offensichtlich hatte sie schon im Bett gelegen.

»Erika Beck«, stellte sie sich knapp vor. »Ich bin die Wirtin. Wiwi Hellwig, nehme ich an? Eigentlich vermieten wir nicht stundenweise. Und dazu noch mitten in der Nacht. Ich hoffe, Sie lassen mich nicht bereuen, eine Ausnahme für Sie gemacht zu haben.«

»Nein, natürlich nicht«, versicherte Iwa. Eilig kramte sie in ihrer Handtasche und holte die versprochene Summe heraus. Hoffentlich nahm die Wirtin das Geld und vergaß, dass sie Iwa je gesehen hatte. »Bitte sehr. Zehn Goldmark. Ich werde keine Umstände machen.«

Die Wirtin zählte konzentriert, dann hob sie den Blick. »Draußen sind Unruhen. Wir mussten lange auf Sie warten.«

Iwa verstand. Sie holte noch eine Goldmark im Wert von einer Billion Papiermark hervor. Wenn es so weiterging, würde man bald die Scheine karrenweise herschaffen müssen, um etwas bezahlen zu können.

»Außerdem … Die Inflation …« Die Frau streckte wieder die Hand aus.

Iwa verengte die Augen. »Steigt der Preis etwa während wir hier reden? Wenn das so ist, kann ich mein Geld auch nehmen und bei der Konkurrenz ein Zimmer mieten.«

»Sie werden sich doch nicht allen Ernstes wieder auf die Straße trauen!«

»O doch. Die Pension von Frau Krüger ist direkt auf der anderen Straßenseite. Also, was ist? Bringen Sie mich jetzt auf mein Zimmer, oder soll ich es bei der Konkurrenz versuchen?« Eins hatte der Vater ihr durchaus beigebracht, nämlich sich nicht übers Ohr hauen zu lassen. Frau Krüger genoss zwar einen zweifelhaften Ruf – man munkelte, sie vermietete die Zimmer auch an Fotografen für Schmuddelaufnahmen, aber als Druckmittel war sie durchaus gut geeignet.

Blitzschnell schloss die Wirtin ihre Hand um die Goldmünzen. Die Zeit des Aufschwungs von Pensionen war vorbei, die Gäste waren rar geworden. Sie konnte einen gutzahlenden Gast nicht ziehen lassen. Das wusste Iwa. »Rudl, zeig dem Fräulein sein Zimmer.« Schon drehte sich die Wirtin um und stieg schwerfällig die Treppe wieder hinauf.

Rudl – der hagere Mann, der sie hereingelassen hatte – schlurfte ohne ein weiteres Wort den Korridor entlang.

Iwa seufzte. Wenigstens mit dem Koffer hätte er ihr helfen können, aber den zu tragen stand wohl nicht auf der Liste seiner Dienste, und eine gute Weiterempfehlung war ihm offenbar herzlich egal. Er öffnete eine Tür und hielt den Schlüssel hoch.

»Bitte sehr.« Die ersten zwei Worte aus seinem Mund.

Iwa nahm den Schlüssel entgegen. »Wissen Sie denn, was in der Stadt los ist?«, versuchte sie es noch einmal. Doch er zuckte bloß mit den Schultern. Offensichtlich war sein Wortvorrat bereits aufgebraucht.

Sorgfältig sperrte Iwa die Tür hinter sich ab. Das Zimmer war klein und kalt, so dass sie keinen Drang verspürte, den Mantel auszuziehen. Das Interieur war lieblos zusammengewürfelt, kein Möbelstück passte zum anderen. Auf dem runden Tisch lag eine bestickte Decke. Den Fenstersims zierten Porzellanfigürchen: Eine Schäferin, ein Schwein, ein aufbäumendes Pferd mit einem abgebrochenen Schweif. An den Wänden hingen ein paar Fotografien von München und ein Hufeisen. Um eine gute Adresse zu sein, sah die Pension viel zu heruntergewirtschaftet aus. Aber dieses Schicksal teilten heutzutage leider viele – die Krise ging eben an niemandem spurlos vorbei.

Das Scheinwerferlicht eines vorbeifahrenden Autos erleuchtete gespenstisch das Zimmer. Irgendwo draußen krakeelten wieder Stimmen, jemand rannte – das Poltern der schweren Stiefel hallte durch die Straße und drang bis zu Iwa durch, als wären die Wände aus Pappe.

Sie stellte den Koffer neben dem Metallbett ab. Die dünne Matratze verströmte einen schimmeligen Geruch, auf dem Bettlaken waren gelbe Flecken zu sehen. Iwa beschloss, lieber nicht nachzudenken, woher die kamen, und setzte sich lieber auf einen harten Stuhl an den Tisch.

Nur ein paar Stunden. Sie musste hier nur ein paar Stunden verbringen, sagte sie sich immer wieder. Schwer lastete die Müdigkeit auf ihren Schultern. Sie zog ihren Hut aus und legte sich mit dem Oberkörper auf den Tisch, den Kopf bettete sie auf die verschränkten Arme. Der Straßenlärm schwoll draußen an, ebbte ab, scholl wieder an. Wie das Grollen eines Gewitters. Offensichtlich fanden auch die anderen Gäste der Pension kaum Ruhe. Sie hörte immer wieder die Dielen quietschen und Türen schlagen. Kurz war Iwa eingedöst, dann wurde sie von Geräuschen draußen wieder geweckt.

Irgendwann graute der Morgen. Iwa fühlte sich völlig zerschlagen, ihr Kopf schmerzte. Im Korridor hörte sie Schritte und Stimmen. »... Putsch ... sie marschieren durch die Straßen ...« Die Wortfetzen, die sie mitbekam, ließen die Angst in ihr aufwallen.

Sie stand auf und trat in den Korridor hinaus. Gerade in dem Moment, als eine Frau mittleren Alters ebenfalls ihr Zimmer verließ. Sie trug ein einfaches, braunes Kleid und hatte sich ein Tuch um die Schultern geschlungen, so fest, als wäre es ein Kokon, in den sie sich verkriechen konnte.

»Wissen Sie, was in der Stadt los ist?«, wandte sich Iwa an sie.

»Schlimme Dinge, so viel steht fest«, erwiderte die Frau, und ihre Stimme klang unendlich kraftlos. »Kommen Sie mit in den Speisesaal, vielleicht wissen die anderen mehr.«

Iwa schloss ihre Zimmertür und folgte der Unbekannten.

Der Speisesaal war nicht mehr als ein etwas größeres Esszimmer. Die Tische standen dicht an dicht, wenn man seinen Stuhl nur ein wenig verrückte, stieß man sofort gegen den Nachbarn am nächsten Tisch. Fast alle Plätze waren belegt, offensichtlich konnte heute niemand an Schlaf denken. Iwa schaute in die vielen eingefallenen, blassen Gesichter. Die Wirtin verteilte wässrigen Tee, den sie ihren Gästen bestimmt für das Dreifache in Rechnung stellte, wie Iwa denken musste. Aber etwas Warmes konnte sie gerade gut gebrauchen. Rudl lümmelte in einer Ecke, vertieft in ein Heft, und machte dabei den Eindruck, als wollte er mit seinem schmalen Körper am liebsten zwischen die Seiten kriechen, um der Realität zu entkommen.

Iwa setzte sich neben die Frau mit dem Tuch. Eine angespannte Atmosphäre herrschte im Raum. Sie konnte die verängstigten, teils argwöhnischen Blicke der Leute spüren. Draußen rumpelte abermals ein Lastwagen vorbei.

»Die haben doch völlig den Verstand verloren«, murmelte ein älterer Herr. »Wann kehrt nur endlich wieder Ruhe und Frieden in diesem Land ein?« Niemand im Raum schien etwas Genaueres zu wissen.

»Wir sollten versuchen, etwas in Erfahrung zu bringen«, schlug Iwa vor. »Damit wir verstehen, worauf wir uns vorzubereiten haben.« Auf einen Krieg? Einen Aufstand? Die Besatzung durch die Franzosen? Alles schien möglich in diesen unsicheren Zeiten.

»Ach, Mädchen«, war eine hohe, ängstliche Frauenstimme aus einer Ecke des Zimmers zu hören. »Wie willst du dich denn vorbereiten?«

»Das hängt doch davon ab, was auf uns zukommt! Sollen wir hierbleiben? Oder ein sicheres Versteck suchen? Oder aber versuchen, die Stadt so schnell wie möglich zu verlassen?«

Einsam hallten ihre Worte durch den Raum. Die Anwesenden schienen zwar zuzustimmen, duckten sich aber weg und versuchten, sich klein und unsichtbar zu machen. Niemand traute sich, auch nur einen Fuß nach draußen zu setzen. Als wäre die Stadt bereits verloren, und sie alle gleich mit ihr.

»Ich gehe«, beschloss Iwa und stand auf. »Vielleicht gelingt es mir, etwas herauszufinden.« Sie wusste selbst nicht, woher der Elan kam. Es fühlte sich nur entsetzlich falsch an, wie ein Kaninchen im Bau zu hocken und nur darauf zu warten, dass der Fuchs kam.

Geräuschvoll stellte die Wirtin die Teekanne ab. »Rudl geht«, entschied sie. »So weit kommt es noch, dass sich ein Gast in Gefahr begibt. Das wird meinen Ruf ruinieren.« Pikiert sah sie Iwa an. Offensichtlich gefiel ihr nicht, dass jemand in ihrer Pension das Ruder übernahm. »Rudl! Nun spute dich.«

Der junge Mann schreckte hoch. »Warum denn ich?«

»Jetzt mach dir nicht gleich in die Hose. Du musst nur zu Franz, das Großmaul weiß doch immer alles. Ruck, zuck bist du wieder da und kannst uns berichten.«

»Aber ...«

»Mach dich doch wenigstens ein einziges Mal nützlich, du Trottel! Deinen Schundkram kannst du auch später noch lesen.« Sie holte aus und schlug ihm das Heft aus den Händen.

Iwa zuckte zusammen, als die Lektüre gegen die Wand flog und auf dem Boden wie ein erlegter Schmetterling liegen blieb. *Die Sünde der Marquise*, lautete der Titel, nun für alle sichtbar. Rudl zog die Schultern ein und huschte aus dem Raum. Die Kommode wurde beiseitegeschoben, die Tür aufgemacht. Schon war er verschwunden.

Die Zeit verging. Kurz fragte sich Iwa, ob Rudl überhaupt zurückkehren würde, ob ihm etwas passiert war oder er das Weite gesucht hatte.

»So ein Taugenichts«, schimpfte Wirtin, der es anscheinend ebenfalls zu lange dauerte. »Das kommt davon, wenn man einen Landstreicher aus Mitleid aufnimmt, bei der erstbesten Gelegenheit macht der die Fliege!«

Endlich kam Rudl zurück und übergab der Wirtin wortlos eine Zeitung – den *Völkischen Beobachter*. Iwa drehte sich der Magen um. Wenn man in dieser Pension die Informationen aus diesem Hetzblatt bezog, sollte sie so schnell wie möglich von hier weggehen.

»›Der Sieg des Hakenkreuzes!‹«, las die Wirtin laut und übertrieben artikuliert vor. »›Die völkische Revolution ist auf siegreichem Vormarsch. Deutschland erwacht aus seinem wüsten Fiebertraum, und eine neue große Zeit bricht in strahlendem Glanze durch die Wolken. Die Nacht lichtet sich, es wird Tag, und stolz erhebt sich wieder das Symbol deutscher Macht und Größe …‹«

»Revolution!«, war erneut die hohe, jetzt eindringliche Frauenstimme zu hören. »Dieses Land braucht eine Revolution!«

»Nach Berlin will er gehen, der Schreihals«, murmelte Rudl verächtlich und hob behutsam sein Heft vom Boden auf. Iwa atmete auf. Ein Hoch auf die Menschen, die genug Intelligenz bewiesen, der *Sünde der Marquise* mehr abzugewinnen als dem *Völkischen Beobachter*.

Iwa kam näher. »Wie ist die Lage auf den Straßen?«, fragte sie leise, während die Wirtin begeistert den Artikel weiter vorlas und damit vereinzelt zustimmendes Gemurmel bei den Gästen hervorrief. Es machte ihr sichtlich Spaß, im Zentrum der Aufmerksamkeit zu stehen. Noch ein bisschen, und sie würde auf einen Stuhl steigen, um die fragwürdigen Botschaften des Blattes vorzutragen.

Rudl zuckte mit den Schultern. »Vom siegreichen Vormarsch ist noch nichts zu sehen, aber die Stadt ist in Aufruhr. Man hört ganz unterschiedliche Sachen. Der Schreihals hat sich wohl in der Nacht im Bürgerbräukeller verschanzt. Und auf dem Sankt-Anna-Platz wurde das Lager durch die SA-Männern geplündert. Jemand von der Einwohnerwehr, die diese Waffen heimlich gehortet hat, hat ihnen wohl den Zugang ermöglicht. Das Wehrkreiskommando wurde besetzt ...«

Iwa keuchte. »Das ist tatsächlich der Putsch, von dem man immer wieder gesprochen hat!« Sie wünschte, sie hätte das Gerede ernster genommen, mehr zugehört, um nun die Lage besser einschätzen zu können. Wie viele würden den Staatsstreich unterstützen? Vorsichtig schielte sie in den Raum. Die meisten hier hingen der Wirtin an den Lippen. Nur die Frau mit dem Tuch hatte sich die Arme um den Leib geschlagen und schien sich selbst halten zu wollen.

»Die Redaktion der Münchener Post wurde verwüstet«, berichtete Rudl leise weiter. »Die SA hat im Hotel Vier Jahreszeiten wohl ein paar Offiziere der Entente festgesetzt. Und man erzählt, dass jüdische Bürger wahllos verschleppt werden. Als Geisel vermutlich. Aber wer blickt da noch durch?«

»O mein Gott!« Mit bebender Hand wischte sich Iwa ein paar Haarsträhnen aus der Stirn. Die Erzählung hörte sich an wie ein schlimmer Fiebertraum. Niemals hätte sie sich vorstellen können, mitten in einen Umsturz zu geraten. Wie es wohl ihrem Vater ging? Wie der Großmutter? Aber wahrscheinlich bekamen sie auf dem Anwesen kaum etwas von den Unruhen mit – es schien manchmal so, als würden die Abbings außerhalb der Zeit existieren. »Wie hat sich von Kahr entschieden?«, fragte Iwa atemlos. »Unterstützt er die Putschisten?«

Rudl zuckte mit den Schultern. »Hat Franz nicht gesagt.«

»Er ist ein alter Monarchist«, überlegte sie laut. »Unwahrscheinlich, dass er da mitmacht, ganz egal, wie sehr er Berlin hasst. Was ist mit der Reichswehr?«

»Die Reichswehr bleibt der Regierung treu. Sie hat die Kasernen gesichert. Die Post, das Telegrafenamt und der Hauptbahnhof werden von der Landespolizei kontrolliert.«

»Der Hauptbahnhof!« Ihr wurde kalt und heiß zugleich. Wie sollte sie aus München fliehen, wenn der Hauptbahnhof von der Landespolizei kontrolliert wurde? Ganz sicher war der Zugverkehr unterbrochen worden. Für einen Moment verließ sie der Mut. München wollte sie nicht gehen lassen. Wie ein Raubtier hielt die Stadt sie in ihren Klauen. Verzweiflung stieg in Iwa hoch.

»Das Stadtzentrum ist ein Hexenkessel«, berichtete Rudl weiter. »Da ist kein Durchkommen möglich. Ich glaube, das Beste ist es, abzuwarten, bis sich die Lage beruhigt hat.«

Iwa nickte zerstreut. Abwarten – ja, das klang nach einem vernünftigen Plan. Aber was sollte dann aus ihrem Treffen mit Wilhelm werden?

»Wie sieht es am Odeonsplatz aus?«, fragte sie. Noch flackerte eine schwache Hoffnung in ihr.

Rudl schüttelte den Kopf. »Eine ganz schlechte Idee, wenn Sie mich fragen.«

»Der Widerstand lebt! Revolution!«, jubelten vereinzelte Stimmen um sie herum, und Iwa zuckte zusammen. Die Wirtin war wohl mit dem Vortrag des Artikels fertig. Erschreckend, wie viele die Aufrührer auf den Straßen für eine Alternative zur schwächelnden Regierung hielten und wie wenige sich die Frage stellten, inwieweit deren hetzerischen Parolen das Land weiterbringen würden.

»Danke, Rudl.«

Er antwortete mit einem flüchtigen Lächeln, das sich nicht lange auf seinen Lippen hielt. Aber anscheinend freute es ihn, mit jemandem zu reden, der ihm auch zuhörte und seine Worte ernst nahm.

Iwa ließ ihren Blick umherschweifen. Was sollte sie tun? Hierbleiben und den Aufstand einfach aussitzen? Hoffen, dass sich der Tumult in ein paar Tagen legte? Aber ihre Großmutter würde nicht untätig bleiben, das war Iwa klar. Unruhen hin oder her, die alte Dame würde die ganze Stadt auf den Kopf stellen, um ihre abtrünnige Enkelin zu finden. In München hatte sie genug Einfluss, um jeden Stein umdrehen zu lassen.

Zu bleiben war also keine Option. Iwa könnte versuchen, zum Hauptbahnhof durchzukommen, um sich dort in die Menge der Gestrandeten zu mischen. Mit etwas Glück würde sie eine Möglichkeit finden, die Stadt zu verlassen. Sie musste es zumindest versuchen.

Und Wilhelm? Die Gedanken an ihn machten ihre Brust ganz schwer. Sie musste ihn wiedersehen! Ihm zumindest erklären, warum sie auf keinen Fall in München bleiben konnte. Würde er sie verstehen? Ihr verzeihen? Oder denken, sie hätte nur mit ihm und seinen Gefühlen gespielt?

Sie schloss die Augen.

Plötzlich glaubte Iwa, eine Melodie zu hören. Mehr noch, sie mit jeder Faser ihrer Seele zu fühlen. Die wehmütigen Klänge eines Walzers, die durch die Luft wirbelten. Wie hatte Wilhelm es genannt? *Rozluka*. Das fremdartige Wort war wie eine Hand, die langsam über eine offene Wunde strich. Trennung. Warum hatte er damals ausgerechnet dieses Stück gewählt? Hatte er bereits gespürt, dass ihre Verbindung keine Zukunft hatte? Dass die Wirrungen des Lebens sie auseinanderdrängen würden?

Sie schaute zum Fenster. Vielleicht sollte sie wenigstens

versuchen, zum Café zu kommen? Das war sie ihm schuldig. Auch wenn sie nicht sicher sein konnte, ob er ebenfalls versuchen würde, hinzukommen.

Plötzlich hatte sie das Gefühl, ihr Körper würde die Bewegungen ganz von alleine ausführen. Mechanisch und ohne jegliche Inspiration ging sie ins Zimmer, nahm sie ihren Koffer, bezahlte der Wirtin den Tee und verließ die Pension.

Es war ein nebliger, trüber Novembertag. Kalt und klamm nagte er an ihrer Seele. Überall Menschen, so viele Menschen, die den gesamten Verkehr zum Erliegen brachten. Einige jubelten, andere verfluchten lautstark die Berliner Regierung. Irgendjemand in der Ferne hielt eine Rede, doch die Worte gingen im tosenden Gewirr unter. Ein blankes Chaos, mitten auf Münchens Straßen. Ein Funke genügte, und die Stadt würde explodieren, so kam es ihr zumindest vor.

Je weiter sie kam, desto mehr verstand Iwa, dass sie das Café nicht erreichen würde. Die Menschen verstopften die Straßen, ein Durchkommen war kaum möglich. Für wenige Schritte brauchte sie Minuten, und sie war nicht einmal in der Nähe ihres Ziels. Eigentlich hätte sie längst da sein sollen. War es sinnvoll, überhaupt weiterzugehen?

Plötzlich fielen Schüsse. Gewehrschüsse.

Iwa zuckte zusammen, zog den Kopf ein. Sie konnte nicht einmal sagen, ob sie in der Nähe abgegeben worden waren oder weiter weg. Die Angst schlug über ihr zusammen wie eine Tsunamiwelle, der sie nichts entgegensetzen konnte. Was ... was war passiert? Musste sie Schutz suchen? Aber wo? Die Menschen um sie herum verfielen ebenfalls in Panik. Schreie ertönten, alle liefen wild durcheinander. Kurz glaubte sie, Wilhelm zu sehen. Sie rief nach ihm aus Leibeskräften. Wieder krachten Schüsse.

Jemand schubste sie, drängte sie gegen eine Wand. Hakenkreuzbinden tanzten vor ihren Augen. Einige der Träger rissen diese noch im Lauf herunter und warfen sie weg. Plötzlich dachte sie daran, ob Riefenstahl genauso begeistert die Lobhudeleien eines SA-Mannes entgegennehmen würde, wenn sie das alles sah! »Hitler ist tot«, hörte Iwa von irgendwoher. »er wurde getroffen.« Von woanders tönte es: »Der Widerstand lebt!« Iwa rappelte sich wieder auf, hielt nach Wilhelm Ausschau. Doch er war nicht da. Vielleicht hatte sie sich geirrt, und er war nie hier gewesen.

Erneut stieß jemand sie beiseite. Sie strauchelte und prallte gegen eine Hauswand. Hart schlug sie auf dem Boden auf, wurde getreten. Die Menschen beachteten in ihrer Panik nichts und niemanden. Nur mit Mühe gelang es ihr, sich wieder aufzurichten, sie ließ sich vom Menschenstrom mitreißen. Ganz egal wohin.

Berittene Landespolizei stieß in die Menge vor, versuchte, die Menschen auseinanderzutreiben. Einige wurden herausgezerrt und abgeführt. Schreie – überall. Irgendwann gelang es Iwa, in einer Gasse Schutz zu finden. Erschöpft sank sie auf den Boden. Sie fühlte sich leer. Absolut leer.

Eine Weile blieb sie neben ihrem Koffer sitzen. Irgendwann legten sich Schreie und Tumulte, zumindest ein wenig.

München ähnelte immer noch einem aufgescheuchten Wespennest. Doch die Massenflucht schien vorbei zu sein. Iwa gab sich einen Ruck. Was auch immer sie erwartete – sie durfte nicht aufgeben. Irgendwie musste es doch möglich sein, diese verfluchte Stadt zu verlassen!

7

Ihr Mantel war voller Dreck, den Hut hatte sie längst verloren. Wirr hingen ihr die Haare ins Gesicht. Noch nie hatte sie sich so zerschlagen gefühlt. Ihr Körper funktionierte nur noch mechanisch, reagierte auf die Impulse, die ihm das Hirn sandte. In ihrem Kopf dröhnte der Schmerz, zwischen den Zähnen knirschte der Straßenstaub.

Mit letzten Kräften schleppte sich Iwa auf das Gebäude des Hauptbahnhofs zu. Ihre Lunge brannte, als würde sie keine Luft, sondern Glut atmen. Vielleicht wäre eine kleine Pause doch nicht ganz verkehrt?

Iwa öffnete die verkrampften Finger. Mit einem dumpfen Geräusch schlug ihr Koffer auf dem Boden auf. Sie brauchte nur eine kleine Pause. Dann würde es schon irgendwie weitergehen.

»Fräulein Abbing!«, erklang hinter ihr eine überraschte Stimme, die Iwa entfernt bekannt vorkam. Doch ihr übermüdeter Verstand konnte ihr kein Gesicht zuordnen. »Was für eine Überraschung!«

Mühsam wandte sich Iwa um. Zuerst sah sie bloß die Uniform eines Landespolizisten. Erst dann fokussierte sich ihr Blick auf das Gesicht desjenigen, der sie angesprochen hatte, und ihr stockte der Atem. Verdammt! Vor Schreck wusste sie nicht einmal, ob sie laut geflucht hatte oder nur in Gedanken.

Nur wenige Schritte von ihr entfernt stand Albert-Alfons-Alfred. Was machte er hier? Und was in der Uniform eines Landespolizisten?

Sie blinzelte.

Er blinzelte zurück. »Wir haben uns auf dem Ball in Ihrem Hause kennengelernt«, half er bereitwillig. Offensichtlich interpretierte er ihre Sprachlosigkeit als Zeichen für ein schlechtes Gedächtnis. »Hauptmann Neumüller zu Ihren Diensten. Wie kommen Sie bloß hierher? Wo ist Ihr werter Herr Vater? Oder sind Sie mit Ihrer Großmutter unterwegs?«

Die Fragen prasselten auf sie ein und brachten ihren dröhnenden Kopf fast zum Bersten. Mit einer zitternden Hand rieb sie sich die Stirn. »Ich …« Ihre Stimme klang heiser, und mehr als dieses eine klägliche Wort schaffte sie auch nicht herauszubringen. Ganz egal, wie sehr sie sich anstrengte. Es war einfach zu viel.

»Sie sind allein hier?« Er blinzelte wieder und schaute sich um – die Brust geschwellt, die Haltung ganz stramm. Vermutlich in der Erwartung, dass sich die Erde gleich auftat und Hilde Abbing wie ein kleiner Teufel heraussprang. Da wollte er wohl den bestmöglichen Eindruck machen.

Doch nichts dergleichen passierte, und er entspannte sich ein wenig. Sein alarmierter Blick forschte in Iwas Gesicht, und eine ehrliche Sorge überschattete seine Züge.

»Sie sind ja völlig erschöpft. Kommen Sie, ich helfe Ihnen.« Er beugte sich ihr entgegen, um nach ihrem Arm zu greifen.

»Nein!« Iwa taumelte zurück. »Nicht nötig. Mir ... mir geht es gut.«

»Sind Sie verletzt?« Er deutete auf ihre rechte Wange.

Wie im Schlaf, als wäre sie in einem kruden Albtraum gefangen, tastete Iwa über ihr Gesicht. Die Haut fühlte sich aufgeschürft an und brannte unter der Berührung ihrer Finger. »Es geht mir gut«, wiederholte sie dennoch.

»Kommen Sie.« Wie selbstverständlich packte er ihren Koffer.

Nein, nein, nein! Was sollte sie nur tun? In ihrem Verstand dehnte sich absolute Leere aus. Sie starrte auf ihr Gepäck in seiner Hand. Warum beschäftigte er sich mit ihr? Hatte er als Landespolizist nichts Besseres zu tun? Nach Putschisten zu suchen, den Bahnhof zu bewachen?

»Geben Sie mir meinen Koffer zurück. Ich muss los. Ich verpasse sonst meinen Zug«, stammelte sie.

Er kniff die Augen zusammen und betrachtete sie eingehend. Sein Blick schien in sie einzudringen, als könnte er jede ihrer Lügen entlarven. »Wo geht es denn hin?«

Sie presste die Lippen zusammen, um nichts Unbedachtes zu sagen. *Pass bloß auf! Ganz egal, wie schrecklich erschöpft du bist, du musst auf der Hut sein!* Hut – sie hatte ja keinen mehr. Was für verquere Gedanken! Sie musste sich zusammenreißen, doch es gelang ihr kaum, den Faden auch nur annähernd zu behalten.

»In Ordnung«, sagte Albert-Alfons-Alfred deutlich milder und streckte ihr seine freie Hand entgegen, wie um ihr ein Friedensangebot zu machen. »Kommen Sie mit. Sie müssen sich erst einmal ausruhen. Dann sehen wir weiter.«

»Sagen Sie mir nicht, was ich tun muss!«

»Aber, aber, Fräulein Abbing.« Er grinste. »Ich fürchte, ich bin gezwungen, meine Autorität als Hauptmann der Landespolizei walten lassen. In so einem verwirrten Zustand kann ich Sie doch nicht allein lassen!«

Ein verwirrter Zustand? Natürlich. Sie war ja auch eine Frau, die es gewagt hatte, in unruhigen Zeiten allein durch die Straßen zu laufen!

Ihr Blick huschte zum Koffer.

Ein wahnwitziger Gedanke blitzte in ihrem Kopf auf: Sie könnte ihm das Gepäck einfach entreißen und weglaufen. Vor ihrem inneren Auge sah Iwa sich bereits auf den Bahnhof zurennen, während sie den Koffer mit beiden Händen an sich presste.

Aber zum Glück wurde ihr sofort klar, wie aussichtslos dieses Unterfangen sein würde. Sie hatte nicht genug Kraft, um einem Mann irgendetwas zu entreißen. Geschweige denn, wie ein Olympialäufer ihrem Ziel entgegenzujagen. Dachte sie wirklich, sie könnte einem Polizisten entkommen?

Fieberhaft überlegte sie, welche Möglichkeiten ihr blieben. Sollte sie eine Szene machen? Um Hilfe rufen? Aber auch da machte seine Uniform ihr einen Strich durch die

Rechnung. Niemand würde in dieser Situation ein Fräulein in Bedrängnis vermuten.

Also folgte sie ihm, in der Hoffnung, ihr würde noch eine Möglichkeit einfallen, dieser misslichen Lage zu entkommen.

Überall wimmelte es von Uniformierten. Dazwischen tummelten sich Zivilisten, die offensichtlich die Stadt zu verlassen versuchten. Die angespannte Atmosphäre überlagerte die gesamte Gegend um den Bahnhof wie eine Kuppel – je tiefer man in sie vordrang, desto mehr schien es zu brodeln. Die Unruhen waren nicht plötzlich verpufft, nachdem der Aufstand zerschlagen worden war. Die Polizisten und die Bahnhofsangestellten taten ihr Bestes, um die Gemüter zu besänftigen und trotz des Chaos den Zugbetrieb aufrechtzuerhalten. Iwa kam es vor, als wäre die Stadt ein Krake, die in Agonie zuckte und mit ihren Tentakeln um sich schlug.

»Da wären wir. Bitte nach Ihnen.« Hauptmann Neumüller öffnete eine Tür und ließ Iwa vortreten. Es schien der Pausenraum der Bahnhofsmitarbeiter zu sein, wirkte aber alles andere als einladend. Eine kleine Kammer mit einem schmalen Fenster, das kaum Licht durchließ und von außen mit einer dicken Schicht grünlichem Schmutz bedeckt war. Zwei einfach gezimmerte Tische und klobige Stühle waren das einzige Mobiliar. »Setzen Sie sich. Ich lasse uns eine kleine Stärkung bringen.«

Er stellte den Koffer an der Wand ab und ging wieder hinaus. Kurz lauschte Iwa seinen Schritten. Dann nahm sie ihr Gepäck, öffnete vorsichtig die Tür und lugte durch den Spalt. Kein Entkommen. Nur wenige Meter entfernt redete er mit einem anderen Uniformierten, der knapp nickte und davoneilte.

Wohin? Direkt in die Villa, um ihrem Vater und ihrer Großmutter Report zu erstatten? Iwa setzte sich zurück an den Tisch, behielt den Koffer aber in ihrer Nähe. Der Hauptmann kam zurück. Seine ganze Haltung vermittelte Zufriedenheit und Zuversicht. Als hätte er den größten Fang seines Lebens gemacht und als erwartete er jetzt seine Beförderung. Er setzte sich ihr gegenüber, schlug ein Bein über das andere und holte eine Packung Zigaretten heraus. Ein kurzes Zögern. Zum Glück entschied er sich, doch nicht zu rauchen, denn sonst hätte Iwa Sorge gehabt, in diesem kleinen Raum zu ersticken.

»Man könnte meinen, das Schicksal führt uns immer wieder zusammen. Nicht wahr, Fräulein Abbing? Auf dem Ball durfte ich Ihre reizende Bekanntschaft machen. Dann sehe ich Sie in der Tonhalle und nun hier während meines Dienstes.« Immer wieder traktierte er sie mit Blicken, die Iwa unglaublich schwer zu deuten vermochte. »Was hat das wohl zu bedeuten?«, sinnierte er weiter.

»Dass das Schicksal mich nicht sonderlich gut leiden kann?«

Er lachte gutmütig und drehte das Päckchen in seinen Händen wie ein Zirkusartist, der gerade eine Jonglage vorführte. »Dass Sie über einen sehr eigenwilligen Humor verfügen, ist mir bereits auf dem Ball aufgefallen.«

»Ja, zum Totlachen. Dabei haben Sie mich noch gar nicht in meiner Höchstform erlebt.«

»Wie schade. Weiß Ihr Herr Vater, dass Sie hier sind? Oder Ihre geschätzte Großmutter?«

Iwa lehnte sich etwas zurück, um eine entspannte Haltung zu demonstrieren. Auch wenn die Lehne des Stuhls sich unangenehm hart in ihren Rücken bohrte. »Sicher. Ich bin unterwegs zu meiner Tante. Eigentlich müsste ich längst im Zug sitzen. Aber ich werde auf dem Weg dorthin offensichtlich von der Landespolizei festgehalten.«

»Sie werden doch nicht festgehalten, meine Teuerste.«

Ihr Blick schnellte zur Tür. »Dann kann ich gehen?«

Das Zigarettenpäckchen drehte sich noch etwas schneller in seinen flinken Fingern. »Lassen Sie uns doch noch ein wenig miteinander plaudern. Wo wohnt Ihre Tante?«

Nicht in Dresden. Auf keinen Fall in Dresden! Sie überlegte fieberhaft.

»Bonn!«, schoss es aus ihrem Mund.

Wie auf dem Ball zuckten seine wässrig blauen Augen hin und her. Irgendetwas führte er im Schilde. Das spürte Iwa deutlich. »Und Sie fahren ganz allein hin?«

»Ich bin ein großes Mädchen.«

»Verstehe.« Nachdenklich tippte er mit dem Zeigefinger auf das Päckchen. »Aber schauen Sie nur, was in der Stadt heute los ist! In solch unsicheren Zeiten ist es wohl vernünftiger, die Reise abzusagen, nicht wahr?«

»Wie gut, dass der Putsch dank der tapferen Landespolizei niedergeschlagen wurde und keine akute Gefahr mehr droht.«

Ein Schatten legte sich über sein Gesicht. Das Päckchen

verharrte in seinen Händen. »Hundertdreißig Landespolizisten gegen zweitausend Mann.«

Iwa schluckte. Das Ausmaß dessen, was heute passiert war, wurde ihr erst jetzt durch seine Worte bewusst. Hundertdreißig Menschen, die sich einem riesigen Aufmarsch in den Weg gestellt hatten, um die Demokratie zu schützen. Die Tür öffnete sich. Ein Kollege, mit dem der Hauptmann vorhin gesprochen hatte, kam herein und brachte Tee in einem Emaillebecher und eine Brotscheibe mit Butter auf einem Teller. Beides stellte er auf dem Tisch ab und verließ das Zimmer genauso wortlos wieder, wie er erschienen war. Iwa rührte sich nicht.

Albert-Alfons-Alfred deutete auf die Sachen vor ihr. »Bitte. Bedienen Sie sich. Sie müssen zu Kräften kommen. Dann lasse ich nach Ihrem Vater schicken. Er wird sicherlich sehr froh sein, Sie in Sicherheit zu wissen.«

Iwa konnte spürten, wie ihr das ganze Blut aus dem Gesicht wich. Es wäre das Ende.

»Sie sind so bleich.« Zuvorkommend schob er ihr den Teller entgegen. Doch beim Anblick des Essens rebellierte ihr Bauch. Stattdessen umklammerte sie den Becher mit dem Tee und nahm einen großen Schluck von der heißen Flüssigkeit. Dann noch einen. Eine Stärkung könnte sie wirklich gut gebrauchen. »Hauptmann Neumüller.« Sie schaute ihm direkt in die Augen. »Was wollen Sie wirklich?«

Er breitete seine Arme aus. »Das habe ich doch schon gesagt. Ich sorge mich sehr um Ihre Sicherheit. Es liegt mir viel an Ihnen. Wie ich auf dem Ball hoffentlich deutlich genug gemacht habe.« Sie beobachtete ihn genau. Das Lächeln, das auf seinen Lippen spielte. Den Blick, mit dem er sie bedachte. Wenn sie bei Wilhelm gewisse Schwingungen spüren konnte, die unsichtbar in der Luft lagen und zu ihrem Herzen vordrangen, war hier nichts. Sein Gehabe kam ihr wie ein schlechtes Theaterspiel vor.

»Und warum genau liegt Ihnen so viel an mir?«

»Sie sind eine wundervolle, kluge Dame …«

»Hören Sie auf.« Iwa hob abwehrend eine Hand. »Mir müssen Sie nichts vormachen. Reden wir offen miteinander, Sie entbrennen nicht in großer Liebe zu mir, im Grunde bin ich Ihnen vollkommen egal. Warum also um den heißen Brei herumreden? Ich habe einen schrecklichen Tag hinter mir und vermute, dass Sie einen noch viel schrecklicheren hatten. Nicht wahr?«

Er schwieg. Mit einem Mal wirkten seine Züge hart und kantig. Ein Schatten legte sich um seine Augen, was seinen Blick tiefer, verhangener machte. »Heute sind vier meiner Kollegen gestorben. Zwei von ihnen kannte ich persönlich.« Seine Stimme brach kurz, dann fasste er sich wieder. »Also ja, es war ein schrecklicher Tag. Und vielleicht ist es nicht verkehrt, wenn wir mit den Spielchen aufhören. Sie haben recht, ich liebe Sie nicht, und das Letzte, was ich mir jetzt vorstellen könnte, wäre, Sie zu heiraten.«

»Na danke aber auch.«

Für einen Moment sah er richtig zerknirscht aus, weswegen sie sofort nachsetzte: »Trifft sich allerdings gut, denn auch ich lege nicht besonders viel Wert darauf, Sie zu heiraten. Oder überhaupt irgendjemanden.« Sie bemerkte, wie seine Brauen hochzuckten. Offensichtlich war auch er der Meinung, dass eine junge Frau kaum etwas so sehr herbeisehnen konnte wie eine Vermählung. »Warum sind Sie so erpicht darauf, mich zu meinem Vater zu bringen?«

»Ich erhoffe mir, so seine Gunst und Dankbarkeit zu gewinnen. Ich habe keine Wahl. Das können Sie mir glauben, Fräulein Abbing.«

»Es gibt immer eine Wahl!«

»Nicht für mich. Deshalb muss ich weiterhin um Ihre Hand anhalten, ob ich es will oder nicht.«

»Und wie genau soll meine Hand Ihnen in der Zukunft behilflich sein, Herr Hauptmann?«

Er schwieg.

Hastig leerte sie den Becher und stellte ihn zurück auf den Tisch. »Bitte. Wir wollten offen miteinander reden. Ich befinde mich in einer misslichen Lage. Sie offensichtlich auch. Gerade haben wir festgestellt, dass wir einander nicht heiraten wollen. Dem Allmächtigen sei Dank. Es gibt also keinen Grund, warum wir einander nicht vertrauen sollten.«

»In Ordnung.« Er schnaubte. Nun zog er doch eine Zigarette hervor und zündete sie an. Offensichtlich lagen seine Nerven völlig blank. »Ich muss jemandem viel Geld geben, was ich momentan aber nicht kann. Zumindest nicht in der vollen Summe.«

»Sie haben Spielschulden?«

»Gütiger, nein!« Er verzog das Gesicht, als hätte sie ihn gerade gefragt, ob er gerne nackt in der Isar baden ginge. Zur Mittagsstunde. An einem Sonntag.

»Was dann?«

»Mit Verlaub, das geht Sie nichts an.«

»Werden Sie erpresst, Herr Hauptmann?«

»Sie lassen nicht locker, oder?« Er nahm einen langen Zug an seiner Zigarette. Seine Bewegungen wurden hektisch. Als wäre er aus dem Takt geraten.

»Ist tatsächlich nicht meine beste Eigenschaft. Um wie viel Geld geht es dabei genau?«

»Um sehr viel.« Nervös sprang er auf, machte ein paar Schritte hin und her. Die Enge des Zimmers ließ ihm nicht besonders viel Auslauf. »Ich habe alles versucht. Habe alles zu Geld gemacht, was ging. Aber es reicht nicht! Es reicht einfach nicht!«

»Um wie viel Geld geht es dabei?«, wiederholte sie mit Nachdruck. »Verflucht, muss man Ihnen etwa alles aus der Nase ziehen?«

»Zwanzig Goldbarren zu je fünfhundert Gramm!«, sagte er tonlos und zog wieder an seiner Zigarette. »Und ich habe keine Ahnung, wer dahintersteckt oder wie derjenige erfahren hat, dass ich … Verdammt.« Er verstummte und schlug mit der Faust gegen eine Wand. »Wenn ich nur etwas mehr Zeit hätte!«

»Zwanzig Goldbarren sind nicht gerade wenig.«

»Ich weiß!«, rief er verzweifelt aus. »Wo soll ich sie hernehmen? Wo? Und alles wegen einem Paar Strümpfe!«

Plötzlich wurde es still.

Langsam ließ sich Iwa zurück auf den Stuhl sinken. »Zwanzig Goldbarren wegen einem Paar Strümpfe?«

»Vergessen Sie es einfach!«, knurrte er. »Vergessen Sie es.«

Ärger braute sich in ihrem Bauch zusammen. »Sie wollen mich doch auf den Arm nehmen! Was ist hier wirklich los? Niemand zahlt zwanzig Goldbarren für Strümpfe.«

Sie starrten einander an, als wäre es ein Wettbewerb. Er blinzelte und hatte verloren.

Plötzlich sackten seine Schultern nach vorne.

»Ich trage gern Strümpfe«, murmelte er kaum hörbar.

»Ja, und?« Erschöpft rieb sie sich übers Gesicht. »Das ist sehr vernünftig in der kalten Jahreszeit.«

Er schaute sie an, als wäre sie schwer von Begriff. »Seidenstrümpfe. Verstehen Sie?«

Iwa senkte die Hände. Vielleicht war sie zu müde, um diese Art von Unterhaltung zu führen. »Doch, natürlich. Sie tragen Strümpfe. Ich auch.«

Schon wieder dieser Wettbewerb im Anstarren. Dabei sollte er langsam wissen, dass er nicht die geringste Chance gegen sie hatte.

»Stört es Sie etwa nicht?« Seine Stimme zitterte.

»Warum sollte mich etwas stören, was Sie tragen? Es ist nur ein Kleidungsstück.«

»Sie haben gut reden! Ich bin ein Mann. Ein Hauptmann der Landespolizei! Wenn jemand erfährt, was für Vorlieben ich bei gewissen Kleidungsstücken habe, bin ich ruiniert!«

Schon seltsam, dass so ein kleines Ding für so viel Aufregung sorgen konnte und zwanzig Goldbarren wert war. Aber die Welt war seltsam und kompliziert, und die Menschen schienen nur noch darauf zu warten, irgendjemanden fertigzumachen. Wegen Seidenstrümpfen!

»Im Augenblick können wir einander gegenseitig ruinieren, wie es scheint.« Iwa atmete tief durch, obwohl es in der Kammer langsam stickig wurde. »Was ist, wenn ich Ihnen ein Angebot mache, wie sie an das Geld kommen, ohne um meine Hand anhalten zu müssen?«

Er drückte die Zigarette aus und lehnte sich an die Wand. »Ich bin ganz Ohr.«

Sie holte ihren Koffer hervor, öffnete ihn und nahm das Schmuckkästchen heraus. Vorsichtig machte sie den Deckel auf und schob es Albert-Alfons-Alfred entgegen.

Der Hauptmann trat heran und beugte sich über das Collier. Dann richtete er sich langsam auf. »Fräulein Abbing. Ich verfüge natürlich nicht über eine so große Juwelensammlung wie Ihre Familie, aber auch ich erkenne, dass diese Steine nicht besonders wertvoll sind.«

»Ich denke, Sie ahnen bereits, dass ich nicht zu meiner Tante nach Bonn unterwegs bin.«

Er hob die Augenbrauen. »Der Gedanke ist mir durchaus gekommen, ja.«

»Weder mein Vater noch meine Großmutter wissen, wo ich bin oder wohin ich will. Sie werden nach mir suchen. Und da kommen Sie ins Spiel.« Sie nahm einen der Ohrringe und hielt ihn dem Mann entgegen. »Bringen Sie das meinem Vater und behaupten Sie, eine Spur gefunden zu haben. Bieten Sie ihm weitere Informationen für den einen oder anderen Goldbarren an. In der Pension von Erika Beck werden Sie einen Eintrag unter dem Namen Wiwi Hellwig entdecken. Mein Kosename und der Mädchenname meiner Mutter. Erzählen Sie, Sie hätten Hinweise, dass ich nach Hamburg gegangen sei, um mich in der neuen Schule von Rudolph von Laban ausbilden zu lassen. Ich bin mir sicher, Sie werden jeden Krummen gut verkaufen können.«

Behutsam nahm er den Ohrring in die Hand und drehte fasziniert das Schmuckstück in seinen Fingern. Sogar im trüben Licht des Zimmers funkelten die braunen Steine. »Sie überraschen mich, Fräulein Abbing.«

»Ich würde sagen, wir beide haben bei unserer ersten Begegnung einen völlig falschen Eindruck voneinander bekommen. Aber es ist nie zu spät, das zu korrigieren. Also, was sagen Sie? Lassen Sie mich gehen?«

Er lächelte und machte eine ausladende Geste in Richtung Tür. »Nichts liegt mir ferner, als Sie auf Ihrem Weg zu Ihrer Tante aufhalten zu wollen. Ich wünsche Ihnen eine gute Reise, Fräulein Abbing.«

Ein Stein fiel ihr vom Herzen. Vielleicht ein ganzes Gebirge. War sie frei? War sie wirklich frei?

Er hielt sein Wort und machte keinerlei Anstalten, sich ihr in den Weg zu stellen. Sie ging an ihm vorbei, trat über die Schwelle. Dann blieb sie jedoch stehen. »Wurde heute noch jemand … verletzt? Oder getötet?«

»Mindestens dreizehn Hitlermänner, soweit ich weiß. Und ein Unbeteiligter.«

»Ein Unbeteiligter?« Alles in ihr zog sich zu einem schmerzhaften Knoten zusammen. »Wer?«

»Ich kenne den Namen nicht. Auf dem Odeonsplatz war die Hölle los.«

Sie schloss die Augen. Der Tumult. Die Schüsse. Wilhelm … hatte sie wirklich Wilhelm gesehen? War er da gewesen? Vielleicht spielte der Verstand ihr einen Streich, brachte alles durcheinander, gaukelte ihr Bilder von Ereignissen vor, die nie passiert waren. Die Angst verfolgte sie wie ein dunkler Schatten, der immer näher rückte und mit kalten Fingern nach ihr tastete. Als sie endlich im Zug saß, wich die Angst der bleiernen Müdigkeit, die es ihr unmöglich machte, die Lider offen zu halten. Iwa verfiel in einen unruhigen Schlaf, der die Realität mit Träumen vermischte und die Aufregung in ihr nährte. Immer wieder dachte sie an Wilhelm. Ganz egal, was auf sie wartete – sie musste wissen, wie es ihm ging. Sobald sie in Dresden wäre, würde sie ihm einen Brief schreiben, auch wenn es gefährlich war, ihn an den Chauffeur Wilhelm im Hause des Barons zu adressieren. Aber sang- und klanglos zu verschwinden, nach all dem, was zwischen ihnen gewesen war, das konnte sie ihm nicht antun.

Die Reise forderte ihre letzten Kräfte. Sie musste mehrfach umsteigen und dabei auf irgendeinem Bahnhof die Nacht verbringen. Erst am Nachmittag des nächsten Tages kam sie in Dresden an. Sobald sie aus dem Zug gestiegen war, kaufte sie sich als Erstes eine Zeitung. Wie vermutet, beschäftigten sich die Schlagzeilen und Artikel mit den Ereignissen in München, nannten den Aufstand eine Hanswurstiade und berichteten von Zirkusszenen in der bayerischen Hauptstadt. Wieder flackerten Bilder des vergangenen Tages vor ihrem inneren Auge auf. Tote Landespolizisten, verletzte Unbeteiligte, der ganze Schrecken – die Wortwahl schien die Opfer zu verschmähen, und am liebsten hätte sie die Zeitung in den nächsten Mülleimer gestopft, aber sie wollte mehr über die aktuelle Lage erfahren.

Ludendorff war verhaftet, Hitler geflohen. Sie hoffte inständig, man würde die Verantwortlichen zur Rechenschaft ziehen. Allerdings fragte sie sich, ob jemand wie Gustav von Kahr – der sich natürlich als Befreier der Stadt inszenierte – an den Putschisten wirklich ein Exempel statuieren wollte. Hegte er doch selbst bestimmt heimliche Phantasien vom Sturz der Berliner Regierung. Letztendlich warf sie die Zeitung doch in den Müll.

Die anhaltenden Kopfschmerzen und die Erschöpfung machten es ihr nahezu unmöglich, ihre ersten Schritte in Dresden entsprechend zu würdigen. Das Ankommen hatte sie sich definitiv anders vorgestellt. Viel feierlicher und erhebender. Stattdessen konnte sie kaum die Architektur des Bahnhofs bewundern, sondern ließ teilnahmslos ihren Blick umherschweifen. Die hohe Kuppel über ihr, die architektonischen Finessen, die kühle Eleganz des Saals, der in hellem Licht erstrahlte, gaben ihr das Gefühl, vor dem Eingang eines beeindruckenden Museums zu stehen. Die Umgebung schüchterte sie ein, als wäre sie aus der tiefsten Provinz angereist. Dabei war sie früher oft mit ihren Eltern unterwegs gewesen. Aber so allein in einer fremden Stadt zu sein verunsicherte sie ungemein. Iwa gab sich einen Ruck und ließ sich vom Menschenstrom mitziehen, der sich nach draußen ergoss. Dort ging sie unter einer Eisenbahnbrücke hindurch und kam am Wiener Platz an. Einfaches Leben empfing sie, die Normalität, der Alltag – ein wenig unwirklich nach den Szenen, die sie in München erlebt hatte. Doch die Menschen hier kümmerten sich nicht um die Ereignisse in Bayern, sondern beschäftigten sich mit ihrem eigenen Trott.

In Gedanken überschlug Iwa ihre finanziellen Möglichkeiten, dann ging sie auf eine der Kraftdroschken zu, die sich brav vor einem Adelshaus aneinanderreihten. Iwa wählte einen freundlich wirkenden jungen Fahrer aus, der gerade neben seinem Wagen eine Zigarette rauchte. Unsicher zeigte sie ihm das Geld, das sie entbehren konnte, und fragte, ob es ausreichen würde, um sie zur Adresse ihrer Mutter zu bringen. Er legte den Kopf schief, grinste und sah sie abwartend an.

»Ich fürchte, ich kann nicht mehr aufbringen«, sagte sie und schielte zu den Bussen. Die Vorstellung, den Weg in einer fremden Stadt selbst suchen zu müssen, bescherte ihr Unbehagen.

»Das ist aber schade.« Genüsslich zog der Mann an seiner Zigarette. »Aber so ein hübsches Ding wie du weiß bestimmt, wie es sich erkenntlich zeigen kann.« Er zwinkerte ihr zu.

Iwa taumelte zurück. So ungeniert als Mensch entwertet zu werden fühlte sich an wie eine Ohrfeige.

»Was ist?« Der Kerl machte einen Schritt auf sie zu und wackelte mit den Augenbrauen. »Das könnte uns beiden gefallen, meine Süße.«

»Nein, danke.« Sie wich weiter zurück und verfluchte sich selbst dafür, dass sie so unsicher klang. Wo war ihre

Redegewandtheit? Ihr Selbstvertrauen? Hatte sie all das in München zurückgelassen?

»So schüchtern?«

»He«, erklang plötzlich eine kratzige, tiefe Stimme neben ihr. »Lass sie in Ruhe! Ihr Nein war doch deutlich genug.«

Iwa fuhr herum und bemerkte einen anderen Fahrer. Er wirkte deutlich älter, allerdings so stämmig, dass er sich den jungen Kerl mit einem Arm über die Schulter werfen und davontragen konnte.

»Ruhig, ruhig!« Der Jüngere hob abwehrend die Hände. »War doch nur Spaß.«

»Treib deine Späße woanders«, knurrte der andere und wandte sein bärtiges Gesicht Iwa zu. »Wenn Sie möchten, fahre ich Sie gern dorthin.« Er deutete auf das Geld. »Das genügt.«

Dann drehte er sich um und ging zu seinem Automobil.

Fieberhaft überlegte Iwa, was sie tun sollte. Es riskieren? Oder doch lieber den Bus nehmen? Auf jeden Fall sollte sie Abstand zwischen sich und den jungen Fahrer bringen, der sie immer noch anschaute, als wollte er unbedingt herausfinden, wie genau sie unter ihrem Mantel aussah.

Also eilte sie dem Bärtigen hinterher und inspizierte verstohlen seinen Wagen. Auch wenn ihr klarwar, dass der Innenraum nicht gerade viel über die Gesinnung des Mannes aussagen würde, imponierte es ihr sehr, dass er sauber und gut gepflegt war. Letztendlich drückte sie dem Fahrer das Geld in die Hand, ließ sich mit dem Gepäck helfen und kletterte auf die Rückbank.

Erst jetzt bemerkte sie, wie angespannt sie war. Als hätten sich sämtliche Eingeweide in ihrem Bauch verknotet. Immer wieder spielte sich die Szene mit dem jungen Fahrer in ihren Gedanken ab. Warum hatte sie stocksteif dagestanden? Sie ekelte sich vor sich selbst. Wie sollte sie in einer fremden Stadt zurechtkommen, wenn sie nicht einmal in solch einer Sache für sich einstehen konnte?

Sie rechnete es dem Bärtigen hoch an, dass er sie in Ruhe ließ und sich ausschließlich auf den Verkehr konzentrierte. So hatte Iwa Zeit, sich zu sammeln.

Egal, wie holprig ihr Start in Dresden auch war – sie durfte sich davon nicht verunsichern lassen. Am besten konzentrierte sie sich auf das, was vor ihr lag. Sie lehnte sich zurück und schloss die Augen.

Schon seit einer Ewigkeit hatte sie keinen Kontakt zu ihrer Mutter gehabt. Nun würde sie auf ihrer Schwelle auftauchen und um Unterschlupf bitten. Was würde dieses Wiedersehen bringen? Die Befangenheit zweier Menschen, die früher einander nahestanden und jetzt nichts mehr voneinander wussten? Oder war das eine Gelegenheit, die verpassten Umarmungen nachzuholen? So viele Fragen tummelten sich in ihrem Kopf! Aber bald, schon sehr bald würde sie die Antworten haben. Vorausgesetzt, ihre Mutter war inzwischen nicht umgezogen.

Die Kraftdroschke ließ das Zentrum der Stadt hinter sich. Neugierig betrachtete Iwa die Umgebung, die in ihr nach und nach ein bedrückendes Gefühl aufkommen ließ. Ihr war schon klar gewesen, dass ihre Mutter nicht in einer Villa leben würde, aber sie hatte sich bisher keine

Gedanken gemacht, ob ihre Mutter überhaupt die Möglichkeiten haben würde, sie aufzunehmen. Es war nie ihr Plan gewesen, München so überstürzt zu verlassen. Aber noch länger zu bleiben, um alle Eventualitäten zu klären, hatte sie sich nicht erlauben können. Wenn ihre Großmutter oder ihr Vater etwas von ihren Absichten mitbekommen hätten ... Nein, nicht auszudenken! Sie war hier. Und sie würde niemals zurückgehen. Alles weitere konnte sie nach und nach klären.

Die Kraftdroschke hielt an. Iwa stieg aus und schaute sich in der Hechtstraße um. Die Gebäude um sie herum wirkten schlicht und schnörkellos. Die Fassaden bestachen durch ihre Zweckmäßigkeit und hatten keinen Platz für irgendwelche Verzierungen. Die Fenster erinnerten an aufgereihte Soldaten – eins war wie das andere –, selbst die Gardinen hinter den Scheiben sahen überall gleich aus.

Der Fahrer räumte den Koffer aus dem Wagen, wünschte Iwa einen guten Tag und stieg wieder ein. Sie wollte ihm noch mit einem Trinkgeld danken, aber er winkte nur ab. Als der Wagen hinter der nächsten Biegung verschwunden war, sah Iwa sich weiter um. Die fremde Stadt wirkte beängstigend. Überall entdeckte sie kleine Läden und Cafés, meistens nur mit einem Schaufenster. Sie drängten sich aneinander wie Waldpilze. Das Viertel schien sehr belebt zu sein. Ständig liefen Leute vorbei, auf der anderen Seite stand neben dem Eingang einer Metzgerei eine Frau mit einer Schürze und schien Iwa, seit sie aus der Droschke ausgestiegen war, zu beobachten. Direkt neben dem Hauseingang, den Iwa jetzt ansteuerte, befand sich ein kleiner

Blumenladen, und beim Anblick des Schaufensters musste Iwa an den Wintergarten in der Abbing-Villa denken. Leuchtende Blumen, grüne Kletterpflanzen und üppige Gewächse schienen dem trüben Novembertag zu trotzen. Es wunderte Iwa keineswegs, dass ihre Mutter eine Wohnung direkt neben diesem Laden gewählt hatte. Kurz stellte sie sich vor, wie Johanna – selig lächelnd – an dem Schaufenster vorbeiging, und bestimmt kaufte sie ab und zu ein paar Blumen, um damit ihr Zimmer zu dekorieren.

Etwas beschwingter betrat sie das Treppenhaus. Nur ein paar Stufen noch, dann würde sie endlich den Menschen sehen, den sie so sehr vermisst hatte. Wie gern hätte Iwa einen regen Kontakt zu ihr aufrechterhalten. Aber die Gefahr, dass die Großmutter davon erfuhr und ihre Schwiegertochter doch noch zurück in den Schoß der Abbing-Familie beförderte, war einfach zu groß gewesen. Das verstand Iwa nun zu gut. Umso mehr tat es ihr leid, dass sie in der Vergangenheit der Mutter insgeheim so viele Vorwürfe gemacht hatte. Für ihr Weggehen. Für ihr Schweigen. Immer wieder war da diese kleine, fiese Stimme gewesen, die ihr zugeflüstert hatte: *Was ist, wenn deine Mutter dich vergessen hat? Wenn sie dich hier gar nicht haben will?*

Fest umschloss Iwa den Griff ihres Koffers und stieg in die zweite Etage hinauf. Es roch feucht und ein wenig muffig. Auf einem Zwischengeschoss kam ein Mann aus einer Toilette heraus und stampfte an ihr vorbei weiter hinauf. Er grüßte nicht einmal, sondern warf Iwa bloß einen skeptischen Blick zu. Offensichtlich wusste er nicht, was er von einem Fräulein in einem sichtlich teuren, aber vollkommen demolierten Mantel halten sollte.

Iwa blieb vor der richtigen Tür stehen, hob die Hand und hielt kurz inne.

Sie hätte nicht in Worte fassen können, was sie gerade empfand. Aufregung? Angst? Es war wie vor einem Sprung in unbekanntes Gewässer, bei dem einen das unendliche Glück oder … das Ende erwartete.

Gleich würde sie es wissen.

Sie klopfte. Wartete. Klopfte noch einmal. Doch hinter der schlichten Tür aus dunklem Holz rührte sich absolut nichts. Wieder klopfte sie, energischer, obwohl sie schon ahnte, dass niemand da war. Vielleicht war ihre Mutter ausgegangen? Sie wollte sich gerade auf ihren Koffer setzen, um zu warten, als die Tür der Nachbarwohnung aufging und eine schwangere Frau herauslugte. An ihre Beine schmiegte sich ein etwa vierjähriges Mädchen, das Iwa mit großen, blauen Augen anstarrte. »Statt gegen die Tür zu trommeln, sollten Sie bei der Schmidt vorbeischauen«, sagte die Frau harsch. Ihr Haar war zu einem unordentlichen Knoten zusammengebunden, unter den Augen lagen dunkle Ringe.

»Bei wem?« Iwa drehte sich so ruckartig um, dass sie fast von ihrem Koffer gefallen wäre.

»Im Blumenladen unten!«, keifte es aus der Wohnung. Schon zog die Frau das Mädchen an der Hand zurück, und die Tür wurde zugeschlagen.

Iwa nahm ihren Koffer und schleppte ihn die Treppe wieder runter. Zwar konnte sie sich nicht vorstellen, warum sie nach ihrer Mutter im Blumenladen fragen sollte, wollte den Hinweis aber nicht unbeachtet lassen.

Als sie auf die Straße trat, kam gerade eine Frau mit einem kleinen Strauß Gerbera heraus. Die Frau schien mehr auf das Arrangement in ihrer Hand zu achten als auf die Straße, weswegen sie fast in Iwa hineingelaufen wäre. »Verzeihung, gnädiges Fräulein«, murmelte sie und schenkte ihr ein mildes Lächeln, während sie schon weitereilte. Iwa sah ihr kurz hinterher. Wie schön es doch war, wenn ein paar Blumen jemanden eine so große Freude machen konnten. Sie blickte zum Schild hinauf – *Schmidt – Blumen & Co.* – und trat ein. Feuchte Wärme empfing sie, erfüllt von den unterschiedlichen Düften der Pflanzen.

Plötzlich kläffte es von irgendwoher und hinter dem Tresen schoss ein Hund heraus, eine Promenadenmischung mit struppigem, beigefarbenem Fell, Glubschaugen und kleinen Schlappohren.

»Whisky, aus!«, tönte es aus den Tiefen des Ladens. Der Hund legte den Kopf schief. Die Zunge ragte aus seinem Maul heraus, so dass es aussah, als würde er diese als freche Antwort herausstecken. Schließlich verzog er sich zurück hinter den Tresen. »Bin gleich bei Ihnen, einen Moment bitte«, rief es wieder. Eine tiefe, ruhige Stimme, die so viel Gelassenheit ausstrahlte, dass Iwa sich gleich wohl fühlte. Kurz darauf kam eine Frau Mitte vierzig aus dem Hinterzimmer heraus. Als Erstes fielen Iwa die großen, grauen Augen auf, die an mattes Silber erinnerten. Erst dann bemerkte sie ihr herzförmiges Gesicht mit weichen Zügen, gerahmt von hellbraunem, lockigem Haar, dass sie mit einer Schleife zusammengebunden hatte, aus der sich einige Strähnen gelöst hatten. Auf dem Nasenrücken und auf den Wangen zeichneten sich blassen Sommersprossen ab, die ihr etwas Keckes verliehen.

»Womit kann ich Ihnen dienen?« Sie lächelte Iwa an. Anders als viele Ladeninhaber verströmte sie keine Hektik oder aufgesetzte Höflichkeit, sondern gab Iwa das Gefühl, wie eine Freundin willkommen zu sein.

Iwa brauchte einen Moment, um sich zu sammeln. Sollte sie direkt nach einer gewissen Johanna fragen? Sich zuerst vorstellen?

»Wenn ich raten müsste, könnte ich mir gut vorstellen, dass Sie weiße Lilien bevorzugen.« Neckisch zog die Frau ihre Brauen hoch.

»Warum denn weiße Lilien?«, erwiderte Iwa perplex und fragte sich, ob ihre Mutter noch immer Lilien liebte und ob sie ihr vielleicht tatsächlich ein paar davon zum Wiedersehen mitbringen sollte.

»Sie stehen für Anmut, Grazie und vor allem für Zuversicht«, erklärte die Blumenhändlerin. Etwas in diesen silbergrauen Augen machte ihren Blick unglaublich intensiv, ohne dass Iwa wirklich sagen konnte, was es war. »Sie sehen aus, als könnten Sie ein wenig Zuversicht brauchen.«

Wie wahr. Vielleicht zögerte sie deshalb, ihre Frage zu stellen, weil sie sich insgeheim vor der Antwort fürchtete? Was, wenn ihre Mutter umgezogen war? Zuversicht! Sie brauchte Zuversicht!

Iwa holte tief Luft. »Eigentlich wollte ich mich erkundigen, ob Sie vielleicht wissen, wo ich Johanna finden kann.«

Mit einer schnellen Bewegung zog sie den Umschlag mit der Adresse aus ihrer Handtasche hervor. »Ich war schon oben vor der Wohnung, aber da hat mir niemand aufgemacht, und die Nachbarin sagte mir, dass ich es hier im Laden probieren solle.« Sie plapperte und plapperte und merkte gar nicht, wie blass das Gesicht der Blumenhändlerin wurde. Wie eine weiße Wand, auf der die Sommersprossen wie verwaschene Flecken wirkten.

Iwa verstummte augenblicklich.

Das Schweigen, das daraufhin eintrat, machte plötzlich die Luft schwerer und den Raum dunkler. Was war da los?

»Oder wohnt sie nicht mehr hier?«, versuchte Iwa es erneut, während sie den Umschlag unsicher in den Fingern drehte.

»Sie haben recht«, erwiderte die Frau tonlos. »Sie wohnt nicht mehr hier.«

»Nein?« Iwa schluckte schwer. Und jetzt? Was sollte sie tun? Sie versuchte, die aufsteigende Panik niederzuringen. »Ist sie umgezogen? Wissen Sie zufällig, wohin?«

Wieder entstand ein Schweigen zwischen ihnen.

»Johanna ist tot«, lautete schließlich die Antwort.

»Was?« Iwa ließ den Koffer auf den Boden fallen. Nein, das konnte nicht sein! Bestimmt war von einer ganz anderen Johanna die Rede.

»Sie ist vor etwa acht Monaten an einer Lungenentzündung gestorben«, sagte die Frau matt.

»Nein, doch nicht meine Mutter!« Alles ringsherum begann sich zu drehen. Ihre eigene Stimme kam ihr ganz weit weg vor. Die Umgebung wirkte verwaschen, die vielen

Blumen verschmolzen zu einer bunten Masse. »Das kann nicht sein.«

Sie hatte das Gefühl, den Boden unter den Füßen zu verlieren. Taumelte. Dann spürte sie, wie die Realität ihr entglitt.

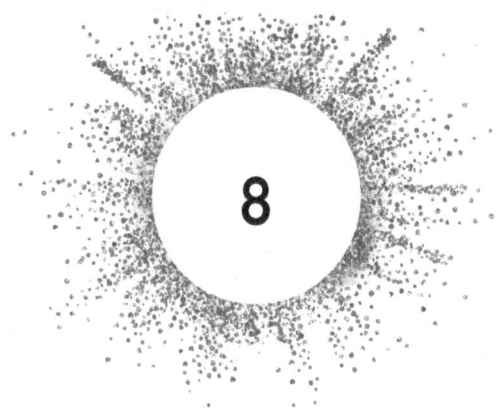

8

Iwa bemerkte, dass sie auf dem Boden lag. Ihr Kopf war auf ein Kissen gebettet, und etwas Warmes und Feuchtes leckte ihr über die Wange. Ihr Körper fühlte sich an wie in dicke Watte gepackt.

»Whisky, lass das!«, tönte eine tiefe Frauenstimme von irgendwo weit weg. Im nächsten Moment strömte ihr ein scharfer Geruch in die Nase und weckte ihre Sinne. Iwa stöhnte, versuchte, sich aufzurichten, wurde aber sanft an den Schultern zurückgedrückt. »Bleib noch etwas liegen.«

Iwa tat wie geheißen, ließ die Augen zu und versuchte zu realisieren, was passiert war. Wie zäher Honig flossen ihre Gedanken dahin und ließen vereinzelte Bilder vor ihrem inneren Auge auftauchen. Da war der Putsch. Wilhelm, von dem sie sich nicht verabschieden konnte. Danach die Zugfahrt. Zermürbend und lang. Der Blumenladen. Die Frau mit den Silberaugen und …

… ihre Mutter.

Tot.

Ein Wort, das sich wie ein Schlag in die Magengrube

anfühlte. Iwas Atem beschleunigte sich, und doch konnte sie kaum noch Luft holen. Sie stemmte sich auf den Ellbogen, schnappte immer wieder nach Sauerstoff. Nur langsam klärte sich ihr Blick. Der kleine Hund machte es sich gleich auf dem Kissen gemütlich. Offensichtlich gehörte es ihm.

»Geht es wieder?«, hörte sie die Stimme von vorhin.

Iwa nickte, lehnte sich gegen die Wand in ihrem Rücken und versuchte, ihren Blick auf die Umgebung zu fokussieren.

»Möchtest du etwas trinken?« Ihr wurde ein Glas mit Wasser gereicht.

Mit zitternder Hand nahm Iwa es entgegen und nippte daran. Es tat gut. Ihr Mund hatte sich ganz trocken angefühlt, die Kehle so rau, als hätte sie eine Handvoll Reißzwecken verschluckt.

»Danke. Was …« Sie wurde unterbrochen, als sich die Tür öffnete und jemand eintrat. Mit großem Gebell kündigte der kleine Hund den Neuankömmling an. Bei dieser tatkräftigen Unterstützung brauchte man wohl kein Glöckchen.

Aus den Augenwinkeln beobachtete Iwa, wie die Blumenhändlerin nach vorne trat. »Walter. Tut mir leid, das ist kein guter Zeitpunkt. Ich muss jetzt meinen Laden schließen.«

Aber Walter ignorierte, was sie sagte, und stützte sich lässig mit einer Hand am Tresen ab. »Mit welchen Blumen sagt man denn ›Es tut mir leid‹?«

»Ich empfehle dafür Worte zu nutzen«, erwiderte die

Frau trocken. »Bitte geh jetzt. Oder soll Whisky dir den Weg zur Tür zeigen?«

Der Mann grinste. »Ach, komm schon. Sei nicht so kratzbürstig. Ich will doch nur ein paar Blumen für meine Süße.«

»Besorg sie heute woanders!« Etwas im Ton der Frau veranlasste den Hund dazu, näher zu kommen und den Mann anzuknurren. Obwohl ihm das Tier nur bis zur Wade reichte, wollte Walter offensichtlich nicht riskieren, die Zähne in seiner Haut zu spüren.

»Bei dir kaufe ich nie wieder was!« Er schnaufte, wandte sich ab und ging.

Die Blumenhändlerin sperrte die Tür hinter ihm ab und drehte das Schild auf ›Geschlossen‹ um. Dann kam sie zurück, der Fellknäuel dicht an ihrer Seite. Das erfolgreiche Verjagen eines ungebetenen Besuchers hatte sein Ego offensichtlich auf das eines Rottweilers anwachsen lassen.

»Nun wird uns niemand stören.« Ungeniert setzte sich die Blumenhändlerin zu Iwa auf den Boden. Der Hund versuchte sofort, ihr auf den Schoß zu klettern, doch sie schob ihn beiseite. »Nicht jetzt, Whisky!«

»Whisky?«, fragte Iwa verwundert. Beim ersten Mal hatte sie gedacht, sich verhört zu haben.

»Ja, aber er reagiert auch auf Blöddödel, Stinker und Lass-das.« Nun nahm sie den Kleinen doch noch auf den Arm.

»Das ist ein äußerst ungewöhnlicher Name für einen Hund.«

Ein Schatten legte sich auf das Gesicht der Frau. »Deine

Mutter war auch eine sehr ungewöhnliche Frau mit einem Hang zu außergewöhnlichen Dingen.«

»Meine Mutter ...« Die Erkenntnis überwältigte sie erneut mit der Wucht eines Vorschlaghammers. Ihre Mutter war tot. Iwa hatte das Gefühl zu fallen. Unendlich tief. In ein finsteres Loch, wo nichts als Kälte auf sie wartete.

»Iwa, richtig?« Die ruhige Stimme der Blumenhändlerin schien sie zurück in die Realität zu führen. »Ich bin Gisa. Tut mir leid, dass du es auf diese Weise erfahren musstest. Und da spreche ich auch noch von Lilien, als du reinkommst! Ich ... ich habe einfach nicht geahnt, wer du bist. Manchmal kommt immer noch jemand vorbei, der gern bei Johanna Gymnastikunterricht nehmen möchte.«

»Woher kennst meinen Namen?« Iwa drehte den Kopf, sah der Blumenhändlerin tief in ihre Silberaugen. Güte und Freundlichkeit lagen darin, die ihr das Gefühl gaben, nicht allein in dieser schrecklichen Stunde zu sein.

»Die Wohnung, vor der du gestanden hast – wir haben dort zusammen gewohnt. Sie hat mir viel von dir erzählt. Zum Beispiel, dass du immer das Ende eines Buches zuerst liest. Dass du den Geruch von frischer Wandfarbe magst. Und dass du oft Blähungen bekommst, wenn du Milch trinkst.«

Unwillkürlich musste Iwa schmunzeln, obwohl sie nicht sagen konnte, wie sie dazu in der Lage war. »Ja, das klingt nach mir.« Sie bemerkte, wie Gisa sie neugierig musterte, und senkte den Blick. »Ich sehe ihr leider nicht besonders ähnlich. Offensichtlich habe ich hauptsächlich die Gene der Abbings abbekommen.« Ihr Magen verknotete sich.

Über diesen Umstand durfte sie sich nicht beschweren, oder? Ihr Vater war ein stattlicher, gutaussehender Mann. Ihre Großmutter führte auch im hohen Alter noch ein aktives Leben und beklagte sich höchstens über die winterliche Erkältungszeit, die ihr manchmal mit einem Schnupfen zusetzte. Doch gerade jetzt wünschte sich Iwa so sehr, etwas von ihrer Mutter geerbt zu haben. Wie kühn ihre Stimme geklungen hatte, wie ansteckend ihr Lachen gewesen war, ihre Augen gefunkelt hatten, wenn sie voller Leidenschaft über Monte Verità erzählte … Iwa schluckte schwer, als ihr bewusst wurde, dass sie all das nicht mehr erleben konnte. Und dass die Fragen, die vielen Fragen, die sie im Herzen bis hierhergetragen hatte, unbeantwortet bleiben würden.

Johanna ist tot.

Ihre Augen brannten, doch die Tränen kamen nicht. Mit bebender Hand führte sie das Glas erneut an ihre Lippen.

»Wie … wie ist das passiert?« Ihre Stimme klang ganz blank. Blecherne Laute, die nahezu widerwillig die Lippen verließen.

»Es ging sehr schnell. Die Ärzte konnten nichts tun.«

»Eine Lungenentzündung? Bist du dir sicher?« Sie stellte ihr Glas ab und schaute die Blumenhändlerin eindringlich an. »Nein, ich glaube das nicht. Ich glaube das einfach nicht.« Ihre Mutter konnte unmöglich tot sein. Nicht, wenn Iwa doch endlich in Dresden war, um sie zu sehen, sie in Arme zu schließen und sie zu …

»Es tut mir wirklich sehr leid, Iwa.«

Whisky sprang von Gisas Schoß. »Nein, komm zurück!

Lass das!« Gisa versuchte, ihn zu packen, doch der Hund interpretierte es als ein Spiel und jagte durch den Raum, wobei er fast einen Eimer mit Blumen umkippte und sich im Packpapier verfing. »Dieser Blöddödel! Deine Mutter hat ihn gut im Griff gehabt, aber ich lasse ihm zu viel durchgehen.«

Verdutzt betrachtete Iwa den Hund, der wie ein Tennisball herumsprang. »Ich wusste gar nicht, dass meine Mutter Hunde mochte.«

Aber woher hätte sie es auch wissen sollen? Hilde Abbing hätte niemals einen solchen Flohzirkus in der Villa geduldet. Tiere, die keinen Nutzen brachten, waren in ihren Augen Schädlinge. Egal, ob es sich dabei um Ratten, Hunde oder Katzen handelte. Plötzlich fragte sich Iwa, was sie noch alles nicht über ihre Mutter wusste. Und ob sie es jemals erfahren würde. Sie beugte sich nach vorne und lockte den Hund, der sofort angelaufen kam, um ihr begeistert über die Finger zu lecken. Es kitzelte, als seine weiche Zunge ihre Handfläche bearbeitete. »Wie ist Whisky zu meiner Mutter gekommen? Wo hatte sie ihn her?«

»Von der Straße. Eines Tages kam sie freudestrahlend mit ihm heim. ›Schau in diese Knopfaugen‹, hat sie zu mir gesagt. ›Wir können ihn doch nicht zurück in die Kälte schicken?‹« Gisa schmunzelte, obwohl eine tiefe Traurigkeit auf ihren Zügen lag. »Wie konnte ich da nein sagen? Ich … ich mochte es so sehr, sie glücklich zu sehen.«

Iwa nahm den Hund zu sich auf den Schoß, was er begeistert mit einem Pups quittierte. Womit neben Lass-das nun der Grund für seinen Spitznamen Stinker geklärt war. Nur der Rufname blieb ein Rätsel.

»Warum Whisky?«

Gedankenverloren zwirbelte Gisa am Saum ihrer Schürze. »So haben wir uns kennengelernt. Johanna und ich.«

»Wie denn genau?«

»Im Monolith beim Damenball des Aurora-Clubs.« Kurz hielt sie inne, als überlege sie, ob sie nicht etwas gesagt hatte, was lieber im Geheimen bleiben sollte. »Sie hat mein Glas umgestoßen. Danach haben wir oft rumgeblödelt, dass sie mir noch einen Whisky schuldet.« Sie ließ die Schürze los. »Jetzt habe ich einen Whisky, aber sie nicht mehr.«

So viel Schmerz. Iwa hatte das Gefühl, der gesamte Raum wäre voll davon.

»Wie lange habt ihr hier zusammengewohnt?« Iwa stockte. »Entschuldige, wenn ich zu viel frage. Ich ... ich würde einfach ...«

»Schon in Ordnung.« Gisa hob die Schultern. »Nach dem besagten Whisky-Unfall sind wir in meiner Wohnung gelandet. Und was soll ich sagen? Sie ist einfach geblieben. Ich wusste sofort, dass es ... passt.«

»Dass es passt?« Iwa runzelte die Stirn. Irgendetwas war da in Gisas Ton, was sie nicht so recht fassen konnte. Als gäbe es viel mehr zu sagen. Als liege mehr dahinter. Nur was?

»Das Zusammenleben.« Sie räusperte sich und begann, wieder am Stoff zu nesteln. »Sie hat nach einer Wohnung gesucht. Zu zweit ist es leichter, die Miete aufzubringen. Warum also nicht …« Sie verstummte abrupt.

Ein Ausflug in eine Bar? Die Freundschaft zu einer Blumenhändlerin? In München wäre beides unvorstellbar gewesen. Doch in Dresden hatte Johanne wohl genau das gefunden, wonach sie sich gesehnt hatte. Ihr Glück.

Trotzdem fühlte Iwa einen Stich im Herzen. *Du bist gegangen, um wieder glücklich sein zu können. Und jetzt …*

Jetzt war ihre Mutter wieder gegangen. Dieses Mal endgültig. Ohne eine Hoffnung auf ein Wiedersehen, ohne Abschied.

»Was auch immer gewesen ist«, die Blumenhändlerin hatte sich wieder zu ihr gehockt, »deine Mutter hat dich sehr geliebt. Daran darfst du nie zweifeln.«

»Ich weiß«, murmelte Iwa und drückte Whisky etwas fester an sich. Der kleine Hundekörper wärmte sie. Und vielleicht auch ein bisschen ihre Seele.

»Sie hat immer von dir gesprochen. Manchmal hatte ich das Gefühl, du wärst … irgendwie hier mit uns zusammen.«

Iwa schaute in die schwarzen Knopfaugen des Hundes. Worte, Gedanken und Gefühle vermischten sich in ihr zu einem undefinierbaren Klumpen. Wohin mit all dem? Wohin mit ihr selber? Der Hund wedelte mit dem Schwanz, gab aber sonst keinen Rat. Tja, ein Whisky löste wohl keine Probleme.

»Lass dir Zeit«, sagte Gisa. Sie hob die Hand, als wollte sie Iwas Schulter tätscheln, senkte den Arm aber dann wieder.

»Zeit?«, erwiderte Iwa bitter. »Weil die Zeit alle Wunden heilt?«

»Weil die Trauer ein Prozess ist.«

»Und wird es irgendwann besser?«

»Keine Ahnung. Noch bin ich im Prozess. Und es ist verdammt hart, das kann ich dir sagen. Aber es hilft, darüber zu reden. Manchmal treffe ich mich mit unseren gemeinsamen Freunden, und dann ... dann kommt es mir vor, als wäre sie noch unter uns.«

»Sie hatte Freunde? Richtige Freunde?«, fragte Iwa ungläubig.

»Jede Menge! Ich weiß nicht, wie lange du in Dresden bleiben willst, aber vielleicht magst du sie kennenlernen?« Sie machte eine kurze Pause. »Wie kommt es eigentlich, dass du hier bist? Was führt dich zu uns?«

»Mein Vater will, dass ich einen Baron heirate.« Wie belanglos das plötzlich klang. Ihre Mutter war tot. Was waren dagegen schon die Sorgen um eine mögliche Zwangsheirat? Durfte sie sich überhaupt noch darüber Sorgen machen, wenn sie ... immer noch nichts fühlte, bei dem Gedanken daran, dass ihre Mutter für immer fort war? Alles war so furchtbar taub in ihr drin. Es erschreckte sie zutiefst. Als würde sie neben sich stehen und alles wie eine Unbeteiligte beobachten.

»Und du willst nicht?«

Iwa schüttelte den Kopf.

»Dabei heißt es ja, es muss nur der Richtige kommen.« Gisa verdrehte die Augen. »Dann ändert die Frau schon ihre Meinung.«

»Sicher nicht. Ehe ist ein furchtbares Konstrukt! Zumindest für Frauen. Daran kann auch der Richtige nichts ändern. Nicht wahr, Whisky?« Der Hund wedelte mit dem Schwanz. Mehr wollte er zur Diskussion wohl nicht beitragen.

Anerkennend hob Gisa die Augenbrauen. »Das hört man selten von einer jungen Frau, der schon von Kindesbeinen an beigebracht wird, vom schönsten Tag ihres Lebens zu träumen.«

»Den schönsten Tag meines Lebens kann ich auch, ohne zu heiraten, haben. Ist es nicht eher schrecklich, dass der Bund für die Ewigkeit mich knechten wird, damit ich dem Mann Untertan bin? Warum nimmt die Ehe mir das Recht, frei zu entscheiden, ob ich arbeiten möchte? Oder ... oder ...« Sie zügelte sich. Es war sicherlich nicht der richtige Ort und schon gar nicht die passende Zeit, um über die Schrecken der Ehe zu reden.

»Nun. Das war eindeutig. Keine Sorge. Hier musst du keinen Baron heiraten.«

»Und bitte auch niemanden sonst!«

Die Blumenhändlerin lachte. Es klang tief und samtig. »Versprochen! Aber was willst du stattdessen machen?«

Eine gute Frage, auf die sie spätestens jetzt eine gute Antwort finden musste. Sie war sich sicher gewesen, einen Unterschlupf bei ihrer Mutter finden zu können. Wenigstens für die erste Zeit. Nun musste sie zusehen, dass sie ein Dach über dem Kopf bekam.

»Auf keinen Fall zurückgehen, so viel steht fest.« Nachdenklich kraulte sie den Hund im Nacken. Sein Fell fühlte sich rau an. Beinahe drahtig. »Aber meine Träume werde ich erst einmal hintanstellen müssen.«

Es tat weh, so darüber zu sprechen. Die Hoffnungen wie ein altes Tagebuch in eine Pappschachtel zu verstauen. Aber sie musste nach vorne blicken und sich den dringlicheren Fragen widmen. Wo würde sie unterkommen? Wie schnell könnte sie eine Arbeit finden?

»Was sind denn deine Träume?«, fragte Gisa.

»Ich ... also ...« Iwa stockte. »Die Bühne. Mein Traum ist die Bühne.«

»Oh. Eine Schauspielerin also? Deine Mutter hat viel darüber gesprochen, wie du dich als Kind verkleidet, Szenen aus Büchern nachgespielt und das alles mit Gesang und Tanz begleitet hast. Du hast wohl ständig ihre Kleider aus dem Schrank gezerrt, um daraus neue Kostüme zu machen. Und es hat wohl immer ein riesiges Chaos gegeben, wenn du mit den Proben fertig warst. Oft hat sie gesagt, sie hätte dich bei so einer lebhaften Phantasie lieber Eurynome nennen sollen.«

»Wie?« Beinahe hätte sich Iwa verschluckt.

»Das ist der Name der griechischen Urgöttin, die nackt dem Chaos entsprang, mit ihrem Tanz die Dunkelheit vom Licht trennte und so die Welt erschuf.«

»Ich glaube, jetzt bin ich froh, doch bloß Iwa zu heißen.«

Die Blumenhändlerin schmunzelte. »Iwa bedeutet Eibe. Sie hatte eindeutig eine Vorliebe für die heimische Flora. Mich hat sie oft Butterblume genannt, weil Gisa ihr zu spießig klang. Zu spießig! Kannst du dir das vorstellen?«

Ja, konnte sie. Nun musste auch Iwa grinsen. Ihre Mutter war immer für eine Überraschung gut, so viel stand fest.

»Willst du denn Schauspielunterricht nehmen?«, fragte Gisa weiter. »Dich am Theater bewerben? Ich habe gehört, im Thalia werden Darsteller gesucht.«

»Nein.« Iwa holte tief Luft. So offen darüber zu sprechen fiel ihr schwer. Vor allem, wenn jemand ihr dabei zuhörte und die Worte ernst nahm. So wirkte alles plötzlich so viel gewichtiger! Und sie hatte Angst, sich lächerlich zu machen. »Das mit der Bühne meinte ich eher in Richtung Tanz. Ich habe gehofft, in die Schule von Mary Wigman gehen zu können. Ich weiß, es klingt absurd.«

»Absurd? Was genau ist daran denn absurd?«

Iwa öffnete den Mund, doch in ihrem Kopf klang nur die Stimme von Hilde Abbing: *Tänzerin! Hört, hört. Das Kind möchte Tänzerin werden.*

»Weißt du, dass deine Mutter Wigmans Schule eine Weile besucht hat?«, setzte Gisa erneut an.

»Sie wollte auch tanzen?«

»Das nicht. Aber sie war fasziniert von der Idee, Gymnastik mit Tanz und Musik zu verbinden, an die Grenzen zu gehen und neue Möglichkeiten auszutesten. Alles Neue hat sie fasziniert.«

»Ich verstehe.« Iwa biss sich auf die Unterlippe. Wer war ihre Mutter wirklich? Und hatte sie noch die Möglichkeit, das herauszufinden? Wenn sie umherblickte, hatte sie das Gefühl, ihre Mutter würde irgendwo hier im Raum sein. Zwischen all den Blumen konnte ihr umtriebiger Geist bestimmt seine Ruhe finden. Die bunten Blumen verströmten Freude, das Grün heilte die Seele. Iwa hätte ewig hier sitzen und an ihre Mutter denken können. Und deshalb … deshalb sollte sie gehen, bevor es noch schwieriger werden würde, sich aus dieser friedlichen Oase zu lösen.

»Gisa?«

»Hm?«

Sie setzte den Hund auf dem Boden ab und kam vorsichtig auf die Beine. Immerhin schien der Boden unter ihren Füßen nicht mehr zu schwanken. »Wäre es … Wäre es vielleicht möglich, dass ich dich ab und zu besuchen komme? Vielleicht, um über meine Mutter zu reden, wenn du magst? Sie fehlt mir. Sie fehlt mir wirklich sehr.« Jetzt wusste Iwa, woher die Taubheit kam. Sie hatte den leeren Platz eingenommen, nachdem Gisas Worte einen Teil des Herzens einfach herausgerissen hatten. Der Schock verdrängte den Schmerz. Und der Verstand schaffte es noch nicht zu erfassen, dass ein geliebter Mensch nicht mehr da war.

»Sie fehlt mir auch.« Gisa stand ebenfalls auf. Gedankenverloren nestelte sie schon wieder an ihrer Schürze. »Manchmal ertappe ich mich dabei, wie ich mich laut mit ihr streite. Dann wird mir bewusst, dass sie nicht mehr da ist – und plötzlich merke ich, wie still es in der Wohnung ohne sie geworden ist.« Sie schaute zum Hund. »Klar, da ist noch Whisky. Er sorgt nach Kräften dafür, dass es hier nicht ganz so ruhig zugeht. Ohne ihn hätte ich mich in meinen vier Wänden verkrochen und wäre gar nicht mehr rausgegangen.«

»Also darf ich wiederkommen?«

»Natürlich. Meine Tür steht dir immer offen. Aber wo willst du denn jetzt hingehen? Hast du schon ein Zimmer in Dresden?«

»Nein.« Iwa wusste selbst, wie kläglich das klang. »Vielleicht kannst du mir eine Pension empfehlen?«, schob sie schnell hinterher.

Gisa sagte nichts. Der Blick ihrer silberfarbenen Augen wirkte verloren, während er auf den weißen Rosen in einem Kübel ruhte. Bedeuteten diese Blumen nicht Abschied? Es war Zeit zu gehen.

»Danke noch einmal für alles.« Iwa packte den Koffer. »Es hat gutgetan, über meine Mutter zu sprechen.«

Gisa holte tief Luft. Zögerte. Nur kurz. »Du könntest … du könntest auch hierbleiben.«

»Für heute Nacht?«

»Oder länger. Ganz wie du magst.«

»Aber …«

»Deine Mutter hatte immer gehofft, dass du eines Tages zu ihr nach Dresden kommst. Hier hat es schon immer einen Platz für dich gegeben. Und daran hat sich nichts geändert.« Sie rang sichtlich um Worte, hatte Angst, etwas Falsches zu sagen, zu aufdringlich zu wirken. »Bitte bleib. Nur wenn du möchtest, natürlich.«

Iwa stellte ihren Koffer ab.

Sie musste nichts sagen.

Das war Antwort genug.

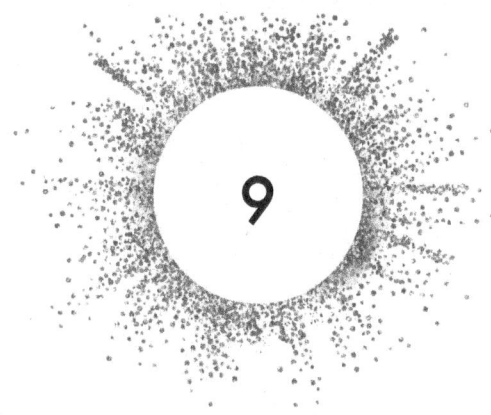

9

Mit Wucht schleuderte der Baron sein Glas gegen die
Wand. Klirrend zersprang es, fiel in Scherben auf
den Boden, und im Arbeitszimmer breitete sich schwerer,
beißender Cognacgeruch aus. So weit hat dieses dumme
Frauenzimmer ihn gebracht – er verschwendete den guten
Tropfen, um ihn an der Wand hinunterrinnen zu sehen.

Wie konnte das nur passieren? Wie war es möglich, dass
ein junges Ding alles ruinierte, was er nahezu perfekt ein-
gefädelt hatte? Der Plan war perfekt. Doch diese Göre
war abgehauen und hatte ihm so kurzerhand einen Strich
durch die Rechnung gemacht!

Sofort spürte er, wie sein Atem schneller ging und eine
Ader an der Schläfe zu pulsieren begann – wie immer,
wenn er sich zu sehr aufregte. Am liebsten hätte er gleich
noch etwas gegen die Wand geschmissen. Aber das würde
nichts bringen.

Er ballte eine Faust. Wenn er dieses Weib bloß in die
Finger bekam, dann würde er ihr schon beibringen, was
Respekt bedeutete. Dass eine Frau nicht nach dem eigenen

Sinn zu handeln, sondern sich den Entscheidungen eines Mannes zu unterwerfen hatte! Aber stattdessen hatte Iwa Abbing ihre Sachen gepackt und war einfach abgehauen!

Unglaublich, dass ihr Vater es so weit hatte kommen lassen.

Und nun?

Dieser Neumüller schien irgendeine Spur zu haben, jedenfalls hatte sich der junge Mann mit großem Eifer auf die Suche gemacht. Vielleicht streute er auch nur Sand in die Augen, machte sich wichtig, wollte sich bei den Abbings einschleimen ... Verflucht! Was, wenn der Bierbrauer die Abmachung widerrief und womöglich doch noch diesem übereifrigen Neumüller den Vortritt ließ?

Tja, wenn der Kerl es schaffte, das durchtriebene Weib zu finden, dann gab es kaum noch Hoffnung. So viel war ihm klar.

Die Wut brauste erneut in ihm auf. Wie ein Raubtier im Käfig lief er hin und her. Sein Kopf war ein einziges Chaos. Er hasste es, sich hilflos zu fühlen, nichts ausrichten zu können.

Nein, nein.

Er war nicht hilflos.

Er musste sich nur darauf besinnen, wie viel Macht er besaß. Dass er alles im Griff hatte und die Menschen um ihn herum wie Marionetten nach seinem Willen tanzten.

»Ich bin kein Verlierer! Nein, ich nicht!«, brüllte er, drehte sich zum Tisch um und fegte die Papiere, Mappen und Bücher in einer Bewegung auf den Boden.

Seine Hände zitterten. Er musste sich abreagieren. Sich selbst zeigen, dass er alles, absolut alles im Griff hatte. Sonst würden die Menschen ihn nicht ernst nehmen.

Er nahm seinen Gehstock und verließ das Arbeitszimmer. So schnell wie er konnte, lief er den Flur entlang, ging an den leeren Räumlichkeiten vorbei.

Früher war das Haus voller Leben gewesen. Die Dienerschaft huschte herum und war bemüht, ihm jeden Wunsch von den Lippen abzulesen. Große Feste hatten die Festsäle fast zum Bersten gebracht. Jeder in München war erpicht darauf gewesen, von ihm eine Einladung zu bekommen!

Doch in den Krisenjahren hatte der Baron kürzertreten, Bedienstete entlassen und hinter jedem auch nur so kleinen Geschäft herlaufen müssen. Einst hatte er in den feinsten Adelskreisen verkehrt, nun musste er einem Bierbrauer nach dem Mund reden! Er merkte wieder, wie es in seinen Schläfen zu pochen begann.

»Frieda!«, rief er nach dem Dienstmädchen, das sich bereithielt, wenn er etwas brauchte. Dieses Mal erschien sie aber nicht sofort, und er musste noch einmal rufen und dabei versuchen, seinen Zorn in Schach zu halten. »Frieda!«

Da hörte er schon schnelle Schritte, und eine junge Frau lief ihm entgegen. Sie war klein und zierlich, das dunkelblaue, etwas zu große Kleid ließ ihre Gestalt unförmig wirken. Die Stupsnase war das einzig Attraktive an ihr. Ansonsten hatte sie dunkle, glatte Haare, einen zu breiten Mund und eingefallene Wangen, die sie kränklich wirken ließen.

Er stützte sich auf den Gehstock. Manchmal empfand er dieses Hilfsmittel als eine Bürde, die ihn schwächlich aussehen ließ. Manchmal aber konnte er damit seinen Worten wunderbar Nachdruck verleihen. »Bring Alwina in mein Schlafzimmer.«

»Aber, gnädiger Herr.« Sie knetete ihre langen, filigranen Finger. Neben der Stupsnase hatte sie sehr schöne Hände, fiel ihm auf. »Ihr geht es heute nicht so gut.«

Er zog die Augenbrauen zusammen. »Das heißt?«

Es gab Tage, da war mit Alwina nichts anzufangen. Sie wirkte wie entrückt, völlig in ihrer eigenen Welt versunken. Dass er da war, registrierte sie dann kaum. Meistens wusste sie nicht einmal, wer er war.

»Sie hat wenig geschlafen. Um drei Uhr nachts habe ich sie in der Küche gefunden, da wollte sie das Besteck neu ordnen. Sie war die ganze Zeit auf den Beinen, ist unruhig umhergelaufen. Als ich versucht habe, sie zurück in ihr Zimmer zu bringen, hat sie sich gewehrt.«

»Sich gewehrt.« Er schnaubte. Wenn sie sich wehrte, spornte es ihn nur noch mehr an, ihr seine Macht zu zeigen, ihr begreiflich zu machen, dass sie gänzlich auf seine Gnade angewiesen war. »Es interessiert mich nicht, wie es ihr heute geht. Sie hat jetzt in meinem Schlafzimmer zu sein. Hast du mich verstanden?«

Frieda erblasste noch deutlicher und nickte mehrfach. Was blieb ihr auch anderes übrig? Er ließ niemandem eine Wahl.

Im Schlafzimmer lehnte er seinen Gehstock an die Wand, knöpfte sein Hemd auf und wendete sich dem Fenster zu.

Ein grauer Herbsttag ließ die Gegend unwirklich wirken, so als würde sich alles allmählich im Grau auflösen. Wie seine Gedanken, die er manchmal einfach nicht fokussieren konnte. Er befahl sich, sich keine Sorgen zu machen. Warum auch? Das Problem mit der Abbing-Göre würde er schon irgendwie lösen, hätte er vermutlich schon längst gelöst, wenn der Bierbrauer ihn sofort informiert hätte. Trotzdem fühlte er sich innerlich fahrig. Hatte er einen Fehler gemacht? Sich zu sehr darauf verlassen, dass der Bierbrauer seine Tochter im Griff hatte? War er zu nachsichtig gewesen? Und jetzt ...

Du Verlierer ... wirst alt und schwach, noch ein bisschen, und du wirst mitten in der Nacht ebenfalls das Besteck sortieren wollen ... Macht es dir Angst? Eine Lachnummer bist du. Niemand nimmt dich ernst. Deine Feinde amüsieren sich auf deine Kosten ...

Verzweifelt drückte er sich eine Hand an die Stirn. Manchmal hatte er ein unbändiges Bedürfnis, seinen Kopf gegen eine Wand zu rammen, damit sein Hirn herausplatzte und die Zweifel verschwänden. Die Gedanken kreisten wie Geier durch seinen Verstand, stürzten sich auf ihn und rissen ein Stück nach dem anderen aus seiner Seele heraus. Manchmal verschmolzen sie zu einem riesigen schwarzen Vogel, der sich auf seine Brust setzte und ihm das Atmen schwermachte.

Mit hektischen Bewegungen öffnete er das Fenster. Die kalte Luft blies ihm ins Gesicht und kühlte seine Gedanken. Die Geier stiegen wieder empor, doch gänzlich würden sie nicht verschwinden. Das taten sie nie.

Wie schwarze Schatten begleiteten sie ihn tagein, tagaus.

»Ich bin Baron Leopold Theodor Maria Franz Freiherr von Hohenstein«, presste er mit Nachdruck heraus. »Jawohl.« Wenn er sich dabei auf jedes Wort konzentrierte, wenn er sich in Erinnerung rief, dass sich daran nichts geändert hatte, fiel es ihm leichter, die Geier auf Abstand zu halten.

Die Zeit verging. Keine Frieda. Keine Alwina. Was war nur los? Jeder wusste, dass er nicht gern wartete. Er wendete sich vom Fenster ab und machte ein paar ungeduldige Schritte durchs Zimmer, darauf bedacht, sein schmerzendes Bein nicht zu sehr zu belasten. Musste er dieses Weib an den Haaren in sein Bett zerren? Es gefiel ihm, dass er alles Recht der Welt hatte, das zu tun. Wann immer er es wollte. Immerhin war sie immer noch seine Ehefrau.

Er wollte gerade nachsehen, was da so lange dauerte, als es klopfte. Er riss die Tür auf. Da stand Frieda. Allein.

»Es tut mir leid, gnädiger Herr«, stammelte sie, »aber ...«

»Was, aber?«, blaffte er. »Wo ist sie?«

»Nicht in ihrem Zimmer.«

Frustriert rieb er sich über das Gesicht. »War ihr Bereich nicht abgeschlossen?«

Sie lief oft weg, ohne sich wirklich im Klaren zu sein, wohin sie wollte. Wie ein Gespenst streifte sie dann durchs Haus, und wenn sie es schaffte, nach draußen zu gelangen, hatte man Mühe, sie zu finden. Oft brach sie in die Nachbargrundstücke ein oder irrte durch die Straßen.

Er wartete die Antwort nicht ab, sondern stampfte in den Flur. Ein Glück, dass Frieda flink genug war, um seinem Gehstock auszuweichen – er hatte das unbändige Bedürfnis, ihn auf jemanden niedersausen zu lassen.

Sein Ärger trieb ihn voran. Mit jedem Schritt kochte die Wut immer mehr in ihm hoch. Es kam ihm vor, als würde Iwa Abbing ihm ins Gesicht lachen. Seht her, seht her … Die Weiber tanzten ihm auf der Nase herum, und er konnte nichts dagegen machen. Das Schlimmste war, dass das Zweifel in ihm säte und die Geier anlockte. Diese schreckliche Angst, irgendwann die Kontrolle zu verlieren. Vor allem über den eigenen Verstand.

Mit dem Gehstock rammte er Alwinas Tür auf, die einen Spaltweit offen gestanden hatte.

Er wusste sofort, dass etwas nicht stimmte. Die Unordnung trug eine fremde Handschrift. Wenn Alwina etwas umstellte oder nach irgendwelchen Sachen suchte, die gar nicht existierten, sah es anders aus. Die herausgezogenen Schubladen der Kommode und der offene Schrank wirkten so, als wäre schnell gepackt worden, offensichtlich Kleiderstücke. Die anderen Dinge waren an ihren Plätzen geblieben, so auch die Hochzeitsfotografie auf dem Nachttisch und der völlig zerschlissene Plüschhase im Bett zwischen den Kissen. Zottel hieß er. In der letzten Zeit hatte Alwina ihn fast immer mit sich herumgetragen.

»Den gesamten Trakt habe ich nach der heutigen Nacht abgesperrt, damit nichts passiert«, stammelte Frieda, die ihm nachgeeilt war. »Soll ich in der Küche nachsehen?«

»Sie ist nicht in der Küche.« Er drehte sich so ruckartig

um, dass ein brennender Schmerz durch sein Bein schoss. »Wo ist Wilhelm?«

»Ich … Ich weiß es nicht.«

Der Baron machte einen Schritt auf das Dienstmädchen zu und hob den Gehstock. »Hast du ihn heute schon gesehen?«

»Ja. Ich glaube, er wollte ein paar Besorgungen machen.«

»Mit dem Automobil, nehme ich an?«

»Ja.«

Mit der Spitze des Gehstocks stieß er Frieda in die Schulter und presste sie gegen die Wand. »Und das sagst du mir erst jetzt? Es kommt dir nicht seltsam vor, dass er irgendwelche Besorgungen mit dem Automobil machen will ohne meine ausdrückliche Anweisung?«

Sie verharrte an der Wand wie aufgespießt. Die dumme Gans! Er senkte den Stock. Jetzt galt es, keine Zeit zu verlieren. Wo könnte dieser Mistkerl hinwollen? Hatte er das geplant? Und wer zum Teufel hatte ihn überhaupt auf diese Idee gebracht?

Der Baron knirschte mit den Zähnen. Langsam dämmerte es ihm, wer es gewesen sein könnte. Natürlich. Ein merkwürdiger Zufall, dass die Abbing-Göre verschwindet und kurz darauf … Die Geier rückten näher, er spürte es. Der Druck in seinem Kopf fühlte sich an, als hätte sich ein Eisenring darum geschlossen. Plötzlich sah er all seine Pläne wie ein Kartenhaus in sich zusammenfallen. Nein, so weit durfte er es nicht kommen lassen!

Sein Blick schweifte herum, blieb an dem Plüschhasen hängen.

»Komm mit«, befahl er dem Dienstmädchen, packte das Stofftier und stampfte aus dem Zimmer. Sein Bein fühlte sich an, als würde pure Glut durch seine Adern strömen und die Sehnen samt Muskeln versengen. Was, wenn er zu spät käme? Alle würden ihn für einen Versager halten, hinter seinem Rücken lachen und mit Fingern auf ihn zeigen. Seht, was aus der mächtigen Familie von Hohenstein geworden ist! Doch sobald er in die Nähe der Garage gelangt war, beruhigte sich sein Puls. Es war nicht zu spät. Auch durch die geschlossene Tür konnte er Alwinas Stimme hören, hoch und zitterig wie das Tremolo einer ungeübten Sängerin. »Was machen wir hier? Nein, nein. Das ist falsch. Das alles ist ganz falsch.«

Geräuschlos öffnete der Baron die Tür und trat ein, ohne dass jemand ihn bemerkt hätte. Alwina ging im Kreis herum, ihre unruhigen Finger zupften am Mantel, den sie trug. Offensichtlich versuchte sie, die Knöpfe wieder aufzumachen, ohne dass es ihr gelang.

»Du hast nichts zu befürchten. Vertraue mir. Wir müssen hier weg.« Natürlich versuchte Wilhelm, ihr gut zuzureden. Dieser Idiot! Wenn Alwina in diesem Zustand war, hatten Worte keine Wirkung.

»Weg?« Ihr Kopf ruckte herum. »Wohin?«

»Ich bringe dich in Sicherheit.« Er machte einen vorsichtigen Schritt auf sie zu.

»Nein, nein, nein.« Sie wendete sich von ihm ab.

»Wir haben keine Zeit. Komm. Bitte.« Behutsam legte er die Hände auf ihre Schultern und versuchte, sie vorsichtig zum Auto zu schieben.

Sie schrie auf, fuhr herum und kratzte ihm durchs Gesicht. Schon im nächsten Moment weiteten sich ihre Augen und füllten sich mit Tränen. »Leo ... Leo, was machen wir hier nur?«

»Ich bin nicht Leo.« Seine Stimme klang verzweifelt. »Ich bin Wilhelm. Dein Sohn. Weißt du noch?«

»Wo ist Zottel? Ich habe Zottel vergessen.« Sie ging wieder im Kreis herum.

Der Baron trat näher und hielt das Stofftier hoch. »Ich habe deinen Zottel. Komm her. Es ist alles in Ordnung.«

Alwina blickte auf, und ihre Gesichtszüge entspannten sich. Mit unsicheren Schritten wankte sie auf ihn zu, die Hände dem Hasen entgegengestreckt. Der Baron drehte sich um und drückte Frieda, die hinter ihm stand, das Stofftier in die Hände, dann lächelte er Alwina zu. »Du kennst Frieda, nicht wahr? Sie bringt dich und Zottel in dein Zimmer. Alles wird gut. Mach dir keine Sorgen.« Er redete leise, wählte einfache Worte, ein wenig so, als würde er sich einem Kind verständlich machen wollen.

Sie tapste an ihm vorbei. Kurz beobachtete er, wie das Dienstmädchen die Frau wegführte. Aus irgendeinem Grund zog sich der Eisenring noch fester um seinen Kopf. Etwas nagte in seiner Brust. War es Mitleid? Die Sehnsucht nach früheren Tagen, als Alwina noch wusste, wer sie war und was um sie herum geschah? Er hatte sie geliebt. So sehr geliebt! Ihre ruhige Art, ihre Sanftmut. Sie verstand es perfekt, allerlei wichtige Leute zu umgarnen und ihm den Weg für seine Geschäfte zu ebnen. Er bewunderte sie für ihren Durchblick, ihre klugen Ratschläge.

Zumindest war es früher so gewesen. Bevor sie angefangen hatte, ihren Verstand zu verlieren. Altersschwachsinn, hatte der Arzt gesagt. Dabei war sie doch gar nicht alt. Zehn Jahre jünger und noch so voller Leben. Genau das machte ihm so viel Angst. Wenn es sie treffen konnte, was, wenn es auch ihm bevorstand? Die Geier waren wieder da. Nein. Solange er alles im Griff hatte, hatte er nichts zu befürchten. Er musste nur zeigen, dass er immer noch Macht besaß. Über alles und jeden.

Über fast jeden.

Ganz langsam wandte er sich Wilhelm zu. Zorn stieg wie Galle in ihm hoch. »Was sollte das werden?« Mit einer ausladenden Geste zeigte er auf das Auto mit der geöffneten Tür, auf den Koffer, der daneben stand.

»Ein Ausflug. Die frische Luft tut ihr gut.« Wilhelms Stimme klang dumpf.

»Halte mich nicht zum Narren! Wie lange hast du das schon geplant? Wo wolltest du sie hinbringen?«

»Ich habe nichts geplant.«

»Lüg mich nicht an!« Es war widerlich, in ein Gesicht zu blicken, das seinem so ähnelte. Zumindest früher, bevor die Jahre Falten in seine Haut gezeichnet hatten, die Haare grau werden ließen und seine Züge sich permanent angeschwollen anfühlten, so dass er sich selbst kaum noch im Spiegel erkannte. Wilhelms Existenz erinnerte ihn an das, was er nicht mehr hatte – die jugendliche Kraft, Berge zu versetzen und alles erreichen zu können. Sie zeigte ihm seinen eigenen Verfall an. Den körperlichen. Und vielleicht bald auch den geistigen? Der Baron spürte, wie die Ader an seiner Schläfe wieder zu pulsieren begann. Er trat näher und hob den Gehstock. »Du hast nur noch eine Chance, mir ehrlich zu sagen, wo du hinwolltest.«

»Es sollte nur ein Ausflug werden.«

Der Baron schnaufte. Doch bevor er den Gehstock niedersausen lassen konnte, hatte Wilhelm ihn ergriffen. Fest hatten sich seine Finger um das Holz geschlossen und schon im nächsten Moment merkte der Baron, wie ihm der Stock entrissen wurde.

»Was fällt dir ein …« Sein Atem beschleunigte sich. Plötzlich fühlte er sich machtlos an. Verunsichert, was gerade geschehen war, und vor allem, wie es überhaupt geschehen konnte. Du Verlierer … Geschieht dir ganz recht. Nicht einmal deinem eigenen Sohn kannst du Respekt einprügeln. Fing es so an? Bis er sich irgendwann nur noch an ein Stofftier klammern würde, unfähig, den eigenen Willen durchzusetzen. Sollte er dann überhaupt noch einen haben.

»Schluss jetzt.« Wilhelm stand so nah vor ihm, dass zur Wut auch Angst dazukam.

Das Bein brannte so sehr, dass er sich kaum noch aufrecht halten konnte. »Du kannst nicht …«

»Ich kann! Also werde ich jetzt meine Mutter holen, sie ins Auto bringen und wegfahren.«

»Sie will ja nicht weg von hier.«

»Über ihren Willen hat sie sehr genau verfügt, als sie die Anfänge ihrer Krankheit bemerkt hat. Das weißt du genauso gut wie ich. Sie wollte Frieden, irgendwo in der Natur.« Er deutete um sich. »Wo ist hier die Natur? Und das, was du mit ihr anstellst, ist alles andere als Frieden. Ich habe es leid, dabei länger zuzusehen.«

»Sie ist meine Frau! Sie geht nirgendwohin!«

»Sie ist meine Mutter. Und ich werde dafür sorgen, dass ihre Verfügungen, ganz besonders über sie selbst, erfüllt werden.«

Der Baron deutete auf die Kratzer. »Man sieht ja, wie gut das klappt!«

Wilhelm blieb absolut ruhig. Sein Gesicht wirkte undurchdringlich. Seit wann konnte sein Sohn so gut seine Gedanken und Emotionen vor ihm verbergen? Dieser Versager war doch bisher immer ein offenes Buch gewesen!

»Vielleicht war es falsch, es allein zu versuchen. Also werde ich Frieda bitten, mir zu helfen. Und du wirst uns nicht aufhalten.«

Der Baron lachte, aber es klang heiser und unsicher, wie er selbst hörte. Verdammt. »Wo wollt ihr hin? So ganz ohne Geld? Willst du zusammen mit ihr in der Natur unter einer Brücke verhungern? Denn von mir kriegt ihr nichts!«

»Behalte das Geld. Ich kann sicherlich irgendwo eine Anstellung als Chauffeur finden, um mich und meine Mutter zu versorgen. Wir brauchen dich nicht.«

»Du kannst sie doch keine Minute allein lassen! Sie ist wie ein kleines Kind!« Seine Stimme vibrierte. Drohte, jeden Moment zu kippen. Dann hielt er inne. »Moment. Wer hilft dir? Wo willst du hin? Zu ihr? Zu dieser Abbing? Soll sie die Nanny für deine Mutter spielen, während du als Chauffeur Geld verdienst, um sie alle über die Runden zu bringen?«

Da! Da blitzte doch tatsächlich etwas in seinen Augen auf – und war sofort wieder verschwunden. »Ich komme zurecht, keine Sorge.« Wie ruhig er dastand. Wie zuversichtlich.

Dann wandte sich Wilhelm zum Gehen ab. Den Stock fest in seiner Hand, als gäbe es nichts, was ihn noch aufhalten könnte.

Du wirst zum Gespött der ganzen Stadt! Baron von Hohenstein – schaut, wie er die Kontrolle verliert! Unfähig, den eigenen Sohn im Zaum zu halten!

Er wusste selbst nicht, wie die schwere Rohrzange in seine Hand gelangt war. Mit der ganzen Wucht, zu der er fähig war, ließ er das Werkzeug auf Wilhelm niederfahren. Für eine Schrecksekunde dachte der Baron, die Entfernung falsch eingeschätzt zu haben, doch dann traf das Metall auf den Hinterkopf. Sofort ging sein Sohn zu Boden. Der Gehstock glitt ihm aus der Hand und rollte mit einem leisen Klacken davon. Der Baron hob das Ding auf und stützte sich dankbar darauf. Endlich konnte er das schmerzende Bein entlasten und durchatmen.

Wilhelm stöhnte. Benommen versuchte er, den Kopf zu heben, aber er schien dafür keine Kraft zu haben, geschweige denn, um aufzustehen und irgendwohin zu gehen. Was nun? Kurz blitzte im Baron der Gedanke auf, die Rohrzange noch einmal niedersausen zu lassen. So lange, bis der Schädel unter den Schlägen zerplatzte. Damit ihn dieser Mistkerl nie wieder so verhöhnen konnte! Doch was wäre damit gewonnen? Nichts.

Denk nach! Du musst ihn daran hindern, in dieses

verdammte Auto zu steigen und Alwina wegzubringen! Niemand, absolut niemand verlässt den Baron Leopold Theodor Maria Franz Freiherr von Hohenstein ohne Erlaubnis.

Er verlagerte sein Gewicht und beugte sich über Wilhelm. »Du glaubst, du kannst mit deiner Mutter einfach so von hier verschwinden?« Mit dem Fuß trat er auf Wilhelms rechten Unterarm, dann schlug er ihm mit der Rohrzange auf die Hand. Trotz des markerschütternden Schreis hörte er, wie die Knochen brachen. Zufriedenheit breitete sich in ihm aus und eine bemerkenswerte Ruhe, die er schon lange nicht mehr verspürt hatte. »Wollen wir doch mal sehen, wie du jetzt als Chauffeur zu arbeiten gedenkst. Du kannst nämlich nirgendwohin gehen. Du konntest es nie!«

Der Baron richtete sich auf und ließ die Zange fallen. Hatte er gewonnen? Hatte er gezeigt, dass man sich nicht mit ihm anlegen durfte? Dass niemand einfach so seine Pläne durchkreuzen und ungeschoren davonkommen konnte?

Niemand, außer Iwa Abbing.

»Aber auch das werden wir noch sehen«, murmelte er, ging ächzend in die Hocke und betrachtete Wilhelms aschfahles Gesicht. »Wo ist sie? Wolltest du zu ihr?« Vielleicht war es immer noch nicht zu spät, bei dem Bierbrauer zu punkten. Die verlorene Tochter kehrte zurück – das sollte doch einen lukrativen Geschäftsvertrag wert sein.

Stille. War er überhaupt bei Bewusstsein? Der Baron

stieß den Gehstock in Wilhelms verletzte Hand und erntete einen erstickten Schrei durch zusammengepresste Lippen. Für jemanden, den sogar eine Haselnuss töten konnte, war er überraschend zäh.

»Ich könnte dir auch die zweite Hand zertrümmern. Also, wo wolltet ihr euch treffen?«

Keine Antwort. Vielleicht brauchte es auch keine. Man brauchte nur nachzusehen. Langsam begann der Baron, Wilhelms Taschen abzutasten. Ein Reisepass. Papiere für den Wagen, die Fahrerlaubnis. Sollte die zweite Hand doch noch in Mitleidenschaft gezogen werden? Dann endlich beförderte er die eng beschriebenen Blätter ans Licht. Die mussten von ihr sein! »Lieber Wilhelm«, las er genüsslich vor und erntete ein protestierendes Stöhnen. »›Ich hoffe sehr, dass ich dich so nennen darf, auch wenn ich dir so übel mitgespielt habe.‹ Herzallerliebst, nicht wahr?« Er überflog die Seiten. »Sie hat dir also gesagt, wer sie ist. Weiß sie auch, wer du bist?«

Natürlich bekam er keine Antwort. Leider verriet der Brief nicht, wo sich dieses Weib aufhielt. Es gab nur Andeutungen. Irgendetwas von Mary Wigman und irgendeiner Gisa. Verdammt. Aber da war noch ein zweiter Brief. Viel kürzer. Eigentlich nur aus wenigen Zeilen bestehend, in denen es hieß: Du weißt, wo du mich findest. Ich warte.

»Hab ich dich, Herzchen.« Zufrieden strich sich der Baron durch den Bart. Diese Göre hatte beinahe alles ruiniert, aber warum nicht zum ursprünglichen Plan zurückkehren? Die Hochzeit würde stattfinden! Und zusammen mit ihr die Partnerschaft mit dem Bierbrauer.

Das alles, wenn er nicht nur Wilhelm in seiner Gewalt hatte, sondern auch Iwa Abbing. Mit etwas Zeit würde sie unter seinen Fingern weich wie Butter werden, spätestens, wenn sie begriff, dass es für alle besser war, sich zu fügen.

Sein Plan nahm immer mehr Gestalt an. Er würde warten müssen, bis die Missgeburt von einem Sohn wieder gesund war. Dann könnte er dem Sturkopf Abbing einen Besuch abstatten und den Stein ins Rollen bringen. Alles würde perfekt ablaufen und genau zu dem Ergebnis führen, das er brauchte. Denn niemand spielte Baron Leopold Theodor Maria Franz Freiherr von Hohenstein aus. Es brauchte nur etwas mehr Geduld.

Er packte Wilhelm an den Haaren und hob seinen Kopf etwas an, spürte warmes, klebriges Blut. Mit der anderen Hand tätschelte er ihm die Wange. »Na, komm schon, du wirst doch jetzt nicht schlappmachen.«

Die Lider flatterten. Gut so.

»Pass auf. Wenn dir deine Mutter am Herzen liegt, wirst du genau das tun, was ich von dir verlange. Und wehe, du verbockst es! Dann wird deine verkrüppelte Hand dein kleinstes Problem sein. Deine Mutter kann es gut bei mir haben. Oder aber ich lasse sie in eine Anstalt bringen. Jeder Arzt wird mir zustimmen, dass sie dort besser aufgehoben ist. Alles zu ihrem Wohl, versteht sich. Die moderne Medizin kennt viele Wege, ihr in ihrem bedauerlichen Zustand zu helfen. Verwahrt in einer Zwangsjacke, um sich und den anderen nicht gefährlich zu werden, bei einem stundenlangen Eisbad zur Beruhigung, oder bettlägerig gemacht durch eine Fieberschubkur. Man wird schon dafür sorgen, dass sie die Behandlung bekommt, die sie so dringend benötigt. Es ist deine Entscheidung.« Er ließ Wilhelms Kopf los, der auf dem Boden aufschlug, und erhob sich. Mit einem Lappen, den er auf einer Ablage fand, wischte er sich das Blut seines Sohnes von den Fingern.

Eine Weile lauschte er Wilhelms hektischem Atmen, mit dem er gegen den Schmerz anzukämpfen versuchte. Trotzdem schien die Ohnmacht immer näher zu rücken, die Atemzüge wurden flacher, bis es so weit war, seine Lider endgültig zufielen und der Körper erschlaffte.

Im schwerfälligen Gang verließ der Baron die Garage, ohne den kleinsten Zweifel zu hegen, dass sich alles endlich fügen würde. Solange Alwina sich in seiner Gewalt befand, hatte er auch Wilhelm in der Hand.

In der Hand … Er grinste über die Ironie seiner Worte und schaute an sich hinunter. Schließlich waren seine Hände voll funktionsfähig.

Im Haus traf er auf Frieda.

»Schicke nach einem Arzt«, wies er sie an. »Mein Sohn hat einen bedauerlichen Unfall erlitten und braucht Hilfe.«

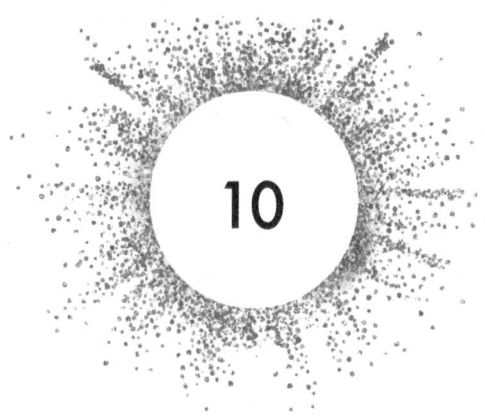

10

1924. Dresden.

Nicht nur an sonnigen Tagen erfreute sich der Altmarkt einer großen Beliebtheit. Auf dem Platz pulsierte stets das Leben, und in diesem wilden Treiben konnte man seine Sorgen zumindest kurzzeitig vergessen. Immer, wenn Iwa diesen Ort aufsuchte, nahm sie sich etwas Zeit, die Gegend mit allen Sinnen wahrzunehmen. Sie hatte das erhebende Gefühl, an jeder Ecke die jahrhundertalte Geschichte bestaunen zu können. Der eindrucksvolle Turm des Rathauses zog immer als Erstes ihren Blick auf sich. Wie ein strammer Wächter ragte er in den Himmel empor. Die Uhr wirkte wie ein Auge, welches das Geschehen auf dem Platz beobachtete. Die Gebäude ringsherum drängten sich aneinander wie neugierige Nachbarn, die ihre Köpfe zusammensteckten.

Für ihren Blumenstand wählte Iwa meistens einen Platz in der Nähe der Cafés – mit dem Blick zum Siegesdenkmal, wo sie die Germania mit einem fröhlichen »Guudn

Daach!« begrüßte. Ihre Sächsischkenntnisse waren immer noch begrenzt, aber sie gab sich Mühe, sich schnellstmöglich einzugewöhnen und die Stadt als Freundin zu sehen, mit der sie gern ihre Zeit verbrachte.

Der Frühling trieb heute besonders viele Menschen auf die Straßen. Die Geschäfte waren gut besucht, über den Platz flanierten gutbetuchte Pärchen, die Cafés waren voll besetzt. Gisas bunte Sträuße und Gestecke fanden wie immer reißenden Absatz. »Wir verkaufen nicht bloß Blumen, Iwa«, pflegte sie zu sagen. »Wir verkaufen Glück, ein bisschen Liebe und manchmal eine aufrichtige oder weniger aufrichtige Entschuldigung.« Schnell hatte Iwa gelernt, welche Bedeutung den einzelnen Blumen und Farben zugesprochen wurde, und sie nutzte ihr Wissen, um den Menschen mit einem Blumengruß in allen ihren Belangen Hoffnung und Mut zuzusprechen.

Die Blumensträuße hatte Iwa auf einer Holzkarre arrangiert, die sie mit einem Lastenfahrrad zum Platz transportierte. Sie achtete sehr darauf, die Ware so zu präsentieren, dass diese gut zur Geltung kam. Darin lebte sie ihre künstlerische Ader aus – wenn auch in einem ganz anderen Bereich als Musik und Tanz. Frische und Freude strahlten aus jedem Bund. Mit Tüchern und grünen Zweigen hatte sie die hölzerne Oberfläche geschmückt, mit Bändern ein paar Akzente gesetzt, so dass man die alte Karre mit den etwas schiefen Rädern kaum noch darunter wahrnahm.

Überrascht musste sie feststellen, dass sie diese Tätigkeit mochte. Die Blumen zu präsentieren, die Kunden zu umgarnen und ihnen ein Lächeln aufs Gesicht zu zaubern – das war wie ein Tanz, und sie ging darin vollkommen auf.

»Drei Mark, bitte«, sagte sie zu einem adretten Herrn, der sich für Rosen entschieden hatte.

Obwohl die neue Währung schon einige Zeit im Umlauf war, fühlte Iwa immer noch das aufgeregte Kribbeln in den Fingern, wenn sie die neuen Scheine in Empfang nahm. Wie die Blumen standen auch sie für Hoffnung und den Aufbruch in eine neue Zeit. Die Krise schien gestoppt zu sein, die Preise blieben stabil. Auch wenn die Menschen, wie es Iwa vorkam, der Ruhe noch nicht gänzlich trauten.

Bald war auch der letzte Strauß verkauft. Kurz hielt sie inne und betrachtete die vorbeieilenden Passanten. Doch sie konnte kein vertrautes Gesicht zwischen den vielen Menschen entdecken. Natürlich nicht, schalt sie sich. Warum sollte er ausgerechnet auf den Altmarkt kommen? Das ergab doch keinen Sinn.

Trotzdem blieb ein Anflug an Schwermut zurück, als sie die Wasserbehälter leerte, in denen die Blumen gestanden hatten, alles einpackte und den Karren an das Lastenfahrrad spannte. Kurz musste sie schmunzeln, als sie aufstieg. Wenn die Großmutter sie so sehen könnte – mit dem Sattel zwischen den Beinen und in knöchellangen Pluderhose, in denen sie sich so herrlich frei bewegen konnte. Anfangs hatte sie sich beim Fahrradfahren viele Schürfwunden zugezogen, als sie das Gleichgewicht noch nicht gut halten konnte und deshalb einige Male unsanft auf dem Boden gelandet war. Jetzt aber fuhr sie sturzfrei auch über die holprigsten Straßen, klingelte selbstbewusst die Passanten aus dem Weg und trat in die Pedale, um den Wind im Gesicht zu spüren. Manchmal vergaß sie dann, dass sie den Karren hinter sich herzog. Weswegen Gisa oft mit ihr schimpfte. Was, wenn er endgültig auseinanderfiel? Doch sobald Iwa im Sattel saß, schlug sie alle Mahnungen in den Wind. Es zählte nur die Bewegung und das Gefühl von Freiheit.

Nach einer Weile erreichte sie den Laden, stellte das Fahrrad ab und stürmte hinein. Ihr Gesicht – bestimmt schrecklich rot von Aufregung und Freude. Das Haar – ganz wirr. Aber wen kümmerte es schon? Nein, in Dresden gab es niemanden, der sich daran störte.

Sobald sie über die Schwelle trat, kläffte Whisky begeistert los. Iwa wusste ja, dass er sehr gerne die Arbeit der Türglocke übernahm und jeden, der den Laden betrat, ankündigte. An der Art seines Gebells war zu erkennen, ob er den Ankömmling mochte oder nicht. Kurze, hohe Töne drückten meistens seine Begeisterung aus. Während das tiefe, knurrende Gekeife eher einen unliebsamen Vertreter der menschlichen Zunft ankündigte. Männer hatten es bei ihm generell schwer.

»Ich sehe, du warst wieder sehr erfolgreich«, begrüßte Gisa sie und hob dabei kurz den Blick von den Tulpen, die sie gerade anschnitt.

»Gisa!« Sie lief auf den Tresen zu, zog das Geld aus der Tasche und schob es der Blumenhändlerin entgegen. »Was für ein wundervoller Tag, nicht wahr?« Ihr Herz hüpfte wie die Spatzen draußen auf der Straße, die unermüdlich nach Krümeln suchten, und ihr Bauch fühlte sich an, als würde eine zarte Feder ihn kitzeln.

»Es ist Dienstag. Natürlich ist er wundervoll.« Dienstage mochte Gisa ganz besonders gerne. Sie würden nach Zuckerwatte riechen, meinte sie.

»Dazu noch ein ganz besonderer Dienstag.«

»Wirklich?« Gisa legte den Kopf schräg, wodurch sie unglaublich keck aussah. »Was ist denn heute so besonders? Hilf mir auf die Sprünge.«

Iwa kicherte und knuffte die Blumenhändlerin leicht in die Seite. »Muss ich das wirklich?«

Gisa lachte. Ihr tiefes Lachen voll unbändiger Freude war ansteckend, es war kaum möglich, in ihrer Gegenwart keine gute Laune zu haben. Ein Blick reichte, um sofort die Sonne im Herzen zu spüren. Butterblume – immer wieder dachte Iwa an den Namen, den ihre Mutter Gisa gegeben hatte, und fand auch, dass er wundervoll zu ihr passte. »Nein, musst du nicht. Aber an deiner Stelle würde ich mich beeilen. Schnell, geh dich umziehen!«

Iwa zögerte. Natürlich würde sie am liebsten sofort nach oben in die Wohnung rennen, um sich fertig zu machen. Doch sie konnte nicht. »War der Postbote schon da?«

Dabei war sie sicher, dass ihre Hoffnung auch an diesem Tag zunichte gemacht werden würde.

Doch Gisa grinste. »Ja, er war da.«

Iwas Herz begann sofort, schneller zu pochen. »Hatte er etwas für mich dabei?«

»Durchaus.« Gisas Grinsen wurde breiter.

Eine Nachricht von Wilhelm? Nach all der Zeit? Wie gebannt starrte Iwa auf den Umschlag, den die Blumenhändlerin unter dem Tresen hervorholte. Ihre Finger bebten leicht, als sie den Brief an sich nahm und rasch aufriss.

Die Zeilen waren nicht von Wilhelm.

Sie waren von Martha.

Mein liebes Fräulein Abbing,

ich weiß, wie gefährlich es ist, Ihnen zu schreiben, aber ich habe keine andere Wahl, als Sie über die neuerlichen Vorkommnisse in Kenntnis zu setzen.

Nach Ihrem Verschwinden war Ihr Herr Vater in großer Sorge. Selbstverständlich hat er alles versucht, um Sie zu finden. Dabei war ihm ein gewisser Alfons Neumüller sehr behilflich. Dieser Mann informierte ihn über die Pension, in der Sie kurz untergekommen sind, und darüber, dass Hinweise nach Hamburg führten. Danach hätte sich die Spur verloren.

Iwa schmunzelte. Auf den Herrn Hauptmann war anscheinend Verlass. Sehr gut!

Sie las weiter:

»Für einige Zeit wurde es ruhig. Bis vor einigen Tagen Baron von Hohenstein aufgetaucht ist, der Ihren Herrn Vater sprechen wollte. Das ist mir sofort sehr seltsam vorgekommen, da ich angenommen habe, Ihre Flucht hätte die Pläne für diese unsägliche Hochzeit ein für alle Male zunichte gemacht. Also habe ich etwas getan, was ich

sonst niemals tun würde. Ich habe die beiden Herrschaf-
ten belauscht. Leider konnte ich nicht das gesamte Ge-
spräch mitverfolgen, doch was ich gehört habe, alarmierte
mich zutiefst.

Offensichtlich weiß der Baron etwas. Wie viel genau,
das kann ich nicht sagen. Jedenfalls hat er Ihrem Herrn
Vater vorgeschlagen, jemanden nach Dresden zu schicken,
der Sie finden und nach München zurückbringen soll.

Seien Sie deshalb auf der Hut, wenn plötzlich fremde
Personen in Ihrer Nähe auftauchen. Es könnten die Hand-
langer dieses schrecklichen Barons sein.

Vertrauen Sie niemandem!
Ihre Martha.«

Iwa wagte kaum zu atmen. Die Zeilen schienen nicht an
ihrem Platz bleiben zu wollen, sie waberten und ver-
schwammen vor ihren Augen.

»Schlechte Nachrichten?«, fragte Gisa besorgt. »Was
schreibt er?«

»Der Brief ist nicht von ihm.«

»Von wem denn sonst?«

»Von einer Vertrauten. Gisa, wenn hier jemand auf-
taucht und nach mir fragt, du kennst mich nicht und hast
mich nie gesehen!«

»Aber selbstverständlich. Nur ... was ist denn jetzt mit
diesem Wilhelm, von dem du die ganze Zeit gesprochen
hast?«

»Ich weiß es nicht.« Angst setzte sich in ihr fest. Was
bedeutete es, dass sie nichts von ihm hörte? Hatte er sie

verraten, an den Baron verkauft? War ihm etwas zugestoßen? Hatte der Baron die Briefe, die sie ihm geschrieben hatte, in die Finger bekommen?

Sie wusste es nicht.

Doch je länger sie darüber nachdachte, desto größer wurde ihre Angst.

Gisa kam um den Tresen herum und legte behutsam einen Arm um Iwas Schultern. »Egal, was passiert, wir schaffen das. Heute darfst du dich aber auf keinen Fall davon ablenken lassen. Konzentrier dich. Es ist an der Zeit, Mary Wigman mit deinem Talent umzuhauen. Jetzt ist nur das wichtig. Alles andere hat heute keinen Platz.«

»Ich weiß.« Iwa drückte sich an Gisa und verharrte so für einen Moment. Es war für sie noch immer ungewohnt, jemanden zu haben, der so sehr an sie glaubte. Doch mit Gisa an ihrer Seite fiel es ihr so leicht, auch selbst an sich zu glauben und alle Zweifel beiseitezuschieben. Sie wollte Tänzerin werden und eine Ausbildung bei Wigman anfangen. Das wollte sie schaffen – unbedingt.

»Und nun los!« Sanft schob Gisa sie von sich. »Beeil dich.«

Iwa nickte und lief nach oben, um sich frisch zu machen. Gisas Wohnung war klein, aber äußerst gemütlich eingerichtet. Es gab einen kleinen Flur, ein Zimmer, in dem auch eine Küchenzeile war, und eine Kammer, in der Iwas Bett stand. Alles sehr eng und bescheiden, doch für Iwa war diese Wohnung ein wahres Refugium. Sie fühlte sich hier sicher und geborgen, geschützt vor der bösen Welt, die ihr weh tun konnte.

Gedämpft drangen die Straßengeräusche von draußen herein. In der Nachbarschaft schrie ein Säugling – die dünnen Wände ließen am Leben der anderen zu jeder Tages- und Nachtzeit teilnehmen. Es war für Iwa noch immer ungewohnt, den Alltag anderer Menschen so hautnah mitzuerleben. Die Villa ihrer Familie war durch die weitläufige Parkanlage so gut abgeschirmt, dass kein Geräusch der Stadt zu hören gewesen war. Die Bediensteten bewegten sich so vorsichtig durch die Flure, dass auch ja keine Diele knarzte. Hier dagegen konnte man seelenruhig Gesundheit wünschen, wenn jemand zwei Stockwerke höher nieste.

Iwa band ihre Schürze los, streifte die Pluderhose ab und machte ihre Bluse auf. Die kühle Luft ließ eine Gänsehaut über ihren Körper wandern. Provozierend schob Iwa ein Bein nach vorne und setzte die Fußspitze auf den Boden. Die Pose wirkte gewagt, womöglich sogar frivol, gab ihr aber ein gutes Gefühl. Warum auch nicht? Sie mochte es, ihren Körper ohne die vielen Kleidungsstücke zu fühlen. Auch wenn er alles andere als perfekt war. Denn neben den stämmigen Beinen hatte sie einen für die moderne Linie zu ausladenden Po. Außerdem wölbte sich in ihrer Mitte ein leichtes Bäuchlein, auch wenn sie bei jeder Bewegung ihre Muskeln unter der Haut arbeiten sehen konnte. Und wenn sie ganz genau hinsah, waren ihre Brüste unterschiedlich groß. Dennoch schätzte sie jeden Millimeter ihres Körpers für alles, was er für sie leistete.

In solchen Momenten kam ihr alles viel intensiver vor. Die Arbeit ihrer Muskeln, wenn sie sich bewegte. Das

Heben und Senken ihrer Brust, wenn sie atmete. Iwa machte ein paar Drehungen durchs Zimmer, die Arme zur Decke gestreckt. Die Dielen knarzten unter ihren Füßen. Sie stellte sich schon vor, wie sich Herr Bierfeld von unten beschwerte, von ihrem Gehüpfe würde ihm der Stuck von der Decke auf den Kopf rieseln. Sie musste sich zügeln, ihre Energie, ihren Enthusiasmus aufsparen, damit sie später noch genug Kraft hatte, Mary Wigman zu beeindrucken.

Ehrfürchtig holte sie das Kleid aus dem Schrank, das nur auf diese Gelegenheit gewartet hatte. Mit einer Hand strich sie über den Stoff. Der glänzende, cremefarbene Satin fühlte sich kühl und glatt unter ihren Fingern an. Jede Naht war so fein gearbeitet, dass sie nahezu unsichtbar wirkte. Noch nie hatte Iwa etwas Schöneres gesehen, ganz egal, wie edel die Roben auch gewesen waren, die sie für die Bälle in ihrer Villa hatte tragen dürfen. Ihnen allen hatte das gewisse Etwas gefehlt. Dieses Kleid hier war ganz anders. Es war nicht bloß ein Kleidungsstück, sondern ein Ausdruck ihrer Hoffnungen und Träume, es war ein Teil von ihr. Lange hatte sie darauf gespart, sich Gedanken über den Stoff und den Schnitt gemacht – nun war es so weit.

Sie schlüpfte hinein und drehte sich langsam um die eigene Achse. Wie eine zweite Haut schmiegte sich das Oberteil an ihren Körper. Es war ärmellos, um ihre Bewegungen zur Geltung zu bringen, hatte einen runden, nicht zu tiefen Ausschnitt, um nicht von der Kunst des Tanzes abzulenken, einen knöchellangen, weiten Rock, in dem sie ihr Bein ganz weit hoch schwingen konnte, ohne dass der Stoff sie behinderte. Es war perfekt. Mit den Fingern fuhr sie über die Glasstifte, die den Ausschnitt und den Saum zierten. Sie waren Gisas Geschenk. Für ein bisschen mehr Funkeln, wie sie es ausdrückte.

Als Letztes holte sie Mutters Collier hervor und legte es an. Ihre Finger zitterten leicht, als sie die Schließe einhakte. Die Steine hoben sich deutlich von ihrer Haut ab, das funkelnde Braun passte nicht so ganz zum hellen Stoff – doch das war Iwa egal. Sie wollte ihre Mutter dabeihaben. Sie wollte zusammen mit ihr das Abenteuer bestehen, zu dieser Reise aufbrechen. Zumindest, soweit es möglich war. Auch nach über drei Monaten schaffte Iwa es kaum, ihre chaotischen Gefühle und Gedanken einzuordnen und mit ihnen umzugehen. Die Trauer sei ein Prozess, wiederholte Gisa immer wieder. Ein ständiges Auf und Ab. Manchmal fiel es Iwa schwer, überhaupt etwas zu empfinden. Unbemerkt schlich sich die Taubheit in ihre Seele, machte sich darin breit, verdrängte jedes Aufflackern von Kummer und Schmerz. Wofür Iwa insgeheim sogar dankbar war. Umso heftiger brach danach die Trauer über sie herein und machte, dass sie kaum atmen konnte. Es war ein Segen, in solchen Momenten Gisa bei sich zu haben, die immer die richtigen Worte fand oder einfach mit ihr schwieg.

Heute würde es weder die Taubheit noch der Schmerz sein, versprach sich Iwa, während sie das Collier im Spiegel betrachtete. *Heute bist du einfach nur da, Mama. Du wirst mir zusehen und mich anspornen, nicht wahr?* Vorsichtig fuhr sie mit den Fingerkuppen über die kühlen Steine. Der Anblick schenkte ihr Zuversicht, schaffte das Gefühl von Verbundenheit. Das Glitzern der Steine kam ihr vor wie ein freches Zuzwinkern, und mit einem Mal musste sie an rauchquarzbraune Augen denken, deren Funkeln sie so mochte.

Wo bist du? Warum meldest du dich nicht mehr? Bist du noch mein Herr Charakterfest oder hast du mich an den Baron verraten? Ihr Magen zog sich zusammen. Ihr Herz flatterte wie ein verschrecktes Vögelchen in einem Käfig.

Reiß dich zusammen!, befahl sie sich und presste die Lippen fest aufeinander. *Es ist dein großer Tag. Die Chance, deinem Traum ein kleines Stück näher zu kommen. Du darfst dich nicht ablenken lassen, schon gar nicht von einem Mann, der gar nicht da ist.*

Es gefiel ihr, wie entschlossen ihr Spiegelbild ihr entgegenblickte. So musste es sein! Iwa zog einen Mantel über und setzte einen Hut auf den Kopf. Eine kleine Handtasche vervollständigte ihre Garderobe. Nun war sie bereit.

Draußen empfing sie die Frühlingssonne. Iwa hob das Gesicht den warmen Strahlen entgegen und hatte das Gefühl, dass der Tag ihr insgeheim Glück wünschte. Es musste gutgehen! Kein Wölkchen trübte den azurblauen Himmel.

Vor der Tür des Blumenladens stand Gisa. Ihre Züge wirkten ganz verzückt, als sie Iwa betrachtete. »Hach, meine Liebe! Wenn deine Mutter dich nur so sehen könnte!«

»Das tut sie, ganz bestimmt«, flüsterte Iwa. Sie legte eine Hand auf das Collier. Sicherlich war es nur eine Einbildung, aber sie konnte eine ganze besondere Energie spüren, die vom Schmuckstück ausging und Iwa bis in die Fingerspitzen elektrisierte. »Ich hoffe, meine Mutter wird heute stolz auf mich sein.«

»Da bin ich mir sicher. Vergiss aber nicht, dass du es vor allem für dich machst. Du gehst deinen Weg. Das ist das Wichtigste. Ganz egal, ob das jemand anderen stolz macht oder nicht.«

»Danke, Gisa. Du findest immer die richtigen Worte.«

»Und die richtigen Blumen!« Plötzlich hielt sie eine Ansteckblume in der Hand. Es war eine Gladiole, aus zarter, rotweißer Seide gearbeitet, begleitet von echtem Schleierkraut und ein wenig Ziergras. Die Blumenhändlerin schlug Iwas Mantel etwas zurück und befestigte den Schmuck am Kleid. »Für heute – unbedingt die Gladiole«, flüsterte sie. »Weil du beeindruckend und absolut heldenhaft bist und du es heute allen zeigen wirst.«

»Ach, Gisa!« Iwa wollte die Frau umarmen, doch diese hielt sie auf Abstand und wackelte mit dem Zeigefinger direkt vor ihrem Gesicht.

»Nein, nein. Jetzt nicht. Du machst noch die Blume kaputt. Weißt du, wie lange ich daran gesessen habe?«, schalt sie Iwa mit gespielter Strenge.

»Das kann ich mir gut vorstellen. Es sieht wunderschön aus!« Es gab keine Worte, die ihre Gefühle beschreiben könnten. Am liebsten hätte sie laut über die ganze Straße gerufen, wie glücklich sie war, hier zu sein und jemanden an ihrer Seite zu haben, der mit ihr an Träume glaubte.

»Nun Schluss mit der ganzen Gefühlsduselei, fort mit dir!« Gisa tätschelte ihr den Rücken und schob sie sanft vorwärts. »Schließlich hast du heute noch was vor!«

Iwa konnte kaum anders, als breit zu grinsen. Das Grinsen blieb auch, als sie zur Haltestelle eilte und sich in eine überfüllte Tram quetschte. Aufregung gepaart mit Euphorie durchströmten jede Faser ihres Körpers. Fühlte es sich so an, wenn man zu neuen Ufern aufbrach? Das Gedränge ringsherum bemerkte sie kaum. Ihre Gedanken waren beim Tanz. Im Geiste ging sie die Drehungen und die Sprünge durch, die sie machen würde, die richtige Stellung der Füße, die Bewegungen der Arme. Alles schien im Gleichklang zu sein, und sie konnte es kaum erwarten, die einstudierte Choreografie vorführen zu können. Zu den sanften Walzerklängen von Lysenko, die sie im Geiste hörte.

Nach einer Fahrt, die ihr bei all der Ungeduld elend lang vorgekommen war, verließ sie die Straßenbahn. Über ihr strahlte der azurblaue Himmel, die Sonne lugte über die Dächer der Stadt und ließ ihre warmen Strahlen über die umliegenden Fassaden tanzen. Menschen eilten hin und her, eine Kraftdroschke holperte vorbei. In diesem Trubel kam es Iwa so vor, als wollte auch Dresden ihr Mut zusprechen.

Sie schaute der Bimmelbahn hinterher. Vielleicht war es ihrem Hochgefühl zuzuschreiben, dass sie glaubte, über der Gegend würde ein ganz besonderes Flair liegen. Magisch. Verheißungsvoll.

Links von ihr pries ein Geschäft mit einem Aushänge-schild Farben und Lacke an. Ein Mann im weißen Kittel stand neben der Tür, schaute verträumt vor sich hin und rauchte. Neben einem Gemüseladen spielten zwei Jungen in adretten Matrosenanzügen. Ihre vergnügten Stimmen erhellte die ganze Gegend.

Aber genug getrödelt. Sie durfte auf keinen Fall zu spät kommen. Mit schwungvollen Schritten lief sie bis zur nächsten Straßenecke, doch da wartete nicht die Bautzner Straße auf sie – offenbar war sie zu früh ausgestiegen. Sie grämte sich nicht, sondern versuchte, die Eindrücke in voller Intensität in sich aufzunehmen. Wie sich der Bür-gersteig unter ihren Füßen anfühlte, wie die Stimmen des jungen Paars klangen, das ihr entgegenkam. Eine Katze kreuzte ihren Weg, sah Iwa an, schlug mit dem Schwanz hin und her und verschwand zwischen den Häusern. Und wenn sogar eine Katze ihr mit dem Schwanz zuwinkte, konnte doch überhaupt nichts mehr schiefgehen!

Sie haben nicht viel Erfahrungen mit Katzen, stimmt's?, hörte sie plötzlich Wilhelms Stimme, so eindringlich, dass sie kurz glaubte, er würde direkt neben ihr stehen. Aber das tat er natürlich nicht. Würde sie ihn je wiedersehen? Warum bekam sie kein Lebenszeichen von ihm? Was sollte sie davon halten?

Voller Schuldgefühle hatte sie ihm ihren ersten Brief geschrieben. Wie gern hätte sie sich von ihm in einer an-deren, angemessenen Weise verabschiedet und ihm ins Gesicht gesagt, wer sie war, was sie für ihn empfand und warum sie trotz allem gehen musste. Doch das Schicksal hatte es anders entscheiden. Sie hatte keine andere Wahl gehabt, als ihre ganzen Emotionen in die Zeilen hineinzulegen, die sie an ihn richtete. Konnte er es verstehen? Konnte er ihr verzeihen? Mit großer Sorge hatte sie den Brief abgeschickt. An Wilhelm, den Chauffeur. Die Adresse des Barons hatte auf dem Umschlag gestanden, was ein großes Risiko bedeutete. Doch sie hatte es tun müssen. In der Zeit danach hatte sie große Sorge gehabt, weil sie nichts von ihm hörte. Fragte sich, ob sie überhaupt ruhig in Dresden leben konnte, wenn sie nicht einmal wusste, ob es ihm gutging? Oder ob er in den Wirrungen des Putsches verletzt oder gar getötet worden war? Als seine Antwort sie endlich erreicht hatte, war sie kaum fähig gewesen, die Worte zu lesen. Ihre Hände hatten gezittert, und sie war unaufhörlich im Blumenladen hin und her gelaufen, als würde eine überirdische Kraft sie in Bewegung setzen. Fast hätte sie einen Kübel mit Blumen umgestoßen und wäre über Whisky gestolpert, der mit einem irritierten Bellen und Winseln um sie herumgewuselt war. Sie hatte eine fürchterliche Angst, in seinen Zeilen eine kalte Zurückweisung zu lesen.

Doch er schrieb, er könne es verstehen. Dass er ihren Mut und ihre Entschlossenheit bewundere. *Auch ich muss dir einiges gestehen, Wiwi. Es gibt vieles, was du nicht über mich weißt. Doch wenn du es erlaubst, möchte ich es dir von Angesicht zu Angesicht sagen.*

Im Brief hatte er gefragt, ob er zu ihr nach Dresden kommen könne – sobald er einige Angelegenheiten geklärt hätte, die ihn davon abhielten, sofort aufzubrechen.

Sie hatte noch am gleichen Tag geantwortet. *Du weißt, wo du mich findest. Ich warte. Deine Wiwi.*

Seitdem waren Wochen vergangen. Monate. Er tauchte nicht auf, schickte keine Nachricht. Als hätte sie sich alles nur eingebildet und ihr Wilhelm, ihr Herr Charakterfest, würde nicht einmal existieren, sondern bloß einem Liebesroman entspringen.

Nein, heute durfte sie Zweifel auf keinen Fall zulassen! Kämpferisch schaute sie auf und stellte fest, dass sie direkt vor dem Haus in der Bautzner Straße 107 stand.

»Ich bin da!«, hauchte sie begeistert, die Schwermut war wie weggeblasen. Wieder spürte sie die Aufregung, die wie Champagner durch ihre Adern prickelte. Sie kam näher an den schmiedeeisernen Zaun heran und strich mit einer Hand über die Stäbe. Ja, hier war sie richtig. Die Fassade des Hauses dahinter hob sich kaum von anderen Bauten in der Straße ab. Drei Geschosse, rechts und links zweistöckige Flügel. Große Fenster und ein Balkon im ersten Stock schenkten dem Gebäude den Charme einer Stadtvilla. Die dunkle, verheißungsvolle Tür in der Mitte.

Ehrfürchtig trat Iwa durch das schmiedeeiserne Tor und näherte sich der Tür. Plötzlich schwang diese auf und ein Mann kam heraus. Wenige Meter vom Eingang entfernt, blieb er stehen, fummelte sichtlich genervt eine Zigarette heraus und steckte sie sich zwischen den Lippen.

Abermals öffnete sich die Tür. Auf der Schwelle erschien eine junge, zierliche Dunkelhaarige mit einem herzförmigen Gesicht, in dem sie die Lippen rot betont und die Augen mit einem Kajal umrandet hatte. Ihr Kleid bestand aus dunkelgrünen und grauen Musselin-Stoffbahnen, die eher mit Sicherheitsnadeln als mit Nähten gehalten schienen und dennoch ihre Figur umschmeichelten. Ihre Erscheinung hatte etwas Hexenhaftes, Dunkles, gleichzeitig aber sehr Anziehendes. Wie ein Moosweiblein, das sich aus dem bayerischen Wald in eine Großstadt verirrt hatte, um hier ihr Unwesen zu treiben. Iwa konnte nicht anders, als die Unbekannte fasziniert zu betrachten.

»Egon, was ist mit dir?« Die kleine Frau näherte sich vorsichtig dem Rauchenden, fasste ihn am Ellbogen, doch er zog unwirsch seinen Arm weg.

»Nichts. Tu, was du nicht lassen kannst.«

»Aber was tu ich denn?«

Er schnaubte. »Das musst du fragen? Ich bin hierhergekommen, um dich zu unterstützen. Dich! Und sehe, wie du mit diesem Kerl turtelst?«

»Wen meinst du?«

»Den Pianisten!«

»Will?« Sie schien immer noch nicht zu verstehen, was los war, knetete unruhig die Hände und versuchte, ihm ins Gesicht zu schauen, doch er drehte sich von ihr weg.

»Du bist kaum eine Viertelstunde hier, und er ist schon Will für dich?«

»Herr Goetze«, betonte sie brav, wie ein Schulmädchen, das sich bemühte, einen Fehler zu korrigieren. »Ich wollte ihm nur sagen, dass er Mozart spielen soll. Hörst du? Ich habe deinen Rat befolgt.«

»Ach, auf einmal befolgst du meinen Rat?« Er nahm

einen tiefen Zug und pustete ihr den Zigarettenrauch genüsslich ins Gesicht.

»Natürlich ... Du hast selbst gesagt ...«

»Ach, verschwinde einfach!« Er wendete sich vollends ab und bemerkte Iwa. Neugierig legte er den Kopf schräg und musterte sie eingehend, wie ein Ausstellungsstück im Museum, das seine volle Aufmerksamkeit auf sich zog.

Die Dunkelhaarige wirkte noch kleiner und ihrer ganzen Energie beraubt, mit der sie aus dem Gebäude gestürmt war. Resigniert schlüpfte sie durch die Tür wieder hinein.

Der Kerl schien nur darauf gewartet zu haben. Er schnippte seine Zigarette weg und schlenderte auf Iwa zu.

»He du.« Seine Stimme klang samtig und weich. Wie das Summen einer Hummel an einem warmen Sommertag. Sie hatte etwas Betörendes, obwohl er nur zwei Worte gesprochen hatte.

Kein Vergleich zum kühlen, abweisenden Ton von eben.

»Guten Tag«, antwortete Iwa steif.

»Kann ich irgendwie helfen?« Lässig steckte er eine Hand in seine Hosentasche.

»Glaube ich nicht. Aber danke.«

Sein Lächeln entblößte eine Reihe perfekter weißer Zähne. »Sicher?« Mit einem abschätzenden Blick tastete er ihre Figur ab. Es fühlte sich unangenehm intensiv an. »Bist du zum Vortanzen hier?«

Sie nickte. Leider versperrte er ihr den Weg zur Tür, und Iwa überlegte fieberhaft, wie sie an ihm vorbei ins Gebäude huschen konnte.

»Bist vermutlich schon ganz aufgeregt, nicht wahr?«

»Hält sich in Grenzen.« Das war zwar eine bodenlose Lüge, aber das musste er nicht wissen.

»Du hast Glück, ich habe gerade Zeit für einen kleinen Rundgang.« Er zwinkerte ihr zu und fuhr sich mit einer lasziven Geste durch sein dichtes, blondes Haar. »Willst du, dass ich dir da drin alles zeige?« Etwas Anzügliches lag in seinen Worten, obwohl sie nicht genau festmachen konnte, was.

»Nicht nötig. Ich komme allein zurecht.«

»Ach, sei doch nicht so schüchtern. Steht dir nicht.«

»Ich glaube nicht, dass ich von dir wissen will, was mir steht und was nicht!«

»Du hast Temperament!« Er stieß einen kurzen Pfiff aus, dann öffnete er schwungvoll die Eingangstür und bedeutete ihr mit einem Kopfnicken hineinzugehen. »Das ist genau das, was du hier brauchst.«

Es dauerte einen Augenblick, bis sie ihren Ärger niedergerungen hatte.

»Danke für den Hinweis«, presste sie widerwillig hervor und versuchte jetzt doch, sich an dem Mann vorbei durch die Tür zu schieben. Doch als sie neben ihm war, hielt er sie fest, beugte sich tief zu ihr und raunte: »Damals hat Palucca beim Vortanzen alle mit ihrem Sprung beeindruckt, bei dem sogar ein Kronleuchter zu Bruch gegangen ist. Was hast du denn so in Petto?«

Na wunderbar! Iwa konnte merken, wie die Selbstzweifel an ihr zu nagen begannen. Sie räusperte sich. »Das wird man sehen. Der Kronleuchter hat allerdings nichts zu befürchten.« Mit hocherhobenem Kopf ging sie an ihm vorbei und den Korridor hinunter.

Erst nach einigen Schritten realisierte sie, dass sie sich tatsächlich in der Schule von Mary Wigman befand. Gierig saugte sie die Luft an, um den Moment noch intensiver zu erleben. Es roch leicht staubig, nach Holz und Schweiß, was erstaunlicherweise nicht unangenehm war. Viel mehr riefen diese Gerüche Iwa in Erinnerung, wie viel Mühe Erfolg bedeutete. Tägliche Übungseinheiten, völlige Hingabe, die Entschlossenheit, über die eigenen Grenzen hinwegzugehen. Die Wände, das Mobiliar – alles schien davon zu erzählen.

Zwei Tänzerinnen liefen an ihr vorbei – zumindest vermutete Iwa, dass sie Tänzerinnen waren. Groß und schlank und blass – auch unter ihrer Kleidung waren die durchtrainierten Körper zu erahnen. Das wollte sie auch – selbstbewusst durch diese Flure schreiten.

Beflügelt vom eigenen Enthusiasmus, betrachtete Iwa die Einrichtung. Wenn sie sich irgendwo eine so beeindruckende Persönlichkeit wie Mary Wigman vorstellen konnte, dann definitiv hier! Schwarzes Möbel mutete düster, nahezu bedrückend an. Im starken Kontrast dazu standen allerdings die bunten Wände, die nur so von Farbe strotzen. Der Treppenaufgang zum ersten Stockwerk, der in knalligem Blau gehalten war, zog sie nahezu magisch an. Wie hypnotisiert machte sie ein paar Schritte darauf zu, als wollte sie mit ihrer ganzen Seele in dieses blaue Leuchten eintauchen.

»Beeindruckend, nicht wahr?«, rief der Blonde, der

anscheinend hinter ihr hergelaufen war. »Oben sind Marys Privaträume. Kein Zutritt. Das Vortanzen findet im roten Übungssaal statt.«

»Danke«, sagte Iwa widerwillig. Obwohl er hilfsbereit tat, wollte sie keine Minute länger seine Gesellschaft ertragen müssen.

»Wie gesagt, du musst mich nur fragen, dann gebe ich dir gerne eine kleine Führung durch die Schule.«

»Wie gesagt, nicht nötig.« Zwar hatte sie keine Ahnung, wo sie hinmusste, hoffte jedoch, jemandem über den Weg zu laufen, den sie fragen konnte.

»Hier ist es«, meinte der Kerl und öffnete ihr eine Tür. Iwa blieb nichts anderes übrig, als abermals Danke zu murmeln. Seine Zuvorkommenheit ärgerte sie. Doch schon im nächsten Moment schlug sie ihn sich aus den Gedanken.

Der rote Saal machte seinem Namen alle Ehre. Er war nicht bloß rot, sondern knallrot. Genauso leuchtend wie die blaue Farbe des Treppengangs. Die Wände, die Decke rot – nur der Parkettboden nicht.

In einer Ecke stand ein Klavier, daran saß ein Mann, der Notenblätter studierte. An einer Ballettstange machten einige Frauen Dehnübungen, offensichtlich waren sie hier ebenfalls zum Vortanzen erschienen. Darunter auch die kleine Dunkelhaarige im Musselinkleid. Iwa konnte nicht anders, als sie neugierig zu beobachten.

»Egon!« Die Dunkelhaarige erblickte den Mann, der hinter Iwa hineingetreten war, und lief auf ihn zu, fast hätte sie sich in ihren Stoffbahnen verfangen. »Ich dachte schon, du wärst gegangen.«

Ein Grinsen erschien auf seinen Lippen. Er packte die junge Frau mit einem Arm um die Taille und zog sie herrisch an sich. »Ich werde doch für nichts auf der Welt deinen Auftritt verpassen!« Dabei schaute er Iwa an, und etwas Herausforderndes blitzte in seinen Augen auf. Als wolle er ihr sagen: Schau her, ich kann jede haben. Sicherlich wusste er von dem einen oder anderen bewundernden Blick, den die Frauen ihm dabei heimlich zuwarfen.

Er war ein stattlicher Mann. Breite Schultern, schmale Hüfte, diese eindringlichen blauen Augen und blondes Haar, das er glatt nach hinten gekämmt hatte, um sein Gesicht bestmöglich zur Geltung zu bringen. »Ich glaube, wir haben uns noch gar nicht vorgestellt«, meinte er an Iwa gewandt. »Ich bin Egon Reimers. Mein Vater hofft zwar, dass ich irgendwann in seine Fußstapfen trete und Bankier werde, aber ich finde, die Kunst des Ausdruckstanzes liegt mir mehr.«

»Er besucht schon seit sechs Monaten diese Stätte!«, fügte die Dunkelhaarige hinzu.

Egon verzog das Gesicht. »Mit Verlaub, das kann ich selbst erzählen«, wies er sie zurecht. Beschämt blickte sie weg, ein wenig wie Whisky, wenn er ausgeschimpft wurde.

»Wie heißt du?«, wandte sich Iwa an sie, und bekam die Antwort schon, noch bevor die junge Frau den Mund öffnen konnte.

»Hetty«, sagte Egon nahezu beiläufig. »Sagst du uns auch deinen Namen, oder müssen wir raten?«

»Wiwi. Einfach Wiwi.«

Plötzlich erfasste Nervosität die Anwesenden, als eine Frau energisch den Saal betrat. »Ich hoffe, ihr habt euch warm gemacht. Es geht los!«

»Das ist unsere Bibi«, erklärte Egon.

»Bibi?«

»Berthe Bartholomé Trümpy. Sie ist Marys rechte Hand, sozusagen. Sie unterrichtet ein paar Laienkurse. Die Meisterklasse, also die begehrten Stunden um sechzehn Uhr, sind natürlich der großen Mary Wigman vorenthalten.«

Er schien wirklich einiges zu wissen, was in der Schule vorging. Wie gerne hätte Iwa behauptet, dass das, was er erzählte, sie nicht im Geringsten beeindruckte.

Entschieden strich sich Berthe Bartholomé Trümpy ihr kinnlanges, braunes Haar hinters Ohr, so wie andere sich vor der Arbeit die Ärmel hochkrempelten, um loszulegen. »Will! Bist du bereit?«

Was der Pianist antwortete, interessierte niemanden, denn Mary Wigman betrat den Saal. Die Tänzerinnen strafften die Schultern, ihre Augen leuchteten auf, als hätte Wigmans Energie sie aufgeladen, ihre Seelen zum Glühen gebracht.

Iwa hielt den Atem an. Sie konnte nicht anders. Mary Wigman – in ihrer Vorstellung glich diese Frau einer Sagengestalt, an die man glaubte, ohne wirklich zu wissen, ob sie existierte. Natürlich erinnerte sich Iwa gut an den Abend in München, an dem sie mit ihrer Mutter bei der Tanzdarbietung gewesen war. Doch lag dieser so weit zurück, dass sie sich manchmal fragte, ob sie dieses erstaunlich plastische und gleichzeitig so kraftvolle Wesen wirklich gesehen hatte. Wigmans kurzes, leicht gewelltes Haar umrahmte ihr Gesicht und verlieh ihrem Ausdruck Autorität und gleichzeitig enorme Leidenschaft. Sie trug eine helle Bluse, die sich ihren Bewegungen anpasste, ohne sie zu behindern. Jede Rührung ihres Körpers strotzte vor Charakterstärke und Eleganz. Als würde sie alles Kühne und Großartige verkörpern.

Eine Frau, die schon bald unsere Wahrnehmung von Bewegung, Körper und Tanz vollkommen verändern wird, kamen Iwa die Worte ihrer Mutter in den Sinn. Was würde sie dafür geben, diesen Moment mit ihrer Mutter wahrhaftig durchzuleben!

»Ich hoffe so sehr, dass sich vor allem meine Wahrnehmung von Bewegung, Körper und Tanz grundlegend verändern wird«, murmelte Iwa ehrfürchtig, während sie nur Mary Wigman ansah – und alles andere in weite Ferne rückte.

So weit, dass sie kaum mitbekommen hatte, dass das Vortanzen begonnen hatte. Erst als Hetty in die Mitte des Saals trat und der Pianist ein Stück von Mozart anstimmte, kam Iwa wieder im Raum an. Und mit den ersten Tönen verwandelte sich die kleine Frau in etwas Überirdisches. Die hellen Klavierklänge perlten durch den Saal, doch sie gab ihnen mit ihren Bewegungen, die an die eines Raubtiers erinnerten, etwas Dunkles, Bedrohliches. Musik und Tanz bildeten einen so starken Kontrast, dass man nicht anders konnte, als fasziniert und mit leichtem Grauen hinzustarren. Das war kein Mensch mehr, der da herumsprang und sich drehte, sondern eine nahezu makabre Gestalt, umhüllt von wirbelndem Musselin, gepeinigt von der Musik nach Erlösung schreiend. Schließlich die Metamorphose, der kraftvolle Ausbruch aus dem Wahn. Nach und nach riss sich Hetty die Stoffbahnen vom Leib – und hervor kam eine zierliche, melancholische Gestalt, die nach Licht und Eleganz strebte, die pures Leben zu empfinden schien.

»Mozart!«, rief Mary Wigman überrascht. »Glaubst du wirklich, das ist tanzbare Musik?«

Mit einem Mal verwandelte sich die Frau, die so erhaben in der Mitte des Saals gestanden hatte, zurück in die kleine Hetty, die herumdruckste, unschlüssig, was sie tun sollte.

»Sie hat es immerhin versucht«, murmelte Egon neben Iwas Ohr. »Aber Mozart! Ausgerechnet Mozart!«

Ruckartig drehte Iwa sich zu ihm hin. »Ist es nicht dein Rat gewesen? Ich glaube, vorhin so etwas in der Art mitbekommen zu haben!«

»Einmal hatte ich das große Vergnügen, ein Mozartkonzert besuchen zu dürfen. Was für eine unglaubliche Erfahrung, die mich so nachhaltig beeindruckt hat«, redete Mary Wigman weiter, und Iwa merkte, wie Egon zu grinsen begann. »Vom ersten Takt an hat die Musik mich in ihren Bann gezogen. Ich war fasziniert vom Zauber, den das Orchester aus den Klängen zu machen vermochte, ich war Mozarts Musik völlig erlegen, erlebte sie mit allen Sinnen, mit meiner ganzen tänzerischen Vorstellungskraft! Völlig unerwartet stiegen aus der Musik Bewegungen empor, sie durchströmten mich regelrecht. Ich fühlte sie mit meinem ganzen Körper, ich durchlebte sie nahezu, wollte sie in die Musik hineinlegen, doch … es ging nicht! *Mozart wollte nicht! Und ich konnte nicht!*« Wigman sprach mit solch einer Intensität, als wäre sie in diesem Augenblick wieder bei dem Konzert. Als würde sie sich selbst zitieren, ihre Gedanken, ihr Erlebtes den anderen auf einer ganz anderen Ebene nahebringen.

Mit jedem Wort wurde Hetty kleiner und kleiner, obwohl das kaum mehr möglich war. Ihre Verzweiflung schien spürbar im Raum zu schweben. Die große Mary Wigman hatte es nicht gekonnt, und sie – sie sollte Mozarts Musik tanzbar machen? In ihr den expressionistischen Geist wecken? Das Moderne mit dem Alten verbinden?

»Aber du …«, Mary Wigman hob die Stimme an, »du kannst es! Du spürst darin, was ich nicht gespürt habe. Du legst deine Seele hinein, machst dir Mozarts Klänge untertan.« Sie schwieg einen kleinen Augenblick, als wollte sie ihre eigenen Worte im Raum spüren. »Wie wäre es, wenn du ab nächster Woche zu unseren Kursen um sechzehn Uhr kommst? Und wir reden über ein Stipendium, wenn es für dich finanziell knapp werden sollte.«

Am meisten schien Berthe Bartholomé Trümpy überrascht. »Meisterklasse?«, stieß sie perplex aus.

Mary Wigman winkte ab. »Sie ist gut.«

Triumphierend, als wäre Iwa es, die das Lob erhalten hatte, drehte sie sich nach Egon um. *Hast du gehört? Sie ist gut*, lag ihr auf den Lippen. Doch der war verschwunden.

Schon bald wurde klar, dass die weiteren Auftritte Hettys Darbietung nicht übertreffen würden. Niemand sonst hatte eine sofortige Rückmeldung von Mary Wigman bekommen. Und je länger Iwa zusah, desto kläglicher kam sie sich vor. Die anderen bewiesen so viel mehr technische Perfektion, so viel mehr Ausdruckskraft und Individualität. Wie die große, schlanke Frau, die ihr Gesicht mit Kreide weiß angemalt hatte. Oder die Blonde, die sich einen Strumpf über den Kopf gezogen hatte, der ihre Züge vollkommen unkenntlich machte und man deswegen nicht anders konnte, als ausschließlich auf ihre Bewegungen zu achten. Wie sollte Iwa da nur mithalten? Sie kam sich vor wie eine Hochstaplerin.

Schließlich stand sie in der Mitte des Saals. In ihrem Kleid, das sich an die Haut schmiegte und jeden verräterischen Angstschweißfleck preisgab. Das Collier lag schwer auf ihrer Brust. Die Ansteckblume leuchtete, konnte ihr jedoch keine Kraft spenden.

»Ich würde gern ... zu Lysenkos Walzer tanzen.« Wilhelm. Der Baron. Marthas Warnung. Nur mit Mühe verscheuchte Iwa die Gedanken. Nichts davon spielte eine Rolle. Sie musste tanzen, um ihre Zukunft tanzen.

Mary Wigman zog ihre vollen, formschönen Brauen in die Höhe, was ihrem eindringlichen Blick noch mehr Ausdruck verlieh. Diese Augen! So groß. Als würde man in die Weite des Himmels stürzen, wenn man hineinschaute. Verlegen rieb sich Iwa am Ohrläppchen, blickte fragend zum Pianisten.

Dieser fuhr sich nachdenklich mit einer Hand über den

Nacken. »Ich kenne keinen Lysenko. Aber ich kann dir Chopin anbieten. Oder Mozart.«

Mozart! Fast hätte sie aufgelacht. Neben Hetty könnte niemand mit Mozart bestehen.

»Dann tanze ohne Musik, Sei frei von ihr«, entschied Wigman, und es hörte sich an wie eine Anordnung, der man sich unmöglich widersetzen konnte. Tanzen ohne Musik – aber wie? Ja, sie hatte Wilhelm davon vorgeschwärmt, es wäre eine vollkommen eigenständige Kunst. Unabhängig von der instrumentalen Begleitung. Doch war sie so weit? Jetzt, wo etliche Augenpaare jede Bewegung von ihr beobachteten und bewerteten?

»Denk daran«, sagte Mary Wigman wieder, und ihre Stimme klang so eindringlich, dass Iwa ein Schauer durchfuhr, »denk daran, dass die Musik nur ein Stimmungsmittel ist, mehr nicht! Sie ist …«, kurz schien die große Tänzerin zu überlegen, »eine Anregung und Aufregung nahezu gleichzeitig, um deine Seele und deinen Körper auf den Tanz vorzubereiten! Ein Mittel zum Zweck, mehr nicht. Und wenn dein Körper und dein Geist bereit sind, wenn sie von ihrer Stimmung ergriffen sind, tritt die Musik beiseite, macht deiner Ausdruckskraft Platz, sie ist dann kaum mehr als eine Begleitung.«

Wie wahr! Iwa konnte jedes Wort spüren. Sie musste es schaffen, sie musste die Essenz des Tanzes mit der eigenen Bewegung erforschen, sie begreifen, aus ihr eine wahre Kunst machen.

Iwa schloss die Augen. *Rozluka*. Lysenkos Walzer. Wilhelm. Dieser Moment, wie er die Finger auf die Klaviertasten gesenkt hatte … Sein Spiel hatte ihre Leidenschaft erweckt, ihre Seele und den Körper in Einklang gebracht. Das musste sie bloß wiederholen!

Leg los!, spornte sie sich an. *Du muss es gut machen – nein, perfekt!*

Die richtige Position der Füße. Die Stellung der Arme. Eins, zwei, drei. *Tanze! Tanze jetzt, verdammt!* Im Geiste versuchte sie durchzugehen, was sie einst in den Ballettstunden gelernt hatte. Ersticke die Gefühle, finde den Rhythmus, sagte sie sich. Doch ihr Herz schlug im falschen Takt. Sie fühlte das Pochen im Hals, als würde darin ein riesengroßer Klumpen stecken. Dumpf echote es in ihren Schläfen. Hämmerte in ihrem Verstand. Schritt, Schritt, eine Drehung. *Gib alles! Absolut alles! Denk an die richtige Position der Füße. Du darfst keinen Fehler machen. Diese Chance, die du jetzt hast, bekommst du vielleicht nie wieder!*

Noch ein paar Schritte, ein Sprung. Die Arme – in die Höhe gerissen, als wollte sie an den Wolken zupfen. Mit all ihrer Kraft versuchte sie, jedes Quäntchen Talent aus sich herauszukitzeln. Denk nicht an Marthas Warnung. Vergiss Wilhelm! Vergleiche dich nicht mit Hetty. Tanze, tanze, tanze verdammt!

Doch der leuchtend rote Saal schien sie auszulachen. Sie wirbelte herum, riss die Arme zur Seite und spürte, wie sie die Ansteckblume erwischte. Die fiel auf den Boden, doch sie achtete nicht darauf. Was tat sie da? Mit den Armen wedeln wie ein frischgeschlüpftes Vogelküken?

»Ich glaube, wir haben genug gesehen«, unterbrach

Berthe Bartholomé Trümpy die Darbietung, und Iwa hatte das Gefühl, man hätte ein Eimer Eiswasser über ihr ausgeleert.

Schwer atmend kam sie zum Stehen. »Ich kann das besser. Wirklich! Geben Sie mir bitte noch eine Chance!«

»Hast du Ballettstunden genommen?«, stellte Mary Wigman ihr die Frage, die jedoch wie eine Feststellung klang.

Iwa nickte.

»Liege ich richtig in der Annahme, dass du dich auch jetzt vom Ballett lenken lassen wolltest?«

Wieder nickte sie. Die richtige Haltung, die richtig Ausführung. »Habe ... habe ich einen Fehler gemacht? Meine Ballettlehrerin hat immer gesagt ...«

»Das klassische Ballett kann keinerlei Zugang zum modernen Ausdruckstanz haben«, belehrte Mary Wigman sie. »Erlebe den Tanz auf deine ganz eigene Weise, suche darin die Auseinandersetzung mit dir selbst. Vergiss die klassischen Grundlagen, die nichts weiter wollen, als dich in ein Korsett aus Fischbein zu zwängen. Weißt du, was wir in dieser Schule zu erreichen versuchen?«

Iwa schüttelte den Kopf und kam sich vor wie ein Kind, das keine Hausaufgaben gemacht hatte.

»Wir wollen weg von der Norm. Wir versuchen, den Tanz mit unserem künstlerischen Verstehen zu begreifen, wir fordern das Individuum heraus und streben zu seinem wesenhaften Ausdruck. Um dies zu erreichen, musst du frei sein. Frei wie ein Vogel in der Luft! Es einfach machen, es versuchen!«

»Aber ich versuche es doch!«, rief Iwa und spürte, wie sie den Tränen nahe war. Das Versuchen genügte eben nicht. Vielleicht hatte es nie genügt.

Tänzerin! Hört, hört. Das Kind möchte Tänzerin werden. Mit aller Macht versuchte Iwa, die Stimme der Großmutter zurückzudrängen, und zusammen damit die Tränen, die ihr urplötzlich den Blick verschleierten. »Ich möchte besser werden. Ich kann an mir arbeiten, das weiß ich. Nehmen Sie mich auf! Nichts auf der Welt wünsche ich mir so sehr, wie die Ausbildung an dieser Schule zu machen. Irgendwann auf der Bühne zu stehen ist mein größter Traum!«

Mary Wigman und Berthe Bartholomé Trümpy tauschten Blicke.

»Wir haben Laienkurse, da bist du gut aufgehoben«, sagte Trümpy schließlich.

»Laienkurse?« Iwas Stimme brach.

Trümpy lächelte knapp. »Du willst lernen? Dort bekommst du eine wunderbare Gelegenheit dazu. Und dann sehen wir, wie weit du kommst.«

»Verstehe.« Iwa schaffte es kaum, vom Boden aufzuschauen.

»Überleg es dir in Ruhe«, schlug Trümpy vor. »Komm nächsten Montag wieder, und wir besprechen die Einzelheiten.«

»Ja. Danke. Bis dann.«

Iwa nahm ihre Sachen und floh aus dem Saal, raus auf die Straße, unfähig, das eigene Versagen länger auszuhalten. Wie sollte sie das nur Gisa erzählen? Diese Frau hatte alles gegeben, um sie zu unterstützen. Und nun … Laien-kurse! Was für eine Schmach.

Iwa hob eine Hand zur Ansteckblume, ertastete aber nur eine leere Stelle. Heiß und kalt fuhr es durch ihren Körper. Beim Tanzen hatte sie Gisas Geschenk abgerissen. Nein, sie konnte es da nicht liegen lassen – bei all der Mühe, die Gisa sich gegeben hatte.

Sie machte kehrt. Beinahe geräuschlos schlich sie durch den Korridor, in der Hoffnung, niemandem zu begegnen, der sie auf ihre Blamage ansprechen konnte. Zum Glück war dieser Egon nicht mehr da.

Die Tür zum Saal stand offen. Durch den Spalt sah Iwa die beiden Frauen, Trümpy und Wigman.

»So langsam ist es zum Verzweifeln«, murmelte Trümpy, und Iwa konnte bereits im Ton hören, wie die Frau dabei abfällig die Nase rümpfte. »Jetzt strömen schon allerlei Schulschrecks herein. Diese ganzen fetten Jungfrauen, die meinen sie könnten was. In einem halben Jahr springen sie auf der Bühne herum, von den Plakaten prangt der Name Mary Wigman, größer gedruckt als der eigene.«

»Aber Bibi, sei nicht so streng. Wie viele haben uns schon überrascht! Erinnerst du dich an den ersten Schul-tanzabend? Was für ein Erfolg! Deine Mädchen haben herausragende Leistungen erbracht, und das ist alles dir zu verdanken! Du hast aus ihnen eine richtig schöne Truppe gemacht.«

»Ja, ich habe eine gute Klasse«, erwiderte Trümpy zu-frieden.

Iwa taumelte zurück und drückte sich gegen eine Wand.

Ein Schulschreck? War sie das? Vor ihrem inneren Auge tauchte ihr eigenes Spiegelbild auf, als sie sich heute für das Vortanzen fertig gemacht hatte. Die stämmigen Beine, das Bäuchlein, der viel zu ausladende Po.

Hatte Trümpy recht?

Der Mut verließ sie endgültig.

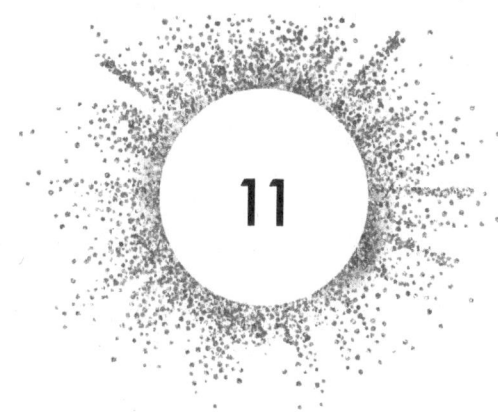

11

Guudn Daach!«, murmelte Iwa in Richtung der
Germania, als sie ihre Karre abgestellt und die Blumen darauf arrangiert hatte. »Ja, was guckst du mich
auch so vorwurfsvoll an? Ach, was weißt du schon … « Es
war albern, mit einer Statue zu reden. Und genau genommen hatte sie auch überhaupt keine Lust dazu.

Fett! Das Wort saß ihr tief in den Knochen, verdarb den
Appetit, vernichtete die Lebensfreude. Es war schwer,
gegen das Gefühl anzukämpfen, eine Versagerin zu sein.
Nicht einmal das gute Wetter konnte ihre Stimmung
heben. Auch die Kunden beachtete Iwa kaum. Anders als
sonst machte sie der Trubel ringsherum ganz mürbe. Als
würde ihr jegliche Kraft aus der Seele gesaugt. Es dauerte
unendlich lange, bis sie die Sträuße losgeworden war und
wieder einpacken konnte. Als sie endlich beim Blumenladen angekommen war, schob sie die Karre in den Verschlag hinterm Haus. Ihr Herz wurde so schwer wie ein
ganzer Felsen, als Iwa die Hand auf die Klinke legte, die
Tür aufdrückte und schließlich über die Schwelle trat. Mit

hohem, freudigem Bellen sprang Whisky auf sie zu. Der quirlige Hund hüpfte herum, als hätte er Sprungfedern in seinen Gelenken, und schnupperte immer wieder an Iwas Schuhen, um zu erfahren, wo sie gewesen war und mit wem sie sich getroffen hatte. Normalerweise nahm Iwa sich immer ein bisschen Zeit, um mit Whisky zu spielen. Heute allerdings hatte sie selbst dafür keine Energie.

Schweigend schob Iwa der Blumenhändlerin das Geld über den Tresen, und bevor Gisa etwas sagen konnte, deutete sie auf die Rosen, die in einem großen Kübel standen: »Zeigst du mir, wie man die Blumen für ein Gesteck anschneidet?« Die Ablenkung würde ihr sicherlich guttun.

»Klar. Aber mir ist neu, dass du dich dafür interessierst.«

Da waren sie, die Sätze, die nicht als Fragen formuliert waren und dennoch darauf abzielten zu erfahren, wie es ihr ging. Iwa verstand sehr wohl, dass Gisa sich Sorgen machte. Aber sie war nicht bereit, sich damit auseinanderzusetzen.

»Jetzt interessiert es mich eben!« Sie merkte selbst, wie trotzig sie klang und bemühte sich sogleich, ihre Stimme milder tönen zu lassen: »Es ist doch nicht verkehrt, wenn ich etwas dazulerne und dir vielleicht mehr helfen kann.« Gisa schien nicht überzeugt zu sein. Fieberhaft überlegte Iwa, was sie noch sagen sollte. »Ich könnte Blumenhändlerin werden. Irgendwann auf eigenen Füßen stehen. Eine Perspektive haben.«

»Und was ist mit dem Tanzen?«

»Falls es mit dem Tanzen nichts wird! Warum alles auf

eine Karte setzen?« Neben ihr jaulte Whisky auf, als hätte auch er ihre Lüge gewittert.

»Warum sollte es denn mit dem Tanzen nichts werden?« Gisa legte die Schere beiseite, mit der sie gerade die Blumen für einen Strauß kürzte. Den hatte Herr Thalberg bestellt – wenn er auf Dienstreise war, ließ er für die Dauer seiner Abwesenheit seiner Frau jeden Tag einen Blumengruß schicken. »Du hast doch gesagt, mit dem Vortanzen ist alles gut gelaufen und sie würden sich melden.«

Verflucht! Sie hätte dieses Gespräch nicht anfangen sollen. »Ja. Es ist alles gut gelaufen«, murmelte Iwa. Natürlich hatte Gisa jedes Recht, die Wahrheit zu erfahren. Bei all der Unterstützung, die Iwa von ihr bekommen hatte und immer noch bekam. Doch genau deshalb fiel es Iwa so schwer, ihr Versagen zuzugeben. Ihr wurde schwindelig von all den Zweifeln, die sich in ihr auftürmten und sie regelrecht unter sich begruben.

»Ich ... ich glaube, ich muss an die frische Luft. Ich geh eine Runde spazieren.«

»Nimmst du Whisky mit? Er muss ...«

Doch Iwa eilte bereits aus dem Laden. Wenn sie nur von ihren eigenen Gedanken genauso rasch weglaufen könnte wie vor Gisa! Doch auf der Straße wusste sie kaum, wohin mit sich.

Es war einfach zu viel.

Ihr entgegen kam eine Frau mit einem quengelnden Jungen an der Hand. Irgendwo bimmelte eine Fahrradklingel. Ein Gymnasiast mit einem Tornister rannte durch die Straße und scheuchte die Tauben auf.

Nein, hier würde sie keine Ruhe finden. Mit einem Mal wusste sie, wo sie hingehen sollte, um allein mit sich selbst und ihren Gedanken zu sein.

Iwa schlenderte die Straße entlang. Ab und zu pflückte sie ein paar Löwenzahnblumen, die durch die Risse im Boden wuchsen. Wahre Überlebenskünstler, die in jeder Steinritze eine Heimat finden konnten, um kurz darauf ihre leuchtende Kraft zu entfalten. Iwa dagegen hatte das Gefühl zu verkommen. Ganz egal, wie sehr sie zum Licht strebte. Es war schier unerreichbar für sie.

Bald stand sie vor dem Sankt-Pauli-Friedhof. Schon mehrfach war sie hier mit Gisa gewesen und hatte jedes Mal eine lähmende Taubheit gespürt, die sich über ihre Sinne legte wie ein schweres Tuch. Heute begrüßte sie das Gefühl. Die Taubheit war eine Rettung. Dann taten die Gedanken an die Tanzschule und die verpassten Chancen nicht mehr so weh.

Ihre Beine bewegten sich wie von alleine. Das Grün der Bäume, Büsche und Efeuranken spendete ihr Frieden. Als würde die Zeit zwischen den alten Gruften und den neuen Grabsteinen stillstehen. Es gab kaum einen besseren Ort, an dem ihre Mutter die letzte Ruhestätte hätte finden können. Auf dem in Terrassen angelegten Gelände stieg Iwa höher und höher, und es kam ihr vor, als würde sie dabei einen märchenhaften Park durchwandern, um hinter dem mystischen Schleier Erlösung zu finden.

Eine alte Frau kam ihr entgegen, die für die Pflege der Gräber zuständig war, die Pflanzen goss und Laub entfernte. Iwa grüßte und bekam einen leisen Gruß zurück.

Noch ein paar Schritte, da stand sie vor einem grauen Grabstein, dem die Witterung noch nichts hatte anhaben können. »Da bin ich, Mama.«

Als Antwort hörte sie nur das vergnügte Zwitschern der Vögel, was so seltsam befremdlich klang beim Anblick der steinernen Kreuze, Engel und klagenden Frauenstatuen, die sich über manche der Gräber beugten.

»Ich habe dir etwas mitgebracht.« Sie hockte sich hin und legte die Löwenzahnblumen auf den Grabstein ab. Gelbe Tupfer inmitten eines Meers aus weißen Lilien, die Gisa regelmäßig hierherbrachte. »Ich hoffe, du bist davon nicht zu enttäuscht. Lilien bekommst du ja von Gisa.« Sie spürte einen Kloß im Hals, denn die Blumen waren sicherlich die kleinste Enttäuschung, die man von ihr zu erwarten hatte.

Sie dachte an die Tänzerinnen, die sie in Wigmans Schule gesehen hatte. Groß und schlank, mit sportlichen Figuren. Hetty, zwar klein, aber doch von einer sprudelnden Energie und Ausdruckskraft erfüllt.

Und du? Was hast du denn zu bieten?

Ein paar Ballettstunden. Etwas Gymnastik.

Wie konnte sie auch nur ernsthaft glauben, eine Tanzausbildung bei der berühmten Mary Wigman beginnen zu können?

»Ich weiß, dass ich stark sein muss. So wie du. Mir an dir ein Vorbild nehmen muss«, flüsterte Iwa und sackte in sich zusammen. »Du bist über jede Hürde hinweggeschritten. Du hast jedes Ziel erreicht, das du dir gesetzt hast. Du kanntest keine Zweifel, für dich zählte nur die

Zukunft. Und ... heute würdest du dich für mich schämen, könntest du mich nur sehen.«

»Iwa?«

Ihr Kopf ruckte herum. Für einen Sekundenbruchteil glaubte Iwa, die Stimme ihrer Mutter gehört zu haben. Dann entdeckte sie Gisa, die etwas abseits unter einem Baum stand. Im Arm hielt sie Whisky, der seine Nase in die Luft reckte und unentwegt schnupperte. Auf den Boden konnte man ihn nicht lassen. Er hatte die Angewohnheit, jeden Grashalm anzupinkeln, was auf einem Friedhof keine so gute Idee war. Nun reckte er den Hals, zappelte mit seinen Pfoten und versuchte, sich aus Gisas Griff zu befreien. Dabei strengte er sich so an, dass man fast glauben konnte, seine Glupschaugen würden ihm aus dem Kopf fallen.

»Wie ... wie lange bist du schon hier?«, stammelte Iwa.

Gisa kam näher. »Lange genug. Ich bin dir nachgegangen, weil ich mir Sorgen gemacht habe.«

»Du musst dir keine Sorgen machen«, antwortete Iwa hastig und wandte ihr Gesicht ab. »Es geht mir gut. Wirklich.«

Gisa setzte sich neben Iwa auf den Boden. »Ich weiß nicht, ob es mir zusteht, das zu sagen, aber deine Mutter würde sich nicht für dich schämen. Niemals.«

»Du hast es also gehört.« Tränen verschleierten ihre Sicht, ohne dass Iwa wusste, woher diese so plötzlich kamen. Dabei wollte sie nicht weinen. Schon gar nicht vor Gisa, die genug eigene Sorgen hatte. Ein eigenes Leben. Von dem Iwa auch so schon viel zu viel für sich eingenommen hatte.

»Es tut mir leid, dass ich dich belauscht habe. Aber in den letzten Tagen erkenne ich dich kaum wieder. Es kommt mir vor, als wäre dir dein Leuchten abhandengekommen. Als hättest du vergessen, was Glücklichsein bedeutet.« Whisky zappelte in ihren Armen, und Gisa fiel es sichtlich schwer, den quirligen Hund zu halten.

»Und was ist dieses Glücklichsein denn wirklich? Nichts als ein Trug, der einem das Gefühl gibt, alles schaffen zu können. Unbesiegbar zu sein.« Sie nahm Gisa den Hund ab. Was das Glücklichsein bedeutete, schien Whisky von ihnen allen am besten zu verstehen, denn er begann sofort, Iwa begeistert das Kinn abzulecken.

»Glaubst du wirklich, deine Mutter hat alle Probleme ohne Mühe gelöst? Keine Schwierigkeiten gekannt?«

Iwa schaute zur Grabesinschrift. »Ich habe keine Ahnung, was ich glauben soll. Ich weiß nicht einmal, wer sie wirklich war. Zumindest nicht, nachdem sie … mich verlassen hat. Um hier glücklich zu werden.« Was redete sie da? Ihre Mutter lag unter einem kalten Stein, und Iwa konnte nur daran denken, wie einsam sie sich ohne sie fühlte? Wie viel ihr dadurch genommen wurde? Sie fühlte sich schäbig. Drückte Whisky fester an sich, doch dieses Mal konnte der kleine Hund ihr keinen Trost mit seiner Anwesenheit spenden.

»Wusstest du, dass Johanna Dresden überhaupt nicht ausstehen konnte?«

Perplex schaute Iwa auf. »Wie kann man Dresden nicht mögen?«

Gisa lachte. »Das frage ich mich allerdings auch!«

»Nein, wirklich. Das verstehe ich nicht.« Mit beiden Händen hob sie sich Whisky vors Gesicht und blickte ihm tief in die schwarzen Knopfaugen. »Verstehst du das?« Sie wackelte mit dem Hund hin und her. »Nein, du verstehst es auch nicht, richtig?«

Gisa lachte noch mehr, und es fühlte sich an, als würde eine warme Brandung über Iwas Seele spülen. »Sie hat gesagt, es käme ihr vor, als könne sich Dresden nicht entscheiden, was es sein wolle. Ein Museum oder eine moderne Metropole. Nur die Spaziergänge an der Elbe konnten sie ein wenig mit der Stadt versöhnen.«

»Also bitte!« Vorwurfsvoll schaute sie zum Grabschein. »Mama, bei aller Liebe, du hast diese Stadt einfach nicht verstanden.«

»Außerdem fand sie die Menschen hier unglaublich streitlustig. Es ärgerte sie, dass wir Dresdener offenbar alles penibel ausdiskutieren müssen. Und dann der Dialekt! Sie konnte ihn nicht ausstehen.«

»Ist das zu fassen? Als wäre Bayerisch ein Ohrenschmaus!«, empörte sich Iwa.

»Ganz genau!«

Iwa schwieg kurz. Auch Gisa verstummte, wirkte plötzlich entrückt, ganz weit weg in ihren Gedanken.

»Warum ist sie nicht weggezogen, wenn sie es hier nicht mochte?«, fragte Iwa schließlich.

»Ich schätze … ich schätze wegen mir. Wir waren eben gute Freundinnen.«

Gute Freundinnen. Etwas schwang in diesen Worten mit, etwas, das Iwa nur schwer greifen konnte. Plötzlich musste sie an Martha und Trude denken, die auch oft und gern erzählten, sie seien sehr gute Freundinnen.

Martha und Trude, Gisa und Johanna.

Nein, unmöglich. Oder ... doch?

»Und wegen Whisky natürlich«, setzte Gisa rasch nach und kraulte liebevoll den Hund. »Den Blöddödel hätte ich doch niemals wieder hergegeben! Es stimmt jedenfalls nicht, dass deine Mutter keine Schwierigkeiten kannte. So wollte sie unbedingt Kinder an einer Schule in rhythmischer Gymnastik unterrichten, doch das blieb ihr verwehrt.«

»Wirklich?«

»Sie träumte von einer Anstellung in der Volksschule in der Mockritzer Straße. Wie oft hat sie mir von der großen Schulturnhalle vorgeschwärmt. Und davon, dass der Sport dort nicht nur der körperlichen Ertüchtigung diente, sondern auch für das seelische Gleichgewicht sorgen sollte. Die Abschaffung des Lehrerinnenzölibats empfand sie als ihre große Chance. Doch das Gesetz meinte zwar das eine, die Realität zeigte aber ein anderes Bild. Als eine Frau, die ihren Mann verlassen hatte, behandelte man sie wie eine Aussätzige. Die Türen zu ihrem Traum blieben fest verschlossen, und das nicht nur bei der Volksschule in der Mockritzer Straße. Nirgends wollte man mit ihr etwas zu tun haben.«

»Und was hat sie dann gemacht?« Iwa lauschte angespannt. Sogar Whisky hörte auf zu zappeln.

»Eine Weile ist sie sehr niedergeschlagen gewesen. Egal, was sie probierte, überall spürte sie Widerstand, so als würde sie gegen Wände laufen. In der Zeit hat sie sich in unserem Viertel mit einigen Frauen angefreundet, und so kam ihr die Idee, eine Gymnastikgruppe für Damen zu gründen. Die Übungen nach Bess Mensendieck sind unglaublich beliebt, also hat sie die mit rhythmischer Gymnastik und musikalischer Bewegung verbunden. Sie hat ein eigenes Programm erarbeitet und wollte in diesem Jahr ihren eigenen Sportsaal eröffnen. Rate mal, wie ihr Motto dafür war.«

Ratlos hob Iwa die Schultern.

»Mensendiecken mit Rhythmusgefühl! Doch …« Gisas Stimme brach. »Dazu ist es leider nicht mehr gekommen.«

Iwa starrte auf das Grab, die Buchstaben, die in den Stein gemeißelt waren, die vielen Blumen, an denen sich ihre Mutter nicht mehr erfreuen konnte.

Warum nur?

Warum ausgerechnet sie?

Für immer weg.

Krampfhaft schluckte Iwa die aufsteigenden Tränen hinunter, versuchte mit letzter Kraft, ihre Gefühle zurückzudrängen.

»Du darfst weinen«, hörte sie Gisas samtige Stimme wie aus weiter Ferne. »Lass es zu.«

Da war nichts als Schmerz in Iwas Seele. So heftig, dass ihr Inneres sich ganz wund anfühlte.

»Ich kann nicht.« Ihre Lippen zitterten. Alles in ihr schien zu beben.

»Hab keine Angst. Ich bin bei dir.«

Etwas verschleierte ihre Sicht. Die weißen Lilien verschmolzen mit dem Grabstein, und wie eine kleine Sonne leuchtete mittendrin ihr Löwenzahnsträußchen. Sie spürte, wie Whisky ihr übers Gesicht leckte, und merkte erst dann, dass etwas Nasses über ihre Wangen floss.

Sie weinte.

Endlich konnte sie um ihre Mutter weinen.

»Sie fehlt mir.« Iwa schniefte, drückte ihr Gesicht in Whiskys raues Fell. »Sie fehlt mir so sehr!«

»Mir auch. Ganz arg.«

Sie spürte Gisas warme Hand auf ihrem Rücken, eine sanfte Berührung, die so viel Trost spendete. Dazu Whisky, der sich nach Leibeskräften bemühte, ihr seine ganze Zuneigung zu schenken. So sehr, dass er vor lauter Elan bestimmt schon ein Dutzend Mal gepupst hatte.

»Ich dachte … ich dachte, ich komme hierher, und wir könnten einfach dort weitermachen, wo wir aufgehört haben.« Sie zog den Rotz hoch, und es war ihr egal, dass es sich alles andere als damenhaft anhörte. »Ich dachte, sie würde die Tür öffnen und mich überrascht anschauen. Dann hätte ich gesagt: ›Hab dich so vermisst, Mama.‹ Und sie: ›Willkommen zu Hause, Wiwi‹.«

Sie lehnte sich gegen Gisa, vergrub das Gesicht an deren Schulter. Es fühlte sich gut an, so vertraut! Als wäre sie endlich im sicheren Hafen angelangt.

Willkommen zu Hause, Wiwi. Willkommen zu Hause.

Sie schluchzte immer noch, fuhr sich mit dem Handrücken über die Nase. »Es tut mir leid, dass ich so seltsam war in der letzten Zeit. Es tut mir so leid! Ich hätte dich nicht anlügen dürfen.«

Gisas Umarmung wurde fester. »Was ist denn passiert? Hat die Tanzschule dich nicht genommen?«

»Doch. Irgendwie schon. Aber ... Ach, ich weiß nicht. Es war so furchtbar!«

»Du kannst es mir erzählen, Iwa. Du kannst mir alles erzählen! Was auch immer geschehen ist, wir finden eine Lösung!«

Iwa schniefte erneut. »Hast du ein Taschentuch für mich? Ich möchte Whisky ungern weiter vollrotzen.«

»Aber natürlich.« Gisa nahm ihr den Hund ab und drückte ihr dafür ein Stück Stoff in die Hand.

»Möchtest du ein wenig spazieren gehen? Dann redet es sich leichter.«

»Keine Ahnung. Ja. Vielleicht.« Iwa rieb sich mit dem Taschentuch übers Gesicht, bis Gisa eine Hand auf ihre Schulter legte.

»Dann komm mit.« Die Blumenhändlerin stand auf und streckte einen Arm aus. Bereitwillig ließ sich Iwa auf die Beine ziehen. Ihre beider Röcke waren voller Dreck, doch Gisa achtete nicht darauf, sondern schlenderte langsam einen Weg entlang.

Unwillkürlich musste Iwa schmunzeln. So ähnlich wäre auch ihre Mutter gewesen. Über verschmutzte Kleidung hatte sich Johanna Abbing keinerlei Gedanken gemacht.

An Gisas Seite ging Iwa ganz langsam den Kiesweg entlang.

»Ich weiß nicht, was mit mir an dem Tag los war«, begann sie. »Ich wollte es gut machen! So richtig gut. Aber ich habe nichts gefühlt. Als wäre ich eine Puppe, die über das Parkett hin und her geschoben wird. Letztendlich wurde mir bloß ein Platz in den Laienkursen angeboten. Für mehr bin ich wohl nicht zu gebrauchen.«

Ein Schulschreck! Wie Säure brannte sich das Wort in ihren Verstand. Vermutlich musste sie noch dankbar dafür sein, wenigstens bei den Dilettanten gelandet zu sein, statt gänzlich abgewiesen.

»Und was lernt man in den Laienkursen?«, fragte Gisa neugierig.

Iwa stockte. »Ich … ich weiß es nicht. Am Montag sollte ich wiederkommen, aber ich bin nicht hingegangen.«

»Warum denn nicht? Laienkurse hin oder her, das ist doch eine wunderbare Möglichkeit, einen Fuß in die Tür zu bekommen! Zeig deiner Lehrerin, was du kannst! Lass sie dein Talent erkennen!«

»Habe ich denn überhaupt Talent?« Missmutig zupfte sie ein Blatt von einem Busch und drehte es in den Fingern.

»Was lässt dich denn so sehr an dir zweifeln?«, rief Gisa aus.

»Was mich zweifeln lässt?« Iwa warf das Blatt zu Boden. »Vielleicht das, was Trümpy gesagt hat. Offensichtlich bin ich eine dieser fetten Jungfrauen, die meinen, dass sie was können …« Unmöglich, den Satz zu Ende zu sprechen. Auch nach all den Tagen taten Trümpys Worte weh wie Messerstiche. Fett und talentlos. Was für eine wunderbare Kombination.

»Wer ist Trümpy?«

»Eine der Lehrerinnen.«

»Und sie hat dich fett genannt, ja?« Fest presste Gisa

die Lippen zusammen, als müsste sie sich zurückhalten, um nichts Unanständiges zu sagen. Whisky schien den Stimmungsumschwung zu bemerken, denn er grummelte freudlos.

»Ach, es war mehr als deutlich, was sie gemeint hat. Und recht hat sie. Schau mich an!«

»Was soll ich denn da sehen?« Gisa hob die Augenbrauen. »Alles dran und an seinem Platz, wie ich finde.«

»Sehe ich etwa aus wie eine von diesen großen, schlanken Tänzerinnen, die allein mit ihrer Präsenz Anmut und Leichtigkeit versprühen? Na bitte!«

»Und warum ist es so wichtig, wie du aussiehst? Geht es beim Ausdruckstanz nicht eher darum, was du kannst?«

»Aber was kann ich denn? Wenn ich genau dann alles verpatze, wenn es am meisten darauf ankommt?« Sie schnaubte. »Vielleicht liegt genau darin der Unterschied? Wie leicht es anderen fällt, und wie schwer ich mir jeden Fortschritt erarbeiten muss.«

»Was redest du da? Vielleicht sieht es bei den anderen leicht aus. Aber du weißt nicht, wie viel Schweiß, Blut und Tränen geflossen sind, bis sie dort hingelangt sind, wo sie jetzt sind! Leichtigkeit kann täuschen!«

»Meine Figur täuscht aber nicht!«

»Dann schau dich doch an, betrachte deinen Körper! Erinnere dich daran, was er bereits geleistet hat. Und was er noch alles leisten kann! Ich bin nicht deine Mutter, was verstehe ich schon von Sport und Training! Aber sie hat immer gesagt, dass Menschen Erstaunliches vollbringen können, ganz egal, wie sie gebaut sind. Jeder auf seine eigene Art und Weise. Du stehst noch ganz am Anfang. Du weißt doch gar nicht, wie weit du kommen kannst! Willst du es nicht wissen? Möchtest du nicht erfahren, wozu dein Körper, dieser Körper, fähig ist?« Gisa gestikulierte dabei so leidenschaftlich, dass Whisky sich wie auf einer Schaukel vorkommen musste.

Iwa nahm ihr den armen Hund ab. »Und was ist, wenn ich eines Tages aufwache und verstehe, dass die ganzen Anstrengungen umsonst gewesen sind?«

»Nichts ist umsonst, Iwa! Denn jede Erfahrung zählt! Und was du dir eines Tages denken wirst, wenn du aufwachst, kannst du heute noch gar nicht wissen.«

Gisas Worte machten etwas mit ihr, spornten sie an, weckten ihren Ehrgeiz. Gleichzeitig nagte die Angst zu versagen an ihren Knochen.

»Aber würdest du dich nicht grämen, so geduldig gewesen zu sein und deine ganze Mühe in jemanden gesteckt zu haben, der es zu nichts gebracht hat?«

Sie kamen an eine Anhöhe, stiegen die wenigen Stufen hinauf und blieben dann stehen.

»Meine Mühe und meine Geduld brauchen doch keine Gegenleistung.« Zart spielte der Wind mit den Locken, die unter ihrem Hut hervorlugten. Die Sonnenstrahlen kitzelten ihr Gesicht und brachten die Sonnensprossen zum Leuchten. »Du bist mir nichts schuldig. Lass dich von nichts aufhalten, Iwa. Ja, es kann sein, dass du es zu nichts bringst und dann enttäuscht bist. Oder dass du dir eine Verletzung zuziehst und aufhören musst. Oder dass du verstehst, dass deine Leidenschaft doch noch etwas anderem gilt und das Tanzen nur der Weg war, dich dorthin zu bringen. Aber das alles ist überhaupt kein Grund, es nicht zu versuchen. Erst wenn du weitergehst, wirst du erfahren, wie weit du kommen kannst.«

»Also, glaubst du …«

»Ja! Verdammt nochmal, ja! Es ist egal, was andere in dir sehen. Wichtig ist nur, was du selbst in dir siehst. Ist es eine Tänzerin? Sag mir, siehst du eine Tänzerin in dir? Spürst du sie, mit all deinen Sinnen?«

»Ich glaube schon, ja.«

»Dann sei verdammt noch einmal eine Tänzerin!« Gisa legte einen Arm um sie und schob sie energisch weiter, dorthin, wo sich die Bäume lichteten und man über die Gräber hinweg die Türme und Dachspitzen von Dresden sehen konnte. »Sei eine Tänzerin, Iwa! Zeige allen, was in dir steckt! Lass diese Stadt erfahren, dass es dich gibt! Versprichst du es mir? Alles zu geben, was dir möglich ist, um deinen Traum zu leben?«

»Ja.« Iwa lächelte.

»Ich glaube, ich habe dich nicht gehört.«

»Verdammt nochmal, ja!«, rief sie so leidenschaftlich wie die Blumenhändlerin vorhin. »Ich verspreche es!«

Und so standen sie da, zwei Frauen, auf eine Stadt herabblickend, die sich zu ihren Füßen erstreckte.

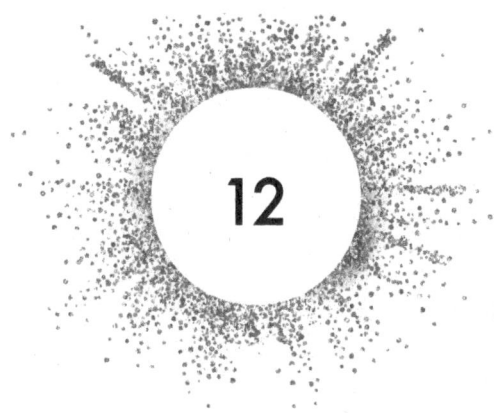

12

ch habe nicht erwartet, dich wiederzusehen.« Berthe Bartholomé Trümpy betrachtete Iwa eindringlich. »Du solltest am Montag wiederkommen. Bist aber nicht da gewesen.«

»Ich habe Zeit gebraucht, um nachzudenken.«

»Worüber?« Sie hob die Augenbrauen so weit, dass sie unter ihrem dichten Pony verschwanden.

»Wer ich bin. Was ich will. Und wie ich dahin komme, wo ich sein möchte.«

»Interessant.« Sie legte die Hände zusammen. »Und was willst du?«

»Eine ausgebildete Tänzerin sein. Ich weiß, dass ich viel zu lernen habe, aber auch, dass ich einiges erreichen kann, wenn ich an mir arbeite. Ich will zeigen, was in mir steckt.« *Vor allem dir*, hätte sie am liebsten gesagt. *Ich will dir beweisen, dass ich kein Schulschreck bin.* Doch sie verkniff sich diese Erwiderung. Denn schließlich hatte Gisa recht – sie tat es vor allem für sich selbst.

»Nun gut.« Berthe Bartholomé Trümpy erhob sich von

ihrem Stuhl und ging um den Tisch herum. »Dann lass mich dich ein wenig durch die Schule herumführen. Nachher kannst du bei einer Stunde reinschnuppern.«

Ein Stein fiel Iwa vom Herzen. So sehr hatte sie sich Sorgen gemacht, ihre Chance verpasst zu haben, als sie am Montag nicht erschienen war.

»Danke!« Geräuschvoll stieß sie die Luft aus, die sie unbewusst angehalten hatte.

»Du brauchst mir nicht zu danken. Sei dir gewiss, es kommt viel Arbeit auf dich zu. Hier wird dir nichts geschenkt.«

Gemeinsam verließen sie das Sekretariat, das sich einfach in einem Teil der Küche befand – die Schule steckte voller Überraschungen.

»In der letzten Zeit hat sich hier viel verändert!« Sobald Frau Trümpy über die Schule zu sprechen begann, veränderte sich ihre Stimme. Sie redete von ihr wie von ihrem Kind, das sie geboren und dem sie hatte zusehen dürfen, wie es laufen lernte und allmählich immer selbständiger wurde. »Es ist etwas beengt, das gebe ich zu. Aber wenn ich bedenke, wie viel Mary hier schon auf die Beine gestellt hat, kann ich nicht anders, als es zu bewundern!«

»Sie hat es bestimmt nicht ganz allein geschafft. Unmöglich, das alles ganz allein auf die Beine zu stellen!« Sie sah sich um. *Modern* und *expressionistisch* – zwei Worte, die diesen Ort wohl am besten beschrieben. Tauchte man in dessen Atmosphäre ein, merkte man gleich, dass er nichts mit den üblichen Ballett- und Tanzschulen gemein hatte. Einerseits wirkte hier alles mehr als provisorisch, andererseits beeindruckte die Gestaltung durch ihre Innovativität.

»Das stimmt. Freunde haben mir von diesem Haus hier erzählt – ich habe es kurzerhand gekauft und an Mary überschrieben. Hesschen, eigentlich heißt sie Anni Hess, kümmert sich um den Haushalt. Elisabeth, Marys Schwester, gibt ein paar Laien- und Kinderkurse.«

»Wird sie auch mich unterrichten?«

»Nein, du kommst in meine Klasse.«

Doch nicht etwa in ihre *gute Klasse*? Iwa fragte sich, ob sie sich freuen oder sich ängstigen sollte. Immerhin war der Start zwischen ihnen beiden alles andere als optimal gewesen. Aber ganz gleich, was der Unterricht für sie bereithielt – sie wollte das Beste daraus machen. Trümpy schien dennoch ihre Besorgnis zu spüren. »Mach dir keine Gedanken, du bist hier in guten Händen«, versicherte sie. »Und wenn du fleißig übst und dranbleibst, kannst du später eine vernünftige Tanzausbildung absolvieren.«

»Wie lange dauert das?«

»In der Regel mindestens zwei Jahre, tägliche Übung vorausgesetzt. Am Ende erwartet dich eine Prüfung, zu der auch selbständig ausgearbeitete Tänze gehören. Zum Abschluss deiner Fachausbildung erhältst du ein Zeugnis, dann darfst du dich zu den glücklichen Absolventinnen der Mary-Wigman-Schule zählen.«

»Und die Laienkurse? Welches Programm beinhalten sie?«

»Ich will kein Programm. Kein *System*. Es geht eher um …«, sie zögerte, als würde sie überlegen, wie sie ihren

Worten mehr Ausdruck verleihen könnte, »... *Erkennt-*
nisse. Vor allem auf der persönlichen und geistigen Ebene.
Du sollst ein Gefühl für den Raum, deinen Körper, deine
Stärken und Schwächen entwickeln, was dich dazu bringt,
aus dir herauszukommen.« Trümpy blieb kurz stehen und
machte mit der Hand eine ausschweifende Bewegung.
»Alles hier ist ungeplant, spontan, einfach aus dem Bauch
heraus entstanden. Weil es richtig ist, weil die Zeit dafür gekommen ist! So möchten wir auch unseren Tanz
haben – *glühend, lebendig.* Er soll unser Wesen zum Ausdruck bringen, er soll Zeuge unserer Zeit sein. Für uns, die
Vorboten des neuen Tanzes, wurde noch keine Technik
entwickelt. Wir alle sind im Wandel, auf der Suche nach
dem richtigen Zugang zum Kunstwerk. Die Übungen, die
wir hier machen, sind nur eine Voraussetzung für unsere
Weiterentwicklung. Wie die Tonleiter des Pianisten, wie
die Fingerübungen eines Malers schulen sie unsere Fertigkeiten.«

Plötzlich begriff Iwa, was sie beim Vortanzen falsch
gemacht hatte. Sie hatte so sehr zeigen wollen, welche
Techniken sie kannte, dass sie den Ausdruck ihrer Selbst,
ihre eigene Aussage vollkommen vergessen hatte. Sie hatte
die Tonleiter vorgeführt, während Tänzerinnen wie Hetty
ein wahres Kunstwerk erschufen. Ja, sie hatte noch viel zu
lernen, bis ihr Tanz *glühend und lebendig* werden konnte.

»Das Proben, das Unterrichten, das Entwerfen der Kostüme und natürlich die ganze Verwaltung – alles passiert
hier im Haus«, erzählte Trümpy weiter. »Im Verschlag
unter der Treppe befindet sich die Herrengarderobe, seit

auch Männer die tänzerische Ausbildung anstreben. Die Mädchen haben natürlich auch einen Raum zum Umziehen, wobei es da etwas beengt ist. Und es gibt ein Fußwaschbecken!«

»Ein Fußwaschbecken?«

»Es wird häufig mit nackten Füßen getanzt«, erklärte die Lehrerin wie selbstverständlich.

»O ja, natürlich.« Abermals bewunderte Iwa die Farben der Wände. Nirgends sonst hatte sie so bunte Räume gesehen.

Trümpy entging ihr Blick nicht. »Wir leben in expressionistischen Zeiten, sagt Mary. Mit dieser Gestaltung soll das Farbbedürfnis fürs Auge gestillt werden, während wir im Tanz unseren Drang nach Bewegung ausleben. Mein Zimmer ist grün. Richtig grün. Mary hat sich für Schwarz und Gold entschieden ...«

»Gold?«, wiederholte Iwa überrascht. »Wo hat sie die Farbe her?«

»Keine Farbe. Die Wände sind mit Goldpapier beklebt. Das alte Waschhaus im Hof wurde zum Ersatztrainingssaal umgebaut und später erweitert. Er ist kanariengelb mit silbernen Malereien. Wundervoll, wenn du mich fragst.« Ihr Enthusiasmus steckte an. Wie gern wollte sie diese ganze Atmosphäre im Tanz in sich aufnehmen! Am liebsten sofort. Es juckte sie regelrecht in den Fingern und vor allem in den Zehen, endlich anfangen zu können. Ihre Glieder und Muskeln sehnten sich nach einer Herausforderung. Wie konnte sie nur ernsthaft geglaubt haben, ohne all das leben zu können!

Das schien Trümpy genau zu spüren und führte sie zum Übungssaal. »Schau dir an, was wir im Laienkurs machen. Geh ruhig vor. Ich ziehe mich um und bin gleich wieder da.«

Von Trümpys Ansprache inspiriert, trat sie über die Schwelle. So niederschmetternd die Worte der Lehrerin am Tag des Vortanzens gewesen waren, so mitreißend hatte Iwa ihre Ausführungen heute wahrgenommen. Wie könnte sie auch … *persönliche, geistige und körperliche Erkenntnisse* ablehnen?

Das knallige Rot des Raums empfand sie jetzt gar nicht mehr als feindselig, vielmehr schien die Farbe kreative Impulse zu spenden und den Funken in ihrem Herzen zu entfachen. Ein paar Frauen waren schon da, standen beieinander und redeten. Iwa lächelte ihnen zu und hob eine Hand zum Gruß. Zu ihrer Überraschung grüßten sie freudig zurück, so dass sich Iwa sofort wohl und irgendwie angenommen fühlte – zumindest bis sie Egon bemerkt hatte.

Mit einem breiten Grinsen schlenderte er auf sie zu, so dass Iwa das Gefühl hatte, er wollte sie mit Haut und Haaren verschlingen. Was machte er hier, in einem Laienkurs? So wie er sich bei ihrer ersten Begegnung gegeben hatte, kam es ihr vor, als würde er nur die wirklich begehrten Kurse besuchen. Auch wenn er das nie ausdrücklich behauptet hatte.

»Nanu! Ich war mir gar nicht so sicher, ob ich dich hier je wiedersehen würde.« Er stellte sich so dicht vor sie, dass sie seinen Atem in ihrem Haar und Gesicht spürte. Sie roch Salbei und Zigaretten.

»Ich bin eben immer für eine Überraschung gut.« Iwa machte einen Schritt zurück, um mehr Abstand zwischen sich und ihn zu bringen.

Lässig stützte er sich mit einer Hand an der Wand ab und beugte sich vertraulich zu ihr vor. »Ich mag deinen Elan«, raunte er.

»Was du an mir magst oder nicht, ist absolut unerheblich«, gab Iwa zurück.

»Deinen Biss mag ich auch.«

»Ist die Liste noch länger? Oder war's das jetzt?«

»Erfrischend. Frauen, die Charakter zeigen.« Er lachte gutmütig, und es ärgerte Iwa ungemein, dass ihn ihre Kratzbürstigkeit überhaupt nicht störte. »Was ist, bereit für eine Führung? Ich stehe immer noch zur Verfügung.«

»Danke, aber ich habe bereits genug Informationen bekommen.«

»Von wem denn?«

»Berthe Bartholomé Trümpy war so freundlich.«

»Bibi! Sie ist wirklich herzallerliebst. Und stets bemüht.« Er grinste. »Aber der großen Mary Wigman kann sie nicht das Wasser reichen. Mary Wigman ist eine wahre Künstlerin. Eine Führerin. Ein richtiges Mannweib.«

»Ein Mannweib?« Iwa runzelte die Stirn.

»Intellektuell. Kämpferisch. Halt wie ein Mann«, erklärte er, als wäre Iwa ein kleines Mädchen, das es zu belehren galt. »Und zugleich aber auch weich und inspirierend.«

»Warte, was? *Intellektuell und kämpferisch* soll ihre männliche Seite sein? Und mit weich und inspirierend versuchst du ihre weibliche Seite zu beschreiben?«

Das Grinsen gefror in seinem Gesicht. Kalt funkelten seine blauen Augen sie an. »Ich glaube, wir können uns darauf einigen, dass sie ein Genie ist.«

»Wie können uns darauf einigen, dass ein Genie über dem Geschlechtlichen steht.« Sie bemerkte, wie die hitzige Diskussion die Aufmerksamkeit der anderen Anwesenden auf sich zog.

»Sie ist eine große Frau«, sagte jemand.

»Eine große Frau«, wiederholte Iwa leidenschaftlich. »Die kein Mannweib sein muss, um intellektuell, kämpferisch und inspirierend zugleich zu sein.«

Jetzt wirkte Egons Gesicht säuerlich. »Es sollte ein Kompliment sein.«

»War es aber nicht!«

Er wollte etwas erwidern, aber da betrat Berthe Bartholomé Trümpy auch schon den Raum. Allein ihre Präsenz reichte aus, dass die Schüler auseinanderstoben und sich entlang der Stange verteilten, die an der Wand montiert war. Iwa ging beiseite, um das Geschehen in Ruhe beobachten zu können. Sie bemühte sich, Egon nicht weiter Beachtung zu schenken, spürte dennoch, wie er sie mit Blicken traktierte. Ob sie sich nun einen Feind eingehandelt hatte? Möglich. Sogar sehr wahrscheinlich. Aber er hatte etwas an sich, was sie ständig die Beherrschung verlieren ließ.

»Wir beginnen mit dem Aufwärmen!«, verkündete die Lehrerin. Sie trug eine kurze Hose, die ihre durchtrainierten Oberschenkel entblößte, und ein lockeres, kurzärmliges Oberteil. Beides in dunklen Farben gehalten, was mit ihrem Haar harmonierte und ihre helle Haut betonte. »Zuerst der Kopf.« Sie begann, ihn kreisen zu lassen. Danach kamen die Schultern und Arme an die Reihe, Hände und sogar die Finger.

Es beeindruckte Iwa sehr, dass jedem Körperglied eine besondere Beachtung geschenkt wurde. Am liebsten hätte sie mitgemacht. Noch nie hatte sie Bewegungen so intensiv und konzentriert wahrgenommen, gleichzeitig so präzise ausgeführt. Kontrolle und Eleganz zugleich. Ohne dass es mechanisch und einstudiert wirkte.

»Jetzt der Oberkörper! Rückwärts, seitwärts, kreisen«, gab die Lehrerin ihre Anweisungen. »Anspannen, führen, entspannen. Jetzt strecken wir die Arme nach oben, machen uns groß, ziehen uns nach oben.«

Die ganze Gruppe hob die Arme in die Höhe, als wären sie ein einziges Wesen. Es hatte etwas Magisches, wie gut sie alle zusammenarbeiteten. Sogar Egon, wie Iwa zugeben musste. Er trug ein cremefarbenes Leinenhemd und eine braune Hose. Beides saß locker genug, um ihn nicht einzuschränken, betonte gleichzeitig aber auch seine muskulöse Figur. Um seine Taille hatte er eine rote Stoffbahn geschlungen, was nicht nur seine schmalen Hüften akzentuierte, sondern auch unglaublich gut zum Anstrich des Saals passte.

»In der heutigen Stunde wollen wir den Menschen als Zentrum im Raum betrachten«, erklärte Trümpy nach der Aufwärmphase, und ihre Stimme bebte vor Leidenschaft. In jedes Wort legte sie so viel Passion, dass der gesamte Saal sich mit ihrer Energie auflud. Es prickelte und flimmerte in der Luft, so dass Iwa unweigerlich Gänsehaut bekam. »Vielleicht glaubt ihr, der Raum wäre schon da. Hier ist er doch! Wir alle sehen ihn. Falsch! Wir müssen ihn erst erschaffen. Durch unsere Bewegungen, unsere Gesten, unsre Energie. Wie machen wir das, wollt ihr wissen? Wir tasten, wir greifen, wir fassen überall hin: zur Decke, zum Boden, zu den Wänden, in jede Ecke. Wir spinnen ein Netz. Wir senden Ortungsstrahlen in den Raum!«

Vollkommen fasziniert beobachtete Iwa das Geschehen. Als würde sich vor ihren Augen etwas Größeres abspielen, etwas, das sie zwar erahnen, aber nicht wirklich benennen konnte. Die Gruppe – immer noch ganz im Einklang – bewegte sich gleichmäßig wie ein fremdartiges Wesen aus einer anderen Welt. Jeder Einzelne vollführte seine eigenen Bewegungen, sendete besagte Ortungsstrahlen. Und doch wirkte alles wie von einer unsichtbaren Hand choreographiert, als wären diese Menschen miteinander verbunden.

»Denkt daran«, feuerte Trümpy ihre Schüler an. »Der Raum um euch herum ist eine fremde Welt, ein geheimnisvoller Ort. Spürt ihn mit allen Sinnen, erfasst ihn, erkundet ihn!«

Iwa bemerkte kaum, wie sich die Stunde dem Ende zuneigte. Zum Abschluss wurden wieder Dehnübungen gemacht. Die Schülerinnen verteilten sich paarweise im Saal.

»Willst du es nicht auch mal ausprobieren?«, hörte Iwa Egons Stimme an ihrem Ohr. Sie fuhr so heftig herum, dass sie taumelte. Er packte sie am Oberarm. »Wie es aussieht, habe ich keinen Partner. Machst du mit?«

Danke, verzichte, wollte sie sagen, doch da kam Trümpy dazu und klopfte Egon auf die Schulter. »Eine wunderbare Idee. Macht es zu zweit.« Ihr Blick streifte Iwa. »So kannst du nicht nur sehen, sondern auch schon ein wenig fühlen, was wir hier machen.«

Widerwillig ließ Iwa sich von Egon in die Mitte des Saals führen. Die Übung bestand darin, sich gegenseitig an jeweils einer Hand zu halten, die Arme auszustrecken, während die Füße der beiden Partner ganz dicht aneinander standen. So fand das Paar sein Gleichgewicht, während die jeweiligen Oberkörper es in entgegengesetzte Richtungen zogen. Der freie Arm beschrieb einen Halbkreis, so dass es ein wenig so aussah, als würde man zusammen ein Herz bilden.

»Sehr gut. Du hast eine wunderbare Körperspannung«, lobte Trümpy und ging weiter, um die Bemühungen der anderen zu begutachten.

Iwa erlaubte sich ein Lächeln. Ja, es war keine komplizierte Übung. Aber die wohlwollenden Worte zu hören machte ihr deutlich, dass sie hier genau richtig war. Sie würde es schaffen! Sie würde zeigen, was in ihr steckte!

Ohne Vorwarnung löste sich der Griff. Noch bevor sie realisieren konnte, was passiert war, prallte Iwa auf den Boden. Egon blieb aufrecht. Mit gespielter Sorge beugte er sich über sie. »Geht es dir gut? Was ist passiert?«

»Du hast mich losgelassen!«, fauchte sie wütend, bemerkte die Blicke der anderen und schluckte ihren Zorn hinunter. »Du hast es mit Absicht gemacht.«

»Hab ich nicht«, antwortete er seelenruhig. »Du hast

eine unglaublich verschwitzte Hand. Sie ist mir einfach weggerutscht.«

Iwa rieb sich die schmerzende Hüfte. »Das glaubst du doch selber nicht!« Sie hätte sich ernsthaft verletzen können. War das seine Absicht gewesen? Damit sie nicht mehr üben konnte?

Plötzlich packte er sie an den Oberarmen und riss sie hoch. In Sekundenschnelle fand sie sich an seiner Brust wieder, hörte seinen schnellen Herzschlag, spürte seine Lippen an ihrem Ohr. »Was ist, kleines Wigmännchen? Bist du sicher, hier am richtigen Ort zu sein? Das Training ist ganz schön hart, nicht wahr? Aber vielleicht lernst du noch, ein bisschen netter zu den Menschen zu sein, die es gut mit dir meinen.«

Iwa stieß ihn von sich. »Hast du es auch mit Hetty gut gemeint, als du ihr Mozart empfohlen hast? Du wolltest, dass sie sich blamiert, hab ich recht? Weil Mary Wigman seine Musik für untanzbar hält.«

Er grinste, und etwas Kaltes, Hartes lag in seinen Zügen. »Ich habe keine Ahnung, wovon du sprichst.«

Schon war Trümpy bei ihnen. »Hast du dir weh getan?«, fragte sie besorgt.

»Nein«, meinte Iwa mit zusammengepressten Zähnen, ohne den Blick von Egon zu wenden. »Keineswegs.«

»Ich könnte dich nach Hause bringen«, schlug Egon vor. So nett. So hilfsbereit. Eine Seele von einem Mann.

»Nicht nötig.« Iwa nahm ihre Sachen und ging.

Auf dem Heimweg war sie so in ihre Gedanken versunken, dass sie kaum auf ihre Umgebung achtete. Vor

Egon musste sie sich ab jetzt wohl in Acht nehmen. Offensichtlich hatte sie sich einen Erzfeind eingehandelt. Immer wieder ging sie ihre Begegnungen im Kopf durch. Hätte sie lieber schweigen sollen, ihm das Gefühl der Überlegenheit lassen? Damit hätte sie sich das Leben auf jeden Fall leichter gemacht.

Sie stieg aus der Straßenbahn und bog in die Hechtstraße ein. Mal war ihr das Gewusel in der Nachbarschaft zu viel, mal war sie froh, unter Menschen zu sein und dort zu wohnen, wo stets das Leben pulsierte. Sie grüßte die bekannten Gesichter. Mit Frau Kirbach, der Metzgersfrau aus dem Laden gegenüber, hielt sie ein kurzes Schwätzchen über das Wetter. Zwei Jungs tollten herum, eine Katze – Whiskys Erzfeindin, die sich oft vor den Blumenladen setzte und den Hund mit ihrer bloßen Anwesenheit bis aufs Blut reizte – huschte durch einen schmalen Gang in einen der Hinterhöfe.

Iwa wollte gerade die Straße überqueren, um Gisa von ihrem Besuch in der Tanzschule zu berichten, als ihr Blick auf den Eingang des Blumenladens fiel. Neben einem älteren Paar, das aufmerksam das Schaufenster mit den leuchtenden Hyazinthen und zarten Ranunkeln studierte, entdeckte sie eine großgewachsene Gestalt. Seine Haltung, der aufgeknöpfte Mantel, das verwuschelte Haar – ihr Verstand brauchte dennoch ein paar Sekunden, um zu realisieren, wen sie vor sich sah.

Ihr Herz dagegen erkannte ihn sofort und machte einen Satz.

Wilhelm!

Wie von selbst bewegten sich ihre Beine weiter. Er hob den Kopf, und sein Blick traf den ihren. Plötzlich erstarrte sie mitten in der Bewegung, unfähig sich zu rühren.

Wilhelm … Konnte das wahr sein?

Nur entfernt registrierte sie Stimmen, die ihr etwas zuriefen, das Dröhnen eines Bosch-Horns von einem Automobil.

»Wiwi!« Mit einem Mal stand Wilhelm direkt vor ihr. Blitzschnell schlossen sich seine Finger um ihr Handgelenk, und er zog sie zu sich heran. Völlig perplex stolperte Iwa nach vorne und prallte gegen seine Brust, genau in dem Moment, als ein Auto in nur wenigen Zentimetern Abstand an ihr vorbeiholperte.

»Was machst du hier?«, keuchte sie.

»Offensichtlich dir das Leben retten.«

Sein Herz schlug so unglaublich schnell! Erst jetzt merkte Iwa, dass sie ihr Gesicht an seine Brust drückte und in seiner Umarmung verharrte, während er sie mit der linken Hand schützend an sich drückte. Sie schloss die Augen und lauschte seinen hektischen Atemzügen, die sich nur nach und nach beruhigten. Sein warmer Duft nach Sandelholz und Minze umgab sie mit einer Vertrautheit, die sie so lange nicht gespürt hatte. Dazu eine feine Note aus Vanille, als hätte er einen Gruß aus Trudes Küche mitgebracht.

Plötzlich hallten Marthas Worte in ihrem Verstand.

Seien Sie deshalb auf der Hut, wenn plötzlich fremde Personen in Ihrer Nähe auftauchen.

Sie wich von ihm zurück, forschte alarmiert in seinem

Gesicht. Monatelang hatte sie kein Lebenszeichen von ihm bekommen. Und nun tauchte er vor dem Blumenladen auf, als wäre nichts gewesen? Nur wenige Tage, nachdem sie eine Warnung erhalten hatte?

»Was machst du hier?«, fragte sie wieder, eindringlicher. »Was machst du hier wirklich?«

Noch immer hielt er seine linke Hand, als würde er Iwa umarmen. Er, Herr Charakterfest, der so sparsam mit Berührungen umging. Dann legte sich unglaubliche Schwere auf seine Gestalt. Ganz langsam senkte er den Arm. »Hallo, Wiwi.«

Sie wich einen weiteren Schritt zurück. »Hallo.«

Immerhin standen sie jetzt auf dem Bürgersteig, in Sicherheit. Und doch hatte Iwa das Gefühl, die Welt um sie herum würde Stück für Stück auseinanderfallen.

»Ich habe so lange nichts von dir gehört!«, wisperte sie, halb erstickt von den widersprüchlichen Gefühlen, die sie wie aus dem Nichts übermannten.

Ein Schatten legte sich auf sein Gesicht. »Ich weiß. Und es tut mir so leid!«

»Natürlich weißt du das!« Der Ärger kochte in ihr hoch. Sie war enttäuscht. Verletzt. Verwirrt. Das durfte er ruhig wissen! »Zuerst schreibst du, du würdest kommen, sobald du ein paar Angelegenheiten geregelt hättest, und dann kriege ich monatelang kein Lebenszeichen von dir!«

Mit der linken Hand fuhr er sich langsam durchs Haar. Er trug Handschuhe, fiel ihr auf. Obwohl es warm genug war, sich ohne auf die Straße zu wagen. »Können wir irgendwo in Ruhe reden?«

Erst jetzt wurde Iwa sich ihrer Umgebung so richtig bewusst. An der Tür der Metzgerei stand Frau Kirbach und beobachtete interessiert das Geschehen. Was im Hechtviertel passierte, entging ihr nicht. *Funkstunde Kirbach* wäre sicherlich ein bahnbrechender Erfolg, würde diese Frau einen eigenen Radiosender betreiben. Die zwei Jungs, die vorher herumgetollt waren, tuschelten aufgeregt miteinander, wobei sie viel eher den Beinahe-Zusammenstoß mit dem Auto zu besprechen hatten als etwas anderes.

»Wir könnten ein wenig spazieren gehen«, schlug Iwa etwas versöhnlicher vor.

Er nickte dankbar.

Eine Weile gingen sie nebeneinander her.

»Ich habe mir schreckliche Sorgen gemacht!«, platzte es dann aus ihr heraus, während er noch nach Worten zu suchen schien, um das Gespräch anzufangen. »Hast du eine Ahnung, wie das ist, wenn man weiß, dass nur eine Haselnuss genügt, damit du stirbst? Und was es bedeutet, zu wissen, dass man niemals etwas erfahren würde, sollte dir Schlimmes zustoßen? Du wärst einfach nicht mehr da!« Mit einer zittrigen Hand fuhr sie sich über die Stirn. Die Vorstellung jagte ihr immer noch Angst ein, genauso viel Angst wie zuvor.

»Was Haselnüsse angeht, passe ich gut auf.« Sein Ton war weicher, vertrauter geworden. Wie sehr hatte sie vermisst, seine Stimme zu hören! Endlich war er da. Bei ihr.

Erleichtert schloss Iwa die Augen. Ihm war nichts passiert.

Doch dann flackerten Marthas warnende Zeilen aus dem Brief wieder in ihrem Kopf auf. *Seien Sie auf der Hut!*

Sie warf ihm einen Seitenblick zu. War er es, vor dem sie sich in Acht nehmen sollte? In diesem Fall … nein, unmöglich. Er war Wilhelm. Ihr Herr Charakterfest, der ihr nie einen Grund gegeben hatte, seine Absichten anzuzweifeln. Doch drei Monate waren eine lange Zeit.

»Ist etwas?«, fragte Wilhelm, und ehrliche Sorge lag in seinen rauchquarzbraunen Augen.

Geräuschvoll schnappte sie nach Luft. »Bist du im Auftrag des Barons hier? Willst du mich scheitern sehen? Willst du das?«

»Was?«, hauchte er erschrocken. Weil er Angst hatte, durchschaut worden zu sein, oder weil er entsetzt war, dass sie ihm so etwas Niederträchtiges unterstellte?

»Ich weiß von seinen Plänen! Dass er jemanden schickt, der mich zurück nach München bringen soll.«

Bitte sag mir, dass du damit nichts zu tun hast!, flehte sie stumm. *Bitte sag es!* Unsicher, ob sie es ertragen könnte, sollte er wirklich der Handlanger dieses schrecklichen Mannes sein.

Bestürzung breitete sich in Wilhelms Zügen aus. »Wiwi, ich …«

Sie wartete, doch er sagte nichts. Als würden keine Worte mehr existieren. Das Gesicht – blass und erstarrt wie eine Maske.

»Bist du es?« Fest blickte sie ihm in die Augen. »Denn wenn ja, kannst du gleich wieder verschwinden!«

»Nein …« Abwehrend hob Wilhelm die Hände.

»Ich habe es nämlich satt, dass Männer über mich entscheiden!« Wut flammte in ihr auf. Unbändige Wut, die alle Mauern niederriss. »Dass andere mein Schicksal bestimmen! Ich will nicht mehr hören, was das Beste für mich ist. Ich will das selbst beschließen!« Die Wut wich der Entschlossenheit. Ihr Platz war in Dresden. Ihre Zukunft lag in der Schule von Mary Wigman. Dafür hatte sie ihre Familie aufgegeben. Und wenn es nötig war, würde sie auch ihn dafür aufgeben. »Ich werde nicht zurück nach München gehen, Wilhelm. Niemals. Du wirst mich nicht zwingen können! Wenn du also hier bist, um …«

»Nein, Iwa, nein!«, rief er verzweifelt aus, und zum ersten Mal hörte sie ihren richtigen Namen aus seinem Mund. »Ich schwöre bei meiner Mutter, ich werde dich nie, nie zu irgendetwas zwingen!«

»Wirklich?«

Er nickte bedächtig. Sie forschte in seinem Gesicht, konnte aber keine Lüge erkennen. Es war ihm ernst. Sehr ernst.

Tief holte sie Luft. »Es tut mir leid. Ich hätte dich nicht so anfahren dürfen.« Kurz kam es ihr vor, als wollte er etwas sagen. Doch dann schwieg er, gedankenverloren. Zu gern wüsste sie, was in seinem Kopf vorging. Doch vielleicht brauchte er Zeit. Genau wie sie. Um wirklich zu realisieren, was das alles für sie beide bedeutete. »Im Brief hast du geschrieben, du müsstest mit mir über etwas Wichtiges sprechen«, fuhr sie fort. »Über etwas, das man lieber von Angesicht zu Angesicht bereden sollte.«

»Das stimmt.« Ganz langsam fuhr er mit der Linken durch sein Haar.

Iwa wartete.

»Ich weiß gar nicht, wo ich anfangen soll«, murmelte er.

»Du sagtest, du müsstest erst ein paar Angelegenheiten klären, bevor du hierherkommen könntest«, half sie. »Ist es dir gelungen, diese Dinge zu klären?«

»Nicht wirklich.« Resigniert schaute er in die Ferne. In seinem Gesicht arbeitete es, als müsse er eine schwere Entscheidung treffen. »Meiner Mutter geht es nicht gut«, sagte er schließlich.

Iwa hob eine Hand, zögerte, dann berührte sie ganz leicht den Stoff seines Mantels. »Was hat sie?«

Wieder schwieg Wilhelm. Aber er war nicht vor ihr zurückgewichen, also legte sie vorsichtig ihre Finger um seinen Arm.

»Sie ist krank. Es fing mit Kleinigkeiten an. Sie vergaß, wo sie ihre Handtasche abgelegt hatte. Sie öffnete einen Schrank und wusste nicht mehr, was sie dort suchte. Mal schien sie damit überfordert zu sein, ihre Schuhe anzuziehen, dann aber klappte es wieder ganz problemlos. Immer öfter bat sie mich, sie bei ihren Spaziergängen zu begleiten, weil sie Angst hatte, sich zu verlaufen. Sie stürzte häufiger. Irgendwann meinte sie, ein Arzt solle sie untersuchen. Die Diagnose lautete ...« Er stockte. »Altersschwachsinn. Nur ist sie gar nicht so alt. Gerade mal Ende vierzig. Und ganz bestimmt nicht schwachsinnig!«

»Hast du versucht, einen anderen Arzt zu finden?«

»Mehrere. Ich habe angefangen, selbst zu recherchieren. In der Allgemeinen Zeitschrift für Psychiatrie bin ich letztendlich auf die Abhandlungen von einem gewissen Herrn

Alzheimer gestoßen. 1901 hat er eine eigenartige Krankheit der Gehirnrinde bei einer fünfzigjährigen Frau namens Auguste Deter festgestellt. Und es war, als hätte ich in seinen Beschreibungen meine Mutter erkannt.« Er stockte und schüttelte den Kopf, als wollte er es noch immer nicht wahrhaben.

»O Wilhelm, das tut mir so leid! Gibt es Medikamente, damit es ihr besser geht? Eine Aussicht auf Heilung?« Sie ließ ihre Finger seinen Arm hinunterwandern, dann steckte er seine Hände in die Manteltaschen.

»Dafür ist das Krankheitsbild noch zu wenig erforscht, fürchte ich. Als ihr klarwurde, dass es nicht besser wird, hat sie festgelegt, was sie für ihren Lebensabend will, wie mit ihren Sachen zu verfahren ist und wie weit die Unterstützung in ihrem Alltag gehen soll. Ihre größte Angst ist, wie Auguste Deter in einer städtischen Anstalt für Irre und Epileptische zu landen. Das muss ich verhindern, Wiwi. Ganz egal, was es mich kostet.«

»Das verstehe ich!«

Eine unerwartete Härte legte sich auf seine Züge. Sein Kiefer mahlte. »Nein, das tust du nicht. Aber das ist in Ordnung«, fügte er rasch hinzu. »Denn es ist meine Pflicht, dafür zu sorgen, dass ihr Leben nun ihren Wünschen entsprechend gestaltet wird, sofern es irgendwie möglich ist. Ich darf dich da nicht mit reinziehen. Das ist mir gerade klar geworden.«

»Du musst das alles nicht allein schaffen. Ich bin für dich da.« *Wenn du mich lässt*, fügte sie stumm hinzu. Doch das schien nicht zu ihm durchzudringen.

»Erst, wenn ich sie geschützt und behütet weiß, kann ich wirklich … frei sein. Einen Neuanfang wagen.«

»Das heißt … du musst zurück nach München? Um bei deiner Mutter zu sein?« Unwillkürlich rang sie die Hände. Was hatte sie auch erwartet? Dass er alles hinter sich ließ, um bei ihr in Dresden zu bleiben?

»Das heißt, ich muss für sie einen Ort finden, an dem es ihr gut gehen wird. Einen, den sie für sich selbst aussuchen würde, wäre ihr das jetzt noch möglich.«

»Wo ist sie jetzt?«

Eine Weile antwortete er nicht.

Sie schaute zu ihm auf, und ihr wurde ganz bange. Sein Blick wirkte verloren, um nicht zu sagen, vollkommen leer. »Im Moment in Sicherheit. Wer weiß, wie lange noch. Ich habe große Fehler gemacht, Fehler, die ich mir nie verzeihen werde. Aber eins steht fest: Ich muss alles tun, um sie da wieder herauszuholen und … aus München wegzubringen. Ich bin hier, um alles geradezubiegen, Wiwi. Und wenn das geklappt hat, um zu bleiben. Falls … falls du dann überhaupt noch willst, dass ich bleibe.«

»Aber natürlich«, setzte sie an, doch er unterbrach sie:

»Nicht jetzt. Bitte. Sag es nicht jetzt. Sag es … wenn die Zeit dazu *wirklich* gekommen ist.«

»Aber wann soll es denn so weit sein?«

»Glaub mir, du wirst es schon merken«, sagte er sanft.

Iwa seufzte. Musste es immer so kompliziert sein, sobald Gefühle ins Spiel kamen? Sie hatte keine Ahnung, was sie von all dem halten sollte. Wo standen sie nun, und wohin gingen sie? Um sie herum herrschte das pure

Leben, Menschen eilten vorbei, Autos lärmten. An einem Obststand pries ein älterer Mann seine Äpfel an. »Vielleicht gibst du trotzdem einen Hinweis? Nur zur Sicherheit.« Sie stupste ihn an, ganz leicht, und stellte zufrieden fest, dass er abermals nicht zusammenzuckte oder vor ihr zurückwich. Als hätte die Umarmung bei ihrem Aufeinandertreffen einen Bann gelöst, etwas zwischen ihnen verändert.

»Was für ein Hinweis sollte es denn sein?« Wilhelm hob die Augenbrauen und deutete zum Obsthändler. »Soll ich ganz laut ›Äpfel! Süße Äpfel‹ rufen?«

»Warum nicht? Das wäre wenigstens eindeutig.«

Iwa merkte, wie sich seine Züge entspannten. Sie mochte den friedlichen Ausdruck auf seinem Gesicht, die Ruhe, die einkehrte und seinen Blick weicher machte.

Die Leichtigkeit war wieder da. Iwa fragte sich, ob es angemessen war, sich so darüber zu freuen, wie sie es gerade tat, in Anbetracht dessen, wie sehr ihn die Sorgen über seine Mutter bedrückten. Ob sie ihm irgendwie helfen konnte, obwohl er behauptete, diese Pflicht allein tragen zu müssen?

»Wie gefällt es dir in Dresden?«, fragte er, anscheinend mehr als froh, das Thema wechseln zu können. »Lässt es sich hier gut aushalten?«

»Viel habe ich noch nicht gesehen«, gab Iwa ehrlich zu. Sie hatten das Hechtviertel hinter sich gelassen, und wo genau sie sich nun befanden, konnte sie auf Anhieb nicht einmal sagen. »Die meiste Zeit habe ich im Blumenladen ausgeholfen oder in der Wohnung das Tanzen geübt. Aber mit Germania kann ich dich gern bekanntmachen.« Sie schmunzelte, als sie an die Statue auf dem Altmarkt wie an eine alte Vertraute dachte.

»Wer soll das sein?«

»Oh, eine sehr schweigsame Dame, die wunderbar zuhören kann. Mehr Stadtführung kann ich dir leider nicht bieten.«

»Ich bin bestürzt! Noch keinen Besuch der Semperoper oder dem Schauspielhaus abgestattet? Da haben wir aber einiges nachzuholen.« Da war es! Ein Zucken in seinen Mundwinkeln, ein kleines Lächeln und das Gefühl, wie nach Hause zu kommen. »Ich denke, es lohnt sich, einen Blick auf die Bühnen zu werfen, die hier auf dich warten.«

»Ich fürchte, die großen Bühnen werden noch lange auf mich warten müssen.«

»Sagt das etwa Mary Wigman?« Er neigte den Kopf zur Seite und sah sie eindringlich an. Der Frühlingswind spielte mit seinen dunklen Strähnen, und Iwa dachte daran, wie sehr sie es mochte, wenn ihm die Haare ins Gesicht fielen. Kurz fragte sie sich, ob sie ihre Finger darin vergraben könnte. Musste sich dann aber zwingen, den Gesprächsfaden wieder aufzunehmen, statt daran zu denken, wie weich sich seine Strähnen anfühlten.

»Mary Wigman sagt, ich soll im Tanz die Auseinandersetzung mit mir selbst suchen. Was auch immer das zu bedeuten hat. Für die Laienkurse bin ich aber gerade noch gut genug.«

»Das verstehe ich nicht. Ich habe dich tanzen sehen!«

»Ach. Es ist keine große Kunst, sich zu einem schönen Walzer zu bewegen.«

»Keine große Kunst?« Seine Augen funkelten. »Wer, wenn nicht du, sucht im Tanz so sehr eine Auseinandersetzung mit sich selbst? Wer, wenn nicht du, ist mutig genug, seine Seele so blank vor anderen zu machen, sich so stark und gleichzeitig so verletzlich zu zeigen?«

Sie schloss die Lider. Wie gern würde sie ihm glauben! Ihr Herz, ihr Körper, ihre Seele – alles in ihr erinnerte sie an die Klänge, die er am Klavier damals zum Leben erweckt hatte. Tiefe Sehnsucht ergriff sie. Sehnsucht nach dem Moment der grenzenlosen Freiheit, der danach leider nie wieder gekommen war. »Was, wenn es sich nicht wiederholen lässt?«, flüsterte sie bange. »Wenn es sich nie wieder erreichen lässt? Diese vollkommene Hingabe zur Musik. Das Sich-fallen-Lassen in den Zauber, den man mit der Bewegung lebendig macht. Vielleicht war es einmalig. Schön, aber einmalig.«

»Versuch es doch«, flüsterte er ihr ins Ohr.

Iwa schaute auf. »Was denn?«

Er hielt ihr seine linke Hand hin. »Es zu wiederholen. Denn einmalig ist nur der Tod.«

»Jetzt? Gleich?«, hauchte sie erschrocken. »Auf der Straße? Ohne Musik?«

»Bin ich wirklich derjenige, der dich daran erinnern muss, dass der moderne Tanz keine Bühne und keine Musik benötigt?« Er führte ihre Hand, Iwa drehte sich unter seinem Arm hindurch und fand sich plötzlich dicht an seiner Brust wieder.

»Das können wir doch nicht tun«, flüsterte sie. »Die Leute! Sie gucken doch.«

Er legte den anderen Arm um ihre Taille. »Natürlich tun sie das. Sie wollen eine große Künstlerin sehen.«

Ihr Atem ging schneller. Noch ein bisschen, und sie würden sich mitten auf der Straße zu unhörbaren Klavierklängen bewegen. »Viel eher sehen sie jemanden, der gerade vorhat, etwas schrecklich Albernes zu tun.« Plötzlich dachte sie an den Ausflug mit ihrer Mutter, an die Pfiffe und das Gejohle, mit dem der Tanz von Mary Wigman in München begleitet worden war. Angst stieg in ihr auf.

Er neigte den Kopf zu ihr. Noch ein wenig, und seine Lippen würden gleich ihren Hals berühren. »Der moderne Tanz erschließt sich eben nicht jedem.«

Ganz langsam drehte sie sich um die eigene Achse, streifte dabei seinen Körper. Sie spürte seine warme, feste Haut, die Muskeln, die unter seiner Kleidung arbeiteten. Am liebsten hätte sie sich noch enger an ihn geschmiegt.

»Ich ... ich kann das nicht«, stammelte Iwa dennoch. Überall waren Menschen. Sie würde sich blamieren! Noch schlimmer: Irgendjemand würde es Gisa erzählen. Oder Mary Wigman. Vom Schulschreck zum Stadtgespött! Was für eine Karriere.

»Mach die Augen zu«, sagte Wilhelm. »Was fühlst du? Was sagt deine Seele?«

Der Stadtlärm rückte in weite Ferne. Plötzlich hörte sie nur noch Wilhelms Stimme, die tief in sie drang und ihr Gänsehaut bescherte.

»Dass ... dass es gut ist.« Sie bewegten sich weiter. Hin und her, wie auf einem schaukelnden Boot. Als würden sanfte Wellen sie davontragen.

Doch sie war nicht mit einem Boot auf offener See. Sie war mitten auf der Straße!

»Lass los.«

»Was denn genau?«

»Was auch immer dich an Ort und Stelle festhält.« Seine Nähe schenkte ihr Geborgenheit. Wie von alleine passten sich ihre Bewegungen an, fanden den Rhythmus und verschmolzen miteinander. Ihre Finger glitten über seine Schultern, packten seinen Hals, zogen ihn näher zu ihr heran.

Was fühlst du? Was sagt deine Seele? Seine Worte drangen immer tiefer in sie ein, berührten sie dort, wo kaum jemand sie berührt hatte. Noch nie hatte sie etwas Sinnlicheres erlebt.

Kein Zurückhalten mehr, kein Zurückschrecken.

Keiner von ihnen beiden führte, und doch tanzten sie in völliger Harmonie miteinander, Körper an Körper, vor und zurück. Eine Drehung. Ein Schwung. Sie hatte das Gefühl zu fliegen, um schließlich sanft auf dem Boden aufzusetzen.

Die Musik ist in uns, und alles ist die Musik.

Vielleicht waren auch sie beide nur zwei Klänge, die miteinander zu einer Melodie wurden. Beschwingt neigte Iwa ihren Körper zur Seite, spürte Wilhelms kräftigen Arm, der sie stützte. Seinen Atem, der ihren Hals streifte. Seine Stimme, die nach ihr rief.

»Wiwi…« Schwer und tief. Nichts mehr als ein Raunen, das auf ihrer Haut prickelte. »Wiwi… Ich glaube, wir sollten damit aufhören.«

»Warum?« Iwa stöhnte, unwillig, sich der Realität stellen zu müssen. Sie wollte nicht aufhören. Sie wollte mehr. Mehr von ihm, mehr von sich selbst, mehr von dieser trunkenen Leichtigkeit, mit der ihr ganzes Wesen erfüllt war.

»Weil ich fürchte, unser Publikum wird gleich einen Schutzmann wegen Erregung öffentlichen Ärgernisses rufen.«

Erschrocken riss Iwa die Augen auf. Ihr Oberkörper bog sich nach hinten, das Haar fiel zerzaust herab, den Hut hatte sie verloren. Mal wieder. Mit einer Hand hielt sie sich an seinem Hals fest, den anderen Arm hatte sie weit zur Seite gestreckt. Er beugte sich über sie, während ihr angewinkeltes Bein zwischen seinen Oberschenkeln steckte. Schlagartig wurde ihr klar, dass sie seine Männlichkeit spürte und ihr Schoß mehr als eindeutig nach mehr verlangte.

Um sie herum waren einige Leute stehen geblieben, und nicht alle von ihnen schienen das nötige Verständnis für die spontane Darbietung dieser Art von Kunst aufbringen zu können.

Ruckartig richtete sich Iwa auf, womit sie Wilhelm fast eine Kopfnuss verpasst hätte. Zum Glück wich er geistesgegenwärtig zur Seite. »Huch. War ich so schlecht, dass du mich bewusstlos schlagen willst?«

»Nein, das nicht, aber da ist definitiv noch Luft nach oben«, neckte sie ihn.

»Ernsthaft?« Mit einer gespielten Bestürzung zog er eine Augenbraue hoch. »Dabei habe ich mir so viel Mühe gegeben.«

»Übung macht den Meister. Und jetzt nichts wie weg hier!« Iwa griff seine Hand und rannte mit ihm davon, rannte so lange, bis sie beide völlig außer Atem auf dem Albertplatz ankamen. In ihrem Kopf drehte sich alles. Aber es war ein schönes, erhebendes Gefühl, das ihre Seele beschwingte.

Wilhelm deutete zum Albert-Theater. »Das nächste Mal dann lieber doch auf einer richtigen Bühne.« Er lächelte. Nicht bloß in den Mundwinkeln. Sein ganzes Gesicht, seine Augen schienen zu leuchteten.

»Nanu! Herr Charakterfest hat Ambitionen.« Iwa grinste.

»Unbedingt. Du wirst dich noch wundern.«

Sie standen zwischen zwei Brunnen, die vor sich hin-plätscherten. Und nichts, absolut nichts hätte Iwas Gefühle für Wilhelm, ihr Leben in Dresden und die Zukunft, der sie entgegenzublicken glaubte, besser beschreiben können als deren Namen – *Stilles Wasser* und *Stürmische Wogen*.

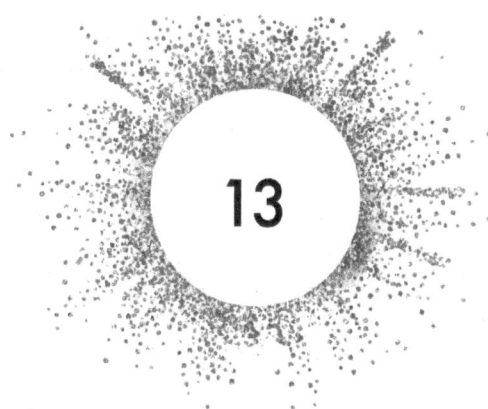

13

Gierig saugte Iwa den wohltuenden Kaffeeduft ein. Der würzige Geruch belebte ihre Sinne. Als würde eine kleine Sonne in ihrer Seele aufgehen. Dabei spielte es keine Rolle, dass der Kaffeesatz aus Kostengründen mehrfach genutzt werden sollte, sie konnte es kaum erwarten, die belebende Flüssigkeit in sich hineinzukippen. Aber sie musste sich noch gedulden.

Für sich brühte Gisa einen schwarzen Tee auf, wofür sie sich stets besonders viel Zeit nahm. Sie gab lose Blätter in die vorgewärmte Kanne und goss sie mit kochendem Wasser auf. Erst nach einer bestimmten Ziehzeit, die auf keinen Fall unterschritten werden durfte, schenkte sie sich eine Tasse ein. Dabei wuselte Whisky die ganze Zeit um ihre Beine, in der leisen Hoffnung, irgendeine Leckerei zu ergattern. Wie man aus der Teezubereitung so eine Zeremonie machen konnte, blieb Iwa jedenfalls ein Rätsel, wenn es doch nur darum ging, wach zu werden und munter in den Tag zu starten.

»Deine Mutter konnte den Genuss von Tee auch nicht

verstehen«, sagte Gisa, als sie Iwas skeptischen Blick bemerkte und deren Geduld heute anscheinend besonders auf die Probe stellen wollte. »Dabei startet der perfekte Tag mit Ruhe und Besonnenheit, die Hektik kommt doch ganz von alleine.« Endlich setzte sie sich Iwa gegenüber, nippte an ihrem Tee und lächelte verträumt. Sofort bildeten sich winzige Fältchen um ihre Augen, was ihrem Ausdruck einen ganz besonderen Liebreiz verlieh. Whisky schnaufte schwer enttäuscht und rollte sich neben einem Tischbein zusammen.

»Der perfekte Tag startet mit Morgengymnastik!« Frech prostete Iwa der Blumenhändlerin mit ihrem Kaffee zu.

»Wie ähnlich du deiner Mutter bist, verstehe ich erst jetzt. Sport!« Mit einer gespielten Empörung pustete sie sich eine Strähne aus dem Gesicht. »Wenn ich schwitzen will, gehe ich ins Dampfbad.«

Iwa gluckste vergnügt, wodurch ihr der Kaffee fast in die Nase gekommen wäre. »Dafür seid ihr wohl unterschiedlich wie Tag und Nacht gewesen. Ich frage mich, wie ihr es zusammen ausgehalten habt.«

»Na, wir haben natürlich unsere Liebe für den guten, alten Whisky geteilt.« Sanft stupste Gisa den Hund mit der Schuhspitze an, der sogleich den Kopf hob und begeistert mit dem Schwanz zu wedeln begann.

»Und euren Humor«, ergänzte Iwa und schmunzelte. »Meine Mutter hat dir viel bedeutet, nicht wahr?«

Gisas Blick schweifte zum Fenster. Mit einem Mal wirkte ihre Gestalt ganz verloren, als würde sie ganz allein am Tisch sitzen und vergeblich auf jemanden warten. »Natürlich. Wir waren Freundinnen.«

»Ihr wart mehr als das, hab ich recht?« Die Frage zu stellen hatte Iwa Überwindung gekostet. Wollte sie es wirklich so genau wissen? Ging es sie überhaupt etwas an?

Gisas Hände umklammerten die Tasse eine Spur fester. »Ich habe keine Ahnung, was du jetzt von mir hören willst.«

»Was auch immer du mir darüber sagen magst. Ich sehe mehr, als du denkst.«

»Tatsächlich?« Gisas Blick wirkte lauernd. Als wäre sie es gewohnt, stets auf der Hut zu sein. Jedes Wort abzuwägen. Es tat Iwa im Herzen weh, plötzlich so viel Argwohn in den vertrauten Zügen zu sehen.

»Ihr habt euch in einer Bar kennengelernt, seid zusammengezogen und habt euch einen Hund angeschafft. Du sprichst von ihr stets wie von einer Lebensgefährtin, nicht bloß wie von einer Freundin.«

Gisas Schultern sackten nach vorne. »Du darfst nicht schlecht von ihr denken, Iwa! Sie war ein wunderbarer Mensch. Sie hat deinen Vater geliebt, sie hat dich so sehr gewollt! Du warst das wunderbarste Geschenk, das diese Beziehung nur hervorbringen konnte. Das alles war keine Lüge, das kannst du mir glauben!«

»Das tue ich doch.« Behutsam stellte Iwa die Kaffeetasse ab. Vielleicht verstand sie nicht alles, noch nicht. Aber eines wusste sie ganz bestimmt: Liebe brachte die unterschiedlichsten Menschen dazu, glücklich miteinander zu werden. Und das war etwas ganz und gar Wundervolles. Sie lächelte. »Ich bin jedenfalls sehr froh, dass sie in dieser

Bar deinen Whisky verschüttet und dich kennengelernt hat.«

»Wo, wenn nicht dort hätte alles beginnen sollen? Jeden Mittwoch gingen wir ins Monolith, manchmal sogar häufiger. Bei den Treffen des Damenclubs sang sie häufig mit Millie auf der Bühne. Und ich sag dir eins, deine Mutter konnte grauenhaft singen. Sie zockte ständig Flo beim Poker ab. Und von ihren literarischen Diskursen mit Big Ben brauche ich erst gar nicht anzufangen.« Gisa lächelte, und dennoch lag eine tiefe Traurigkeit in ihren Zügen. »Dort hat auch die Trauerfeier stattgefunden. So viele Leute sind gekommen! Alex wusste gar nicht, wohin mit allen.«

»In München hat sie immer so einsam gewirkt, wenn sie von anderen umgeben war. Zumindest auf den Festen und Empfängen.«

»Einsam? Ein richtiger Wirbelwind war deine Mutter. Kaum ein Tag verging, an dem sie nicht jemand Interessantes kennengelernt hat. Bei einem Plausch auf dem Markt. Beim Bummeln über die Brühlsche Terrasse. Beim Ausflug ins Schauspielhaus. Überall traf sie außergewöhnliche Menschen.« Bedächtig schüttelte Gisa den Kopf. »Deine Mutter war hier nicht allein«, sagte sie und führte die Teetasse an ihre Lippen. »Und du bist es auch nicht, Iwa. Das wirst du niemals sein, hörst du?«

»Danke dir. Danke dir vielmals.« Völlig ergriffen drückte Iwa Gisas Hände und hätte fast ihren Tee verschüttet. »Wie könnte ich dir das alles nur zurückgeben?«

Gisa schmunzelte und hob ihre Tasse hoch. »Na, ich

wäre schon ganz zufrieden, wenn du keine weiteren Angriffe auf mein Lebenselixier startest.«

»Ich gelobe Besserung!« In einem Zug trank sie ihren Kaffee aus und erhob sich. »Dann lass uns in den Tag starten.«

Wie jeden Morgen ging sie zuerst laufen. Es belebte ihre Sinne und schenkte dem Körper Energie, auch wenn die wenigen Menschen, die zu dieser Uhrzeit auf der Straße waren, ihr wie immer befremdliche Blicke zuwarfen. Danach lenkte sie sich mit ihren üblichen Aufgaben ab, um Gisa zu helfen, bis es dann zur Schule von Mary Wigman ging. Der Unterricht machte ihr Spaß. Es erstaunte sie immer wieder, wie viel sie dabei lernte. Bei jedem Training hoffte Iwa insgeheim auf Mary Wigman zu treffen und mit ihrem Fleiß Eindruck bei ihr zu hinterlassen. Die Meisterklasse. Es kam ihr vor wie ein Ritterschlag, dort aufgenommen zu werden. Als würden damit jegliche Zweifel verschwinden, die sie daran hinderten, ihr Können zu entfalten.

Heute schien in der Schule deutlich mehr los zu sein als üblicherweise. In der Umkleide fand sie kaum Platz. Stickig und schwer lag die Luft im winzigen Raum, der eher einer Kammer ähnelte als einem Zimmer. Iwa stand auf einer Bank, schlüpfte aus ihrem Rock, um – wie die anderen auch – eine kurze Hose anzuziehen, und blickte in die Gesichter der fröhlichen jungen Frauen um sie herum. Einige kannte sie bereits, andere hatte sie noch nie gesehen. Da war die fünfzehnjährige Nora, die bei Trümpy bereits einen eigenen Tanz einstudieren durfte, und Ruth mit ihrer stets ernsten, strengen Miene. Dann eine junge Frau mit einem Dutt und einer schwarzen Brille, eine andere mit einer herrlichen, dunklen Mähne, die sich über ihre Schultern ergoss. Die Tür öffnete sich, und Hetty kam herein. Eine Melodie summend, huschte sie leichtfüßig zwischen den sitzenden und stehenden Schülerinnen hindurch, begrüßte die Brillenträgerin und stieg zu Iwa auf die Bank, um sich ebenfalls umzuziehen.

»Hetty, nicht wahr?«, wandte Iwa sich ihr zu. Wenn das nicht die perfekte Gelegenheit war, ein bisschen mehr über Mary Wigmans Unterricht zu erfahren!

»Hallo.« Hetty lächelte zaghaft. Offensichtlich schüchterte es sie ein, mit Unbekannten zu sprechen, auch wenn sie alle hier eine Verbindung zueinander hatten und es kein Fremdeln zu geben schien. Diese Schule war wie eine große Familie. Was sollten auch Förmlichkeiten, wenn sie alle der großen Kunst dienten und gemeinsam den Ausdruckstanz zu erforschen suchten?

»Ich bin Iwa, wir haben uns beim Vortanzen gesehen. Aber vermutlich erinnerst du dich nicht mehr an mich.« Was auch gut war. Diese Peinlichkeit sollte sich nicht in das Gedächtnis der Menschen einbrennen.

»O doch«, sagte Hetty trotzdem, obwohl ihr Gesichtsausdruck auf kein Erkennen hindeutete. Vermutlich wollte sie nur höflich sein.

»Es tut mir leid, wenn ich dich so überfalle. Ich bin nur so neugierig, wie es ist, direkt von Mary Wigman zu lernen. Es muss großartig sein.«

Hettys blaue Augen leuchteten auf. »Es ist großartig,

ja. Ein bisschen chaotisch manchmal, aber unglaublich erfüllend.«

»Welches Programm nehmt ihr gerade durch?« Iwa überlegte, ob sie in ihrer Freizeit gezielter üben könnte, wenn sie wüsste, worauf Mary Wigman Wert legte.

»Ach nein, es gibt kein Programm oder irgendeine besondere Thematik«, erklärte Hetty, und Iwa horchte auf. Wie konnte das sein? Lernen, ohne die Grundlagen zu kennen?

»Sie nennt es …« Kurz hielt die junge Frau inne, und als sie weitersprach, sprühte Leidenschaft aus jedem ihrer Worte: »Erziehung zum Tanz als ein freier Wachstumsprozess von körperlicher Bewegung, seelischer Bewegtheit und geistiger Beweglichkeit.«

»Verstehe«, murmelte Iwa, obwohl sie damit nichts anzufangen wusste. Wie sollte sie nur weiterkommen, wenn sie nicht einmal begriff, was man von ihr erwartete? Im Ballettunterricht gab es wenigstens genaue Anforderungen, an die sie sich halten konnte. Hier dagegen war die Theorie so schwer greifbar. So unglaublich … experimentell.

Hetty tätschelte ihre Schulter. »Denk nicht zu viel darüber nach. Es ist, als würdest du dich selbst und den Tanz gleichermaßen entdecken. Ich glaube, es geht darum, unsere Persönlichkeiten in der Bewegung zu entfalten. Mary Wigman sagt, dass wir uns auf keinen Fall andere zum Maßstab nehmen dürfen. Sie sagt, dass die lebendige Sprache des Tanzes in jedem von uns schlummert, dass sie jedem jungen Tänzer eingeboren ist. Unser Ziel ist es, diese Sprache zu erwecken, sie zum Ausdruck zu bringen.«

»Aber wie?«, rief Iwa verzweifelt aus und merkte, wie sich einige Köpfe zu ihr drehten. »Wie soll diese Sprache erweckt werden?« Und schlummerte sie wirklich auch in ihr?

»Genau deshalb bist du doch hier«, meinte Hetty, doch die Worte trösteten kaum.

Aufgewühlt und nachdenklich verließ Iwa den Umkleideraum. Mit ihrer ganzen Vorstellungskraft versuchte sie sich die Momente in Erinnerung zu rufen, in denen ihre Seele vom Tanz buchstäblich erfüllt gewesen war. Doch es waren nur die Momente mit Wilhelm, die ihr dabei in den Sinn kamen. Als wäre es seine Anwesenheit, die diese Sprache zum Erklingen brachte. Würde sie das je im Übungssaal erreichen?

»Na, wer ist denn da so plötzlich aufgetaucht?« Egons Stimme ließ Iwa zusammenfahren. Seine bloße Gegenwart gab ihr das Gefühl, als würde ein Dutzend Spinnen über ihre Haut krabbeln. Zum Glück hatte er seine Worte nicht an sie gerichtet, sondern an Hetty, die direkt hinter ihr aus dem Umkleideraum getreten war.

Das Gesicht der jungen Frau erhellte sich. »Egon! Letzte Woche haben wir uns kaum gesprochen.«

»An mir hat es nicht gelegen.« Er stieß sich von der Wand ab, an die er sich gelehnt hatte, und strich sich sein blondes Haar zurück. Etwas Raubkatzenartiges lag in seinen Gesten. »Seit du in die Meisterklasse gekommen bist, scheinst du nur Mary Wigman im Kopf zu haben.«

Bei seinen Worten schien Hetty sofort kleiner zu werden. »Es tut mir leid, Egon. Sie fordert so viel von uns. Wir üben, üben und üben. Dann muss ich einige Aufgaben für das Stipendium übernehmen, du weißt schon ...«

»Nein, weiß ich nicht.« Er kniff die Augen zusammen. »Ist aber auch egal. Wie's aussieht, scheinst du jetzt in der Laienklasse gelandet zu sein. Warst wohl nicht gut genug für die große Mary Wigman? Will sie die kleine Hetty etwa nicht mehr unterrichten?«

Unsicher trat Hetty von einem Bein aufs andere. »Hast du es nicht gehört?«

»Was denn?«

»Mary Wigman hat sich verletzt.«

Egon stutzte. Als müsse er zuerst abwägen, was für Vor- und Nachteile diese Information für ihn persönlich haben könnte.

Iwa dagegen reagierte sofort, ohne darüber nachzudenken, wie es wohl wirkte, wenn sie sich in eine fremde Unterhaltung einmischte. »Sie hat sich verletzt? Was ist passiert?«

»Mary Wigman ist mitten in ihrer Vorstellung zusammengebrochen. Man sagt, es sei ein Muskelriss und es sähe übel aus.« Hettys Stimme bebte vor Entsetzen, das keineswegs gespielt war. Der Schreck schien greifbar zu sein.

Iwa wurde heiß und kalt zugleich. Eine Verletzung! Der Tanz forderte alles. Er gab so viel, konnte aber jederzeit auch alle Hoffnungen für die Zukunft zerstören. »Wird sie wieder gesund? Wird sie wieder tanzen können?«

»Das ist noch nicht klar. Sie muss sich schonen, so viel steht fest. Ihre Tournee wurde jedenfalls abgesagt, wie es weitergeht, wird die Zeit zeigen. Selbst wenn die Verletzung ausgeheilt ist, können Schäden zurückbleiben. Aber wir wollen nicht schwarzmalen. Sie ist stark, das hat sie schon so oft bewiesen!«

Ein paar andere Tänzerinnen kamen dazu. »Die Zeitungen schreiben schon von ihrem Karriereaus«, meinte eine. »Ach, die Zeitungen!«, hielt eine andere energisch dagegen. »Sie prophezeien gern Unheil und säen Zwietracht, wo immer es geht.« Die Sorge stand ihr allerdings deutlich ins Gesicht geschrieben. Die Nachricht ließ niemanden kalt.

»Ist sie wieder in Dresden?« Iwa schaute nach oben, wo sich Wigmans private Räumlichkeiten befanden. Viel Ruhe würde die Lehrerin in der Schule nicht finden können. Bereits in den frühen Morgenstunden herrschte hier viel Betrieb und hielt an bis in den späten Abend.

»Nein«, antwortete Hetty. »Zur Erholung hat sie sich in die Schweiz zurückgezogen. Sie hat nicht gesagt, wann sie zurückkommt und wie es dann weitergeht. Ich denke ...«

»Ob es überhaupt weitergeht«, mischte sich Egon mit überheblicher Selbstgefälligkeit ein. Offensichtlich missfiel ihm, dass Hetty im Mittelpunkt stand, während kaum jemand auf ihn achtete. »Zufälligerweise weiß ich, dass es der Schule alles andere als gut geht. Die Stätte ist überhaupt nicht rentabel. Es ist ein Wunder, dass sie noch nicht Bankrott gemacht hat. Wenn Mary Wigman nicht tanzen kann, wird sie die Schule nicht halten können, so viel steht fest. Immerhin wird der Betrieb hauptsächlich von ihren Auftritten finanziert. Keine Auftritte, kein ...«

»Die Schule wird das überstehen!«, fiel Hetty ihm leidenschaftlich ins Wort. Ihre Augen glitzerten feurig. »Ja, vieles ist provisorisch, und es mag sein, dass nicht alles glatt läuft. Aber das Krisenjahr ist überwunden.«

»Was weißt du schon?« Verächtlich kräuselte Egon die Nase. Mit einem Arm angelte er nach Hetty und zog sie herrisch an sich. »Dein kleines Weibshirn ist doch gar nicht in der Lage, die Tragweite wirklich einzuschätzen«, zischte er ihr ins Gesicht. »Also hör lieber zu, wenn ich rede.«

Ringsherum entbrannte eine Diskussion, ob es nicht sinnvoll wäre, nach einer anderen Schule zu suchen, doch Iwa hatte nur Egon im Blick. Energisch trat sie auf ihn zu. »Ich glaube, wenn du redest, dann redest du nur Mist. Woher weißt du, dass es der Schule finanziell nicht gutgeht?«

Immerhin veranlasste es ihn dazu, Hetty loszulassen. »Familiengeheimnis. Ist schon gut, Eltern im Bankwesen zu haben, die sich mit solchen Dingen auskennen.« Er wackelte mit den Augenbrauen und wandte sich den anderen zu, die ihn mit Fragen zur Lage der Schule bombardierten.

»Was soll die Aufregung?«, tönte es durch den Flur, und Berthe Bartholomé Trümpy scheuchte die Frauen auf, die sich um Egon versammelt hatten. »Wir beginnen jetzt mit der Stunde. Na los. Macht euch bereit.«

Iwa war froh, nicht länger darüber nachdenken zu müssen, wie es wohl mit Mary Wigman und der Schule weitergehen würde. Auch wenn etwas Bitteres zurückgeblieben war und ihr Gemüt vergiftete. Vergeblich versuchte sie, die Sorgen zu verdrängen, ihnen zu entkommen – doch ihre Gedanken waren voll davon. Wo sollte sie hin, wenn diese Schule geschlossen werden würde? In eine neue Stadt ziehen, irgendwo eine neue Tanzausbildung anfangen? Sie wusste nicht, ob sie wirklich die Kraft hätte, hier die Zelte abzubrechen und sich wieder in die Ungewissheit zu stürzen.

»Rhythmus!«, rief Trümpy enthusiastisch in den Saal. »Rhythmus, meine Lieben, ist der Grundstein für eure innere Entfaltung. Beugt das Knie, geht so tief wie möglich hinunter, und dann stemmt euch wieder hoch. Sehr gut, jetzt noch einmal!«

Iwa stand mit dem Blick zur Wand, hatte ein Bein auf die Stange gelegt und versuchte, so konzentriert wie möglich die Übung durchzuführen. Bei jeder Bewegung konnte sie spüren, wie ihre Muskeln arbeiteten und sich die Sehnen dehnten.

»Mary Wigman lehrt uns die Ekstase der Bewegung. Der Tanz ist ein einziger Rausch! Ein Erlebnis, das jeder Einzelne von euch steigern kann, noch mehr aber in der Vielfalt der Gruppe!«, erklärte Trümpy voller Leidenschaft. »Wie alle Magie ist auch der Tanz nicht ungefährlich. Er macht uns hüllenlos, bringt Abgründe ans Licht, die wir manchmal nicht einmal selbst erahnen. Er reißt uns heraus aus dem behaglichen Menschendasein.« Mit einer ausladenden Bewegung deutete sie herum. »Die Fortbewegung im Raum ist ein sehr komplexer Teil der tänzerischen

Arbeit. Denn was ist ein Raum, wenn wir ihn in den verschiedenen Richtungen in der Bewegung erleben? Und wie geht das? Stellen wir uns in sein Zentrum und führen jeweils fünf Schritte aus: vor, zurück, seitlich, schräg vor und zurück. Unser Ziel ist es, den Raum zu begreifen, ihn passiv und aktiv in uns aufzunehmen.«

Die Lehrerin holte ein Tamburin hervor und begann, mit einem Schlägel darauf den Takt vorzugeben. Iwa schloss die Augen und versuchte, mit allen Sinnen dem Klang zu folgen. Der Takt vibrierte durch den Raum, drang in jede Faser ihres Körpers, forderte sie heraus. Vor, zurück, seitlich, schräg, zurück, pochte es in ihrem Inneren. Ihr Herz trommelte dem Instrument entgegen. Pure Lebenslust und Freude durchströmten ihren Körper. Die Bewegungen fühlten sich leicht und geschmeidig an. Iwa lauschte in sich hinein. Konnte sie sie endlich hören, diese mysteriöse Sprache des Tanzes, die nach ihr rief?

»Eins, zwei, drei, vier, fünf. Gut machst du das«, flüsterte Egon plötzlich hinter ihr und brachte sie aus dem Takt. Iwa strauchelte, als sie sich umdrehen wollte, und wäre fast hingefallen.

»Muss das sein?«, zischte sie.

Egon grinste nur. »Ich will dir nur helfen.«

»Erfasst den Raum mit euren Sinnen!«, rief Trümpy ihnen zu. »Fühlt den Raum! Erst dann wird er euch gehören.«

Iwa nickte energisch. Das würde sie schaffen. Das hatte sie doch gerade schon geschafft! *Einfach alles ausblenden und sich der Bewegung hingeben!* Eins, zwei, drei, vier, fünf. Sie probierte den Takt wieder und wieder.

»Mache ich dich nervös?«, wisperte Egon erneut.

»Nein«, keuchte Iwa unter der Anstrengung, die die Übung mit sich brachte. »Ich erschaffe gerade den Raum. Und in diesem Raum kommst du erst gar nicht vor.«

Der Klang des Tamburins befeuerte ihren Ehrgeiz. Die Töne durchströmten ihren Körper, elektrisierten ihre angespannten Muskeln.

»Sehr schön. Weiter so!«, hörte sie Trümpy rufen und erlaubte sich ein kleines, zufriedenes Lächeln. Ihre Energie schien nicht nur im Einklang mit dem Tamburin zu pulsieren, sondern zusammen mit dem Raum zu schwingen und die Wände für ihre Bewegungen zu verbiegen.

Schweißüberströmt beendete sie den Unterricht und folgte den anderen Schülerinnen in den Umkleideraum. Iwa fühlte sich müde, aber unendlich dankbar. Auf einer schwer definierbaren Ebene war sie wirklich mit dem Raum und vor allem mit sich selbst eins gewesen. Ihre Bewegungen hatten die Wände verschoben, und sie hatte den Freiraum mit ihrer Energie gefüllt. Es war ein Erfolg! Der erste, richtige Erfolg! Sie musste üben, viel mehr üben.

Doch die überfüllte Schule, in der es kaum Platz für ‚die regulären Stunden gab, eignete sich schlecht dafür. Noch weniger Gisas Wohnung, in der sie bei jedem Schritt befürchten musste, die Nachbarn mit ihrem Lärm zu belästigen.

Vielleicht hatte die Blumenhändlerin eine Idee, wo sie einen passenden Ort für das Tanztraining finden konnte. Und vielleicht, aber nur vielleicht, hatte Wilhelm Lust, sie mit seinem Klavierspiel auf der Suche nach der ureigenen Sprache im Tanz zu begleiten.

Beschwingt verließ Iwa die Tanzschule. Sie wollte direkt zu ihrer Haltestelle laufen, da entdeckte sie Egon mit Hetty auf der Straße. Etwas an der Körperhaltung der jungen Frau ließ sie aufmerken. Egon hatte Hetty mit seinem Körper an den Zaun gedrängt, so dass die Stäbe sich in ihren Rücken bohrten. Mit einer Hand hielt er ihren Oberarm. Er war so in der Situation gefangen, dass er Iwas Näherkommen gar nicht registrierte.

»Ich glaube, dieses Getänzele unter Marys Fittichen ist dir zu Kopf gestiegen«, knurrte er.

»Aber Egon …«

»Unterbrich mich nicht! Nie, nie wieder!« Es sah so brutal aus, als wollte Egon die arme Frau durch die Gitterstäbe auf die andere Seite quetschen. »Vielleicht bildest du dir viel darauf ein, in der Meisterklasse zu sein. Aber was glaubst du, wer sich noch mit dir abgeben wird, wenn er erfährt, wer du wirklich bist? Ich habe dich …«

»Hetty!«, rief Iwa und beschleunigte ihren Schritt. Sofort ließ Egon die junge Frau los, während ein überhebliches Grinsen seinen Mund verzog.

»Na, wen haben wir denn da?«, sagte er gedehnt, womit er Iwa unangenehm an einen rolligen Kater erinnerte.

»Hetty, wie gut, dass ich dich noch sehe«, redete Iwa weiter. Sie schob sich zwischen Egon und die Tänzerin, hakte sich bei ihr unter und zog sie mit sich, während sie ohne Pause weitersprach. »Ich hoffe so sehr, dass du mir netterweise vielleicht ein paar Tipps geben kannst, was ich besser machen könnte. Ich habe das Gefühl, noch nicht richtig verstanden zu haben, wie genau man die Raumrichtungen in der Bewegung erlebt.«

Perplex ließ sich Hetty wegführen, während ihr Blick von Iwa zu Egon huschte und wieder zurück.

»Wir sehen uns«, rief der Mann ihnen hinterher, und es klang wie eine Drohung. Auch wenn Iwa nicht mit Sicherheit sagen konnte, wem genau sie galt. Aus dem Augenwinkel beobachtete sie, wie er sich umdrehte und mit großen Schritten davoneilte. Gut so.

Als sie die Überraschung verwunden hatte, riss Hetty sich los und funkelte Iwa wütend an. »Was sollte das?«

Iwa trat zurück. »Er soll nicht so mit dir umgehen. Das ist nicht in Ordnung. Ich dachte, es hilft, wenn ich dich aus der Situation heraushole ...«

»Und was genau soll es jetzt besser machen?« Hetty deutete mit einer hektischen Geste in die Richtung, in die Egon verschwunden war. Obwohl ihr Gesicht wütend schien, schimmerten in ihren Augen Tränen, und dieser Umstand brach Iwa das Herz. Verzweiflung, Angst und Selbstverachtung – Hetty schien aus nichts anderem zu bestehen. Ausgerechnet Hetty! Diese talentierte, so unglaublich intensive Frau, die mit ihrem Tanz einen Sturm entfesselte, sobald sie sich bewegte.

Iwa ließ die Arme sinken. »Tut mir leid, wenn ich zu überstürzt gehandelt habe.«

»Wie soll ich jetzt nach Hause gehen? Er wird so wütend sein!«

»Ihr wohnt zusammen?«

»Ach, tu nicht so. Du hast keine Ahnung, wie das ist, für jemanden wie mich, einen guten Mann zu finden, der …«

»Egon ist kein guter Mann!«, widersprach Iwa vehement.

»Du hast gut reden!« Hetty schnaubte. »Aber ich kann nicht gerade wählerisch sein.«

Iwa schluckte, um ihre Beklemmung niederzuringen. »Du hast recht, ich stecke nicht in deiner Haut, und wir kennen uns kaum. Aber … aber ich weiß, dass niemand es verdient hat, so behandelt zu werden!«

Hetty wandte sich zum Gehen.

»Warte! Hör zu, ich wohne in der Hechtstraße. Da gibt es einen Blumenladen. Schmidt, Blumen und Co. steht auf dem Schild. Du findest mich meistens dort, wenn du reden möchtest …«

»Ich möchte aber nicht reden!«, schnitt Hetty ihr das Wort ab und stampfte davon.

Iwa seufzte, während sie der jungen Frau nachblickte. Das beklemmte Gefühl blieb. Auch später noch, als sie endlich zu Hause war und von Whiskys fröhlichem Gebell begrüßt wurde.

14

Wie lange gedenkt er in Dresden zu bleiben?« Gisa deutete zum Eingang des Blumenladens.

Durch die Tür sah Iwa Wilhelms hochgewachsene Statur. Er kniete draußen auf dem Bürgersteig und versuchte, dem herumhüpfenden Whisky beharrlich Sitz beizubringen. Vermutlich würde er deutlich mehr Erfolg haben, wenn er zur Belohnung nicht nur ein Stöckchen anzubieten hätte. Wenn Whisky auch nur im Entferntesten etwas witterte, was nach einem Spielzeug aussah, schien sein Hirn alle Tätigkeit einzustellen.

»Wir haben nicht so genau darüber gesprochen«, antwortete Iwa ausweichend. In Wirklichkeit war sie dankbar für jeden Tag, an dem sie ihn sehen konnte. »Ich schätze, bis er hier eine zufriedenstellende Unterbringung für seine Mutter gefunden und die Finanzierung geklärt hat.«

»Und du bist dir sicher, dass er nichts anderes im Schilde führt?«

Gisas besorgte Frage rief ein Unwohlsein in Iwas Magengrube hervor. Am liebsten hätte sie die Gedanken an den

Baron restlos aus ihrem Kopf verbannt. Doch Marthas Brief erinnerte sie immer wieder daran, auf der Hut zu sein, und der Argwohn verschwand nie wirklich. Egal, ob es dabei um Wilhelm ging oder um einen Kunden, der den Blumenladen zum ersten Mal betrat.

»Was ist schon sicher im Leben?« Nachdenklich sah sie Wilhelm zu, wie er nach Kräften versuchte, die Aufmerksamkeit des quirligen Hunds zu gewinnen. »Wäre er im Auftrag des Barons hier, hätte er ihm dann nicht schon längst gesagt, wo ich zu finden bin? Und wäre der dann nicht schon hier, um mich nach München zu bringen und vor den Altar zu zerren?«

»Das kann ich nicht sagen.« Mit routinierten Bewegungen band Gisa einen Strauß, der heute Vormittag bei ihr bestellt wurde. »Manche finstere Pläne sind nicht so leicht zu durchschauen.«

»Whisky mag ihn.« Sie schmunzelte, als Wilhelm aufgab und das Stöckchen beiseite warf. Augenblicklich schoss Whisky hinterher, brachte es zurück und bellte auffordernd, damit das Spiel weiterginge.

»Du brauchst auf jeden Fall bessere Argumente!«, tadelte Gisa. »Whisky mag jeden, den er um die Pfote wickeln kann.« Die Blumenhändlerin seufzte, betrachtete den Blumenstrauß von allen Seiten und steckte ihn in einen Kübel mit Wasser. »Aber die Mutmaßungen über seine Absichten bringen uns nicht weiter. Geh mit ihm zu Alex. Monolith bringt Menschen dazu, ihr wahres Gesicht zu zeigen.«

Aber sei auf der Hut, führte Iwa den Satz in Gedanken fort.

Gisa schien es zu spüren, lächelte und zog eine Freesien-blüte aus dem Blumenstrauß. »Manchmal ist es nicht verkehrt, auch ein wenig Vertrauen zu schenken. Hör auf dein Bauchgefühl.« Sie reichte Iwa die Blume. »Und nun fort mit dir! Er wartet schon lange genug.«

»Danke. Du bist die Beste.«

Gisa lächelte noch breiter. »Ich weiß.«

Als sie nach draußen trat, begann Whisky, noch hektischer herumzuhüpfen, offensichtlich in freudiger Erwartung einer kleinen Runde. Nicht zu warme, bewölkte Tage waren genau nach seinem Geschmack. Doch Iwa öffnete die Tür des Ladens und scheuchte den Hund hinein. »Nicht heute.«

Wilhelm richtete sich auf. »Kein Anstandswauwau? Das ist aber mutig.«

»Ihre Scherze lassen nach, Herr Charakterfest. Ich bin enttäuscht.«

Seine Mundwinkel zuckten zu einem Lächeln. »Dabei gebe ich mir so viel Mühe, es mit meinem Humor auf die Liste meiner beeindruckenden Qualitäten zu schaffen! Gibt's dafür denn gar keine Chance?«

»Mhm.« Nachdenklich fuhr Iwa sich mit der Freesie über die Lippen. »Wie soll ich das sagen? Vielleicht durch die Blume?«

»Autsch.« Er nahm die Blume entgegen, die sie ihm hinhielt. »Ich bin untröstlich. Nein, noch mehr. Es bricht mir das Herz.«

Iwa schmunzelte und beobachtete, wie er die Blume in den Fingern zwirbelte. »Ist es nicht zu warm für Handschuhe?«, neckte sie.

»Nein«, antwortete er einsilbig. Mit einem Mal war die ganze Leichtigkeit zwischen ihnen verschwunden, und etwas Hartes legte sich um seine Züge. Sein Blick fixierte die Blume, als wäre sie der einzige Anker, der ihn noch im Hier und Jetzt hielt.

»Habe ich etwas Falsches gesagt?«, fragte Iwa irritiert.

Wilhelm steckte die Blume in die Tasche und ging schweigend weiter. Manchmal schnappte er wie eine Auster zu, und es gab dann keine Möglichkeit mehr, ihn zu erreichen. Was war es dieses Mal gewesen? Doch nicht die Frage nach dem Handschuh?

Die Stille zwischen ihnen dehnte sich aus, umso lärmender erschein Iwa die Stadt. Dresden war wie ein Lausbub, der keine Sekunde Ruhe geben konnte. Rotzfrech, aufdringlich, aber irgendwie charmant. Jeden Tag schien sie neue Seiten an der Stadt zu entdecken, die ihr Herz immer mehr eroberten.

»Wo gehen wir eigentlich hin?«, fragte Wilhelm nach einer Weile. Manchmal dauerte es, bis seine Mauern wieder bröckelten. Dieses Mal musste Iwa nicht allzu lange darauf warten.

»Du wirst es bald sehen. Es ist eine Überraschung.«

Unbehaglich hob er die Schultern. »Ich mag keine Überraschungen.«

»Diese wirst du lieben! Versprochen.« Sie zwinkerte ihm zu. Wie so oft fragte sie sich, ob sie seinen Argwohn süß oder beunruhigend finden sollte. Er schien selten Gutes zu erwarten. Dabei hatte das Leben so viel zu bieten. Iwa wünschte sich, irgendwann stünden sie einander nahe genug, damit er sein Misstrauen überwinden konnte.

»Wie wäre es wenigstens mit einem Hinweis, worauf ich mich da einlasse?«, setzte er wieder an.

»Du lässt einfach nicht locker, oder? Gut, einen Hinweis bekommst du. Monolith.« Unwillkürlich beschleunigte sie ihre Schritte. Endlich würde sie den Ort sehen, der für ihre Mutter zu einem Refugium geworden war.

»Monolith?«, wiederholte er zweifelnd.

»Das ist eine Bar.«

Er stoppte abrupt. »Ich trinke nicht. Ehrlich gesagt, kann ich Alkohol nicht sonderlich leiden. Euer Whisky ist dabei die einzige Ausnahme, ich schwöre.«

»Die Liste mit Dingen, die du nicht magst, wird immer länger.« Sie grinste ihn an.

Er runzelte die Stirn. »Und das ist … gut?«

»Das ist gut, weil ich dich so immer besser kennenlerne.« Sie begann, an den Fingern abzuzählen. »Also keine Überraschungen. Kein Alkohol. Keine Nüsse.«

»Nüsse gehören nicht zu den Dingen, die ich nicht mag, sondern zu den Dingen, die mich töten.«

»Mach dir keine Sorgen. Wir gehen nicht in diese Bar, um etwas zu trinken. Ehrlich gesagt, wird dort am frühen Nachmittag vermutlich sowieso kaum etwas ausgeschenkt.«

»Und warum genau gehen wir dann hin?«

»Im Gegensatz zu dir mag ich Überraschungen. Vor allem mag ich zuzusehen, wie Menschen sich freuen, wenn sie diese erleben. So, mehr kriegst du nicht aus mir raus!«

»Und du bist sicher, dass ich mich freuen werde?«

Sie trat vor ihn und stellte sich auf die Zehenspitzen, womit sie ihn zum Anhalten brachte. Seine Stirn lag immer noch in Falten. Am liebsten hätte Iwa jede einzelne davon glattgestrichen. »Ich führe nicht nur eine Liste mit Dingen, die du nicht magst. Sondern auch eine mit Dingen, die du liebst. Und das steht ganz weit oben!« Beschwingt lief sie weiter.

Mit seinen langen Beinen hatte er keine Mühe, sie einzuholen. »Hummeln! Ich liebe Hummeln, aber sie sind mit Sicherheit nicht in einer Bar zu finden.«

Irgendwann bogen sie in die Königsbrücker Straße ein. Obwohl ein Teil des Namens durchaus königlich anmutete, befanden sich in diesem Straßenabschnitt vierstöckige Häuser, die trist und alles andere als königlich aussahen. Die Gegend mit den vornehmen Stadtvillen inmitten schicker Gärten lag weit weg, dort, wo die Straße am Albertplatz ihren Anfang nahm. Nicht nur die Fassaden muteten trostlos an, auch die Menschen schienen in ihrem Trott versunken zu sein, anders als die vergnügt flanierenden Paare in den eleganten Stadtteilen.

Allzu lange brauchten sie nicht mehr, um ihr Ziel zu erreichen.

Monolith.

Das unscheinbare Schild hätte Iwa beinahe übersehen. Es wies zum Seiteneingang, der offensichtlich zu einem Kellergewölbe führte. Zweifelnd betrachtete Iwa die Tür. Nach Gisas Erzählungen hatte sie sich ein schillerndes Etablissement vorgestellt. Hatte die Blumenhändlerin wirklich dieses *Monolith* gemeint? Oder gab es auf dieser langen Straße noch ein weiteres Lokal mit gleichem Namen?

Zum Glück entdeckte Iwa einen Aushang neben der Tür. *Jeden Mittwoch – Damenclub »Aurora«. Jeden Samstag – lustiger Abend. Täglich Kabaretteinlagen und Jazzmusik. Eintritt 30 Pfg.*

»Na, das klingt vielversprechend«, verkündete sie. Den Aurora-Club hatte Gisa des Öfteren schon erwähnt, also mussten sie hier richtig sein.

Skeptisch sah Wilhelm sich um. »Bist du sicher? Ich persönlich möchte noch einmal die Hummeln ins Gespräch bringen.«

»Die Hummeln müssen warten!«, entscheid Iwa, obwohl ihr etwas mulmig zumute war. Entschlossen steuerte sie die kleine Treppe an, neben der auch eine Rampe verlief. Kurz überlegte sie, ob sie anklopfen sollte. Doch dann drückte sie schon die Klinke herunter, während Wilhelm noch die Fassade inspizierte.

Es war nicht abgeschlossen. Die Tür öffnete sich mit einem unheilverkündenden Quietschen. Ungefähr so fingen auch Schauergeschichten an, dachte Iwa.

Sie spähte in einen schlecht beleuchteten Korridor. Graue Wände, deren Eintönigkeit nur von ein paar gerahmten Zeichnungen durchbrochen wurde. Das Deckenlicht fiel genau darauf. Fasziniert betrachtete Iwa die Bleistiftskizze eines nackten männlichen Körpers auf einem schief abgerissenen Blatt. *S. Schneider* prangte die Unterschrift des Künstlers von einer Ecke. Klare Linien und Konturen erweckten das Aktmodell zum Leben. Deutlich definierte

Muskeln, perfekte Proportionen, die Schattierungen an den Porundungen …

»Wenn wir nicht bald weitergehen, bekomme ich Minderwertigkeitskomplexe«, raunte Wilhelm, der genauso aufmerksam wie sie die Skizze zu betrachten schien. Iwa merkte, wie sie schlagartig rot wurde. Vermutlich gehörte es sich nicht, so sehr von der Nacktheit eines Mannes angezogen zu sein. Auch wenn er sich bloß auf einer Skizze entblößt hatte. Trotzdem musste sie sich überwinden, den Blick abzuwenden.

Am Ende des Korridors befand sich eine weitere Tür, die im Gegensatz zur ersten absolut geräuschlos aufging. Mit Wilhelm an ihrer Seite betrat Iwa einen Saal. Es roch nach kaltem Rauch, nach Putzmittel und Holz. Ein kühler Luftzug streifte durch den Raum, offensichtlich waren alle Fenster geöffnet, um durchzulüften.

Die Wände waren mit Eichenpaneelen verkleidet, schwarzweiße Fliesen bedeckten den Boden. In den Wandnischen standen runde Tische mit Sitzgelegenheiten, links befand sich eine kleine Bühne. Ein Klavier in deren hinteren Ecke ließ Iwas Herz freudig aufflattern. Langsam drehte sie sich um die eigene Achse. An der gegenüberliegenden Seite erstreckte sich eine gutbestückte Bar mit Hockern. Die Gläser und Flaschen glänzten im künstlichen Licht der Lampen. Eine gespenstische Stille lag über allem.

»Wen haben wir denn da?«, tönte wie aus dem Nichts eine Stimme.

Iwa fuhr herum. Sie hatte gar nicht bemerkt, dass jemand

neben der Bar an einem der kleinen Tische saß. Es war eine Frau Mitte zwanzig, die offensichtlich gerade mit irgendwelchen Papieren beschäftigt war. Die blonden Locken fielen ihr sanft auf die Schultern, was ihr ein nahezu engelhaftes Aussehen verlieh. Der scharfe Blick dagegen machte deutlich, dass ihr nichts entging, was um sie herum passierte.

»Hallo. Wir suchen Alex«, sagte Iwa, unsicher, ob sie näher kommen oder lieber dort stehen bleiben sollte, wo sie war. Bereits nach dem ersten Schritt über die Schwelle hatte sie das Gefühl, wie Alice im Wunderland in eine Kaninchenhöhle gestürzt zu sein, und nun fragte sie sich, ob diese Frau der verrückte Hutmacher oder die Grinsekatze war. Vielleicht sogar die Herzkönigin selbst, die gerade überlegte, irgendjemandem den Kopf abzuschlagen. Zuzutrauen wäre es ihr durchaus.

»Dann sind Sie hier richtig.« Die Frau lächelte knapp und legte den Kopf etwas schief, als würde sie abschätzen, ob es sich lohnte, die Unterhaltung weiter fortzusetzen.

Iwa öffnete den Mund, wusste aber nicht, was sie sagen sollte. Aus irgendeinem Grund hatte sie einfach angenommen, dass Alex ein Mann wäre.

»Na, entspreche ich nicht den Erwartungen?« Herausfordernd hob sie ihre dünn gezupften Augenbrauen. Sie hatte eine tiefe, samtige Stimme, die ihre Worte ruhig und bedächtig klingen ließ.

»Doch, schon.« Hilfesuchend blickte Iwa zu Wilhelm, doch sein Gesichtsausdruck machte deutlich, dass er keinerlei Ahnung hatte, was er zur Unterhaltung beitragen sollte. »Tut mir leid. Ich heiße Iwa Abbing. Gisa Schmidt meinte, ich könnte heute vorbeikommen.«

»Ah. Dachte ich es mir doch.« Die Frau erhob sich mit einer natürlichen Grazie, die weder erzwungen noch gespielt wirkte, trat auf sie zu und hielt ihr die Hand hin. »Versuchen wir es noch einmal. Ich bin Alex.« Ein kräftiger, warmer Druck umschloss Iwas Finger.

Dabei entging Iwa nicht, wie die Frau aufmerksam zu Wilhelm schaute und sich offensichtlich entschied, ihm nicht die Hand zu geben. Als würde ein sechster Sinn ihr sagen, dass er nicht gerne Körperkontakt hatte. Sie schenkte ihm bloß ein freundliches Lächeln und ein Nicken zum Gruß. »Willkommen im Monolith. Hier zählt nur dein Herz, nicht, wer du bist – das ist unser Motto und die wichtigste Regel. Keine Urteile, nur gegenseitiger Respekt. Wen ich rauswerfen muss, dem bleibt der Zugang zum Monolith für immer verwehrt. Das ist im Grunde alles, was ihr über diesen Ort wissen müsst.«

»Dann bin ich gern Wiwi. Einfach nur Wiwi.«

»Schön, dich kennenzulernen, Wiwi.« Ihr Blick wanderte zu Wilhelm. »Wie darf ich dich nennen?«

»Wilhelm genügt vollkommen«, murmelte er.

Alex nickte zufrieden. Seine Wortkargheit schien sie überhaupt nicht zu brüskieren. Was für eine faszinierende Frau! Die Umrisse ihres Körpers versuchte sie nicht wie so viele mit tunikaartigen Kleidern zu kaschieren, sondern trug eine weiße Bluse und einen in Wellen fallenden dunkelblauen Rock, der ihr bis über das Knie ging und ihre kräftigen Beine umspielte. Sie roch nach Pfirsich und auch ein wenig nach Citrus, mit einer leichten Kakaonote. Eine interessante Mischung, die in Iwa wie eine zarte Melodie nachhallte.

»Was wollt ihr trinken?« Schwungvoll umrundete Alex die Bar und trat hinter die Theke, als würden sie ständig hier zu dritt sitzen und einen Cocktail nach dem anderen schlürfen.

»Keinen Alkohol!«, erwiderte Iwa prompt. Kurz fühlte sie sich befangen, ausgerechnet in einer Bar Alkohol abzulehnen. Fast erwartete sie die Frage, was sie hier denn sonst suchten. Doch Alex verzog keine Miene. »Bei Säften darf ich mich austoben?« Ihre graublauen Augen blitzten auf, als würden darin Diamantensplitter funkeln.

»Ja. Gern.« Iwa schielte zu Wilhelm. Er hatte sich auf einen Barhocker neben sie gesetzt, und seine angespannte Haltung, mit der er den Raum betreten hatte, hatte sich sichtlich gelockert. Die Tatsache, dass Alex ihm die Zeit gab, sich in Ruhe umzuschauen, schien ihm zu helfen, sich zu entspannen.

»Die Bar gehört also dir?«, fragte Iwa neugierig.

»Offiziell meinem Vater. Aber er kann sich nicht darum kümmern, also übernehme ich den laufenden Betrieb und alles, was damit zusammenhängt.« Alex gab in einen Shaker Eis und mehrere Säfte hinzu, verschloss ihn, schüttelte das Ganze und verteilte den Inhalt auf drei Gläser. Schließlich füllte sie das Gemisch mit Mineralwasser auf. An den Rand setzte sie Zitronenscheiben und schob ihnen die Gläser auf einer Serviette über den Tresen zu. »Und du bist Tänzerin, habe ich gehört?«

Tänzerin? Das war wohl noch ein wenig zu früh, sich so zu bezeichnen.

»Zurzeit besuche ich die Schule von Mary Wigman.« Verlegen nippte Iwa an ihrem Getränk. Es prickelte fruchtig und frisch auf der Zunge, so dass sie kaum anders konnte, als noch einen weiteren Schluck zu nehmen und die Nuancen der Früchte herauszuschmecken. Ananas, Orange, etwas Scharfes – Ingwer vielleicht?

»Gisa hat gesagt, du suchst einen geeigneten Raum, um dich künstlerisch zu entfalten?«

Iwa spürte, wie ihre Wangen erglühten. Klang das nicht ein wenig zu hochgegriffen?

»Ich muss viel üben, ja«, murmelte sie und nahm noch einen großen Schluck. Mit etwas Glück half die kalte Flüssigkeit, die Hitze in ihrem Gesicht etwas zu mildern.

Mit einer weit ausholenden Geste deutete Alex um sich. »Du siehst ja, was wir hier zu bieten haben. Wenn dir das zusagt, kannst du es gern vormittags oder auch am frühen Nachmittag nutzen, wenn noch keine Gäste da sind. Es kann sein, dass dich ab und zu Big Ben stören muss, wenn Lieferungen kommen, um die Bar aufzufüllen. Ansonsten kannst du hier ganz in Ruhe auf der Bühne alles tun, was du magst. Allerdings«, jetzt bekam ihre Stimme einen geschäftlichen Ton, »auch ich brauche etwas im Gegenzug. Meine Reinigungskraft zieht in ein paar Wochen weg. Also benötige ich zum nächstmöglichen Termin jemanden, der hier regelmäßig wischt. Selbstverständlich wird diese Tätigkeit bezahlt. Aber ich suche eine wirklich zuverlässige und ehrliche Person, die diese Arbeit übernehmen kann. Es ist wichtig, dass alles, was sich an persönlichen Gegenständen von Gästen findet, nicht ungefragt diese Räume verlässt. Hier herrscht absolute Diskretion.«

»Verstehe.« Nachdenklich kaute Iwa auf ihrer Unterlippe. Sie half bereits im Blumenladen aus. Gisa ohne Unterstützung zurückzulassen, konnte sie nicht übers Herz bringen. Die meiste andere Zeit verbrachte sie in der Tanzschule oder würde üben müssen. Wann sollte sie noch in einer Bar putzen?

»Ich mach's«, sagte Wilhelm. Er hatte sein Getränk nicht angerührt, sondern starrte die leuchtend gelbe Flüssigkeit in seinem Glas bloß an.

»Du musst das nicht tun«, versicherte Iwa rasch. »So habe ich das mit der Überraschung nicht gemeint!«

Gedankenverloren wischte er mit dem behandschuhten Daumen über die Feuchtigkeit, die sich außen an seinem Glas gesammelt hatte. »Du brauchst einen Raum zum Üben, ich brauche eine Arbeit. Es klingt, als würden wir beide davon profitieren.« Langsam wandte er einen Blick zu Alex. »Und ich bin äußerst diskret.«

Unsicher rutschte Iwa auf ihrem Sitz hin und her. »Bist du dir sicher, dass du das …«

»… kannst?« Er hob die Brauen, und endlich blitzte etwas Schelmisches in seinen Augen auf. »Ich habe noch weit mehr Qualitäten, als Taschentücher zu waschen, zu bügeln und zu falten.«

Iwa schmunzelte. »Du musst nicht versuchen, mich noch mehr zu beeindrucken.«

»Ich weiß.« Er deutete mit seinem Glas zu Alex. »Sie ist es, die beeindruckt werden soll. Der Boden wird glänzen wie noch nie zuvor.«

»Männer, die anpacken können. Die gefallen mir.« Alex grinste, hob ihr Glas und stieß mit ihm an. »Betrachte dich als eingestellt. Nun lasse ich euch allein. Ihr habt etwa anderthalb Stunden. Wenn ihr Durst habt, bedient euch gerne an der Bar. Sollte etwas kaputtgehen, sagt Bescheid. Ansonsten tut euch keinen Zwang an.« Sie griff ihr Glas, umrundete die Theke, um ihre Papiere vom Tisch aufzusammeln, und verschwand durch eine hintere Tür.

Stille breitete sich aus.

Kurz schloss Iwa die Augen und spürte, wie die Vorfreude in ihr zu prickeln begann. Es hatte also geklappt! Zwischenzeitlich war sie sich gar nicht mehr so sicher gewesen, ob es gelingen würde. Ob dieser Ort der richtige sein würde. Aber nun saßen sie hier, ganz allein, und die Bühne auf der anderen Seite des Raums lockte Iwa zu sich. Sie rutschte vom Barhocker und zupfte vorsichtig an Wilhelms Ärmel. »Komm. Deine Überraschung. Du musst hier nicht putzen, nur damit ich üben kann. Weißt du noch …« Sie zog ihn mit sich auf die Bühne, lächelte ihm zu, während sie sein verwirrtes Gesicht betrachtete, machte ein paar Schritte rückwärts. »Weißt du noch, wie du mir erzählt hast, wie selten du die Möglichkeit hast, Klavier zu spielen?« Sie trat beiseite und deutete zum Instrument, das hinten an der Wand stand. »Jetzt kannst du es tun! So viel du willst!«

Reglos stand Wilhelm da. Sein Gesicht wirkte nicht nur

blass, sondern aschfahl. Eine merkwürdige Anspannung lag in der Luft, als würde etwas Düsteres in den Ecken der Bar lauern.

Was war nur los? Sie verstand nichts mehr.

In der Villa ihrer Familie war er so entzückt gewesen, auf dem Klavier spielen zu dürfen. Jetzt sah er aus, als hätte sich das Instrument in eine Medusa verwandelt, die ihn an Ort und Stelle zu Stein erstarren ließ.

Unsicher trat Iwa von einem Bein auf das andere. »Du … du hast gesagt, du spielst, was du fühlst. Deine Musik leitet mich zum Tanz an, hilft mir zu verstehen, wer ich bin und was mich ausmacht. Sie inspiriert mich.« *Du inspirierst mich*, wollte sie hinzufügen, zügelte sich aber, um nicht endlos kitschig und peinlich zu klingen. Ihre Finger bebten leicht, als sie wieder zum Klavier zeigte. »Ich habe gehofft, du könntest … «

»Kann ich aber nicht«, unterbrach er sie mit harter, eisiger Stimme.

»Warum nicht?«

»Es geht nicht! Es geht einfach nicht.«

Sie zuckte zusammen. Noch nie hatte er in solch einem Ton mit ihr gesprochen. Kurz verharrte er auf der Stelle, dann drehte er sich ruckartig um und stampfte zur Bar zurück, wo er sich auf einen Hocker fallen ließ.

Iwa brauchte einen Moment, um sich zu sammeln. Entschiedener hätte er ihr Ansinnen nicht zurückweisen können. Dabei war sie sich so sicher gewesen, dass er sich über diese Gelegenheit genauso freuen würde wie sie!

Verunsichert kehrte Iwa zur Bar zurück und setzte sich auf ihren Platz. Es kam ihr vor, als würde sie schlafwandeln. So unwirklich erschien ihr die Situation.

Verstohlen warf sie ihm einen Blick von der Seite zu.

Seine dunklen Augen wirkten vollkommen leer und matt. Als wäre alles in ihm betäubt.

»Es tut mir leid«, sagte sie langsam und bedacht. Diese fragile Wirklichkeit, die sie beide gerade umgab! Ein falscher Schritt, und alles würde einstürzen, was sie bereits aufgebaut hatten. »Es war falsch von mir anzunehmen, du würdest für mich spielen, wenn ich dich nur darum bitte. Ich dachte …« Sie stockte. Ja, was hatte sie gedacht? Was sollte sie jetzt denken?

»Es liegt nicht an dir«, sagte er tonlos.

»Alles gut«, erwiderte sie so sanft wie möglich. »Du bist mir keine Erklärung schuldig.«

»Da gibt es auch nicht viel zu erklären.« Er presste seine Zähne so stark zusammen, dass Iwa sah, wie sich die Muskeln in seinem Kiefer anspannten. Dann breitete sich ein Ausdruck tiefster Resignation auf seinen Zügen aus. Er wendete sein Gesicht von ihr ab. Zögerte. Dann legte er ganz langsam seinen rechten Arm auf den Tresen und begann mit steifen Bewegungen den Handschuh auszuziehen. Stück für Stück entblößte er wulstige Narben und tiefe Furchen, die seinen Handrücken überzogen. Buckelig wanden sie sich über die Haut, die sich dazwischen spannte.

Iwa keuchte unwillkürlich auf.

»Ein Anblick, den man kaum jemandem zumuten

kann«, knurrte er und wollte den Handschuh wieder anziehen, doch sie hielt ihn auf.

»Warte, bitte. Hast du Schmerzen?«

Er schluckte. »Manchmal ist es ein dumpfer Schmerz, der sich von den Fingern bis in den Arm ausbreitet. Oft spannt die Haut, dass es weh tut. Ab und zu kommen Krämpfe, wenn ich versuche, die Finger zu bewegen. Alles in allem ist es aber erträglich. Die Ärzte sagen, ich kann froh sein, dass die Hand nicht amputiert werden musste. Auch wenn ich keine Ahnung habe, warum dieser Umstand mich froh machen soll, wenn ich sie nicht benutzen kann.«

»Wie ist das passiert?«

Seine Nasenflügel blähten sich kurz, seine Miene verfinsterten sich, als würden Schatten über sein Gesicht wandern und es kantiger, härter machen.

»Du musst nicht darüber sprechen«, fügte Iwa rasch hinzu. »Es tut mir leid, wenn ich zu aufdringlich bin.«

»Es ist passiert, als ich nicht aufgepasst habe. Ich hätte … Ich hätte …« Seine Stimme brach. Iwa merkte, wie er versuchte, die Hand zu ballen, doch seine Finger zuckten nur. Also kniff er die Augen zusammen und drückte die Finger der linken Hand an die Lider, als wünschte er, die ganze Welt auszuschließen, wenn er sie schon nicht niederringen konnte.

Eine Weile saßen sie nur da, bis sich seine Haltung nach und nach entspannte.

»Hast du jetzt Schmerzen?«

»Nein. Nur die Haut spannt so entsetzlich, als würde sie gleich reißen.«

»Ich könnte versuchen, etwas dagegen zu tun«, schlug sie vor.

»Was kann man da schon dagegen tun?«

»Mhm. Ich hätte nie gedacht, dass ich meiner Großmutter jemals dafür dankbar sein würde, dass sie mir tagein, tagaus vorgebetet hat, wie wichtig es wäre, seine Haut weich und geschmeidig zu halten.« Sie ging hinter den Tresen und schaute sich um. Lange musste sie nicht suchen. »Ein Teelöffel Olivenöl, ein Teelöffel Honig.« Iwa holte ein Schälchen, gab die Zutaten hinein und vermischte alles zu einer homogenen, goldenen Masse. Schließlich kam sie zurück und setzte sich wieder auf den Hocker. Sie schob das Schälchen Wilhelm ein Stück entgegen und streckte einladend ihre Hand aus. »Darf ich?«

Er zögerte, dann legte er seine Hand in die ihre.

»Du hast ganz kalte Finger«, bemerkte sie.

Langsam hob Wilhelm seine linke Hand und strich über die Innenseite ihres Unterarms. »Habe ich immer.«

Die Berührung fühlte sich an, als würde Champagner auf ihrer Haut perlen und direkt in ihre Adern strömen. Eine Rauschwelle prickelte durch ihren Körper, kitzelte ihren Magen und ließ ihr Herz höherschlagen. Ihr Atem ging etwas flacher. Am liebsten hätte sie seine kühlen Finger überall gespürt, unter ihren Kleidern, direkt auf ihrer Haut. Kurz stellte sie sich vor, wie er über ihren Hals strich, wie sich seine Hand nach unten vortastete, wie er ihre Bluse aufknöpfte. Das Kribbeln in ihrer Mitte senkte sich tiefer, schwoll in ihrem Schoß an, und es fiel ihr schwer, ruhig zu sitzen, anstatt auf dem Hocker hin und her zu rutschen.

Konzentrier dich!, ermahnte sie sich und tauchte ihre Fingerspitzen in die klebrige Masse. Vorsichtig begann sie, das Gemisch auf seine Narben zu streichen. Sie spürte jede Unebenheit, jeden Knoten, jeden Wulst.

»Weißt du«, sagte er mit belegter Stimme, während sein Blick jede ihrer Bewegungen verfolgte. »Ich fühle die Musik noch immer. Sie ist da. Sie ruft nach mir, so stark, dass ich manchmal Angst habe, den Verstand zu verlieren.«

»Wenn ihr Ruf so stark ist, was würde denn passieren, wenn du ihm folgst, statt dich dagegen zu wehren?«

Er schluckte. »Wie genau soll ich ihr denn folgen?« Mit dem Kinn deutete er auf seine Rechte.

»Vertraue darauf, dass sie dir den Weg zeigt.« Iwa beobachtete, wie seine linke Hand über den Rand seines Glases fuhr. Dann hob sie den Blick und sah ihm bestimmt in die Augen. »Du wirst es schon wissen, wenn du ihr zuhörst.« Mit kreisenden Bewegungen verteilte sie den Honig auf seiner Haut und massierte seine Finger.

Er verzog das Gesicht.

»Tu ich dir weh?«

»Nein. Tust du nicht.«

Sie streichelte über seine Hand, mit beinahe meditativen Bewegungen, drückte sanft auf die Knöchel. »Und jetzt?«

»Nein.«

Behutsam zog sie an seinen Fingern, um sie zu dehnen, umschloss sie mit ihrer Hand, fuhr auf und ab und entlang der Sehnen. »Wie fühlt es sich an?«

»Als würden wir etwas schrecklich Unanständiges tun.« Seine Stimme klang tief und rau.

»Schrecklich unanständig wäre vermutlich das.« Sie schmunzelte und strich ihm mit dem klebrigen Daumen über seine Lippen. Er öffnete den Mund, und ihr Daumen glitt hinein, es fühlte sich warm und feucht an, was sie auf eine wirklich ganz und gar unanständige Weise erregte. Sie spürte seine Zunge, die über die Kuppe ihres Fingers glitt, die Zähne, die sanft daran knabberten und die Lippen, die ihn umschlossen.

Ganz langsam zog sie ihren Daumen wieder heraus.

Einen Moment lang saßen sie nur da und wagten es kaum, sich zu rühren.

Dann legte sie vorsichtig ihre Finger auf seine Wange.

»Darf ich?«, fragte sie erneut, schaute auf seine vom Honig glänzenden Lippen und hoffte, er würde wissen, dass es nicht länger nur um seine Hand ging.

Er nickte stumm.

Sie beugte sich zu ihm und küsste seinen Mund. Es schmeckte süß und würzig und absolut himmlisch.

Wilhelm schloss seine Augen und erwiderte ihren Kuss mit solch einer Leidenschaft – es war, als würde er sich darin vollkommen verlieren.

15

Der Baron nippte an seinem Bierglas und verzog das Gesicht. Was ein guter Tropfen war, verstand man in dieser Gegend offensichtlich nicht im Geringsten. Das Herz aller Bierbrauereien schlug nun einmal in München.

Das Bier erinnerte ihn allerdings an Alois Abbing, und sofort spürte der Baron, wie in ihm kalter Zorn aufschäumte. Egal, unter welchen Umständen er versucht hatte, mit dem Bierbrauer über das Geschäftliche zu sprechen, hatte er nur eine Antwort zu hören bekommen: »Sie haben versprochen, meine Tochter zu finden und sie zurückzubringen. Erledigen Sie das, dann sehen wir weiter.«

Erledigen Sie das. Seine Hand krampfte um das Glas. Wie viel Arroganz in diesen Worten lag! Als wäre er irgendein Laufbursche, dem man Befehle erteilen konnte. Aber leider brauchte er diesen Abbing. Die kleineren Geschäfte reichten zwar aus, um die laufenden Kosten zu decken und den Schein zu wahren, doch das große Geld blieb aus. Das große Geld und die großen Möglichkeiten. Diese würden sich ihm nur durch eine Partnerschaft mit dem Bierbrauer eröffnen. Sein Plan war es, den Vertrieb seiner Erzeugnisse auf dem ausländischen Markt zu etablieren. Dass es lukrativ werden würde, konnte er nahezu riechen. Wenn sich Abbing nur nicht so vehement dagegen sträuben würde!

Er knurrte und nahm noch einen Schluck. Leider war das Bier in seinem Glas nicht besser geworden, so dass er das Gebräu am liebsten direkt auf den Boden gespuckt hätte. Wehe, er hockte hier umsonst!

Missmutig hob er den Blick zum Fenster. Von seinem Platz aus konnte er den Hof und den Eingang zur Pension überblicken. Wo trieb sich dieser Versager, der sich Sohn schimpfte, bloß herum? Vermutlich wieder in der Bar, wo er putzte und ab und zu irgendetwas auf dem Klavier mit der linken Hand klimperte. Ein Glück, dass diese Schande niemandem von seinen Geschäftspartnern zu Ohren gekommen war.

»Alles in Ordnung bei Ihnen? Kann ich Ihnen vielleicht noch etwas bringen?«, erkundigte sich eine freundliche Stimme. Die Gastgeberin persönlich. Ihr rotes Gesicht, kleine Augen und die dicke Nase erinnerten ihn an ein Spanferkel. Man wollte ihr regelrecht einen Apfel in den Mund stopfen, damit sie die Klappe hielt.

»Verschwinde«, murrte er und blickte wieder zum Fenster hinaus. Ein Paar näherte sich der Pension, ein älterer Herr und eine viel jüngere Frau, die lebhaft etwas erzählte. Ihre hohe Stimme drang sogar durch die Glasscheibe. Unerträglich, wenn schwatzhafte Weiber so einen Mitteilungsdrang hatten!

»Ich möchte Sie drauf hinweisen, dass wir hier großen Wert auf Höflichkeit legen«, sagte die Wirtin, die er bereits aus seinen Gedanken getilgt hatte. Aber die dumme Gans stand immer noch an seinem Tisch und glaubte, ihm eine Moralpredigt halten zu können!

Er kniff die Augen zusammen und drehte ihr ganz langsam sein Gesicht zu. »Sie haben wohl keine Ahnung, mit wem Sie hier reden, was? Baron Leopold Theodor Maria Franz Freiherr von Hohenstein höchstpersönlich.«

»Auch wenn Sie Friedrich August Georg Ferdinand Albert Carl Anton Paul Marcellus, Kronprinz von Sachsen wären, wäre mir das allerlei. Sie können gerne woanders Ihr Bier trinken.«

Er ließ seinen Blick über den leeren Speisesaal schweifen. »Können Sie es sich überhaupt leisten, Ihre Gäste woandershin zu schicken?«

»Sie werden sich wundern, was ich mir alles leisten kann, mein Guter.« Kämpferisch stemmte sie die Hände in die ausladenden Hüften. »Also, was ist? Sind Sie höflich, oder wollen Sie gehen?«

Am liebsten hätte er ihr das Bier ins Gesicht geschüttelt – bei so viel Frechheit, die sich dieses Weib erlaubte. Aber er musste hier auf Wilhelm warten, weshalb ein Ortswechsel nicht in Frage kam.

»Also gut, ich entschuldige mich für meine Manieren. Es wäre sehr freundlich, wenn Sie jetzt gehen und mich in Ruhe lassen könnten«, säuselte er mit süßlicher Stimme und schob ihr das Glas entgegen. Das Bier schwappte auf die Tischdecke. »Diese Brühe können Sie gleich wieder mitnehmen und den Schweinen vorsetzen, nicht aber Ihren Gästen, Teuerste.«

Vollkommen ungerührt griff sie nach dem Bier. »Manchen Gästen würde ich Schweine deutlich vorziehen.«

Bevor er etwas erwidern konnte, drehte sie sich um und ging, wackelte dabei so sehr mit ihrem Hintern, dass er das Gefühl hatte, sie mache es absichtlich, um ihn zu reizen.

Der Baron schnaubte. Was war nur aus diesem Land geworden, in dem Namen und Abstammungen nichts mehr zählten und jedes Weib der Meinung war, den Mund aufreißen zu können. Früher kannten die Menschen noch Anstand und Respekt.

Er hob den Blick und sah genau in diesem Moment Wilhelm den Hof überqueren. Endlich. Kein schlechtes Bier mehr, kein Frauenzimmer, dem die Zunge eindeutig zu locker saß. Er packte seinen Stock und kam mühsam auf die Beine. Ein ziehender Schmerz begleitete jede seiner Bewegungen, und es dauerte ein wenig, bis er in die Gänge kam.

Sein Sohn hatte ihn noch nicht bemerkt und steuerte direkt die Treppe an, die nach oben zu den Zimmern führte.

Es dauerte etwas, bis der Baron die knarzenden Stufen bezwungen und sich ins erste Stockwerk geschleppt hatte. Als er in der Flur trat, sah er Wilhelm mit einem Nachbarn reden, ein Mann in den Vierzigern, der sich begeistert über den Bau eines neuen Stadions ausließ: »Ich bin mir sicher, schon nächstes Jahr ist es geschafft! Stadion Dresden-Ost. Na, wie hört sich das an? Der Aufruf mitzuarbeiten hat

315

uns bereits viele Freiwillige beschert. Allmählich nimmt es Gestalt an. Haben Sie vielleicht auch Lust, mitzumachen? Wir können jedes Paar Hände gebrauchen!«

Der Baron verdrehte höhnisch die Augen. Wenn es um ein Paar Hände ging, war dieser Sportsfreund bei seinem Sohn an der falschen Adresse. Der Gedanke brachte ihm eine seltsame Genugtuung. Das hatte man davon, wenn man sich mit Baron Leopold Theodor Maria Franz Freiherr von Hohenstein anlegte! Gleich würde er seinen Sohn daran erinnern, wer hier das Sagen hatte, und sich dann zurück nach München verabschieden.

Der Teppich schluckte seine Schritte, während er sich durch den Flur auf Wilhelm zubewegte. Dieser hatte gerade seine Zimmertür aufgeschlossen, war hineingegangen und wollte die Tür hinter sich zuziehen, als der Baron seinen Gehstock in den Spalt schob.

»Hallo, mein Sohn. Lange nicht gesehen, stimmt's?«

Zufrieden beobachtete er, wie die Züge seines Sohnes erstarrten. »Was machst du hier?«

»Meinem Sprössling einen Besuch abstatten. Das macht man so als Vater, oder etwa nicht?«

»Unwahrscheinlich, dass du dich plötzlich auf deine väterlichen Qualitäten besinnst.«

»Frech bist du geworden. Aber das lässt sich austreiben.« Mit seinem Stock schlug er gegen die Tür. Er hatte bereits gesehen, dass Wilhelm nur seine Rechte dagegenhielt, also war es ein leichtes, sich Zugang zu verschaffen.

Wilhelm verzog schmerzhaft das Gesicht.

»Na, macht die Krüppelhand Beschwerden?« Gemächlich trat der Baron über die Schwelle.

»Mir geht es gut, danke der Nachfrage«, presste Wilhelm durch zusammengebissene Zähne.

Obwohl das kleine Zimmer hell und freundlich wirkte, fragte sich der Baron, wie man so beengt hausen konnte. Aber sein Sohn hatte noch nie verstanden, den Schein zu wahren. Viel hatte die Bleibe nicht zu bieten. In einer Ecke stand ein Bett, direkt gegenüber ein Kleiderschrank aus Kirschholz, neben der Tür zierte eine passende Kommode den Raum. Ein kleiner Tisch, zwei Stühle und ein Schränkchen neben dem Bett vervollständigten das Mobiliar. »Nett hast du es hier. Man glaubt fast, du denkst gar nicht daran, nach Hause zu kommen. Deinem alten Herrn schreibst du auch nicht.« Er hob den Gehstock Richtung Hand, doch Wilhelm wich zurück. Der Bursche hatte inzwischen gute Reflexe. »Zu beschäftigt, oder woran liegt es?«

»Ich habe ein Telegramm geschickt.« Sein Kiefer mahlte.

»Richtig.« Der Baron verdrehte die Augen. »Da hört man fast den ganzen Sommer nichts von dir, und plötzlich willst du nach München kommen und mit mir über etwas Wichtiges reden. Aber ich will nicht reden! Ich will Ergebnisse!« Er schnaubte. »Also dachte ich mir, ich besuche dich mal in Dresden, gucke mir mit eigenen Augen an, was du hier treibst. Vor allem, ob es mit dem Plan vorangeht und wann die Hochzeitsglocken endlich läuten.«

»So etwas braucht Zeit. Das weißt du.«

»Drei Monate sind schon vergangen! Und was ist passiert? Nichts! Wie schwer kann es sein, ein Weib zum Altar zu schleppen und ihm einen verfluchten Ring an den Finger zu stecken? Vor allem, wenn die Göre bereits ein romantisches Interesse an dir hat!«

Wilhelm deutete mit seiner gesunden Hand zu den Stühlen. »Lass uns hinsetzen und über alles in Ruhe reden.«

»Ich will nicht reden!« Mit voller Wucht schlug der Baron den Gehstock gegen die Kommode. Wilhelm zuckte zusammen und wich zurück. Gut. Der Bursche zeigte endlich Respekt. »Ist es so weit? Bist du in der Lage, sie nach München zu schleifen? Meinetwegen auch an den Haaren! Oder hast du vergessen, was auf dem Spiel steht?«

»Wie könnte ich«, zischte er gepresst.

»Womöglich muss ich dein Gedächtnis auffrischen. Es braucht nur ein Wort von mir, und deine Mutter wird in einer Anstalt verrotten. Meine Geduld ist am Ende!«

»Deshalb wollte ich nach München kommen und mit dir reden.« Wilhelms Stimme klang seltsam fest. Der Baron horchte auf. »Ich habe dir ein Geschäft vorzuschlagen.«

»Was weißt du schon von Geschäften!«

»Vielleicht mehr, als du glaubst. Setzen wir uns.« Wieder deutete er zu den Stühlen.

Das Bein schmerzte, trotz Gewichtsverlagerung. Vielleicht keine so schlechte Idee, es ein wenig zu entlasten. Ohne zu humpeln, um seine Schwäche nicht zu zeigen, ging der Baron zu einem Stuhl, auf dem er den gesamten Raum überblicken konnte, und ließ sich nieder. Den Gehstock stellte er zwischen seine Beine und stützte sich mit beiden Händen auf den Knauf. »Gut. Du willst reden? Dann rede, verdammt, statt in Rätseln zu sprechen.«

Wilhelm nickte, setzte sich auf den anderen Stuhl und legte einen Arm auf den Tisch, was ihm, in den Augen des Barons, eine viel zu selbstsichere Haltung verlieh. »Seien wir ehrlich. Das Einzige, was du willst, ist Geld. Iwas Geld. Beziehungsweise das ihrer Familie. Nur deshalb treibst du diese ganze Scharade voran.«

»Was erlaubst du dir! Baron Leopold Theodor Maria Franz Freiherr von Hohenstein ist auf niemanden angewiesen! Wenn ich nur wollen würde ...« Er schnaufte, statt den Satz zu beenden.

Wilhelm wartete.

Dieser Mistkerl!

Was führte er nur im Schilde?

Der Baron wölbte die Brust, um seiner Erscheinung mehr Ausdruck zu verleihen. »Es geht dich nichts an, was ich will und warum ich diese Hochzeit forciere! Du hast meine Anweisungen zu befolgen, mehr nicht.«

»Es geht mich durchaus etwas an, denn um die finanzielle Lage der Familie steht es schon lange alles andere als gut. Vor wenigen Wochen musstest du das Gestüt meiner Mutter verkaufen, um zahlungsfähig zu bleiben. Zwei wichtige Geschäftspartner sind im letzten Monat abgesprungen. Du stehst schlecht da.«

Er spürte, wie sich jeder Muskel in ihm anspannte. »Woher ...« Schon wieder brachte er den Satz nicht zu Ende. Fühlte sich schwach. Machtlos. Nahezu entblößt. »Das Gestüt habe ich verkauft, weil ich es konnte! Um dich daran zu erinnern, wie egal mir ihr Wille ist. Ich bestimme, was ...«

»Du vergisst, wie lange ich dein Laufbursche gewesen bin. Vielleicht glaubst du, ich bekomme nichts mit. Aber auch ich habe Kontakte und Einblick in die Finanzen. Ich weiß Bescheid!«

Der Baron umklammerte den Gehstock noch fester. »Dann weißt du, dass diese Hochzeit unumgänglich ist! Durch diese Göre bekomme ich Zugang zur Brauerei und damit zu einer Partnerschaft, die alles retten wird! Wenn du auch nur ein wenig Sinn fürs Geschäft hast, wirst du das einsehen! Also treib diesem dummen Ding die Flausen aus dem Kopf und bring es gefälligst nach München zurück!«

»Fräulein Iwa Abbing.«

»Was?«

»Das ist ihr Name. Nicht ›dummes Ding‹. Und ich hoffe sehr …«

»Das Einzige, worauf du zu hoffen hast, ist, dass ich dir nicht noch mehr Knochen breche!«, schrie der Baron und merkte, wie eine Ader an seiner Schläfe zu pulsieren begann. »Hältst du dich jetzt für ganz schlau, nur weil du in den Finanzbüchern der Familie geblättert hast?«

»Finanzen. Richtig. Sprechen wir über die Finanzen. Du brauchst ein lukratives Geschäft. Eine stabile Geldeinlage mit weitreichenden Perspektiven. Die Abbing-Brauerei bietet ohne Frage eine vielversprechende Möglichkeit, um zu investieren. Sie ist allerdings bei weitem nicht die einzige zukunftsweisende Option.« Er stand auf und ging zur Kommode. Aus einer Schublade holte er eine Broschüre und eine dünne Mappe. Beides legte er fein säuberlich vor sich auf den Tisch, bevor er wieder den Platz nahm. »Hast du schon etwas vom KraKu in der Scheffelstraße gehört?«

»KraKu? Was soll das sein?«

»Das Kraft-Kunst-Institut. Es wurde 1919 als Körper-, Ausbildungs- und Erziehungsinstitut gegründet. Der Gründer ist Sascha Schneider, der die gestalterische, oder besser gesagt die künstlerische Leitung übernommen hat. Der Kampfsportler Walter Fietz konzipiert dagegen das Trainingsprogramm. Max Sick, besser bekannt als Maxick, ist ebenfalls als Sportmeister eingebunden. Sein Buch über Körperentwicklung ist seit Jahren ein Verkaufsschlager.« Wilhelm schob ihm die Broschüre zu. »Das Institut hat sich zu einer vielbeachteten Sportstätte entwickelt. Es ist im Mühlbergschen Kaufhaus untergebracht und verfügt über große Räumlichkeiten, die extra für das Institut aus- und umgebaut wurden. Sie beinhalten eine Sprunggrube, einen Platz für Ringer, Massageräume, sogar einen Friseur. Im Mittelpunkt des Konzepts stehen allerdings die großen Übungshallen mit den unterschiedlichsten Geräten für das Krafttraining, so dass jeder seinen Körper im Allgemeinen und bestimmte Muskelpartien im Besonderen trainieren kann. Ein kluger Schachzug von Schneider war, Spiegel anzubringen, um den eigenen Trainingsfortschritt beobachten zu können. Des Weiteren hängen an den Wänden motivierende Kunstwerke von Schneider persönlich, um sich am Vorbild eines gesunden, starken, wohlgeformten Körpers zu orientieren.«

»Worauf willst du hinaus? So langsam glaube ich, mal wieder nur meine Zeit mit dir zu verschwenden!«

Dennoch blätterte er in der Broschüre, die für das modernste, größte und beste Sportinstitut Dresdens warb. Es zeigte Vergleichsbilder von jungen Männern, zuerst als schwächliche Gestalten, dann mit gut definierten Muskeln. *Ein ausgebildeter und vorbildlicher Körper eines siebzehnjährigen Schülers*, stand unter der Abbildung. Auch Fotografien von großen, lichtgefluteten Übungshallen weckten durchaus die Neugier. Die Ausstattung und die weiten Räumlichkeiten wirkten einladend und reizten durchaus, sich darin auszuprobieren. Ein guter Kniff, das musste man dem Betreiber lassen.

»Bereits ein Jahr nach Eröffnung zählte das Institut einhundertfünfzig zahlende Kunden«, erzählte Wilhelm weiter, seine Stimme wurde energischer, eindringlicher. »1922 wurde eine Damenabteilung gegründet, und …«

»Damenabteilung!« Der Baron rümpfte die Nase. So weit war es also schon gekommen? Damen verlangten nach Krafttraining und besetzten die Gerätschaften. Diese Welt ging wahrhaftig vor die Hunde.

»Ja, darüber hat Schneider auch geklagt, obwohl ich ihm deutlich zu verstehen gegeben habe …«

»Weiber haben beim Sport nichts verloren!«

»… dass die Beteiligung von Frauen den Sport nur bereichern kann«, fuhr Wilhelm unbeirrt fort. »Eins lässt sich jedenfalls nicht abstreiten, die Begeisterung für sportliche Aktivitäten nimmt in der Bevölkerung rasch zu. Das ist auch nicht weiter verwunderlich. Die Industrialisierung schreitet mit rasanten Schritten voran, minimiert die körperlichen Anstrengungen bei der Arbeit, vieles wird schneller und mit deutlich weniger Kraft als früher erledigt. Die Entwicklung der Automobilindustrie lässt die Menschen gehfaul werden. Das Netz des öffentlichen Nahverkehrs wird immer weiter ausgebaut. Was erwartet uns in hundert Jahren? Die Maschinen übernehmen immer mehr die Tätigkeiten, der Mensch begnügt sich mit der Überwachung der automatisierten Prozesse. Schnell wird man merken, dass der Körper dabei verkommt und der Geist einschläft – und so wird der Mensch nach Möglichkeiten suchen, sich in Form zu bringen und seine Gesundheit aktiv zu fördern. Das wird ihm in Übungshallen wie diesen gelingen.« Er tippte auf die Broschüre. »Angeleitet von professionellen Sportlern, werden die Kunden gezielt trainieren können. Ich bin davon überzeug, dass in Zukunft solche Trainingssäle in jedem Kaufhaus – ach was! –, an jeder Ecke zu finden sein werden! Investiere das Geld vom Gestüt jetzt in die Eröffnung der ersten Läden nach dem Modell des Kraft-Kunst-Instituts, und du wirst mit Sicherheit keine finanziellen Nöte mehr kennen. Hohensteins Sportinstitute – stell dir das nur vor! Nicht lange, und es werden unzählige Geschäftspartner auf dich zukommen, die unter deiner Anleitung weitere Institute eröffnen, und das in allen Großstädten Deutschlands!«

»Unsinn! Nichts als Unsinn!« Er schnippte die Broschüre von sich. »Ein Mann braucht doch kein Institut, um einen gesunden und kräftigen Körper zu haben!«

»Die Zahlen sprechen für sich! Das Interesse ist da!«

»Weil du einer Werbebroschüre glaubst?«

»Weil ich Schneider in der Bar persönlich kennengelernt habe!«

»Während du dort den Boden gewischt hast oder was?«

Wilhelm schnaubte frustriert. »Ja, stell dir das mal vor. Auch das Bodenwischen kann einen voranbringen. Schneider hat mir erzählt, dass er einen Unfall in der Kindheit hatte, der seiner Wirbelsäule so zugesetzt hat, dass er nicht mehr zu einer für den Mann üblichen Größe heranwachsen konnte. Alle haben ihn für einen Schwächling gehalten. Er trainierte trotzdem.«

»Ein Schwächling bleibt doch ein Schwächling!«

»Ich habe ihn im KraKu besucht, und er hat mir gezeigt, mit welcher Leichtigkeit er eine Fünfzig-Kilo-Hantel stemmt. Sieh dich nur um, wie viele Menschen nach dem Krieg körperliche Beschwerden haben. Mit einem gezielten Training unter Anleitung von professionellen Athleten kann der Körper gestärkt und können viele Schmerzen gelindert werden! Schau dir das Institut an. Zwar hat sich Schneider letztes Jahr aus dem täglichen Geschäft zurückgezogen, aber die Sportstätte floriert weiterhin!«

»Nein.«

»Nein?«

Der Baron sah, wie sein Sohn erstarrte. Die Fassungslosigkeit, die ihm ins Gesicht geschrieben stand, brachte dem Baron ein wenig Genugtuung. Allein deswegen lohnte sich die Abfuhr. Doch dieser Taugenichts wollte offensichtlich nicht so leicht aufgeben.

»Ich habe für dich einen Betriebsplan entwickelt und alles kalkuliert.« Wilhelm reichte ihm die Mappe. »Hier ist Punkt für Punkt dargestellt, wie man mit dem Geld vom Gestüt die ersten Institute aufbauen kann. Begleitend dazu habe ich einige Werbestrategien entwickelt ...«

Der Baron nahm die Mappe und verzog den Mund. Die mit der linken Hand krumm und krakelig geschriebenen Zahlen widerten ihn an. Ein Grund mehr, sich das nicht weiter zu Gemüte zu führen. Genüsslich riss er die Mappe entzwei. »Du scheinst nicht zu verstehen, was ein Nein von mir bedeutet, nicht wahr?«

Er sah, wie Wilhelms Kiefer wieder zu mahlen begann.

»Darf ich wenigstens erfahren, wie du zu deinem Nein kommst?«

Eigentlich sollte das nicht notwendig sein. Er war niemandem eine Erklärung schuldig. Aber das Ganze war so lächerlich, dass er diesem Versager das gerne unter die Nase rieb. »Hohensteins Sportinstitut? Ich soll meinen Namen für irgendwelche Trainierbuden hergeben?«

»Trainierbuden, wie du sie nennst, sind mickrige Kaschemmen, die in dunklen Löchern untergebracht sind. Wir reden hier von einer Einrichtung, in der hochangesehene Sportmeister den Menschen zur Seite stehen. Hell, großräumig und mit Stil.«

»Trainierbuden«, wiederholte der Baron mit Nachdruck und erhob sich schwerfällig, »sind eines Hohensteins nicht würdig! Und wäre dir dein Namen, den du von mir so großzügig bekommen hast, nur ein wenig wert, würdest du das wissen!«

Auch Wilhelm erhob sich. »Denke an das viele Geld. Du brauchst es!«

»Und ich hätte es längst bekommen, würdest du dieser Abbing-Göre nicht wie ein Schoßhündchen hinterherlaufen und ihre Tanz-Träumereien unterstützen, sondern sie verdammt nochmal endlich heiraten!«

»Ich werde sie auf keinen Fall zu einer Heirat zwingen!«

»Dann kannst du deine Mutter das nächste Mal in einer Irrenanstalt besuchen! Ja, so sieht es aus! Was sagst du jetzt, he?«, stieß der Baron hervor und merkte, wie die Wut in ihm hochkochte. Was erlaubte dieser Bengel sich? Glaubte er wirklich, so mit ihm reden zu können?

»Das wirst du doch so oder so tun, nicht wahr? Sie ist nur eine Last für dich. Egal, was ich mache, sobald du erreicht hast, was du willst, wirst du sie in ein finsteres Loch stecken, und ich werde nichts dagegen unternehmen können.«

Der Bursche war doch nicht so dumm, wie es manchmal den Anschein machte. Natürlich hatte er nie vorgehabt, die Schwachsinnige in seiner Nähe zu behalten. Allmählich wurde es immer anstrengender, sie im Auge zu behalten, damit sie nicht durch die Gänge streifte und Unsinn trieb. Diese Frau gehörte in eine Anstalt, und er hatte bereits Ärzte gefunden, die dies bestätigen und sie einweisen würden. Ganz egal, was sein Sohn behauptete oder worum sie, als sie noch klar gewesen war, gebeten hatte. Das spielte keine Rolle mehr. Und langsam sollte der Bursche das verstehen.

»Willst du es jetzt darauf ankommen lassen, mein Sohn?«, knurrte er. »Hör mir gut zu. Ich kann deine Mutter leiden lassen. Ich kann dich leiden lassen. Und ich kann dieses Weibsbild, das dir wohl dein ganzes Hirn vernebelt hat, leiden lassen.«

»Wage es nicht, Iwa zu bedrohen!«, stieß Wilhelm wütend hervor. »Oder ich schwöre, du wirst es bereuen!«

Plötzlich hatte der Baron das Gefühl, der Boden würde unter seinen Füßen schwanken. Wie konnte es nur sein, dass dieser Nichtsnutz den Mumm hatte, aufzubegehren?

»Der Einzige, der hier etwas bereuen wird, bist du. Zwei Wochen, du hast nur zwei verdammte Wochen, um endlich das zu erledigen, weshalb ich dich nach Dresden geschickt habe! Oder ich verpasse euch einen Denkzettel, den ihr nicht so schnell vergessen werdet.« Er machte eine Pause, damit seine Worte genau die Wirkung erzielten, die er beabsichtigte. »Und sollte auch das nicht genügen, breche ich ihr die Beine. Mal sehen, wie sie dann zu deinem Geklimpere hüpfen will. Na, was sagst du jetzt? Versuche doch, mich aufzuhalten.« Der Baron stemmte sich auf den Gehstock und beugte sich leicht nach vorne. »Aber das kannst du nicht.«

16

In zwei Reihen aufstellen!«, rief Berthe Bartholomé Trümpy und brachte die Luft allein durch ihre Energie zum Vibrieren. Inzwischen kannte Iwa die Übung, in der sie die Raumwahrnehmung und den Übergang von einer Art der Fortbewegung in die andere zelebrierten. Manchmal fragte sie sich, ob das, was sie im roten Übungssaal machte, wirklich etwas mit Tanzen zu tun hatte. Doch so seltsam die Anweisungen teilweise klangen, so spannend gestaltete sich deren Umsetzung. Jedes Mal entdeckte Iwa etwas Neues in sich, kam ihrem Selbst ein Stück näher, tauchte ein in Abgründe, von denen sie nicht einmal etwas geahnt hatte.

Der Tanz forderte sie heraus. Und sie forderte den Tanz.

»Zuerst die passive Skala«, verkündete Trümpy, und ihre Stimme wurde fließender, leiser, weicher, um ihren Schülern die Quintessenz der Übung spürbar zu machen. »Wir schweben, wir fließen, wir gleiten.« Ihr aufmerksamer Blick flog herum, prüfte die Ausführung. »Wunderbar, das macht ihr absolut großartig. Jetzt wird das Gleiten immer tiefer und tiefer. Noch tiefer ... genau so ... jetzt kriechen wir, kriechen! Langsamer! Keine ruckartigen Bewegungen. Wir wachsen buchstäblich in den Boden, werden eins mit ihm, schmiegen uns an ihn.«

Iwa schlängelte sich über das Parkett, spürte das harte Holz unter ihrem Körper, ihre Arme und Beine ertasteten jede Unebenheit, als wäre sie mit dem Raum verschmolzen. Nicht nur mit dem Boden, sondern auch mit den roten Wänden und der Decke. Sie war überall zugleich. Die anderen um sie herum nahm sie nur am Rande wahr, und doch spürte sie deren Energie, die sich mit der ihren verband. Alles verwob sich ineinander. Ihre Sinne erschufen eine ganz eigene Realität, eine neue Wirklichkeit, in der sie zusammen mit den anderen existierte wie ein einziges Wesen, das nach Bewegung gierte.

»Jetzt die aktive Skala«, ordnete Trümpy an, und ihre Tonlage veränderte sich erneut, wurde laut, abgehackt. »Hoch mit euch, hoch! Wir marschieren, Vierertakt! Gut, sehr gut! Laufen! Schneller! Tiefe, gespannte, federnde Schritte! Schneller, schneller, mehr Tempo! Rennt! Rennt, wie ihr noch nie gerannt seid! Stürzen! Wieder hoch! Trippeln!« Die abrupten Anweisungen kamen dem Knallen einer Peitsche gleich.

Iwa merkte, wie ihr Atem schneller ging. Schweiß lief ihr über das Gesicht und ihren Rücken hinunter. Die Übungen forderten ihre ganze Konzentration. Ein falscher Gedanke, ein unpassendes Bild – und schon würde sie das Tempo verlieren und aus dem Takt kommen.

Wieder verlangte die Lehrerin die passive Skala, das Gleiten und das Schweben.

»Achtet auf die Übergänge!«, mahnte Trümpy. »Sie müssen ineinanderfließen, sie müssen aus eurem Innersten kommen, um ein Gesamtbild zu erschaffen.«

Ja, die Übergänge. Die fielen Iwa besonders schwer. Zuerst das Kriechen, dann das Rennen und umgekehrt – die Wechsel kamen unglaublich schnell, ließen sich nicht voraussahnen. Wieder das Trippeln. Jetzt das Stürzen. Hochkommen. Laufen! Gleiten. Kriechen.

Nach jeder Übungsstunde war Iwa völlig erschöpft, aber unendlich glücklich. Fröhlich plaudernd stürmten die Schülerinnen in den Umkleideraum. Wie immer war es dort stickig und laut. Alle redeten durcheinander, doch sogar in diesem Wirrwarr steckte etwas Besonderes, ein Gemeinschaftsgefühl, das aus dem Gruppentanz im Übungssaal bis hierher trug. Iwa fragte sich, ob irgendwann die Zeit kommen würde, wo sie genauso leicht und locker wie die anderen schwatzen konnte. Denn noch fiel es ihr schwer, sich als Teil der Gruppe zu fühlen.

Als hätte die fünfzehnjährige Nora ihre Gedanken gehört, rief sie: »He, Iwa! Kommst du heute mit uns?«

»Wohin?« Iwa stutzte.

»Na, ein bisschen bummeln«, lautete die Antwort von Ruth, die immer unglaublich streng wirkte. Auch jetzt, obwohl sie ihre schmalen Lippen zu einem Lächeln geformt hatte. »Und dann ins Schiller-Café!«

Iwa überlegte kurz. Eigentlich wollte sie Gisa im Blumenladen helfen, später wollte Wilhelm vorbeikommen, um, wie er angekündigt hatte, über irgendetwas zu reden. Aber es war sicherlich nicht verkehrt, ihre Mitstreiterinnen etwas besser kennenzulernen und das Gemeinschaftsgefühl zu stärken. Der warme Sommertag lud ebenfalls dazu ein, durch die Straßen zu spazieren und die Seele baumeln zu lassen. Sicherlich hatte Gisa nichts dagegen, und bis Wilhelm seine Arbeit in der Bar erledigt hatte und bei ihr war, würde sie längst zurück sein.

In einem fröhlichen Pulk strömten sie aus der Wigman-Schule – Iwa in ihrer Mitte. Auch Egon war dabei, der Hetty eine Hand auf die Hüfte gelegt hatte und die junge Frau wie ein Besitzstück an sich presste. Obwohl es kaum noch Zwischenfälle mit ihm gegeben hatte, betrachtete Iwa ihn mit großem Argwohn. Seine spitzen Bemerkungen ihr gegenüber zelebrierte er nach wie vor, als würde es ihm ein ganz besonderes Vergnügen bereiten, sie runterzumachen. Andererseits konnte er so unglaublich charmant sein! Wenn er einen mit seinen blauen Augen anschaute, auf diese vertrauenswürdige, intensive Art, konnte man glauben, er könnte kein Wässerchen trüben. Doch das Bild, wie er Hetty gegen die Gitterstäbe gepresst und ganz offensichtlich bedroht hatte, würde niemals aus Iwas Gedächtnis verschwinden.

Alle zusammen stolzierten sie die Bautzner Straße entlang, und Iwa entging nicht, wie die Leute ihnen nachblickten. »Da sind sie ja wieder«, hörte sie eine männliche Stimme fröhlich rufen. »Die Wigweiber aus der Tanzschule.«

Iwa schnaubte und fuhr herum. »Wir sind Schülerinnen

von Mary Wigman, bitte schön!«, berichtigte sie laut, ohne genau zu wissen, wer da gesprochen hatte.

»Na, Iwa!«, Egon lachte, offensichtlich hatte er heute ganz besonders gute Laune. »Sei doch nicht so schrecklich verkrampft. So endest du noch als eine alte Jungfer.«

Sie wollte erwidern, dass es nichts mit Verkrampftsein zu tun hatte, als Nora eine Hand um ihre Taille legte. »Wir sind doch wirklich irgendwie alle Wigweiber. Man erkennt uns. Ist das nicht toll?«

Iwa schluckte ihre Erwiderung hinunter. Den anderen der Gruppe schien es nichts auszumachen. Vielleicht sollte sie besser Ruhe geben, denn sie wollte doch dazugehören!

Als Erstes gingen sie in eine Bäckerei, wo einige von ihnen sich ein belegtes Brötchen kauften. Iwa merkte, dass sich das nicht alle leisten konnten. Kurz darauf kamen sie an einem Obststand vorbei, wo es bei Nora gerade so für einen Apfel reichte. Manchmal bedeutete Kunst, den Gürtel etwas enger schnallen zu müssen, und Iwa wurde wieder einmal bewusst, wie viel Glück sie hatte, bei Gisa untergekommen zu sein und nicht hungern zu müssen. Auch wenn die Blumenhändlerin nicht gerade in Geld schwamm.

Das Schiller-Café befand sich im Parterre eines dreistöckigen Hauses mit großen Fenstern, das von einem Dach mit vielen Giebeln gekrönt war. Iwa ließ ihren Blick über die Fassade gleiten und fragte sich, wie der Architekt – in ihren Augen ebenfalls ein Künstler – sein Werk wohl betrachtet hatte. Welche Bedeutung lag seiner Entscheidung zugrunde, dass nur drei der Fenster eine Verdachung hatten – eins ganz links und zwei ganz rechts in der zweiten Etage? Wie bei der Musik und beim Tanz suchte sie oft nach verborgenen Hinweisen, nach einer versteckten Aussage, wenn sie Werke von anderen Kunstschaffenden betrachtete.

»Na, was stehst du da wie ein scheues Reh?«, raunte Egon ihr zu, der sich an sie unbemerkt angeschlichen hatte.

Energisch drehte sie sich zu ihm um, was ihn dazu veranlasste, einen Schritt zurückzutreten. »Manchmal bin ich vielleicht etwas ruhiger, ja. Aber das erfordert weder einen Kommentar von dir, noch braucht es eine Begründung von mir.«

»Oh, oh.« Egon schnalzte mit der Zunge, machte noch einen Schritt zurück und hob abwehrend die Hände. »Fahr deine Krallen wieder ein, Kätzchen.«

»Zuerst ein Reh, jetzt ein Kätzchen? Entscheide dich, Egon. Was bin ich nun?« Auch sie schnalzte mit der Zunge. »Richtig, gar kein Tier! Gut, dass wir das umfassend geklärt haben.« Mit diesen Worten marschierte sie zum Eingang, wo die anderen schon warteten.

»Ist alles in Ordnung?«, fragte Hetty mit einer absolut undurchsichtigen Miene. Seit dem Vorfall mit den Gitterstäben wirkte sie ganz leise. Als hätte sie Angst, ein falsches Wort zu sagen. »Worum ging es denn?«

»Anscheinend um einen Zoo«, antwortete Iwa und schaute über die Schulter zurück. Egon stand noch da, wo sie ihn gelassen hatte, und schien die Szene genau zu beobachten. Manchmal hätte sie zu gerne gewusst, was in ihm vorging. Doch sie beschloss, nicht weiter darüber nachzudenken, sondern einfach das Zusammensein mit den anderen zu genießen.

Im Café schlugen Iwa der Zigarettenrauch entgegen, da hinein mischte sich der Duft von Kaffee und süßem Gebäck. Zusammen mit den Gerüchen hüllte Stimmengewirr sie ein – es herrschte ein reger Betrieb.

Neugierig beäugte Iwa die Innenausstattung, die wie in sehr vielen Lokalen hauptsächlich aus Holz bestand. Runde und rechteckige Tische, tragende Säulen mit feinen Verzierungen, an den Wänden Stofftapete und Plakate, Spiegel und Leuchten. Entlang der Fensterfront gab es eine nicht sehr hohe Empore, die mit einem Holzgeländer abgetrennt war. Auch die war mit Tischen bestückt, zwischen denen palmenartige Pflanzen in Kübeln standen. An der Decke hingen mehrarmige Leuchter mit runden Lampen, die Iwa an riesengroße Perlen erinnerten.

Sofort musste Iwa an Trümpys Raumübungen in der Tanzschule denken. Dieser Raum existierte bereits – mit Möbeln und Verzierungen, mit Menschen, die herumsaßen und ihre Zeit genossen –, doch sobald die Tänzerinnen hereingekommen waren, veränderte sich die Atmosphäre schlagartig. Als wäre eine frische Brise hereingeweht, die alles durcheinanderwirbelte. *Mit der eigenen Präsenz erschafft man den Raum neu*, dachte Iwa fasziniert an Trümpys Worte, welche sie so häufig an ihre Schüler richtete. Das galt anscheinen sowohl für den Übungssaal als auch für ein Café.

Das Personal schien den plötzlichen Ansturm aus der

Tanzschule gewohnt zu sein. Ein Kellner zeigte beiläufig auf zwei runde Tische, die etwas seitlich standen. Egon drängte sich vor, um, ganz der Kavalier, die Tische aneinanderzurücken.

Wie die anderen bestellte Iwa sich auch nur einen Kaffee. Ruth zündete sich eine Zigarette an und bot den anderen ebenfalls eine an. Die Art, wie sie daran zog, erinnerte an eine Performance, die sie bestimmt vor dem Spiegel einstudiert hatte – sie gerierte sich als moderne Frau, die befreit von allen Zwängen ihr Leben genoss.

»Ist das nicht aufregend, dass Mary Wigman zurück ist?«, platzte es aus Nora heraus. Sie schien nur darauf gewartet zu haben, die Neuigkeit mitteilen zu können. »Und nicht nur das. Sie bringt auch noch ein neues Stück mit. Es heißt *Tanzmärchen*. Während ihrer Auszeit in der Schweiz hat sie einen alten Entwurf überarbeitet und daraus die neue Choreographie entwickelt. Aber das Beste ist, sie will dafür eine neue Tanzgruppe zusammenstellen! Ist das nicht aufregend?«

Ruth zog an ihrer Zigarette und ließ den Rauch ganz langsam zwischen ihren Lippen entweichen. »Ganz sicher wird sie dafür die Mädchen aus der Meisterklasse nehmen. Nicht wahr, Hetty? Du bist doch bestimmt dabei, oder?«

Hetty senkte den Blick. »Ja, schon«, murmelte sie kaum hörbar. »Aber es gibt viele Rollen zu besetzen, und sie sucht noch Darsteller für *die bösen Wächter*.«

»Na, das ist doch mal interessant«, sagte Ruth und beugte sich etwas vor. »Erzähl uns, was du weißt!«

Kurz blickte sie zu Egon, doch er beachtete sie nicht, sondern zündete sich ebenfalls eine Zigarette an und trank seinen Kaffee. »Es wird ein Vortanzen geben. Die Schüler aus Bibis netter Klasse, wie sie es ausgedrückt hat, stehen bei ihr hoch im Kurs.«

»Oh, das sind ja wir!«, rief Nora begeistert und klatschte in die Hände. »Das klingt großartig! Weißt du etwas Näheres?«

»Nein, nicht wirklich.« Wieder ein Blick zu Egon, der sie und das Gespräch komplett zu ignorieren schien. »Vieles, was wir diesen Sommer bei Bibi gelernt haben, wird wohl essenziell für das Stück sein. Die Premiere ist am neunzehnten Januar nächstes Jahr im Dresdener Schauspielhaus. Wir haben also den ganzen Herbst für die Proben. Mary Wigman wird die Rolle der Oberpriesterin übernehmen.«

»Klar, was denn sonst«, brummte Egon. Offensichtlich hatte er doch zugehört. »Die große Mary Wigman, die Oberpriesterin des Tanzes.«

»... aber auch andere bekommen kleinere solistische Rollen«, fuhr Hetty fort. »Es gibt eine durchgehende Handlung, das finde ich persönlich besonders interessant.«

»Eine durchgehende Handlung?«, fragte Iwa. »Welche denn?«

»Es geht um eine böse Macht, einen Dämon, der unschuldige Mädchen verzaubert hat. Nun sind sie verdammt und können bloß im Mondlicht tanzen. Ihre einzige Hoffnung, erlöst zu werden, liegt in der Priesterin. In einem Gottesdienst muss diese ihre tänzerische Kraft bis zur

Ekstase treiben, um die Mädchen zu befreien.« Ihre Augen glänzten vor Begeisterung. Je mehr sie erzählte, desto mehr fand sie zu dieser alles einnehmenden Energie, die sie damals beim Vortanzen entfacht hatte. »Was wir heute geübt haben, also die passive Skala mit ihren gleitenden Bewegungen, wird die lyrischen Momente des Stücks unterstreichen. Während das Schnelle, Sprunghafte die bösen Kräfte, den Dämon, das Dunkle des Stücks darstellen soll.«

»Wie spannend!«, quiekte Nora auf.

»Das Tanzmärchen ist wirklich anders als Marys sonstige Werke«, fuhr Hetty mit kräftiger Stimme fort. »Nicht so rätselhaft und geheimnisvoll, auch wenn es einen Dämon gibt. Ich weiß, es klingt seltsam, aber ich finde es insgesamt irgendwie hoffnungsvoller. Vielleicht ...«, sie zögerte, »vielleicht wegen ihres persönlichen Glücks.«

Nora riss die Augen auf. »Was für ein persönliches Glück?«

»Na, ihr Neuer«, erwiderte Ruth und aschte in den Aschenbecher. »Hebby.«

»Hebby?«, fragte Iwa nach. Alles, was mit Mary Wigman zu tun hatte, interessierte sie brennend. Das Geheimnis ihres Erfolgs, ihrer Ausdruckskraft, ihrer grenzenlosen Freiheit. Sie konnte nicht anders, sie wollte alles wissen!

»Herbert Binswanger. Ein Medizinstudent. Spezialisiert auf Psychiatrie«, erklärte Ruth. »Sein Onkel ist eine Koryphäe auf dem Gebiet, vermutlich will er in seine Fußstapfen treten.«

»Das wird ja langsam zu einem Muster, ne?«, brummte Egon und nahm einen Schluck Kaffee.

»Was für ein Muster?«, fragte Iwa, auch wenn sie nicht gerade darauf erpicht war, ausgerechnet mit Egon eine Unterhaltung zu führen.

»Prinzhorn, ihr Verflossener, war doch auch ein Nervenarzt.«

Plötzlich schweiften Iwas Gedanken in eine ganz andere Richtung. Als Medizinstudent hatte Binswanger sicherlich noch nicht so viel Erfahrung sammeln können, aber wenn sein Onkel eine Berühmtheit im Fachbereich der Psychiatrie war, könnte er sich vielleicht … Ja, dann könnte er sich vielleicht Wilhelms Mutter anschauen. Womöglich gab es Hoffnung! Oder einen guten Rat, welches Klinikum für sie passend sein könnte. Wilhelm und sie hatten zwar schon das Lahmann-Sanatorium in die engere Wahl gezogen. Sein Konzept der sogenannten Physiatrie mutete sehr modern an und basierte neben gesunder Ernährung auf Bewegung und therapeutischen Anwendungen. Aber vielleicht lohnte es sich, mit jemandem vom Fach darüber zu sprechen.

»Sie hat ihren Hebby jedenfalls direkt aus der Schweiz mitgebracht«, erzählte Ruth weiter. »Quasi importiert. Aber ich glaub nicht, dass es lange hält. Er ist vierzehn Jahre jünger als sie.«

»Oh, ich glaube aber schon, dass es hält!«, quiekte Nora verträumt. »Er ist so süß.«

»Ja, süß.« Ruth verdrehte die Augen. »Ein verliebter Trottel ist er, sie wird seiner schnell überdrüssig werden. Viel wichtiger ist, dass die finanziellen Probleme wohl erst einmal vom Tisch sind. Sein Stiefvater will eine sogenannte Gesellschaft von Freunden der Mary Wigman gründen, die den Betrieb finanzieren wird. Ernst Schlegel. Schon mal gehört? Er wird auch die Verwaltung übernehmen.«

»Gott sei Dank«, murrte Egon und zog an seiner Zigarette. »Frauen verstehen eben nichts von Finanzen.«

»Tun sie wohl!«, widersprach Iwa. »Gisa, bei der ich wohne, führt seit Jahren sehr erfolgreich einen Blumenladen. Und Alex betreibt eine florierende Bar!«

»Ja, klar. Ein paar Blümchen sind wohl kaum mit einer Schule zu vergleichen!« Egon stand auf. »Genug getratscht, meine Lieben. Zeit für ein bisschen musikalische Unterhaltung. Was wünschen sich die Damen? Ungarische Rhapsodie oder doch die Ungarische Rhapsodie?« Er lachte, was sich seltsam blechern anhörte. »Komm, Hetty. Du kannst mir bei der Auswahl helfen.«

Hetty lächelte unsicher. »Ach, deine Scherze, Egon! Der Musikautomat hat doch nur die eine Platte.«

»Komm jetzt«, zischte er und zog sie am Ellbogen hoch. »Stell dich nicht so an.«

Kaum zwei Minuten später erklang die *Ungarische Rhapsodie Nr. 2* von Liszt. Egon und Hetty kamen allerdings nicht zurück. Immer wieder schaute sich Iwa nach den beiden um, dann stand sie schließlich auf und ging in Richtung des Automaten. *Hast du dich nicht schon genug eingemischt?*, brodelten die Gedanken in ihrem Kopf wie in einem Hexenkessel. Doch Hettys verschrecktes Gesicht, als Egon sie am Ellbogen hochgezogen hatte, verfolgte sie regelrecht.

Am Automaten stand niemand, also fragte Iwa einen vorbeieilenden Kellner nach den beiden, der mit einem Kopfnicken zur Tür wies. Iwa schlängelte sich zwischen den Tischen hindurch nach draußen. Egon und Hetty entdeckte sie sofort. Die beiden standen nur wenige Schritte entfernt, er drückte sie gegen die Hauswand, und sein Gesicht schwebte bedrohlich vor ihrem. »... erfahren? Ausgerechnet so?«, hörte Iwa seine aufgebrachte Stimme.

»Aber, Egon ...«, wimmerte Hetty.

»Halt den Mund und hör mir gut zu! Wenn Mary Wigman so große Stücke auf dich hält, hast du dafür zu sorgen, dass ich in diese Tanzgruppe aufgenommen werde! Ich will endlich die Anerkennung, die mir zusteht!«

»Wie soll ich das denn machen?«

»Es ist mir egal, wie du das anstellst, mein liebes *Wigmännchen*. Ich will Teil dieser Aufführung im Schauspielhaus sein, hast du kapiert? Ohne Vortanzen, ohne Vorsprechen. Bring sie dazu, mein Talent endlich anzuerkennen! Oder alle erfahren, aus welchem Holz du geschnitzt bist.«

»Egon, bitte ...«

Seine Hand legte sich um ihren Hals. »*Flotte Lotte* hat man deine Mutter im Viertel genannt, nicht wahr? Weil sie es einem sehr schnell besorgen konnte. Ich kenne einige, die es kaum erwarten können herauszufinden, wie flott du bist, kleine Hetty.« Gewaltsam drückte er ihr seine Lippen auf den Mund. Sie stöhnte, versuchte sich zu befreien, doch er hielt sie fest.

Iwa lief auf die beiden zu, packte Egon am Hemd und zog ihn daran zurück. Der Stoff riss, doch das war ihr egal. »Genug! Weg von ihr!«, schrie sie und merkte, wie einige Passanten sich nach ihr umdrehten.

Überrascht ließ er von Hetty ab. Zorn loderte in seinem Blick auf, seine Kiefer malmten, doch er hielt sich zurück.

»Duuuu.« Sein rechter Mundwinkel zuckte spöttisch nach oben. »Eifersüchtig?«

Am liebsten hätte sie ihm dieses Grinsen aus dem Gesicht geschlagen. Doch Gewalt war nie eine adäquate Antwort, auch nicht bei diesem Kerl. »Träum weiter«, sagte sie so ruhig wie möglich, obwohl alles in ihr vor Wut bebte.

»Schade. Dann misch dich nicht in Sachen ein, die dich nichts angehen, Süße.«

»Iwa. Mein Name ist Iwa. Er kommt von Eibe. Und eine Eibe ist nicht süß, sondern giftig und absolut tödlich. Möchtest du ausprobieren, wie tödlich es sein wird, sich mit mir anzulegen?«

»Was willst du?« Mit einer gelassenen Geste deutete er zu Hetty und zwinkerte ihr zu. »Wir haben doch nur ein bisschen Spaß, nicht wahr, meine Kleine?«

»Wie es aussieht, bist du der Einzige, der hier Spaß hat.«

»Ist schon in Ordnung«, murmelte Hetty, obwohl sie aussah, als würde sie sich gleich übergeben. Ihre Lippen zitterten, genauso wie ihre Hände, mit denen sie versuchte, sich über den Mund zu wischen.

»Es sollte aber nicht in Ordnung sein!«, widersprach Iwa.

»Es ist meine Schuld. Ich hätte Egon früher von Mary Wigmans Plänen und dem Tanzmärchen erzählen sollen.« Hetty blickte zu ihm hoch und zwang sich zu einem Lächeln.

»Aber …«

»Misch dich nicht ein«, flüsterte Hetty matt.

Egon grinste noch breiter, schob seinen Arm um Hettys Taille und zog die junge Frau herrisch an sich. »Hör doch, was sie sagt. Es ist alles gut. Also, beruhige dich, Iwa, und versprühe dein Gift woanders.« Siegreich stolzierte er zum Eingang des Cafés, Hetty im Schlepptau.

Iwa ließ ein paar Minuten verstreichen, dann kam sie hinterher. Egon gab gute Laune vor, vielleicht hatte er die tatsächlich, während Hetty neben ihm auf dem Stuhl zusammengesunken wie ein Häufchen Elend dasaß. Die anderen schienen nichts zu bemerken und plauderten ausgelassen weiter über die Neuigkeiten aus der Schule. Kurz versuchte Iwa, Blickkontakt mit Hetty herzustellen, ihr zu verstehen zu geben, dass sie nicht allein das alles durchmachen musste. Doch Hetty registrierte nichts und niemanden um sich herum. Das mitanzusehen, konnte Iwa nicht länger ertragen. Sie nahm ihre Sachen, verabschiedete sich von den anderen und stieg in eine Tram, die sie nach Hause bringen sollte.

Die Fahrt dauerte nicht lange, doch als die Straßenbahn in die Nähe der Hechtstraße kam, spürte Iwa sofort, dass etwas nicht stimmte. Plötzlich blieb die Tram stehen, ohne die nächste Haltestelle erreicht zu haben. Alle sollten aussteigen, hieß es. Die Passagiere strömten aus dem Wagon nach draußen, wo bereits viele Leute standen und aufgeregt miteinander redeten.

Die allgemeine Unruhe erfasste auch Iwa. Sie wollte weiter zum Blumenladen laufen, doch bei der großen Menschenmenge gab es kaum ein Durchkommen. Natürlich war die Hechtstraße eine belebte Straße, doch so viele Leute hatte Iwa hier noch nie gesehen. Der Verkehr war zum Erliegen gekommen. Ein Schutzmann versuchte, die Automobile umzuleiten.

Rufe hallten durch die Menge, von überall wurde geschoben und geschubst. Kurz spürte Iwa Panik aufsteigen. Die Erinnerungen an den Putsch wurden lebendig, bemächtigten sich ihrer mit voller Wucht – der tobende Mob, die Schüsse, die Flucht. Ihr Atem beschleunigte sich. *Ruhig, bleib ruhig!*, mahnte sie sich und versuchte, sich an den Herumstehenden vorbeizuzwängen. Plötzlich musste sie husten. Rauch kratzte in ihrer Kehle. Wo kam der nur her? Sie blickte umher, konnte aber wegen der vielen Menschen nichts sehen. Immer dichter schienen sie sich um sie zu drängen und nahmen ihr vollends die Sicht.

Ihr wurde schwindelig. Je weiter sie sich vorschob, desto mehr Menschen standen herum – und umso stärker roch es nach Rauch. Es kostete Iwa immense Kraft, sich zwischen den Leibern durchzuschlängeln. »Lassen Sie mich vorbei! Ich wohne da!«, rief sie aus Kräften, denn die Angst, diese furchtbare Angst, dass etwas Schlimmes passiert sein musste, stieg immer mehr in ihr an. Auf einmal kam es ihr vor, als hätte sie eine Mauer durchbrochen. Schutzmänner versuchten, die Schaulustigen zurückzudrängen. Ein Feuerwehrauto stand quer auf der Straße, direkt vor Gisas Blumenladen, aus dem dunkler Rauch quoll.

»Gisa!«, schrie sie und ließ ihren Blick hektisch herumschweifen. »Gisa!« Nun war die Angst übermächtig. Sie brannte in ihrer Brust, schnürte ihr den Atem zu. Die Umgebung verschwamm vor Iwas Augen, so dass sie kaum noch etwas sehen konnte. »Gisa!«

»Iwa!«, tönte es von irgendwoher.

Sie blinzelte. Fokussierte den Blick. Da! Die Blumenhändlerin verharrte auf der anderen Straßenseite. Neben ihr bemerkte Iwa Frau Kirbach, die Gisa stützte. Zu ihren Füßen kniete Wilhelm – über Whiskys kleinem Körper, der reglos auf dem Boden lag.

Irgendjemand versuchte, sie zurück zu den Gaffern zu drängen, doch es war, als hätte sie mit einem Mal übermenschliche Kräfte entwickelt. Sie tauchte unter dem Arm eines Polizisten hindurch und rannte hinüber. Zu Gisa. Zu Wilhelm. Zu Whisky.

Wenige Sekunden später fiel sie der Blumenhändlerin in die Arme. »Mir geht es gut, mir geht es gut«, hörte sie Gisa murmeln. Schließlich ließ sie sich neben Wilhelm auf die Knie fallen und beugte sich über den Hund. Der kleine Kerl lag ausgestreckt da. Verzweifelt rief Iwa seinen Namen. All seine Namen. Von Whisky bis Blöddödel, und hörte erst auf, als sie merkte, wie sich sein Schwänzchen bewegte, um sie zu begrüßen.

Erleichtert stieß sie die Luft aus, wusste nicht, ob sie sich erlauben durfte, endlich zu weinen, und merkte erst dann, dass die Tränen längst ihre Wangen hinunterliefen.

»Was ist passiert? Was ist hier los?«, stammelte sie, schluchzte, wischte sich immer wieder mit zittrigen Händen übers Gesicht.

Wilhelm antwortete nicht. Er saß mit gesenktem Kopf auf dem Boden und schien kaum noch etwas wahrzunehmen. Haarsträhnen fielen ihm ins rußverschmierte Gesicht. »Wilhelm?«

Er reagierte nicht. Sie hörte nur, wie schwer sein Atem ging, als würde er nach Luft ringen. Ihn zu berühren, wagte sie nicht, um ihn nicht zu erschrecken. In diesem Zustand hatte er vermutlich noch gar nicht realisiert, dass sie da war.

Fragend schaute Iwa zu den beiden Frauen auf, die über ihr standen.

Gisa löste sich von der Metzgersfrau und hockte sich neben Iwa. »Niemand ist zu Schaden gekommen, außer Whisky. Aber er ist zäh. Er wird schon wieder.« Ihre Stimme kippte, doch Gisa hielt die Tränen zurück. Ihr Gesicht war so blass, dass die Sommersprossen wie dunkle Flecken aussahen. »Ich wollte die Blumensträuße ausliefern, die bestellt worden waren, habe Whisky im Laden gelassen und die Tür abgeschlossen«, erzählte sie weiter. »Keine Ahnung, wie lange ich weg war. Sicherlich nicht mehr als zwanzig Minuten.«

Die Blumensträuße …, dachte Iwa. *Die Blumensträuße, die ich hätte ausliefern sollen, wenn ich nicht mit den anderen im Café gewesen wäre.*

Doch Iwa fehlte die Kraft, etwas zu sagen. Sie hörte nur zu, während sich alles ringsherum unwirklich anfühlte. Die Taubheit war zurückgekehrt.

»Als ich wieder hier war, qualmte es schon. Die Tür und das Schaufenster waren zertrümmert. Ich hörte Whisky winseln ... Irgendwo im Laden. Ich hab nach ihm gerufen, doch da war so viel Rauch! Feuer. Und ... und ...«

»Ich habe sie natürlich nicht hineinlaufen lassen! Sondern nach der Feuerwehr geschickt«, mischte sich Frau Kirbach lautstark ein. Je aufgeregter die Metzgersfrau war, desto mehr dröhnte ihre Stimme.

Gisa nickte schwach. Ihre Schultern sackten nach vorne. »Zum Glück ist Wilhelm gekommen. Er wollte wohl zu dir, aber als er das Feuer gesehen hat, ist er in den Laden gerannt und hat Whisky herausgeholt. Sonst wäre es zu spät gewesen. Die Feuerwehr hat so lange gebraucht!«

»Gott sei Dank geht es Whisky gut!« Iwa wischte sich die Tränen von den Wangen, richtete sich auf. »Danke, Wilhelm. Ich danke dir. Bist du verletzt?«

Er drehte seinen Kopf zu ihr und schien sie erst in diesem Moment wahrzunehmen. Sie wollte ihn umarmen, doch er rückte ein Stück von ihr ab.

»Nein. Tu's nicht.« Seine Stimme klang seltsam fremd, während sein Blick ins Leere starrte.

»Geht es dir gut?«

»Mir fehlt nichts.«

»Gut. Das ist gut.« Vorsichtig legte sie eine Hand auf das struppige Fell des Hundes und fühlte, wie sein kleines Herz pochte. Dank Wilhelm pochte es noch.

»Er wird schon wieder«, wiederholte Gisa mechanisch, und als wäre ein Damm in ihr gebrochen, begann sie zu

346

weinen. »Alles wird gut. Das schaffen wir«, sagte sie trotzdem immer wieder. Frau Kirbach tröstete sie stumm.

»Wieso hat es überhaupt gebrannt?« Iwa spähte zum Laden, doch viel konnte sie nicht erkennen. Das klobige Fahrzeug der Feuerwehr versperrte ihr die Sicht. Offensichtlich war das Feuer bereits vollständig gelöscht, denn die Männer waren dabei, die Schläuche wegzuräumen.

»Eine von den Jugendbanden im Hechtviertel war es jedenfalls nicht!«, verkündete die Metzgersfrau. »Aber ich habe erst gestern zwei Männer herumschleichen sehen. Die waren mir gleich nicht geheuer. Hätte ich nur sofort den Schutzmann gerufen!« Sie tätschelte Gisas Schulter. »Aber ich habe der Polizei schon alles erzählt, sie wird sich kümmern. Mach dir keine Sorgen. Du, Iwa und dein Hund können heute bei uns bleiben. Ihr müsst euch erst einmal vom Schock erholen. Kommt. Morgen ist ein neuer Tag, dann sehen wir weiter.«

»Danke.« Gisa schluchzte, unfähig, mit dem Weinen aufzuhören. Behutsam nahm sie den Hund auf den Arm, der sich sofort an sie schmiegte und schlapp mit dem Schwanz wedelte.

»Lass uns gehen, Iwa«, sagte Frau Kirbach. »Hier können wir sowieso nichts mehr ausrichten.«

Mit wackeligen Beinen kam Iwa hoch. »Wie konnte das nur passieren? Wer würde Gisas Laden anzünden wollen?« In ihrem Kopf drehte sich alles. Es musste ein Unfall gewesen sein. Eine kaputte Leitung vielleicht. Etwas anderes konnte sie sich einfach nicht vorstellen.

»Iwa?« Wilhelm blickte zu ihr auf, und seine Augen

wirkten wie dunkle Löcher. Ein unendlicher Abgrund lauerte darin, und kurz hatte Iwa das Gefühl, diese Tiefe würde sie verschlingen. »Wir müssen reden.«

»Jetzt?«, hauchte sie.

»Nein, natürlich nicht jetzt«, sagte Frau Kirbach bestimmt, nahm Iwa in den Arm und führte sie weg.

Iwa blickte zurück, zu Wilhelm. Sie wollte ihn nicht einfach so auf der Straße zurücklassen. Doch um sich gegen Frau Kirbach zu wehren, fehlte ihr die Kraft. Alles in ihr fühlte sich zerbrochen und zerschunden an, wie der Blumenladen, der völlig verwüstet hinter ihr lag.

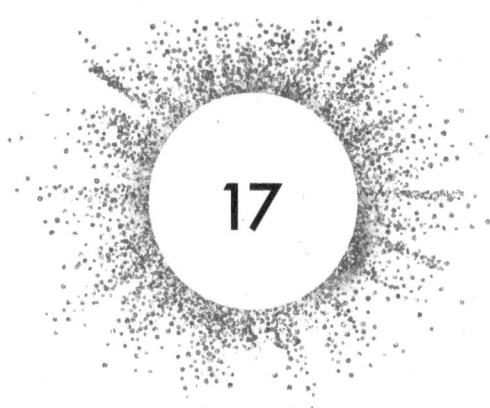

17

Der Tag des Vortanzens für Wigmans neue Gruppe rückte immer näher, doch Iwa hatte überhaupt keinen Kopf dafür. Eigentlich müsste sie üben. Viel üben. Der Übergang zwischen der passiven und der aktiven Skala wollten ihr nach wie vor nicht gelingen. Doch die Sorgen um den Blumenladen ließen sie nicht los. Die Tage glichen einem Karussell, das herumwirbelte und Iwa nicht zur Ruhe kommen ließ. Es gab so viel zu tun, dass sie manchmal nicht wusste, wo ihr der Kopf stand. Die Untersuchung hatte ergeben, dass der Blumenladen durch Brandflaschen Feuer gefangen hatte. »Also doch eine Jugendbande?«, überlegte Gisa, wovon die Metzgersfrau nichts hören wollte. Sie war sich absolut sicher, irgendwelche Fremden hätten es auf den Blumenladen abgesehen gehabt. Sie war es auch, die die vielen freiwilligen Helfer zusammengetrommelt hatte, um den Laden wieder aufzubauen. Jeder wollte mit anpacken, um Gisa zu helfen. Allen voran Wilhelm, der jeden Tag im Morgengrauen kam und erst dann wieder ging, wenn es so dunkel war, dass man nicht einmal eine Hand vor Augen sehen konnte. Obwohl er sich so häufig in der Hechtstraße aufhielt, ergab sich keine Gelegenheit, auch nur kurz mit ihm zu sprechen. Iwa war von morgens bis abends mit Erledigungen und Besorgungen beschäftigt und er mit den Aufräum- und Instandsetzungsarbeiten. Es war schwer, eine ruhige Minute zu finden, die mehr zuließ als ein kurzes Hallo.

»Fertig!«, verkündete Gisa, die die belegten Brote auf dem Tablett arrangierte, um sie zusammen mit erfrischenden Getränken den freiwilligen Helfenden anzubieten. »Iwa, hilfst du mir bitte, alles nach unten zu bringen?«

»Aber sicher! Einen Moment.« Sie hievte einen riesigen Topf auf den Herd. Nach den Broten würde es eine deftige Rübensuppe zur Stärkung geben, die sie gestern vorgekocht hatte. Sofort sprang Whisky auf die Beine und reckte seine neugierige Nase in die Luft. »Hast du nicht schon genug Leckereien vom Metzger Kirbach? Werd mir zu nicht frech!«, tadelte Iwa. Das hinderte den Hund keineswegs daran, allerlei akrobatische Leistungen zu zeigen, um doch noch an den Topf zu kommen. Der kleine Teufel hatte sich nach dem Brand schnell erholt und versuchte nun wie früher, mit seinem fröhlichen Gebell noch mehr Aufmerksamkeit und Streicheleinheiten zu bekommen.

Gisa nahm das Tablett mit den Broten und trat aus der Wohnung, in der sie immer noch die Fenster und die Tür offenstehen lassen mussten, damit sich der Brandgeruch verflüchtigte. Das Feuer hatte zwar nur unten im Blumenladen gewütet, doch der Rauch war hochgestiegen und hatte sich in den Wänden festgesetzt. Ein Glück, dass Hochsommer war und man rund um die Uhr lüften konnte. Obwohl man stets aufpassen musste, dass Whisky nicht entwischte und auf die Straße rannte, um seinen miauenden und fauchenden Erzfeind durchs Viertel zu jagen.

»Sei brav«, mahnte Iwa noch einmal, nahm die Körbe mit den Getränken und lief aus der Wohnung. Fast stolperte sie über das Nachbarmädchen, das auf der Treppe ein Teekränzchen mit seinen Puppen veranstaltete. »Hallo, Marie. Wie geht es deiner Mutter?«, grüßte Iwa, doch die Kleine war so ins Spiel vertieft, dass sie nicht antwortete.

Als Iwa nach unten kam, hatte Gisa vor dem Laden schon einen Klapptisch aufgestellt und war gerade dabei, die Brote zu verteilen. Bis zum Mittag waren es nur drei Männer und zwei Frauen, die aushalfen, die anderen kamen am späteren Nachmittag dazu. Jetzt hatten sie sich um den kleinen Tisch versammelt und lobten Gisas Brote, die nicht nur vorzüglich schmeckten, sondern auch ein wahrer Augenschmaus waren. Die Blumenhändlerin hatte die Pastete und den Käse mit Gänseblümchen, Kapuzinerkresse und kandierten Veilchen verziert.

Es wunderte Iwa nicht, dass Wilhelm nicht herausgekommen war, um sich mit den anderen am Tisch zu stärken. Er schien sich von allen abzusondern und war stets in die Renovierungsarbeiten vertieft, wenn er sich nicht gerade in der Bar aufhielt, um dort zu putzen. An manchen Tagen fragte sich Iwa, ob er überhaupt ein Wort gesprochen oder irgendetwas gegessen hatte. So konnte es nicht weitergehen!

Entschlossen trat sie über die Schwelle.

Noch war die Sonne nicht weit genug gewandert, dass ihre Strahlen den Laden erreichten, und so tauchte Iwa in ein Halbdunkel, das von den rußgeschwärzten Wänden noch verstärkt wurde. Inzwischen waren die Überreste der Einrichtung herausgetragen worden, der Schutt zum größten Teil beseitigt. Der Laden wirkte nackt und befremdlich. Kaum vorzustellen, dass hier einmal unzählige Blumenvasen und Topfpflanzen gestanden hatten, alles gegrünt und geblüht und das Herz eines jeden erfreut hatte, der durch die Tür gekommen war. Jetzt gab es nicht einmal eine Tür, keine Regale, keinen Tresen.

Sie entdeckte Wilhelms großgewachsene Statur in der hinteren Ecke des Verkaufsraums. Offensichtlich war er dabei, die vom Brand beschädigte Fußbodenleisten abzulösen. Völlig in seine Tätigkeit vertieft, schien er nichts und niemanden um sich herum zu bemerken. Einen Moment lang sah Iwa ihm zu. Es gefiel ihr zu beobachten, wie sich seine Muskeln unter seinem Hemd bewegten, wie sich der Stoff spannte und die Linien seines Körpers betonte. Seit sie die Nacktzeichnung in der Bar gesehen hatte, ertappte sie sich manchmal dabei, wie sie sich Wilhelm ohne Kleidung vorstellte. Auch wenn er scherzhaft gemeint hatte, beim Anblick des Aktmodells würde er Minderwertigkeitskomplexe bekommen, fand Iwa, dass er sich nicht zu verstecken brauchte. In manchen Nächten malte sie sich aus, wie er völlig hüllenlos vor ihr stehen, wie sie ihre Finger über seinen Bauch wandern lassen und das Licht- und Schattenspiel auf den Konturen seiner Muskeln beobachten würde.

Hitze breitete sich in ihr aus, die längst nicht nur ihr Gesicht erfasste, ihren Atem schwer machte und sich in ihren Schoß senkte.

»He«, sagte sie, um sich rasch auf andere Gedanken zu bringen, merkte aber, wie belegt ihre Stimme klang. »Draußen gibt es etwas zu essen. Mach mal eine Pause, du bist ja seit dem frühen Morgen hier.«

Er fuhr herum. Sein Gesicht war verschwitzt und verdreckt. Das Haar stand wild ab, und am liebsten hätte Iwa ihm die Strähnen aus der Stirn gestrichen. »Ich habe keinen Hunger.«

»Du musst doch etwas essen.« Sie schmunzelte, um die Anspannung zwischen ihnen zu lösen. Seit dem Brand im Laden kam es ihr vor, als wäre er manchmal gar nicht so richtig da. Sie vermisste die Nähe zu ihm, die Neckereien. »Wenn du so wählerisch bist, könnte ich dir Kekse backen. Garantiert ohne Nüsse. Aber ich kann nicht versichern, dass sie so gut schmecken wie die von Trude. Daher würde ich dir die Brote, die draußen verteilt werden, sehr empfehlen.«

»Es gibt viel zu tun«, antwortete er. »Ich sollte weitermachen.«

Früher hätte er mit irgendetwas Witzigem gekontert, jetzt lag etwas Schweres in seinem Blick. Es kam Iwa vor, als stünden sie an einem Abgrund, der sich zwischen ihnen erstreckte. Egal, wie sehr sie sich auch anstrengte, sie konnte ihn nicht erreichen. Nicht mit Worten, nicht mit einem Lächeln und schon gar nicht mit einer Berührung.

»Ist alles in Ordnung?«, fragte sie ernst.

Mit einer knappen Geste deutete er um sich herum. »Sieht hier auch nur irgendetwas danach aus, als wäre alles in Ordnung?«

»Es ist doch nicht deine Schuld«, sagte sie sanft.

»Es ist sogar mehr als das.« Er wandte sich wieder den Leisten zu. Seine Schultern sackten dabei ein wenig nach vorne, als würde er unter einer unsichtbaren Last gleich zusammenbrechen. Von draußen tönten fröhliche Stimmen, dann Schritte. Frau Kirbach war anscheinend zu den Helfenden dazugestoßen, ihr lautes Organ war nicht zu überhören. Die ausgelassene Stimmung draußen stand in einem starken Kontrast zu der gedrückten Atmosphäre hier drin.

»Wilhelm?«, rief Iwa nach ihm.

Er blickte über die Schulter. »Hm?«

»Geht es dir gut?«

Schweigen dehnte sich zwischen ihnen aus, in dem so viel Leid lag, dass Iwa keine Antwort brauchte. Nein, es ging ihm ganz und gar nicht gut. Wenn sie nur verstehen könnte, was mit ihm los war! Seit dem Brand schien er wie ausgewechselt zu sein. Als hätte der Moment, in dem er den Rauch gesehen und hineingestürzt war, um Whisky herauszuholen, ihm jegliche Fähigkeit genommen, Freude zu empfinden.

»Es ist absolut nebensächlich, wie es mir geht, glaub mir«, sagte er schließlich. Verbissen begann er, die Leisten abzureißen, als hinge sein Leben davon ab.

Wieder waren Schritte zu hören. Iwa blickte zum Eingang und sah Gisa näherkommen. Über die Schwelle zu treten und die Verwüstung anzusehen fiel der Blumenhändlerin sichtlich schwer. Obwohl alle ihr versicherten, dass ihr Laden schon bald in ganzer Pracht erblühen würde, vielleicht noch prächtiger als zuvor. »Iwa? Schaust du bitte nach dem Eintopf auf dem Herd?«

»Ja. Natürlich.« Schwermütig warf sie noch einen letzten Blick auf Wilhelm, doch der sah von seiner Arbeit nicht hoch.

Gisa räusperte sich. »Wilhelm? Könntest du mitgehen und Iwa helfen, den heißen Topf hinunterzutragen? Er ist schwer, aber zusammen schafft ihr das.«

Er erstarrte kurz. Dann nickte er, richtete sich auf und wischte sich über die Stirn, wobei er eine breite, dunkle Spur über seine Haut zog.

Gisa schmunzelte. »Waschen könntest du dich auch, bevor es ans Essen geht.« Ehe er etwas erwidern konnte, hob sie warnend einen Finger. »Den Eintopf essen wir alle gemeinsam, keine Wiederrede!«

Wilhelm gab keine Widerrede, er sagte einfach gar nichts.

Iwa ging voran, hörte seine schweren Schritte hinter sich. Das Mädchen war von der Treppe bereits verschwunden, aber eine Puppe hatte es vergessen. Wilhelm bückte sich und hob das Spielzeug auf, bevor Iwa – ganz in Gedanken – darauf treten konnte. »Oh. Die gehört der kleinen Marie.« Sie deutete auf eine Tür, lauschte. »Leg sie am besten davor hin.« Da kein Säuglingsgeschrei aus der

Wohnung drang, wollte Iwa nicht klopfen und damit das Kleine womöglich aufwecken. Wann auch immer Iwa die Mutter traf, sah diese stets übernächtigt aus.

Wilhelm drehte die Puppe in den Händen. Was hielt er wohl von Familie? Von Kindern? Für sie stand es außer Frage, dass sie keine wollte. Die Ehe würde ihr die wenigen Rechte nehmen, die sie besaß. Und die Mutterschaft würde es ihr unmöglich machen, alles dem Tanz zu geben und mit ihrer Leidenschaft bis an ihre Grenzen zu gehen. Es ist deine Bestimmung als Frau, würde ihre Großmutter sagen. Doch Iwa wollte selbst nach ihrer Bestimmung suchen, statt sich von anderen bestimmen zu lassen.

»Möchtest du irgendwann Kinder haben?«, fragte sie.

»Früher wollte ich das.« Mit dem Daumen strich er der Puppe die Wollhaare aus dem Gesicht.

»Jetzt nicht mehr?«

»Niemand weiß, was die Krankheit bei meiner Mutter verursacht hat. Es kann sein, dass ich die auch habe. Und es kann sein, dass meine Kinder die haben werden.« In seiner Stimme lag eine unendliche Traurigkeit. Als hätte sein Verstand diese Frage bereits geklärt und einen Schlussstrich gezogen, sein Herz aber etwas anderes wollte. Er setzte die Puppe auf die Schwelle, lehnte den Körper an den Türrahmen. Eine Weile sah er das Spielzeug an. »Ich könnte ein wunderbarer Patenonkel werden«, sagte er schließlich.

»Das könntest du.« Sie wollte ihm eine Hand auf die Schulter legen, doch er wich zurück.

»Nein. Nicht.« Er schluckte hart. »Zuerst müssen wir reden.«

»Aber wir reden doch.«

»Nicht so. Nicht hier.« Er deutete zur Tür, hinter der Whisky bereits ungeduldig winselte.

Iwa senkte den Arm, den sie nach ihm ausgestreckt hatte. »Gut.«

Wobei nichts zwischen ihnen gut war, das spürte sie genau.

Sie öffnete die Wohnungstür und trat ein. Whisky empfing sie mit heftigem Schwanzwedeln und Bellen, als wäre sie Ewigkeiten fortgewesen. Genauso heftig begrüßte er Wilhelm und pinkelte sich vor lauter Freude sogar ein wenig ein. Iwa fragte sich, ob der Blöddödel ahnte, dass dieser Mann ihm das Leben gerettet hatte. Oder ob es daran lag, dass Wilhelm sich ausgiebig mit dem Hund beschäftigte, wann auch immer er Iwa besuchte.

Iwa ließ die Tür aufstehen, damit es weiter durchlüftete. Prüfend hob sie den Deckel vom Kochtopf, doch die Rübensuppe war noch nicht so weit. So eine riesige Menge erhitzte sich nicht so schnell. Wilhelm war neben der Tür stehen geblieben. Wenn er reden wollte, so machte er nicht gerade den Eindruck, damit alsbald beginnen zu wollen.

Sie trat zur Kommode und nahm eine Mappe heraus, die sie für ihn schon vor einiger Zeit vorbereitet hatte, aber wegen des Brands noch nicht dazu gekommen war, ihm zu geben. Vielleicht würde das seine Stimmung aufhellen.

»Schau, was ich für dich habe.« Sie drückte ihm die Mappe in die Hand. »Schlag mal auf!«

Mit undurchdringlichem Gesicht tat er wie geheißen

und warf einen Blick hinein. Natürlich wusste er sofort, was er da sah, doch auch dann veränderte sich seine Miene kein bisschen.

»Six Etudes pour la main gauche seule von Charles Camille Saint-Saëns«, erklärte sie in ihrem gebrochenen Französisch, um doch noch einen Hauch Begeisterung aus ihm herauszukitzeln. Es war zu einer ihrer Lieblingsbeschäftigungen geworden, Klavierstücke nur für die linke Hand zu entdecken. Niemals hätte sie gedacht, dass so viele bereits existierten und dass es durchaus einige Pianisten gab, die das Klavier mit der linken Hand bravourös beherrschten. Angefangen von Géza Graf Zichy zu Vásonykeö bis Paul Wittgenstein, der im Dezember ein Konzert in Dresden geben sollte. Iwa hatte bereits Geld beiseitegelegt, um die Eintrittskarten zu besorgen. Den Virtuosen mit den eigenen Augen zu sehen, seine Kunst hautnah zu erleben würde Wilhelm mit Sicherheit noch mehr anspornen, das eigene Spiel zu vervollkommnen. Allerdings musste der Kauf der Konzertkarten nun etwas warten, denn der Aufbau des Blumenladens benötigte vorerst jeden Groschen. Sie hatte sogar das Collier ihrer Mutter versetzt, auch wenn die Steine nicht so viel Geld eingebracht hatten wie erhofft.

Wilhelm trat zum Tisch und legte die Mappe darauf. Normalerweise hätte er sofort voller Eifer in den Noten geblättert, sich vielleicht sogar bereits Gedanken über die eigene Interpretation gemacht.

So langsam machte Iwa sich richtig Sorgen. Richtig große Sorgen. Nur Whisky schien die drückende Stimmung nicht zu bemerken, sondern lief zum Tisch, reckte neugierig seine Nase in die Luft – er lebte in der grundlegenden Annahme, dass alles, was irgendwo herumlag, für ihn bestimmt war.

»Was ist los?«, fragte Iwa und hoffte, Wilhelm nicht zu sehr zu bedrängen. Andererseits hatte er gesagt, er wolle reden. Dann sollte er das doch endlich auch mal tun!

Mit steifen Bewegungen holte er ein zusammengefaltetes Blatt aus der Hosentasche und legte es neben die Mappe. Schon auf die Entfernung sah sie, dass es sich um eine Art Ausweis handelte. »Ich denke, das solltest du dir ansehen.« Er trat einen Schritt zurück.

»Warum?« Eindringlich betrachtete sie sein Gesicht, in dem sich tiefe Schatten abzeichneten. Offensichtlich hatte er in den letzten Tagen nicht besonders viel Schlaf bekommen.

»Bitte, sieh es dir an.«

»Du machst mir Angst.«

»Ich weiß, und es tut mir sehr leid.« Kurz schloss er die Augen. »Ganz egal, was gleich passiert, ich möchte, dass du weißt, dass du vor mir niemals Angst zu haben brauchst. Niemals.«

Seine Worte beruhigten sie kein bisschen.

Zögerlich ging sie auf den Tisch zu, nahm das Dokument und entfaltete es. Eine getrocknete Blume segelte vor ihre Füße, doch Iwa registrierte sie kaum. Stattdessen haftete ihr Blick auf Wilhelms Fotografie, die nicht besonders vorteilhaft war, dann glitt er auf die andere Seite, wo seine Personalien standen.

»Wilhelm Otto Maximilian Georg von Hohenstein. Von Hohenstein?« Ihre Stimme sprang mehrere Oktaven höher, zitterte, schnitt scharf durch den Raum.

Ungläubig sah zu ihm herüber. Das ergab doch absolut keinen Sinn!

»Er ist mein Vater«, hörte sie ihn sagen.

Der Ausweis fiel ihr aus den Händen. »Wie kann das sein?«, flüsterte sie. *Wie kann das sein?* Iwa tastete nach dem Tisch. Ihre Beine weigerten sich, sie aufrecht zu halten.

»Ich schätze, genauso wie bei allen anderen. Er hat meine Mutter geschwängert.«

»Das ist nicht witzig, Wilhelm!«

»Ich wünschte, ich könnte darüber lachen.«

Whisky lief zwischen ihnen hin und her, winselte unruhig. Schmerzhaft echote sein Winseln in ihrem Kopf. Sie hielt den Hund auf, zog ihn in ihre Arme und drückte ihn an sich. Sein Körper spendete ihr etwas Wärme, sein Geruch schenkte Geborgenheit und wenigstens etwas Sicherheit.

»Du hast mich belogen«, flüsterte sie kaum hörbar. Nach und nach sickerte die furchtbare Erkenntnis in ihren Verstand. Die letzten Monate – nichts davon war echt. »Du hast mich belogen.«

»Nein.«

»Aber du hast mir nicht die Wahrheit gesagt!«

»Ja, das stimmt.« Er verlagerte sein Gewicht.

»Bleib, wo du bist!« Ihre Stimme schrillte durch den Raum. Auf keinen Fall wollte sie, dass er näher kam.

Er hob die Hände. »Gut. Ich bleibe hier. Aber lass uns bitte über alles reden. Es ist wichtig. Zu viel steht auf dem Spiel.«

Sie schnaubte. »Das ist also ein Spiel für dich? Bei dem du mir vormachen solltest, du wärst ein Chauffeur?« Wie hatte sie nur so naiv sein und ihm vertrauen können! Dabei hatte Martha sie doch gewarnt.

»Der bin ich auch! Für mehr habe ich ihm noch nie genutzt, bis er erfahren hat, wer du bist und dass wir ... uns getroffen haben.«

»Von dir? War das euer Plan, von Anfang an?« Es tat weh, es tat so furchtbar weh!

»Nein, er hat es nicht von mir erfahren! Und wenn er irgendwelche Pläne geschmiedet hat, dann hat er mich nie darin eingeweiht. Zumindest nicht bis zu dem Moment, an dem er mich für ihre Ausführung brauchte.«

Sie merkte, wie schnell ihr Atem ging. Ihre Begegnungen, ihre Berührungen – alles Lüge? Um sie genau dahin zu bekommen, wo er und sein Vater sie haben wollten? Natürlich. Wilhelm, ihren Herrn Charakterfest, hatte es nie gegeben. So langsam sollte sie es doch begreifen! Alles begreifen. Das ganze abgekartete Spiel.

»Du bist derjenige, den ich heiraten sollte!«, entfuhr es ihr.

Wilhelm hob den Blick. Stumm sah er ihr in die Augen, und sein Gesichtsausdruck verriet ihr, dass sie richtig lag.

Mit einem Mal fiel es ihr wie Schuppen von den Augen. Der Ausflug in die Tonhalle. Ihr Vater war wütend, enttäuscht gewesen. Der heiratswillige Sohn eines Barons kam ihm dabei sehr gelegen. Eine wundervolle Partie. Und der Baron … Wenn sie das alles durchschauen wollte, musste sie seine Absichten verstehen. »Was erhofft sich dein Vater von all dem?«

»Es geht ihm nur ums Geld. Er erhofft sich davon eine langfristige und profitable Partnerschaft mit deinem Vater.«

So einfach. Natürlich. Sie lachte bitter auf, doch die Laute blieben ihr in der Kehle stecken und verursachten Übelkeit. Die Männer unter sich. Das Geschäft längst besiegelt, die Details besprochen. Nach ihrer Meinung dazu lohnte es sich nicht zu fragen.

»Nur habe ich euch allen einen Strich durch die Rechnung gemacht. Also musste dein Vater dich nach Dresden schicken, damit diese profitable Partnerschaft nicht ins Wasser fällt, hab ich recht?«

Vertrauen Sie niemandem!

Niemandem.

Hätte sie nur auf Martha gehört! Dann stünde sie jetzt nicht hier, mit Whisky im Arm und gebrochenem Herzen in der Brust. Ein Teil in ihr wollte es immer noch nicht glauben, doch sie ließ diesen Teil verstummen. Es war eindeutig.

Im Topf auf dem Herd begann es zu brodeln. Zusammen mit der Suppe kochte Wut in ihr hoch. Eine so große Wut, dass sie ihr nichts entgegenzusetzen hatte. Am liebsten hätte sie etwas durch die Gegend geschmissen. Die Noten – und den Tisch, auf dem sie lagen, gleich hinterher. »Als du hier aufgetaucht bist, habe ich dich gefragt, ob der

Baron dich schickt! Ob du hier bist, um mich zurück nach München zu bringen! Du hast nein gesagt. Du hast mir ins Gesicht gesehen und mich angelogen!«

»Habe ich das?« Er setzte sich in Bewegung. Iwa wich zurück, doch er hatte nicht vor, ihr nahe zu kommen. Stattdessen lief er ein paar Schritte hin und her. »Ich habe gesagt: ›Nein, ich will dich nicht zurück nach München bringen.‹« Er stoppte abrupt. »Ich habe bei meiner Mutter geschworen, dass ich dich nie zu irgendetwas zwingen würde!«

Sie drückte Whisky so fest, dass der arme Hund aufquiekte. Also ließ sie ihn auf den Boden, und der kleine Verräter versteckte sich ausgerechnet hinter Wilhelms Beinen.

»Das soll ich dir glauben?« Sie schnaubte bitter. »Ich habe keine Ahnung, was wahr ist und was nicht, wenn es aus deinem Mund kommt! Ist deine Mutter überhaupt krank?«

Er zuckte zusammen. Dass sie ihm nicht einmal das glauben wollte, schien ihn mehr zu treffen als alle anderen Vorwürfe, die sie ihm an den Kopf warf.

»Ja.« Seine Stimme klang brüchig vor Kummer. »Ich habe versucht, sie von meinem Vater wegzubringen. Er hat es verhindert. Sie ist dort, bei ihm, und er droht, sie in eine Anstalt zu schicken, wenn ich nicht nach seiner Pfeife tanze.« Er schloss die Augen und wischte sich mit einer Hand übers Gesicht, als ringe er um Fassung. »Ich wollte es dir gleich sagen, sobald ich dich in Dresden wiedersehe. Die ganze Wahrheit. Über mich, meinen Vater ...«

»Hast du aber nicht!«, unterbrach sie ihn. Was spielte es noch für eine Rolle, was er damals wollte. Er hatte es nicht getan. In ihren Augen brannte es. *Bloß nicht weinen!* Egal, wie bitter es gerade war. Tränen hatten hier nichts zu suchen.

»Hättest du mir zugehört, hätte ich es bei unserem ersten Treffen in Dresden gesagt!«

Mit einem Mal verpuffte ihr Zorn. Erschöpft ließ sie sich auf den Stuhl sinken.

»Nein.« Sie wusste noch, wie sie ihm an den Kopf geworfen hatte, dass er gleich wieder verschwinden könnte. Er hätte nie die Möglichkeit gehabt, sich auch nur ansatzweise zu erklären. »Aber später hätte ich es getan!«

»Dieses Später ist jetzt«, sagte er ernst. »Es ist wichtig. Hör mir zu, Wiwi, ich bitte dich!«

»Nenne mich nicht mehr so.« Sie wandte ihren Blick von ihm ab. Was sollte sie nur denken, fühlen? Wie sollte sie das alles nur bewältigen? »Was hat dich dazu gebracht, es endlich zu sagen?«

Er lehnte sich gegen die Kommode, als bräuchte er eine Stützte. Whisky rollte sich zu seinen Füßen zusammen und bettete den Kopf auf seinen Schuh. Spätestens jetzt sollte Judas zu seinem neuen Spitznamen werden, beschloss Iwa.

»Weißt du noch, wie ich damals gesagt habe, ich wäre hier, um alles geradezubiegen?«

Sie nickte langsam.

»Ich brauchte Zeit, um zu überlegen, wie ich meine Mutter von meinem Vater wegbringen kann und wohin. Und ich wollte ihm ein Angebot unterbreiten können, damit er an sein verdammtes Geld kommt, ohne dass er auf diese Heirat bestehen muss. Der Plan, meine Mutter betreffend, hat große Fortschritte gemacht. Das Lahmann-Sanatorium ist teuer, aber Alex kennt jemanden, wo ich vielleicht zwei weitere Stellen bekommen könnte, um den Aufenthalt zu finanzieren. Ich muss nur noch schaffen, sie aus dem Haus meines Vaters zu befreien. Und was das Geld angeht, das er braucht, habe ich mich vor einigen Tagen mit ihm getroffen, um ihm ein lukratives Geschäft vorzuschlagen. Doch es geht ihm längst nicht bloß ums Geld. Er will sich seine Macht beweisen. Also hat er mein Angebot abgelehnt und mir zwei Wochen Zeit gegeben, um seine Anweisungen umzusetzen. Er meinte, sonst würde er mir und dir einen Denkzettel verpassen, den wir nicht so schnell vergessen werden. Doch wie es sich herausgestellt hat, habe ich keine zwei Wochen Zeit gehabt. Sondern nur zwei Tage.«

Wie ein eiskalter Pfeil schoss die Erkenntnis durch ihr Inneres. »Gisas Blumenladen. Das war dein Vater, stimmt's?« Sie hörte ihre eigenen Worte kaum, so ungeheuerlich war die Vorstellung.

»Ja. Ich bin mir sicher, dass er dahintersteckt.«

»Und trotzdem hast du nichts gesagt?« Sie stand auf, lief unruhig hin und her. Gisas Laden. Iwa hatte das Gefühl, eine riesige Welle würde über ihr zusammenbrechen und sie mit sich reißen. »Wir hätten es verhindern können!«

»Ich wusste doch nicht, was genau er plant!«

»Und warum hast du nicht wenigstens von deinem Treffen mit ihm erzählt?«

Resigniert senkte er die Arme. »Das wollte ich. An dem Tag, an dem es gebrannt hat. Deshalb war ich da! Ich bin gekommen, um mit dir zu reden. Wie hätte ich wissen können, dass er nicht nach zwei Wochen, sondern schon nach zwei Tagen etwas unternimmt? Wobei … Ich hätte ahnen müssen, dass er nicht sein Wort hält. Viel schlimmer ist allerdings …«

Iwa riss die Hände in die Höhe. »Er hat Gisas Blumenladen vernichtet! Was kann da noch schlimmer sein?«

»Er will dich verletzten, damit du nicht mehr tanzen kannst und dann freiwillig nach München zu deiner Familie zurückkommst. Deshalb ist es wichtig, dass du untertauchst. Vielleicht solltest du sogar Dresden verlassen. Ich habe gehört, dass eine deiner Lehrerinnen, diese Trümpy, Ende des Jahres ihre eigene Tanzschule in Berlin öffnen will …«

»Berlin?« Iwa fuhr herum. »Und was dann? Zürich? New York? Wie weit soll ich weglaufen, um vor deinem Vater sicher zu sein?«

Da entdeckte sie Gisa, die auf der Schwelle stand und fassungslos das Gespräch verfolgte. Iwas Herz setzte einen Schlag aus.

Dann stürzte Gisa zum Herd und machte das Feuer unter dem blubbernden Eintopf aus. »Ich habe mich schon gefragt, warum es so lange dauert.« Ihre Fassungslosigkeit galt in erster Linie also der Suppe, die auf dem Herd vergessen worden war.

Iwa straffte die Schultern. Sie sollte jetzt mit Gisa reden. Ihr alles erzählen. Sich zu sammeln, um herauszufinden, ob sie Wilhelm je wieder vertrauen konnte. Im Moment fiel es ihr schwer, seine bloße Anwesenheit zu ertragen.

»Ich glaube, es ist besser, wenn du jetzt gehst.« Sie richtete sich auf. »Du brauchst nicht mehr unten im Blumenladen zu helfen.«

»Ich verstehe.« Er löste sich von der Kommode. Zögerte. »Siehst du. Hab ich doch gesagt, dass du den Hinweis nicht brauchen wirst.«

»Welchen Hinweis?«

»Den mit den süßen Äpfeln.«

Whisky sprang auf, blickte verwirrt hin und her und begleitete Wilhelm schwanzwedelnd zur Tür.

»Warte!«, rief Iwa ihm hinterher.

Wilhelm fuhr herum. Kurz glomm Hoffnung in seinen Augen auf – und erlosch, als Iwa zum Boden deutete. »Vergiss deine Papiere nicht.«

Er nickte, griff nach dem Dokument und verließ die Wohnung. Eine Weile lauschte Iwa seinen Schritten auf der Treppe, bis sie nicht mehr zu hören waren.

»Wie viel hast du mitbekommen?« Ein drückendes Gefühl lag auf ihrer Brust, als würde eine schwere Last jedes Quäntchen Luft aus ihr herauspressen.

»Genug«, antwortete die Blumenhändlerin. Gedankenverloren rührte sie im Topf. »Margaret hat also recht, es war keine Jugendbande.«

»Hätte ich ihm nicht vertraut … Hätte ich nur …« Es fiel ihr schwer, die Tränen zurückzuhalten, die erneut in ihre Augen schossen.

»Sschscht.« Gisa legte den Schöpflöffel weg, schloss Iwa

in die Arme und strich ihr behutsam über den Rücken. »Es ist nicht deine Schuld. Seine ist es aber auch nicht.«

»Wie kannst du das sagen?« Sie schob sich aus der Umarmung. »Sein Vater hat deinen Blumenladen vernichtet!«

»Sein Vater. Nicht er.«

»Aber wir hätten etwas unternehmen können, wenn wir früher davon gewusst hätten!«

»Vielleicht. Vielleicht auch nicht.« Gisa deutete auf einen Stuhl neben dem Tisch. »Setz dich. Dieses Gespräch sollten wir in Ruhe führen.«

Sie selbst trat zur Küchenzeile und begann, Kaffee und Tee zuzubereiten. Ihre langsamen Bewegungen hatten etwas Besonnenes, Meditatives. Es war beruhigend, ihr zuzusehen.

»Was ist mit den Helfern? Sie warten bestimmt auf die Suppe«, murmelte Iwa.

»Das hier ist wichtiger«, antwortete die Blumenhändlerin. »Die Suppe kann man noch einmal aufwärmen. So ein Gespräch nicht.«

Nach einer Weile breitete sich der Duft von Kaffee und schwarzem Tee in der Wohnung aus. Gisa setzte sich Iwa gegenüber und stellte die Tassen auf den Tisch. »Kennst du das Motto vom Monolith?«, fragte sie schließlich.

Iwa stutzte. »Hier zählt nur dein Herz, nicht, wer du bist.«

»Mhm, genau«, sagte Gisa und blickte über den Rand ihrer Tasse hinweg. »Ein sehr schönes Motto, findest du nicht auch?«

»Warum reden wir plötzlich über die Bar?«

»Wir reden nicht über die Bar. Sondern darüber, dass er der Sohn eines offensichtlich sehr schlimmen Menschen ist. Aber macht ihn das automatisch ebenfalls zu einem schlimmen Menschen? Unsere Taten machen uns aus, nicht unsere Abstammung.«

Er hat gelogen, pochte es in Iwas Kopf.

Aber auch sie hatte ihm anfangs etwas vorgespielt. Auch sie hatte gelogen. Oder zumindest nicht die ganze Wahrheit gesagt. Der einzige Unterschied lag darin, dass sie es nicht so lange hinausgezögert hatte. Und dass ihr Vater keine Blumenläden anzünden ließ, um seine Pläne durchzusetzen.

»Er meinte, der Baron will dich verletzten?« Gisa warf Iwa einen besorgten Blick zu und nippte an ihrem Tee. »Habe ich das richtig verstanden?«

Fest umschloss Iwa ihre Kaffeetasse. »Ich werde nicht nach Berlin gehen. Das kann ich nicht! In drei Tagen ist das Vortanzen für Mary Wigmans neue Gruppe. Es ist meine große Chance!«

»Außerdem wäre die Gefahr damit nicht gebannt.«

»Die wäre auch nicht gebannt, würde ich mich fügen und Wilhelm heiraten!« Sie schüttelte sich. Die Vorstellung, vor den Altar treten zu müssen, ließ einen kalten Schauer über ihren Rücken wandern. Dabei spielte es keine Rolle, mit wem. »Ich würde doch nur mehr in seine Fänge geraten!«

»Deshalb müssen wir überlegen, wie wir ihn unschädlich machen können. Für dich. Für Wilhelm. Und für Wilhelms Mutter, damit diese Frau nicht noch mehr leiden muss.«

»Leider ist der Baron ein sehr einflussreicher Mann.«

»Jeder einflussreiche Mann hat seine Leichen im Keller. An deiner Stelle würde ich mich an Alex wenden. Vor ihr hat noch nie jemand etwas verheimlichen können. Zumindest nicht lange.«

»Warum sollte Alex mir helfen?«

Gisa lächelte geheimnisvoll. »Weil du nett fragst? Ich weiß es nicht. Aber Wilhelm würde sie auf jeden Fall helfen. Er gehört zur Monolith-Familie.«

Iwa runzelte die Stirn. »Was genau soll das bedeuten?«

»Er arbeitet dort, oder? Und jeder, der dort arbeitet, steht unter dem Schutz vom Monolith. Das Monolith ist ein besonderer Ort und so viel mehr als bloß eine Bar.«

»Womit wir wieder bei Wilhelm sind. Darf man ihm vertrauen?« Iwa senkte den Blick und sah die vertrocknete Blume auf dem Boden liegen, die aus seinem Dokument herausgefallen war. Sie hob das arme Ding auf. Sie und vermutlich auch Whisky waren darauf getrampelt, so dass kaum noch etwas übrig blieb. Doch Iwa erkannte die Blüte. Eine Freesie. Er hatte also die Blume aufgehoben, die sie ihm damals geschenkt hatte. Vielleicht wusste er, wofür sie stand. Doch reichte es aus, um alle Zweifel aus dem Weg zu räumen?

Gisa hob die Schultern. »Das kann ich dir nicht mit Gewissheit sagen. Aber Whisky mag ihn.«

»Hast du nicht gesagt, Whisky mag jeden, den er um die Pfote wickeln kann?«

»Touché.« Gisa schmunzelte, wurde aber sofort wieder ernst. »Mit Wilhelm oder ohne ihn. Wir müssen diesem

Mann das Handwerk legen, bevor er dir und anderen noch mehr Leid zufügen kann. Ein abgebrannter Blumenladen lässt sich wiederherstellen, anderes womöglich nicht.«

Nachdenklich drehte Iwa die zerschundene Freesie in den Fingern. Der Baron musste zu Fall gebracht werden, so viel war sicher. Aber auf welcher Seite würde Wilhelm stehen?

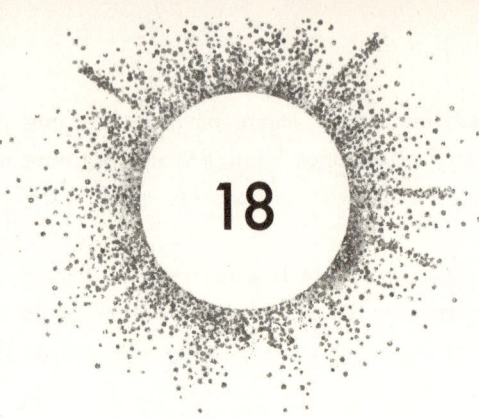

18

Na, nervös, kleines Möchtegern-Wigmännchen?« Ohne Vorwarnung drang Egons schnurrende Stimme dicht an ihr Ohr, und es kostete Iwa viel Selbstbeherrschung, ihm nicht reflexartig ins Gesicht zu boxen. Vielleicht würde er dann lernen, endlich Abstand zu halten.

»Ich sehe keinen Grund, nervös zu sein. Du etwa?«, erwiderte Iwa mit fester Stimme. Etwas abseits entdeckte sie Hetty, die offensichtlich gekommen war, um Egon zu unterstützen. Nervös verfolgte die junge Frau die Unterhaltung.

»Die Konkurrenz ist stark, und du bist noch nicht lange dabei. Meinst du wirklich, du kannst mit den anderen mithalten?«

»Ich muss nicht mit den anderen mithalten.« Sie blickte in Egons blaue Augen, die ihr kalt entgegenfunkelten. »Sondern den Tanz finden. Und hoffen, dass auch der Tanz mich findet.« Herausfordernd hob sie die Augenbrauen. »Und wie war es denn bei dir? Was hat Mary Wigman gesagt?«

Er kniff die Lider zusammen. »Das wüsstest du wohl gerne. Willst du etwa einen Tipp von mir haben?«

»Einen Tipp von dir brauche ich nicht.«

Die Tür zum Übungssaal öffnete sich, und eine strahlende Nora kam heraus, wobei das überhaupt nichts zu sagen hatte. Sie strahlte immer, wenn sie nur tanzen konnte. Als wäre der Tanz ein Elixier, das in ihr einen Glücksrausch auslöste. Iwa beneidete sie ein wenig. Denn was der Tanz für sie war, hatte sie noch immer nicht herausgefunden.

Nora wirbelte auf Iwa zu und schloss sie fest in die Arme. »Du bist dran. Hals- und Beinbruch!«

»Na, lieber nicht.« Iwa lachte und schielte zur Tür. Nun war sie doch ziemlich nervös, obwohl sie das niemals vor Egon zugegeben hätte.

Mit einem flauen Gefühl im Magen trat sie in den Saal. Der große Raum schien sie zu verschlingen. Sie fühlte sich klein und unbedeutend.

Sogleich trat Mary Wigman auf sie zu, und der Saal füllte sich mit der Präsenz der großen Tänzerin. Ein Blick reichte aus, um die Luft ringsherum zum Schwingen zu bringen. Das Gesicht strahlte, die Augen funkelten. Der Aufenthalt in der Schweiz hatte ihr sichtlich gutgetan. Vielleicht lag es auch an der neuen Liebe. Die frischen Emotionen eröffneten ganz neue Möglichkeiten des Ausdrucks und zeigten noch nie dagewesene Wege auf. Vielleicht sollte mit dem Tanzmärchen ein Zeichen des Wandels gesetzt werden. Ein Abschied und Neuanfang zugleich. Der moderne Tanz ließ das Altbekannte hinter sich, hüpfte – glänzend, frisch und neugierig auf das Kommende – dem unbekannten Zeitalter entgegen.

Wie passte sie da hinein? Einfach Wiwi – inmitten eines gewaltigen Umbruchs?

»Ich möchte deine Stimme erleben«, redete Mary Wigman, die anscheinend gerade eine kleine Ansprache hielt. Iwa brauchte einen Moment, um sich auf die Worte zu fokussieren. »Mir ist wichtig, dass jeder dieses Stück mit seiner Ausdruckskraft mitgestaltet. Um nicht zu sagen miterschafft. Unser Tanzwerk soll die Schöpfung der Gemeinschaft sein, und das bedeutet, dass jeder Einzelne von euch eine Mitverantwortung für den Erfolg tragen wird.«

Iwa nickte.

»Wunderbar. Fang an.«

Bloß kein Druck. Ihre Handflächen wurden trotzdem ganz feucht. Verstohlen wischte sie diese am Stoff ihres Rockes ab.

Na, nervös, kleines Möchtegern-Wigmännchen?, höhnte Egons Stimme in ihrem Kopf. Sie sollte anfangen! Mary Wigman hatte gesagt, dass sie anfangen sollte! Nur wie?

Iwa schloss die Augen.

Denk an die Grundlagen! Du hast das alles doch so oft geübt!

Zuerst den Raum erschaffen, ihn mit den Bewegungen erforschen und lebendig machen. Der Mensch ist das Zentrum. Hatte Trümpy das so ausgedrückt? Gleiten, schweben. Trippeln. Stürzen. Passive und aktive Skalas. Was zuerst?

»Brauchst du eine rhythmische Begleitung, einen Takt?«,

tönte die Frage von irgendwoher, und Iwa fiel auf, dass sie sich noch kein Stück gerührt hatte.

Lautstark pochte ihr Herz, rüttelte sie wach, rief die Erinnerungen hervor. Alles fühlte sich so unwirklich an, so schrecklich zerbrechlich.

Willst du mich scheitern sehen? Willst du das?

Wilhelm. Sie dachte an den bestürzten Blick, den er ihr zugeworfen hatte. Warum hatte er ihr nicht die Wahrheit gesagt? Wenn sie nur zugehört hätte …

Wie eine heiße Kugel glühte Wut in ihrem Bauch auf. Auf ihn, auf sich selbst. Sie hätte ihn schütteln wollen, diesen Wilhelm Otto Maximilian Georg von Hohenstein. Sein Name hatte einen eigenen Rhythmus, einen eigenen Klang, der alles in ihr zum Vibrieren brachte.

Mit aller Macht bahnten sich ihre Gefühle ihren Weg nach draußen, rissen alle Mauern nieder, brausten auf wie ein Inferno. Als würde der Wirbelsturm durch sie hindurchfegen, ließ sie sich von der Naturgewalt mitreißen – und sprang.

Wir müssen ernsthaft über deine Zukunft reden, Iwa. Ihr Vater. Bestimmend, einnehmend, seine Präsenz manifestierte sich im Raum, wollte ihr die Bewegungsfreiheit und den Atem rauben. Sie spürte, wie sie mit allen Sinnen dagegen ankämpfte. Sie drängte ihn zurück, mit Gesten, mit ihren Gefühlen, mit ihrem ganzen Körpereinsatz. Er war überall. *Diese Hochzeit ist nicht verhandelbar, Iwa.* Er wollte sie packen, sie zurück in ihre Grenzen zwingen, doch jetzt floh sie nicht mehr, sondern stellte sich seiner Präsenz entgegen.

Nicht. Verhandelbar. Der Rhythmus bebte in ihr, pulsierte bis in ihre Fingerspitzen. Lenkte ihre Kraft und die Energie. Die Füße fest auf dem Boden, stießen ihre Hände und Arme die Worte zurück, die sich wie Ketten um ihre Glieder legen wollten. *Ich werde nie, nie zurückgehen!*, schmetterte sie ihm entgegen. Es war ihr Mut, ihr Drang nach Unabhängigkeit, die sie ihn überwinden ließ. Sie wirbelte umher, machte große, heftige Sprünge, als wollte sie ihn aus ihren Gedanken bannen.

Diese Hochzeit ist nicht verhandelbar.

Der Raum veränderte sich. Es war nicht mehr die Präsenz ihres Vaters, der sie entgegentreten musste. Es war der Baron. Iwa wich zurück. Er war übermächtig. Und er kannte keine Gnade. Mit unzähligen Fühlern tastete er durch den Raum auf der Suche nach ihr. Iwa bog sich hin und her, musste weich und fließend werden, um unter seinen Fühlern hinwegzutauchen. Er wurde ungeduldig. Er wollte sie haben. Sofort. Der Raum erglühte von seinem Zorn, der Boden glühte und wollte ihre Füße versengen. Doch sie war wie ein mächtiger Strom – stark, stetig, fließend. Niemand konnte sich ihrer bemächtigen. Sie duckte sich weg, wirbelte herum – und plötzlich war da nichts mehr als bittere Asche von ihm geblieben, die auf Iwa herabrieselte.

Sie fühlte sich wie ein Windstoß, der körperlos durch den Raum fegte. Frei, vollkommen frei. Ihre Seele erfüllte den ganzen Raum. Als würde sie überall gleichzeitig existieren, und auch nirgends zugleich. Ihre Füße berührten kaum mehr den Boden. Sie sprang in die Luft – und vielleicht würde sie nie wieder hinunterkommen, sondern immer weiter schweben, in den Himmel, weit weg von allem irdischen und von sich selbst. Doch konnte man tanzen, wenn man den Boden unter den Füßen verlor?

Mach die Augen zu. Was sagt deine Seele?

Sie spürte seinen Körper, sein ganzes Wesen, fühlte sich sicher und geborgen. Vor und zurück bog sie sich in seinen Armen, im Wissen, dass er sie niemals loslassen würde. Niemals.

Wilhelm Otto Maximilian Georg von Hohenstein. Sein Name hatte einen eigenen Rhythmus, einen eigenen Klang.

Sie brauchte seinen Halt.

Und Wilhelm war da. Ihr Herr Charakterfest.

Nur langsam wurde sich Iwa der Realität wieder bewusst. Was war passiert? Hatte sie getanzt? Nun stand sie mitten im Raum, halb nach hinten gebeugt. Ihr Haar hing in langen Strähnen hinunter, ihre Arme umarmten ihren eigenen Körper, während sie den Kopf leicht zur Seite geneigt hielt. Als wäre sie aus einem Traum erwacht, richtete sie sich auf, senkte die Hände. Es war so still um sie herum, dass sie glaubte, Mary Wigman wäre längst gegangen. Erbost über ihre Unfähigkeit, das Erlernte zu zeigen.

Doch die große Tänzerin war noch da.

»Ich war, ich bin, ich werde sein«, raunte sie, und Iwa wusste sofort, woher diese Worte stammen. Sie waren dem Dämon entsprungen, aus dem Tanzgedicht *Die sieben Tänze des Lebens*, das Mary Wigman vor mehr als fünf Jahren entworfen und aufgeführt hatte. Es war etwas Besonders, diese Worte zu hören, denn sie bedeuteten den

Neuanfang, die Auferstehung, den Sieg über den Tod hinaus. »Woraus entsteht der Tanz? Aus dem Leben. Während wir zweifeln und alles in Frage stellen. Vor allem uns selbst. Und am Ende – triumphieren wir, weil wir keine Angst hatten, auf unser Lebensgefühl zu vertrauen. Ich gratuliere. Du hast es geschafft.«

»Das heißt …« Sie traute sich gar nicht, es auszusprechen. All ihre Träume, all ihre Hoffnungen lagen in diesen vier Worten. Du hast es geschafft. Was, wenn sie es sich bloß einbildete?

»Willkommen in der Tanzgruppe. Ich bin mir sicher, dass du eine große Bereicherung bist.« Schwungvoll machte Mary Wigman die Tür zum Saal auf und trat in den Flur. »Dann sind wir komplett«, verkündete sie. »Ihr wart alle großartig, absolut überwältigend. Ich bin unglaublich stolz, was für Fortschritte ihr in den letzten Monaten gemacht habt. Ich sehe, wie es in vielen von euch gärt und brodelt. Einige von euch spüren sicherlich, dass ihre tänzerische Begabung noch nicht so freigelegt ist. Doch seid euch gewiss, was ihr heute gezeigt habt, kann als ein eindeutiger Wegweiser für alles Kommende gelten. Es ist nur die Frage der Zeit! Der heutige Tag hat euch das ganze riesige Reich der Bewegungsmöglichkeiten gezeigt. Eure Aufgabe ist nun, es zu einer erfüllten Aussage zu bringen!«

Ein aufgeregtes Tuscheln setzte ein. Auch wenn nur wenige einen Platz in der neuen Tanzgruppe gefunden hatten, so war das Gemeinschaftsgefühl dennoch unglaublich stark, und das persönliche Lob von Mary Wigman motivierte ungemein. Iwa konnte die Hochstimmung spüren, sie wollte springen vor Glück.

»Heißt es, dass ich keinen Platz bekommen habe?« Egon trat vor. Das Kinn – erhoben wie ein Krieger, der in die Schlacht ziehen wollte.

»Du warst sehr gut«, versicherte Hetty ihm, die an seine Seite getreten war. Sie wollte ihn berühren, doch Egon schüttelte ihre Hand weg.

»Die Tanzgruppe ist komplett.« Mary Wigman bedachte ihn mit einem unmissverständlichen Blick und beendete damit jede weitere Diskussion.

Egon drehte sich auf dem Absatz um und stürmte nach draußen, begleitet von Hetty, die ihn zu beschwichtigen versuchte. Iwa sah den beiden nach, dann ging sie in den Umkleideraum. Erst jetzt bemerkte sie, wie verschwitzt sie war. Aber gleichzeitig unglaublich beseelt. *Wenn du in diesen Kursen zeigst, was du wirklich kannst, wirst du sicherlich schnell vorankommen!* – wenn Gisa nur wüsste, wie dankbar sie ihr für diese Worte war! Sie wäre heute definitiv nicht hier, wenn die Blumenhändlerin ihr nicht den Mut zugesprochen hätte.

Das Umziehen konnte nicht schnell genug gehen. Am liebsten würde sie Gisa sofort von ihrem Erfolg berichten! Aber noch musste sie sich gedulden, bis sie zu Hause angekommen war.

Wie beflügelt lief sie aus dem Umkleideraum. Irgendjemand gratulierte ihr, rief ihr zu, ob sie nicht mit ins Schiller-Café kommen wolle, doch sie lehnte ab. Nein, heute nicht, heute wollte sie schnell zu Gisa. Hoffentlich kam die Straßenbahn gleich und sie müsste nicht lange warten!

Die Hitze des Hochsommers schlug ihr entgegen, sobald sie die Schule verlassen hatte. Kurz verzog sie den Mund, als sie an die volle Tram dachte, die verschwitzten Körper, die sich aneinanderdrängten. Ob sie ein Stück laufen sollte?

Da bemerkte sie Egon und Hetty. Wütend redete er auf die junge Frau ein, während die verzweifelt versuchte, sich zu erklären.

Beklemmung stieg in Iwa empor, wie fast immer, wenn sie das Paar sah. Sollte sie sich einmischen? Oder lieber gehen? Immerhin hatte Hetty ihr mehrfach unmissverständlich klargemacht, was sie von Iwas Beistand hielt.

Da holte Egon aus und schlug Hetty mitten ins Gesicht. Seine Faust traf sie am Kinn. Die junge Frau schrie nicht einmal auf. Sie stürzte zu Boden, ihr Kopf schlug gegen den Zaun.

Iwa rannte hin, drängte Egon weg. Sie dachte nicht nach, sie handelte einfach.

»Jetzt schau nur, wozu du mich mal wieder getrieben hast!« Verächtlich schaute Egon auf die junge Frau, die am Boden kauerte. »Du dumme Gans, wie kann man nur so aufmüpfig sein! Du solltest doch nur ein gutes Wort für mich bei Mary Wigman einlegen! Aber nicht einmal das kriegst du hin.«

Iwa ballte die Hände. Am liebsten hätte sie ihm deutlich gezeigt, wer hier … Aber nein. Hetty brauchte Unterstützung, keine Auseinandersetzung mit ihrem Peiniger. Also kniete sie sich neben Hetty. »Lass mich mal sehen.«

Egon schnaubte. »Da ist nichts.«

Sie ignorierte ihn. »Tut es sehr weh? Ist dir schwindelig?«

Egon beugte sich, um nach Hettys Arm zu greifen. »Komm jetzt mit. Es gib keinen Grund, so ein Theater zu machen.«

Iwa schob seine Hand beiseite, richtete sich auf und ging einen Schritt auf ihn zu. »Geh weg! Fass sie nicht an!«

Er stemmte die Hände in die Hüften. Mit einem spöttischen Blick maß er sie von Kopf bis Fuß. »Was glaubst du eigentlich, wer du bist?«

»Es ist vollkommen nebensächlich, wer ich bin. Es reicht, dass ich weiß, wer du bist«, sagte sie mit einer gefährlich ruhigen Stimme. »Oder deine Eltern. Und ich denke, dass ihnen nicht gefallen würde, was ich ihnen zu erzählen habe.«

Er verdrehte die Augen. »Was willst du ihnen denn schon erzählen?«

Iwa überlegte fieberhaft. Tatsächlich hatte sie keine Ahnung, was sie da großartig zu berichten hätte. Aber das musste er nicht wissen. »Bist du wirklich so naiv?«, konterte sie voller Überzeugung. »Denkst du, ich würde meinen Rivalen nicht im Auge behalten? Sag, sind deine Eltern sehr froh darüber, dass du deine Zeit mit dem Tanzen verschwendest? Glaub mir, wenn ich mit ihnen erst einmal über dich geplaudert habe, wird ihre Geduld mit dir endgültig zu Ende sein. Wollen wir wetten?« Sie setzte alles auf eine Karte.

Seine Miene verfinsterte sich. Letztendlich wusste Iwa aber nicht, was genau ihn zum Rückzug bewogen hatte. Ihre Ansage oder die Leute, die sich langsam ansammelten, um die Szene zu beobachten.

Egon machte einige Schritte zurück. »Schon gut, schon gut.« Er warf Hetty einen abfälligen Blick zu. »Wir sehen uns zu Hause. Sieh zu, dass du dich in Ordnung bringst.« Dann steckte er die Hände in die Hosentaschen und ging.

Erleichtert atmete Iwa auf. Wie angespannt sie gewesen war, merkte sie erst jetzt. Mit einem Mal wurden ihre Beine ganz weich. Sie hockte sich zu Hetty und half ihr, sich aufzurichten. Da, wo die Faust sie getroffen hatte, begann ihr Gesicht anzuschwellen. An der Schläfe blutete es stark, da war sie wohl gegen den Zaun geprallt. Iwa holte ein Taschentuch hervor und tupfte das Blut vorsichtig ab. Zum Glück war die Wunde nicht tief. Aber manche Wunden mussten nicht tief sein, um für immer Spuren zu hinterlassen.

»Lass das, schon gut.« Mit zittrigen Fingern griff Hetty nach dem Taschentuch und drückte den Stoff selbst gegen die Wunde. »Es ist nichts passiert.«

»Er hat dich geschlagen!«, entgegnete Iwa entsetzt.

»Aber es geht mir gut, wirklich.«

Iwa legte eine Hand auf Hettys Arm und schaute ihr in die Augen. »Bitte geh nicht zu ihm zurück.«

Hetty schluchzte. »Und wo soll ich dann hin?«

Iwa überlegte fieberhaft. Zur Polizeiwache, Egon anzeigen? Dass es utopisch war, damit irgendwas zu erreichen, war ihr klar. Die Mühe konnten sie sich sparen.

»Komm erst mal mit. Dann sehen wir weiter.« Sie half Hetty auf die Beine und führte die junge Frau zur Haltestelle. Hetty wehrte sich nicht. Sie wirkte so still, so gefasst. Unwillkürlich fragte sich Iwa, wie oft Hetty bereits in einer ähnlichen Situation gewesen war.

Einige Zeit später gelangten sie in die Hechtstraße. Iwa führte Hetty direkt zur Wohnung. »Ich hoffe, du hast keine Angst vor Hunden? Der kleine Teufel kann ziemlich laut sein, aber du brauchst dir keine Sorgen zu machen, er will sich eigentlich nur wichtigmachen.« Hetty erwiderte nichts, als wäre sie mit ihren Gedanken irgendwo weit weg.

Natürlich begann Whisky sofort zu kläffen, sobald Iwa die Tür aufgemacht hatte. Die beste Warnanlage, die Dresden je hervorgebracht hatte.

»Wie gut, dass du da bist! Das Essen ist gerade fertig geworden! Wie lief es bei dir?«, rief Gisa von der Küchenzeile, dann bemerkte sie Hetty. »Ach du meine Güte!« Sofort legte sie den Kochlöffel beiseite.

Iwa lächelte entschuldigend. »Tut mir leid, dass wir so reinplatzen …« Doch Gisa brauchte weder lange Erklärungen noch irgendwelche Entschuldigungen. Ohne groß darüber zu sprechen, stellte sie einen dritten Teller auf den kleinen Tisch. Es gab Kartoffeln mit Soße und Zwiebeln. Danach ein Birnenkompott mit Rosenblüten.

»Kann Hetty vielleicht ein paar Tage hierbleiben?«, fragte Iwa beim Essen, während die junge Frau kein Wort von sich gab. Allerdings hatte Hetty bereits einen kleinen Freund für sich gewonnen, nachdem sie Whisky ein kleines Stückchen Kartoffel zugesteckt hatte.

»Aber natürlich.« Gisa stellte nie viele Fragen, wenn es um Menschen in Not ging. »Ich richte ein provisorisches Lager her.« Sie lächelte Hetty aufmunternd zu. »Ist sicherlich nicht bequem, aber das wird schon irgendwie gehen! Mach dir keine Sorgen.«

Hetty blinzelte, als würde sie mit den Tränen kämpfen. »Ich möchte wirklich niemandem zur Last fallen …«

»Rede doch keinen Unsinn!«, wiegelte Gisa ab. »Freundinnen von Iwa sind hier immer willkommen! Wie lief es in der Tanzschule? Ach, ich bin so schrecklich neugierig!«

Bereitwillig erzählte Iwa von ihrem Auftritt, von dem Rausch, den sie beim Tanz empfunden hatte, von der Geschichte, die aus dem tiefsten Verlangen ihrer Seele erzählt werden musste. »Ach Gisa! Ohne dich hätte ich das alles niemals geschafft!« Einem Impuls folgend, schloss sie die Blumenhändlerin fest in die Arme.

»Aber natürlich hättest du das!«, versicherte Gisa. »Zeige den Menschen, was in dir steckt. Sei laut, unnachgiebig, unbequem, wenn es sein muss! Alle sollen dich sehen!«

Als sie sich endlich aus der Umarmung lösten, warf Gisa Iwa einen bedeutungsvollen Blick zu »Gehst du heute Abend hin?«

Ins Monolith. Iwas Herz machte einen Satz. Länger durfte sie es nicht herauszögern. Mit jedem verstrichenen Tag vergrößerte sich die Gefahr, dass der Baron zu einem weiteren Schlag ausholte und Menschen traf, die ihr am Herzen lagen. »Ja. Ich muss Alex um Hilfe bitten. Allein schaffen wir das nicht.«

»Du wirst ihm dort unweigerlich begegnen. Bist du bereit dazu?«

Iwa hielt den Atem an. Etwas in ihr sehnte sich danach, Wilhelm wiederzusehen. Und doch nagte die Enttäuschung über seine Lüge noch an ihr. »Ich denke, das muss ich dort herausfinden.«

Zum Glück konnte sie sich bis zum Abend ablenken, indem sie die Schlafstätte für Hetty herrichtete. In der Nachbarschaft trieb Gisa eine Matratze auf, die Whisky mit einer beeindruckenden Selbstverständlichkeit gleich eingenommen hatte. Ein sauberes Laken und eine Wolldecke vervollständigten das Nachtlager. In der Zeit half Hetty, in der kleinen Wohnung ein paar Möbel zu verschieben, um für das provisorische Bett Platz zu schaffen. Sie wirkte ganz still und in sich gekehrt. Iwa hoffte, dass sie ihr genug Raum geben konnte, um sich mehr oder minder wohl zu fühlen.

Am späten Nachmittag ging Iwa los.

Um unterwegs ihre Gedanken etwas zu ordnen, ging sie zu Fuß, statt das Fahrrad zu nehmen oder mit der Tram ein paar Haltestellen zu fahren. Würde Alex helfen? Konnte sie überhaupt helfen? Die Grübeleien brachten sie nicht weiter, das wusste sie. Trotzdem konnte sie nicht damit aufhören.

Vor dem Lokal war bereits einiges los. Manche trafen sich draußen, um zusammen hineinzugehen. Ein paar wollten einfach nur frische Luft schnappen. Die Tür stand weit offen, damit jeder ungehindert hinein- oder hinauskommen konnte.

Einige Passanten warfen befremdliche Blicke zum Eingang – die bunte Gesellschaft, die sich im Monolith zusammenfand, war dem einen oder anderen Bürger nicht ganz geheuer. Alex erzählte von ein paar Spannungen mit den Nachbarn, die zum Glück schnell aufgelöst werden konnten. Die meisten Schikanen, unter denen die Bar zu leiden hatte, waren eher anonymer Natur und beschränkten sich bis jetzt auf zerschlagene Fensterscheiben oder Schmierereien an der Tür. Auch der Aushang und die Vortragsankündigungen litten des Öfteren unter der Zerstörungswut mancher kleingeistigen Individuen.

Jeden Mittwoch – Damenclub »Aurora«. Jeden Samstag – lustiger Abend. Täglich Kabaretteinlagen und Jazzmusik. Eintritt 30 Pfg. Der Aushang war um einen weiteren Programmpunkt erweitert worden: *Freitags – mondäner Ball.* Inzwischen wusste Iwa, dass das Wort ›Dame‹ oder ›Freundin‹ für die Beziehung stand, die Martha und Trude zueinander pflegten. Während ›mondän‹ ein Hinweis darauf war, dass man sich jeder Lebensweise gegenüber offen zeigte. Die Bar war für viele Menschen zu einem sicheren Hafen geworden, wo sie auf Gleichgesinnte treffen konnten. Bei Interesse konnte man Zeitschriften wie *Die Freundschaft* erwerben, die sich als eine Wochenschrift für Aufklärung verstand. An kaum einem anderen Ort konnte man dabei so offen und anregend über die Beiträge diskutieren wie im Monolith.

Iwa schlüpfte hinein. Gleich am Eingang stand ein Tisch, an dem Big Ben den Eintritt kassierte. Big Ben war ein Berg von einem Menschen, riesengroß und mit einem extrem breiten Kreuz. Das kurze, lockige Haar stand stets in alle Richtungen ab und wurde von einem breiten, leuchtend-gelben Band gehalten. Unter dem Leinenhemd spannten sich Muskeln, die jedem Respekt einflößten. Am meisten beeindruckten jedoch Big Bens lange, dunkle Wimpern, welche dem Blick der auffallend-grünen Augen eine besondere Intensität verliehen.

»Wiwi!« Die tiefe Stimme klang freundlich und samtig, allerdings hatte Iwa schon ein paar Mal miterleben dürfen, wie knallhart Big Ben werden konnte, wenn es um Gäste ging, die Ärger machten. »Was macht das Tanzen?«

Sie schmunzelte und bezahlte die 30 Pfennig. »Ich würde sagen, es macht Fortschritte. Wie läuft es mit deinem Buch?«

»Voran, immer voran.«

»Wann darf ich es endlich lesen?«

Geheimnisvoll blitzten die grünen Augen auf, die im Halbdunkel wie Moore wirkten, in denen man sich verlieren konnte. »Noch ein bisschen musst du dich gedulden.«

Big Ben arbeitete seit drei Jahren an einem Roman, der den Titel *Maskerade der Sehnsucht* trug. Bis heute war es Iwa allerdings nicht gelungen, weitere Details darüber in Erfahrung zu bringen.

Sie wünschten sich gegenseitig einen schönen Abend, dann durchquerte Iwa den Korridor und betrat den Saal dahinter. Erleichtert stellte sie fest, dass es noch vergleichsweise übersichtlich war. Später am Abend dürfte der Raum brechend voll sein. Drei Leute hatten an der Bar Platz genommen. Ein Paar saß an einem der hinteren Tische, die

Bubiköpfe zusammengesteckt. Ein weiteres tanzte vor der Bühne zu hellen, schnellen Klavierklängen, die an eine frische Frühlingsbrise erinnerten. Wilhelm. Iwa musste nicht hinzusehen, um seine Darbietung zu erkennen. Er war so gut! Dabei hatte es lange gedauert, bis er bereit war, ein paar Akkorde mit der linken Hand auszuprobieren, um Iwa den Takt vorzugeben. Erst nach und nach hatte er sich darauf eingelassen. Bis die Musik ihn schließlich voll und ganz für sich eingenommen hatte. Nun übernahm er immer öfter das musikalische Vorprogramm zur Unterhaltung der Gäste.

Seine Klänge erweckten dabei einen ganz besonderen Zauber. Die Melodie drang durch die Haut und brachte Iwas Seele zum Schwingen. Unmöglich, sich seiner Musik zu entziehen, sie nicht zu fühlen.

Mit weichen Knien trat sie zur Bar. Sie setzte sich etwas abseits auf einen Hocker und wartete, bis Alex mit dem Polieren eines Glases fertig war und zu ihr kam. »Was möchtest du trinken?«

Mit einem Kopfnicken deutete sie zu Wilhelm. »Was trinkt er heute?«

»*Bee Honey!* Meine neue Kreation aus Orangensaft, Ananassaft, einem Schluck schwarzen Tee, Honig, Lavendel …«

»Lavendel?«

»Und gefrorene Erdbeeren verpassen der Mischung einen besonderen Kick.«

»Schon gut. Überredet. Das nehme ich.« Was alkoholfreie Cocktails anging, besaß Wilhelm einen ausgezeichneten Geschmack.

Im Handumdrehen zauberte Alex zwei Cocktails. »Bringst du ihm den, wenn er fertig ist?«

Iwa kaute auf ihrer Unterlippe. Irgendwann würde sie so oder so mit ihm reden müssen. Obwohl sie sich kaum vorzustellen vermochte, wie dieses Gespräch verlaufen sollte.

»Verstehe. Immer noch Ärger im Paradies?«, fragte Alex.

»Woher …« Eigentlich brauchte sie sich nicht zu wundern, Alex entging absolut nichts.

Iwa beschloss, ihr alles zu erzählen. Immerhin musste Alex wissen, worauf sie sich einließ, sollte sie helfen wollen. Alex hörte aufmerksam zu, mit einer Miene, in der sich kaum etwas regte. Manchmal war es schwierig bis fast unmöglich herauszufinden, was im Kopf dieser Frau vor sich ging. Als Iwa zu Ende erzählt hatte, fühlte sie sich vollkommen ausgelaugt. »An dem Punkt stehen wir nun, und ich frage mich, ob und wie weit ich ihm trauen kann.«

Alex hob die Augenbrauen. »Das musst du dich wirklich fragen?«

»Es ist sein Vater, der hinter allem steckt!«

»Und aus welchem Grund genau sollte er diesem Menschen gegenüber loyal sein?«

Iwa hob ratlos den Blick. *Es ist sein Vater!*, wollte sie wiederholen, aber Alex verfügte über ein ausgezeichnetes Gedächtnis. Ach, sie hatte überhaupt keine Ahnung, was sie sagen, geschweige denn, was sie denken sollte. *Ich werde dich nie, nie zu irgendetwas zwingen!*, hallten seine Worte in ihrem Kopf. Und ja, er hatte auch nie auch nur das Entfernteste in die Richtung getan.

Alex stützte sich mit einem Unterarm auf den Tresen. Ihre Stimme wurde ganz leise. »Ich tratsche nie. Aber das kann ich mir nicht länger ansehen. Was glaubst du, was mit seiner Hand passiert ist?«

»Er ... er sagte, er hätte nicht aufgepasst.«

»Und da ist ihm ein Elefant draufgetreten, oder was genau soll das gewesen sein?«

Iwa wurde eiskalt. Wollte Alex andeuten, dass es sein Vater gewesen war?

»Er braucht Zeit, um es zu verarbeiten. Aber glaub mir, bedingungslose Vaterliebe ist nicht gerade das, was er diesem Menschen gegenüber empfindet.«

»Warum hat er es mir nicht erzählt?«

»Ich vermute, es fällt ihm schwer, darüber zu reden. Übrigens hat er mich schon vor einer Weile um Hilfe gebeten, seinem Vater ein für alle Male das Handwerk zu legen. Bis wir etwas Konkretes haben, will er unbedingt seine Mutter holen und sie in Sicherheit bringen. Ich könnte mir gut vorstellen, dass er dabei deine Hilfe braucht, sein Dickschädel ihn aber daran hindert, dich direkt darum zu bitten.«

So ein Katzensturkopf aber auch! Iwa schmunzelte. Er war eben ihr Herr Charakterfest, dem es unglaublich schwer viel, seine Emotionen in Worte zu fassen und auf Menschen zuzugehen, wenn er nicht gerade am Klavier saß.

»Danke für den Denkanstoß, Alex. Warum habe ich das alles nicht schon vorher erkannt? Ich fühle mich so mies.«

»Da seid ihr schon zu zweit.« Sie tippte mit dem Fingernagel auf das Cocktailglas. »Ein Glück, dass ein *Bee Honey!* meistens alles ein wenig besser macht. Na los!« Mit einem Kopfnicken deutete sie zum Klavier. »Geh zu ihm, bevor die gefrorenen Erdbeeren endgültig geschmolzen sind!«

»Danke, Alex.« Iwa schnappte sich das Glas und rutschte vom Hocker.

Je näher sie kam, desto flauer wurde ihr im Magen.

Wilhelm saß mit dem Rücken zum Raum am Klavier, so konnte er ein wenig für sich bleiben. Seine Hand glitt blitzschnell über die Tasten, die Finger entfesselten Töne, die Iwa kaum für möglich gehalten hätte. Noch hatte er sie nicht entdeckt, also wartete sie geduldig, bis er das Stück beendet hatte.

»Wilhelm?« Ihre Stimme bebte verräterisch.

Überrascht drehte er den Kopf zu ihr. Doch anders als auf der Schwelle der Wohnung, bevor er gegangen war, glomm keine Hoffnung in seinen Augen auf.

»Ja. Das ist einer meiner Vornamen.« Es lag keine Verbitterung in seinen Worten. Er klang einfach nur resigniert, als würde er alles an sich hassen. Ihn so zu erleben tat Iwa im Innersten weh. Sie mochte seinen Humor, seine Spontanität und die vielen kleinen Momente, in denen er sich ihr öffnete. Das alles wollte sie wiederhaben. Wollte es so sehr!

Aber war es vielleicht zu spät?

»Ich möchte mich bei dir entschuldigen.«

»Es gibt nichts, wofür du dich entschuldigen musst.«

»Doch. Auch ich habe dich angelogen, oder zumindest nicht die ganze Wahrheit gesagt. Schließlich habe ich es mir sehr einfach gemacht mit einem Brief, bei dem ich dir nicht einmal in die Augen sehen musste. Es tut mir leid, dass ich dir nie eine wirkliche Chance gegeben habe, mir alles in Ruhe zu sagen. Es tut mir leid, dass ich so auf mich bedacht war und nicht gesehen habe, wie viel auf dir lastet. Wir hätten diese Last zusammen tragen können.« Mit zittrigen Fingern reichte sie ihm das Cocktailglas. Ein riesiger Kloß steckte in ihrem Hals, und es gab nichts, was ihn auflösen konnte. »Alex meinte, *Bee Honey!* macht alles ein wenig besser. Da ist Lavendel drin. Er steht für Liebe und Zuneigung. Und … ich habe es dir nie gesagt … was ich fühle, was ich für dich wirklich empfinde … weil ich das alles noch nie so empfunden habe und es mir unglaublich schwerfällt, das in Worte zu fassen … Aber ich glaube … ich glaube …« Sie verstummte. Was redete sie da nur für einen peinlichen Unsinn zusammen? Vermutlich fragte er sich, was genau sie von ihm wollte.

Verzweifelt blickte sie ihn an.

Wilhelm lächelte ihr zu. Ein wenig mit den Mundwinkeln, aber vor allem mit seinen rauchquarzbraunen Augen.

»Ich liebe dich auch, Wiwi«, sagte er sanft.

Er streckte seine Hand nach dem Glas aus, und ihre beiden Hände berührten sich.

Er hatte unglaublich kalte Finger. Die Iwa am liebsten ganz fest umschließen und so lange halten wollte, bis sie sich aufwärmten.

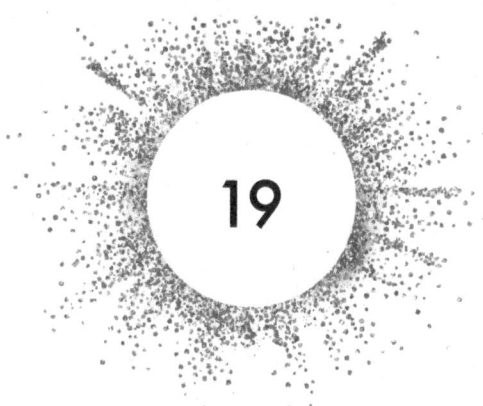

19

Eine seltsame Stimmung lag über München. Etwas lauerte in der Luft, lauerte in den Schatten, versteckte sich vor den Augen der ahnungslosen Menschen. So eine schöne Stadt, so viel Glanz und Stolz – doch jetzt sah Iwa nur steinerne Fassaden, seelenlose Villen und Straßen, die ihr kaum etwas bedeuteten. Alles, was sie mit diesem Ort verband, gehörte der Vergangenheit an. Es war traurig, aber gleichzeitig sehr befreiend, das zu wissen. Sie rückte ein wenig näher an Wilhelm heran, schmiegte sich an ihn und legte den Kopf auf seine Schulter. Durch das Fenster der Kraftdroschke sah sie zum weißen herrschaftlichen Haus, das flankiert von einem eleganten Vorgarten die andere Straßenseite zierte. »Hier wurdest du also geboren?«, fragte sie leise. Sie mochte es, immer mehr über ihn zu erfahren.

»Nein.« Er lehnte seinen Kopf gegen den ihren. »Geboren wurde ich auf dem Familiengestüt. Da zur selben Zeit eine Stute, die sage und schreibe sechzigtausend Goldmark gekostet hat, ein Fohlen werfen sollte, galt die Sorge meiner Mutter hauptsächlich ihr und nicht der eigenen Niederkunft. Man könnte also durchaus behaupten, ich wäre im Pferdestall geboren worden. Meine Mutter war sehr ehrgeizig, was ihre Pferdezucht anging.«

»Oh.« Iwa konnte sich kaum vorstellen, was es bedeutete, einen Vater wie den Baron zu haben und eine Mutter, der die Fohlen wichtiger waren als ihr eigener Sohn.

»Nein, nein. Bis zu einem gewissen Punkt habe ich eine sehr schöne Kindheit gehabt. Sogar auch, was meinen Vater anging. Wir haben zusammen Drachen gebaut und sie in den Himmel steigen lassen. Mit ihm habe ich das Lesen und Schreiben gelernt, auch die Grundsätze der Mathematik. Er liebte es, mir Dinge beizubringen, die er für nützlich hielt.«

Iwa hatte das Gefühl, sie könnte diesen kleinen Jungen von damals in jedem Wort von Wilhelm ganz intensiv spüren. Die Sehnsucht nach der Nähe zu einem liebenden Vater. Den Wunsch, ihm zu gefallen und seinen Vorstellungen zu entsprechen.

»Darf ich fragen, was passiert ist, wenn doch dein Vater in deiner Kindheit nett zu dir war?«

Wilhelm richtete sich auf, und Iwa kam es vor, als würde er sogar ein Stück von ihr wegrücken. Oder vielleicht von sich selbst. »Als ich acht Jahre alt war, begann er, mich mit zur Jagd mitzunehmen. Er war unglaublich stolz darauf, dass ich bereits die notwendige Reife und Stärke besaß, sicher mit einer Waffe umzugehen. Und ich hätte alles getan, um sein Lob zu verdienen. Besonders vor seinen Jagdkumpanen gab er gern mit mir an. Bis ich bei einem dieser Ausflüge von jemandem ein Stück Nussbrot bekommen habe. Ich bin in seinen Armen fast gestorben. Und ab da ist alles anders geworden.«

Ungläubig sah Iwa ihn an. »Nur, weil du einen allergischen Schock erlitten hast?«

»Ich denke, es war ihm peinlich, einen Sohn zu haben, der vor aller Augen fast an einem Bissen Nussbrot erstickt. Das war unter seiner Würde.«

Iwa schnaubte. »Manchmal weiß ich nicht, ob ich diesen Mann noch mehr hassen kann, aber dann überrasche ich mich doch immer wieder selber.«

»Eins kam zum anderen. Seit dem Vorfall mit dem Nussbrot hatte ich das Gefühl, er würde mich immer argwöhnischer beobachten und regelrecht nach Fehlern suchen. Meine Liebe zur Musik war ihm zu weibisch. Meine Begeisterung für Abenteuerromane empfand er als Zeitverschwendung. Irgendwann kam der Krieg. Mein Vater hatte sich verspekuliert, und die Notwendigkeit, etwas kürzer zu treten, setzte in ihm viel Frust frei. Er hat angefangen, ihn an anderen auszulassen. Die Krankheit meiner Mutter hat ihn endgültig aus der Bahn geworfen. Das hat er nie verkraftet, glaube ich.« Wilhelm machte eine Pause und wandte langsam seinen Blick zum Haus. »Es ist, wie es ist. Ich habe mich damit abgefunden.«

Nein, hast du nicht, dachte Iwa. Die Wunden waren noch immer frisch. Das spürte sie genau. Vielleicht würden sie irgendwann heilen können, wenn er es schaffte, seinem Vater wirklich zu entkommen. Aber damit das passieren konnte, musste seine Mutter in Sicherheit gebracht werden. Genau deshalb waren sie hier, in München, und beobachteten aus einer Kraftdroschke heraus das Haus. Der Fahrer war vor einer Weile ausgestiegen, um sich die Beine zu vertreten, und rauchte gerade an einer Ecke. Es gefiel Iwa nicht, dass der Mann da herumlungerte. Zu groß war die Gefahr, entdeckt zu werden. Aber ein Streitgespräch darüber zu führen würde noch mehr Aufmerksamkeit erregen. Deshalb hoffte Iwa, die Zigarette wäre schnell aufgeraucht und der Fahrer würde sich nicht weiter verdächtig machen.

Abermals spähte Iwa zum Eingang. »Er hätte längst das Haus verlassen sollen.«

»Vielleicht wurde er durch irgendetwas aufgehalten.«

»Und deshalb lässt er eine junge Dame in einem Café warten?«

»Er lässt prinzipiell gern die Leute auf sich warten.«

Natürlich wartete niemand in einem Café auf den Baron Leopold Theodor Maria Franz Freiherr von Hohenstein. Ihr Brief, in dem Iwa ihn um ein persönliches Treffen an einem öffentlichen Ort gebeten hatte, war nur ein Vorwand gewesen, um den Mann aus dem Haus zu locken. Die Fahrt zum Treffpunkt und zurück würde mindestens eine halbe Stunde dauern. Hoffentlich genug Zeit, um Wilhelms Mutter aus dem Haus zu bringen. Doch damit der Plan funktionierte, musste sich der Baron auf den Weg machen.

»Was ist, wenn er nicht hingeht?«, murmelte Iwa. Sie war sich so sicher gewesen, dass er die Gelegenheit nicht verstreichen lassen würde, ihr ins Gesicht zu lachen und über sie zu triumphieren. Hatte sie ihn falsch eingeschätzt? War er doch nicht so leicht zu manipulieren, wie sie gedacht hatte?

»Dann müssen wir warten, bis er irgendwann zu einem seiner Geschäftstermine aufbricht. Ich könnte Frieda bitten, dass sie uns ein Zeichen gibt, wenn die Luft rein ist.«

»Kann man dem Dienstmädchen denn wirklich trauen? Und würde es dabei überhaupt mitmachen? Es geht doch jetzt bereits ein hohes Risiko ein, uns ins Haus zu lassen und heimlich den Koffer für deine Mutter zu packen, damit wir so schnell wie möglich wieder verschwinden können.«

»Sie hat einen kleinen Sohn, der bei ihrer Mutter lebt und den sie versorgen muss. Daher kann sie jedes Geld gut gebrauchen. Und mein Vater würde von ihrer Beteiligung an unserem Plan niemals erfahren.«

»Da!«, rief Iwa aus, als eine andere Kraftdroschke die Straße entlangkam und vor dem Haus stehen blieb. Endlich passierte etwas!

Nach einer Weile öffnete sich die Eingangstür, und der Baron trat heraus. Er trug einen dunkelgrauen Ausgehanzug, der sich perfekt seiner Figur anpasste. Dazu ein hellblaues Hemd und eine smaragdgrüne Krawatte, die ein wahrer Blickfang war.

Kurz blieb der Mann stehen und fuhr mit einer Hand zufrieden über seinen Schnurrbart, während er sich mit der anderen auf seinen Gehstock stützte. Einen Moment lang schien er das warme Wetter zu genießen. Würde man ihn nicht kennen, sähe er wie ein netter, älterer Herr aus, der sich gerade einen schönen Ausflug genehmigte. Doch hinter dieser Maske lauerte ein Dämon. Iwa mahnte sich, auf der Hut zu sein. Jetzt, im Haus und auch danach – die Wachsamkeit durfte nicht nachlassen!

Endlich lief der Baron zur Kraftdroschke und stieg ein. Der Wagen setzte sich in Bewegung. Wenige Sekunden später bog das Automobil um die Kurve und war verschwunden.

»Los geht's«, sagte Wilhelm angespannt. »Wir haben etwa eine halbe Stunde. Ich kann nur hoffen, dass meine Mutter heute einen guten Tag hat.« Er stieg aus und hielt Iwa die Tür auf. Sie kletterte aus dem Wagen. Rasch überquerten sie die Straße und liefen auf den Hauseingang zu. Noch einmal vergewisserte sich Iwa, dass der Baron nicht zurückkehrte, weil er womöglich noch etwas vergessen hatte. Dann betätigte Wilhelm die Hausglocke.

Die Tür wurde sofort aufgemacht. Auf der Schwelle erschein eine junge Frau in einem dunkelblauen Kleid, kaum älter als Iwa. »Gnädiger Herr!« Nervös knetete sie die Finger.

»Ist alles bereit?« Wilhelm kam auf sie zu, so dass Frieda zur Seite treten musste.

»Ja. Aber Ihrer Mutter geht es heute nicht gut. Vielleicht … vielleicht wäre es besser, sie an einem anderen Tag wegzubringen.«

»An einem anderen Tag könnte es schon zu spät sein.« Mit großen Schritten ging er auf die Treppe zu, die von der Eingangshalle auf die Galerie des nächsten Stockwerks führte. Iwa sah sich um. Obwohl die Familie finanzielle Schwierigkeiten hatte, ließ die Einrichtung nicht darauf schließen. Offensichtlich umgab sich der Baron gern mit schönen Dingen. Auf einem Sockel neben der Tür stand eine große Vase mit Rosen. Ein orientalisch anmutender Teppich schmückte den Parkettboden. Am Ende der Treppe hing ein großes Porträt des Barons in einem schweren goldenen Rahmen. Das Bild schmeichelte seinen Zügen und ließ ihn wie einen britischen Earl aus dem 19. Jahrhundert aussehen. Links und rechts davon waren auf antik anmutenden Säulen etwa vierzig Zentimeter große Bronzeskulpturen platziert – kniende, nackte Frauenfiguren, die aussahen, als würden sie dem Baron huldigen. Iwa verdrehte die Augen. Man brauchte keine außergewöhnliche Interpretationsgabe, um das Selbstverständnis zu begreifen, das hier zum Ausdruck kam.

Iwa folgte Wilhelm in das erste Stockwerk, die Galerie entlang. Am Ende des Flures blieb er vor einer Tür stehen, drückte auf die Klinke und wandte sich rasch zu Frieda um. »Warum ist abgesperrt? Mach bitte auf.«

Das Dienstmädchen tippelte heran, so, dass man fast glauben konnte, es würde gleich über die eigenen Füße stolpern, das Gesicht weiß wie ein frischgewaschenes Laken. »Sie ist heute wirklich nicht in bester Verfassung.«

»Ich fürchte, wir müssen es riskieren.«

Sie nickte nur. Einige Zeit fummelte sie am Schlüsselbund. Vor lauter Nervosität konnte sie anscheinend nicht sofort den richtigen Schlüssel finden. Immer wieder schaute Iwa auf die Taschenuhr, die sie eingesteckt hatte. Jede Minute zählte! Es konnte doch nicht so schwierig sein, eine Tür aufzusperren! Endlich.

Vorsichtig, ohne schnelle oder ruckartige Bewegungen zu machen, trat Wilhelm ein.

Iwa hörte seine beruhigende Stimme, er sprach übers Wetter und davon, dass heute ein schöner Tag sei. Etwas knarzte, vermutlich hatte er sich auf einen Stuhl gesetzt. Iwa trat an die Schwelle, blieb jedoch zurück, damit sich seine Mutter nicht erschreckte, wenn eine Fremde in ihr Zimmer kam.

Die Frau kauerte auf einem Sessel, die Beine angezogen und die Arme um die Knie gelegt. Mit einem geistesabwesenden Blick starrte sie aus dem Fenster. Sie trug ein Nachthemd mit Blümchen, das sie fast mädchenhaft wirken ließ. Das lange, dunkle Haar hing ihr strähnig hinunter. Es roch nach Urin und Schweiß, darunter mischte sich ein schwacher Geruch nach einem Parfüm, das Iwa nicht näher identifizieren konnte. Das Zimmer war groß, war aber nur spärlich möbliert. Ein Metallbett stand an der Wand. Daneben eine kleine Kommode mit einer eingerahmten Fotografie und ein paar Büchern. Direkt gegenüber – ein schnörkelloser Kleiderschrank.

Wilhelm hatte einen Stuhl neben den Sessel seiner Mutter gezogen, sich gesetzt und sich leicht zu ihr gebeugt. Die Umstände, in denen seine Mutter hauste, machten ihm sichtlich zu schaffen. »Möchtest du vielleicht in die Natur rausgehen? Es ist wirklich sehr schön draußen. Ich könnte jedenfalls einen Spaziergang an der frischen Luft gut gebrauchen. Was denkst du?«

Sie drehte den Kopf. Ihr Gesicht wirkte grau und eingefallen. Jeder Knochen zeichnete sich deutlich unter der fast durchscheinenden Haut ab. »Leo!«, rief sie überrascht aus, beugte sich zu ihm und fuhr sanft durch sein Haar. »Du siehst so anders aus. Hast du eine neue Frisur?«

Iwa merkte, wie er zu lächeln versuchte, doch das Lächeln wollte einfach nicht auf seinen Lippen bleiben. »Nein, eigentlich nicht.«

»Doch, doch!« Sie vergrub abermals die Finger in seinem Haar und zog an den Strähnen. »So hast du dein Haar noch nie getragen. Du magst es nicht so zottelig.«

»Ja, vielleicht sind meine Haare in der letzten Zeit etwas länger geworden.«

»Gefällt mir.«

»Was ist, wollen wir einen Ausflug machen?«

Ihre Augen weiteten sich. »Wohin?«

»Zu deinen Pferden. Die liebst du so sehr, weißt du noch? Sie vermissen dich bestimmt.«

Sie lächelte, schien zu überlegen. »Was ist, wenn der große Zauberer zurückkommt und ich nicht da bin? Dann wird er schrecklich ärgerlich!«

»Der große Zauberer?«

»Er ist gefährlich«, flüsterte sie eindringlich. Plötzlich packte sie in sein Haar und zog Wilhelms Kopf an sich. »Aber wenn du ihn dazu bringst, sich in eine Maus zu verwandeln, kannst du ihn fressen!« Sie gluckste.

»Ich glaube, es ist besser, wenn niemand gefressen wird.« Vorsichtig löste er ihre Hand aus seinem Haar.

»Einen Kater! Wir brauchen einen Kater, der wird ihn dann fressen!«

Wilhelm schielte zur Kommode. Iwa folgte seinem

Blick und erkannte in einem der Bücher eine Sammlung von Märchen. Offensichtlich sprach seine Mutter vom gestiefelten Kater.

»Gut, ich schaue mich nach einem Kater um«, versprach er. »Oder wir machen es zusammen. Wollen wir draußen nach ihm suchen?«

Sie nickte bereitwillig, rutschte von ihrem Sessel und drehte sich zur Tür. »Wer ist das, Leo?« Mit ihrem knochigen Finger zeigte sie erschrocken auf Iwa.

»Ein neues Dienstmädchen«, erklärte Wilhelm.

»Aber wo ist Frieda? Ich mag Frieda!«

»Frieda ist auch da. Komm.« Er legte seine linke Hand auf ihren Rücken und schob sie sanft vorwärts. Gleichzeitig suchte er Blickkontakt mit Iwa, deutete zum Kleiderschrank und formte das Wort *Mantel* mit den Lippen. Iwa huschte an den beiden vorbei und holte einen Mantel aus dem Kleiderschrank.

»Zottel!«, rief die Frau plötzlich. »Ich brauche meinen Zottel!«

Iwa sah sich um. Auf dem Bett, behutsam zugedeckt, lag ein Plüschhase mit Knopfaugen. Das musste Zottel sein. Sie holte das Tier. Dabei fiel ihr Blick auf die Fotografie. Es handelte sich um ein Hochzeitsbild, sie erkannte Wilhelms Mutter in einem schwarzen Brautkleid, mit einer langen weißen Schleppe und einem Strauß aus weißen Blumen in den Händen. Daneben ... Kurz setzte Iwas Herz aus, denn sie glaubte tatsächlich, Wilhelm zu sehen. Aber nein. Natürlich war er es nicht. Sondern der Baron vor sehr vielen Jahren. Stattlich und muskulös, in einem Frack und mit einem Zylinder, das Gesicht glattrasiert. Kein Wunder, dass die Frau Wilhelm beständig Leo nannte und in ihm den Mann erkannte, den sie vor vielen Jahren geheiratet hatte.

»Zottel!«, rief sie und versuchte, sich aus Wilhelm Arm herauszuwinden.

»Da ist er!« Iwa eilte zu ihr und drückte ihr den Hasen in die Hand. Gleichzeitig legte sie den Mantel über die schmächtigen Schultern. Ein Schritt nach dem anderen – schon stand Wilhelm mit seiner Mutter im Flur.

»Wo ist der Koffer?«, erkundigte sich Iwa bei dem Dienstmädchen, das völlig angespannt im Flur stand und die Szene argwöhnisch beobachtete.

»Unter dem Bett.«

Iwa kniete sich davor und zog das Gepäckstück heraus. Es war ganz leicht, so dass sie sich fragte, ob überhaupt etwas drin war. Um sich damit weiter zu befassen, blieb allerdings keine Zeit.

Viel zu langsam durchquerten sie den Flur, traten auf die Galerie. Die Treppe war nicht mehr weit. Doch die Stufen hinunterzusteigen schafften sie nicht mehr. Unten in der Eingangshalle stand Baron Leopold Theodor Maria Franz Freiherr von Hohenstein. Er stützte sich auf seinen Gehstock und blickte ihnen mit einem verschmitzten Lächeln entgegen. Man konnte fast glauben, er wäre der liebe Onkel, der seine Kinder bei irgendeinem Unfug beobachtete, zu dem er sie selbst angestiftet hatte.

»Was für ein Anblick!«, säuselte er. »Die ganze Familie vereint. Samt künftiger Schwiegertochter.«

Iwa spürte, wie ihr ein Schauer über den Rücken lief. Wie konnte dieser Mann schon zurück sein? So viel Zeit war doch gar nicht vergangen!

»So überraschte Gesichter?« Er ächzte und begann, ganz langsam die Treppe hochzusteigen.

»Der große Zauberer«, keuchte Wilhelms Mutter und schien in den Armen ihres Sohnes am liebsten vollkommen verschwinden zu wollen.

»Es wird alles gut«, redete Wilhelm auf sie ein, mit einer beruhigenden, sanften Stimme, obwohl Iwa sah, wie angespannt er war. Eine Stufe knarzte unter dem Tritt des Barons. Wilhelms Mutter wandte sich aus der Umarmung, machte ein paar Schritte zurück und drückte sich gegen eine Wand. Wilhelm machte nicht einmal den Versuch, sie zu halten. Wie versteinert beobachtete er die Bewegungen seines Vaters.

»Langsam kriege ich das Gefühl«, fuhr sein Vater genüsslich fort, »dass sich hier niemand freut, mich zu sehen. Aber was soll's! Die Wiedersehensfreude wird stark überschätzt.« Nun stand er oben. Sein kalter Blick traf Iwa, glitt langsam ihren Körper entlang, und es kam ihr vor, als würden unsichtbare Finger nach ihr greifen und über ihre Haut tasten. »Wie ich es mir schon gedacht habe, gibt es hier wohl ein kleines Missverständnis. Du wolltest mich gar nicht in einem Café treffen, stimmt's? Dachtest du wirklich, ich lasse mich von einem Weib an der Nase herumführen? Dass ich auf deine List reinfalle?«

Wilhelm trat auf ihn zu, und Iwa kam es vor, als würde er seine Mutter von dem Mann abschirmen wollen. »Ob du hier bist oder nicht, ist vollkommen nebensächlich. Wir werden jetzt gehen. Lass uns vorbei.«

»Ihr geht nirgendwohin!« Die Stimme des Barons donnerte durchs ganze Haus. Wilhelms Mutter wimmerte auf und rutschte langsam an der Wand hinunter, um sich auf den Boden zu kauern. Der Baron verzog den Mund zu einem zufriedenen Lächeln. »Du bist nicht in der Position, mir etwas zu sagen, mein Sohn. Wie es aussieht, habe ich deine Mutter in meiner Gewalt. Und ganz offensichtlich auch deine widerspenstige Verlobte.«

»Ich bin nicht seine Verlobte«, zischte Iwa, doch er beachtete sie nicht, sondern fuhr fort, dieses Mal an Frieda gewandt: »Sei so gut, bringe meine Frau zurück ins Zimmer. Du hast deine Aufgabe wunderbar gemeistert.« Langsam wandte er den Blick wieder zu Wilhelm. »Gutes Personal ist schwer zu finden. Aber auf Frieda ist Verlass.«

Auf Frieda ist Verlass … Iwa wusste gar nicht, warum diese Worte sie so sehr trafen. Sie kannte das Dienstmädchen nicht. Enttäuscht schaute sie zu der jungen Frau, die noch kleiner wirkte als eine erschreckte Maus. Sie musste den ganzen Plan an ihren Herrn verraten haben. Deshalb war der Baron also so schnell zurückgekommen, vielleicht war er nur eine Runde in der Kraftdroschke gefahren, um den Anschein zu wecken, er würde sich tatsächlich auf den Weg zum Treffen machen. Eine andere Erklärung gab es nicht. Deshalb wog der Koffer auch kaum etwas, er war bestimmt leer. Iwa stellte ihn ab.

Frieda machte einen Schritt auf die kauernde Frau zu,

doch Wilhelm versperrte ihr den Weg. »Nein! Sie wird nicht in diesem Haus bleiben.«

»Schluss mit dem Theater!« Der Baron kam noch etwas näher. Iwa konnte sein Parfüm riechen – scharf wie Pfeffer, mit einer holzigen Note und Moschus. Der Geruch machte sie schwindelig. Aber vielleicht war es auch nur seine Nähe, in der sie das Gefühl hatte, ersticken zu müssen.

»Was genau willst du jetzt machen?«, fragte Wilhelm beeindruckend ruhig. »Du hast keine Rohrzange dabei, und ich drehe dir ganz sicher nicht mehr den Rücken zu. Du kannst mich nicht aufhalten.«

»Halt den Mund!« Er fuhr mit einer Hand unter das Revers seines Sakkos. Mit einem Ruck zog er eine Pistole heraus und richtete den Lauf auf Wilhelms Kopf. Iwa keuchte.

»Es geht hier nicht um dich! Mit dir bin ich längst fertig.« Winzige Speichelbläschen benetzten seine Lippen. Er schnaubte, sah zu Iwa. »Du dagegen solltest mir jetzt gut zuhören.«

Wilhelms Mutter stöhnte, drückte sich die Hände an die Ohren und presste die Stirn gegen ihre angezogenen Beine. Der Baron funkelte Frieda an. »Bring dieses jammernde Ding endlich in sein Zimmer zurück!«

»Und was haben Sie dann vor?«, lenkte Iwa seine Aufmerksamkeit wieder auf sich und machte einen vorsichtigen Schritt nach vorne. Schwerfällig stützte sich der Baron auf seinen Gehstock, wenn man diesen wegtrat, würde er stürzen. Nur durfte er dabei nicht auf Wilhelm zielen! »Denken Sie wirklich, sie können uns mit einer vorgehaltenen Waffe zum Standesamt zwingen?«

»Standesamt! Nein, Kleines. Die Pläne haben sich geändert.« Die Pistole schwankte ein Stück. »Oder denkst du, ich war die ganze Zeit untätig?«

»Was wollen Sie dann von mir?«, rief sie aus, hoffentlich verzweifelt genug, damit er glaubte, er hätte sie in der Hand. Wenn die Pistole nur ein kleines Stück weiter nach links zeigen würde, wäre Wilhelm sicher. Zumindest für einen Moment – den sie nutzen könnte.

Der Baron verzog das Gesicht zu einem Grinsen, das seine Züge komplett entstellte. »Dein Vater ist am Ende nicht anders als die meisten Menschen, mit denen ich zu tun habe – hält man ihnen einen guten Köder hin, machen sie genau das, was man von ihnen will. Er vermisst dich. Er ist regelrecht verzweifelt. Also habe ich ihn davon überzeugt, dass die einzige Möglichkeit, dich zurück nach München zu bringen, darin besteht, dir die Bürde der Verantwortung aufzuerlegen. In diesem Jahr bist du volljährig geworden. Er hat dir große Teile der Brauerei überschrieben. Ich hab ihm gesagt: ›Deine Tochter hat sich die fixe Idee in den Kopf gesetzt, selbständig sein zu wollen. Das Tanzen ist doch nur ein Spleen, ein Mittel zum Zweck. Gib ihr die Verantwortung. Die Selbständigkeit. Dann kehrt sie in den Schoß der Familie zurück, merkt schnell, wie viel Last das ist, und dann heiratet sie einen guten Mann, der ihr diesen ganzen Druck endlich abnimmt. Aber dann ist sie da. In München. Bei ihrer Familie. Glücklich und zufrieden.‹« Der Baron wiegte den Kopf, als würde er jedes Wort auskosten. »Gratuliere, meine Liebe. Du besitzt fast die Hälfte der Brauerei. Jetzt gehen wir in mein Arbeitszimmer, und du überschreibst die Anteile auf mich. Zusammen mit meinen Aktien werde ich dann den größten Teil des Unternehmens besitzen und damit das Sagen haben.«

Iwa warf einen kurzen Blick zu Wilhelm. Er schien genau zu verstehen, was sie vorhatte. »Gut, gut, Sie haben gewonnen!« Sie ließ ihre Stimme wehklagend klingen, veränderte die Körperhaltung, ließ die Schultern hängen. Wie in einem ganz langsamen Tanz, den der Baron nicht zu bemerken schien. »Bitte, tun Sie mir nichts!« Ihre Tonlage schraubte sich immer weiter in die Höhe.

Wilhelms Mutter gab klagende Töne von sich, was den Baron endgültig aus der Fassung brachte.

»Warum ist dieses Weibsbild noch hier?«, brüllte er. Die Pistole beschrieb einen kleinen Halbkreis, als wollte er zum Zimmer deuten, wo seine Frau hingehörte.

Jetzt!

Sie stieß gegen seinen Stock und machte rasch Platz, um nicht im Weg zu sein. Der Baron strauchelte, Wilhelm nutzte die Gelegenheit, um sich auf ihn zu stürzen. Er packte den Arm mit der Pistole, drehte ihn so, dass die Finger die Waffe losließen. Mit einem Fuß kickte er sie zur Seite. Sein Vater knurrte wie ein Tier, das in eine Falle getappt war, und bäumte sich auf. Wilhelm strauchelte. Iwa keuchte auf, als sie sah, wie er mit seinem Fuß von der obersten Treppenstufe abrutschte, doch er fing sich wieder. Dann trat er seinem Vater gegen das Bein. Der schrie vor Schmerz auf und ging in die Knie. Wilhelm drehte den Arm des Barons auf den Rücken und presste ihn gegen das

Geländer, so dass der sich nicht mehr bewegen konnte. »Schluss mit dem Theater, ganz recht. Ich werde dich jetzt ins Zimmer meiner Mutter bringen, die Tür absperren, und dann werden wir gehen. Du wirst nie wieder meine Mutter bedrohen oder Iwa behelligen. Lass uns in Frieden! Habe ich mich klar genug ausgedrückt?«

»Tu doch etwas, verflucht!«, brüllte der Baron, das Gesicht unter Wilhelms Gewicht ans Geländer gepresst.

Im ersten Moment wusste Iwa nicht, wem der Ausruf galt – aber sie hatte Frieda aus den Augen gelassen. Das Dienstmädchen packte eine der Bronzestatuen und holte aus.

»Wilhelm!«, rief Iwa aus voller Kehle.

Er ruckte mit dem Kopf, doch es war zu spät. Die Statue traf ihn an der Schulter und im Nacken. Er schwankte und lockerte den Griff. Blitzschnell drehte sich der Baron um und versetzte seinem Sohn einen Faustschlag in die Magengrube. Wilhelm taumelte, griff nach dem Geländer, doch es war seine rechte Hand, die keine Kraft besaß, um sein Gewicht zu halten. Wie erstarrt sah Iwa zu, wie er die Treppe hinunterpolterte und auf dem Boden der Eingangshalle reglos liegen blieb.

»Leo!«, rief seine Mutter verzweifelt.

Iwa wollte nach unten laufen, als der Baron ihren Arm packte und sie zurückstieß. »Hier geblieben. Wir sind noch nicht fertig.«

Iwa riss sich los. »Lassen Sie mich durch. Er braucht Hilfe!« Sie versuchte, an ihm vorbeizukommen, als der Baron den Gehstock packte und auf sie niederfahren ließ.

Der Knauf traf sie an der Schläfe. Der Schmerz explodierte in ihrem Schädel, und sie stürzte zu Boden.

»Du tust genau das, was ich dir sage. Verstanden?« Schwankend stand der Baron über ihr. Dann drehte er den Kopf, runzelte die Stirn. »Und du ... was hast du da?«

Iwa wandte das Gesicht zur Seite, blinzelte.

Die Pistole.

Wilhelms Mutter hielt die Pistole, die wohl irgendwo in ihrer Nähe liegengeblieben war.

»Gib schon her.« Schwerfällig machte der Baron ein paar Schritte auf die Frau zu und wollte nach der Pistole langen.

Da fiel ein Schuss, und der Baron sackte zu Boden.

Iwa wagte sich kaum zu bewegen. Das Einzige, was sie wahrnehmen konnte, war ein Röcheln. Sein Röcheln. Schnell, zischend. Als würde jemand versuchen, Luft in einen kaputten Reifen zu pumpen.

In ihrem Kopf drehte sich alles. Sie registrierte das Dienstmädchen, das wie versteinert unter dem Porträt stand. Die Bronzestatue lag zu ihren Füßen. Fassungslos starrte sie vor sich hin.

Wilhelms Mutter kauerte nach wie vor an der Wand. Die Pistole hielt sie gesenkt. Mit aufgerissenen Augen sah sie zur Eingangshalle. Zu Wilhelm. Der sich nicht rührte.

Iwa griff ans Geländer und zog sich hoch.

Die Pistole ... sie sollte sich um die Pistole kümmern, bevor sich noch jemand verletzte.

Ohne ihre Beine zu spüren, stolperte sie an dem Baron vorbei. Er lag gekrümmt auf dem Boden. Mit einer Hand drückte er auf seine Brust, während sich auf dem Teppich ein Blutfleck ausbreitete. Obwohl er kaum noch Kraft zu haben schien, schaffte er es dennoch, seine bläulich verfärbten Lippen zu bewegen. »Hol einen Arzt ...«

Denk an die Pistole, befahl sie sich, um seine verwaschene Stimme zu verdrängen. Behutsam näherte sich Iwa Wilhelms Mutter. Diese schien sie gar nicht zu bemerken, also nahm sie vorsichtig die Waffe aus ihrer Hand und gab ihr stattdessen den Stoffhasen, der in dem ganzen Durcheinander fallen gelassen worden war.

»Alles wird gut«, flüsterte Iwa. »Der große Zauberer wird Ihnen nichts mehr antun können.«

Die Frau wurde sofort ruhiger. Sobald sie das Stofftier in ihrer Hand spürte, drückte sie es an ihre Brust. Gut so, sehr gut.

Wilhelm! Iwa wandte sich zur Treppe. Frieda löste sich aus ihrer Starre und wich mehrere Schritte zurück.

Auch gut.

Stufe um Stufe stieg Iwa hinunter. In ihrer Brust – nichts als Leere. Sie wollte an nichts denken. Nichts fühlen. Sie wollte nur wissen, ob er noch lebte. Mit angehaltenem Atem kniete sie sich neben Wilhelm und tastete nach seinem Puls. Da. Sein Herz schlug noch. Regelmäßig und stark.

»Wilhelm!«, stieß sie erleichtert hervor.

Seine Lider flatterten. Der Blick glitt orientierungslos umher, dann fokussierte er sich auf ihr Gesicht. Sie beugte sich noch mehr zu ihm und strich ihm über die Wange. »Alles wird gut«, versicherte sie ihm, wie sie es vorher schon seiner Mutter versichert hatte. »Jetzt wird alles gut, hörst du? Kannst du mir sagen, wo du Schmerzen hast?«

»Rippen«, stöhnte er. »Das Atmen … tut weh …«

Sie knöpfte sein Hemd auf, damit er es leichter hatte und der Kragen nicht seinen Hals zuschnürte.

Da nahm sie eine Bewegung aus dem Augenwinkel wahr. Frieda. Iwa umklammerte die Pistole fester, hob den Kopf. In einiger Entfernung blieb die Frau stehen und rang die Hände. »Ich wollte das nicht. Ich wollte das alles nicht! Aber er sagte, er würde dafür sorgen, dass ich mein Kind nie wiedersehe.« Tränen liefen über ihre Wangen. »Bitte, glauben Sie mir! Das wollte ich nicht!« Sie wiederholte es immer und immer wieder.

Iwa brauchte einen Moment, um ihre Gedanken zu sammeln. Sie musste endlich nach einem Arzt schicken, nach der Polizei und all den Menschen, die bald dieses Haus füllen würden, eine plausible Geschichte liefern.

Sie lauschte. Kein Röcheln mehr.

Fest blickte sie dem Dienstmädchen ins Gesicht. »Dein alter Herr ist tot. Du hast seinen Sohn verletzt. Wenn du dein Kind wirklich wiedersehen willst, sollst du genau das tun, was ich dir gleich sage. Verstanden?«

Ein stummes Nicken folgte.

»Ist noch jemand von der Dienerschaft im Haus?«

Ein Kopfschütteln. »Der Baron hat die Haushälterin weggeschickt. Nur ich bin da.«

»Gut. Dann hör mir genau zu.« Sie atmete tief durch. »Mein Verlobter und ich waren zu Besuch in München. Wir sind alle zusammen spazieren gegangen, immerhin wollte ich meinen künftigen Schwiegervater etwas besser kennenlernen. In dieser Zeit hat die Ehefrau des gnädigen Herrn ihr Zimmer verlassen. Bei ihrem Streifzug durch das Haus hat sie die Waffe entdeckt. Sie wusste gar nicht, was sie da in den Fingern hielt. Als wir nach Hause gekommen sind, haben wir sie mit der Pistole in der Galerie gesehen. Der Baron ist sofort zu ihr hochgelaufen, um ihr die Waffe abzunehmen und die Pistole sicher wegzuschließen. Leider hat sich dabei ein Schuss gelöst. Es war ein bedauerlicher Unfall.«

Wilhelm keuchte. »Wie genau … habe ich mir dabei … die Rippen gebrochen?«

Iwa blickte zu ihm hinunter. »Du wolltest deinem Vater natürlich helfen, bist aber auf der Treppe ausgerutscht.«

»Du hast … einen sehr tollpatschigen … Verlobten …«

»Was für ein Pech.« Behutsam strich sie ihm die Haare aus der Stirn. »Und nun müssen wir alle angemessen trauern, denn eine schreckliche Tragödie überschattet das Haus der von Hohensteins.«

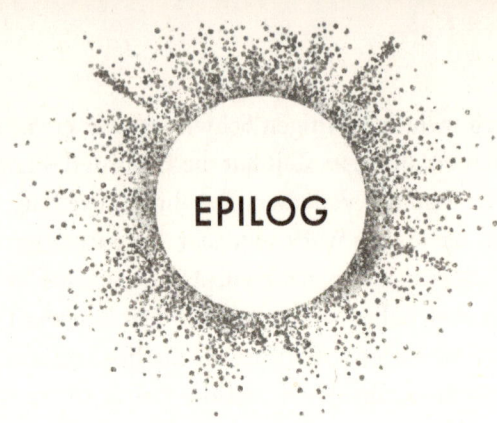

EPILOG

1925. *Dresden.*

Ich war, ich bin, ich werde sein.

Noch fühlte sich die Vorstellung absolut unwirklich an, gleich auf die Bühne zu treten. Dazu noch war es nicht irgendeine Bühne, sondern die im Dresdener Schauspielhaus, auf dem Mary Wigmans *Tanzmärchen* uraufgeführt werden sollte. Dieses Stück sollte ein weiterer Meilenstein im unabhängigen Gruppentanz werden, welcher den deutschen Ausdruckstanz in die Welt hinaustragen würde. Bei einem Erfolg würde eine Tournee durch das ganze Land folgen – dreißig Vorstellungen in unterschiedlichen Städten. Und Iwa wäre mittendrin. Als Teil eines großen Ganzen.

Vom Gedanken daran wurde ihr ganz heiß. Vielleicht aber auch von der Stoffmaske, die sich an ihr Gesicht schmiegte. Iwa zupfte an ihrer pyjamaartigen Kluft, die locker an ihrem Körper saß. Am meisten setzte ihr der volumenöse Kragen zu, der an die Halskrausen der Adelsleute aus dem Mittelalter erinnerte.

»Alles gut?«, flüsterte Hetty. Auch sie trug die gleiche Kleidung, schien sich damit aber deutlich wohler zu fühlen. Überhaupt nahm sie alles viel gelassener hin. Kein bisschen Lampenfieber konnte man ihr ansehen, ihre Körperhaltung wirkte entspannt, als wäre sie eins mit dem Kostüm und dem Raum ringsherum. Bei den stundenlangen Proben wurde sie nie müde, Mary Wigmans Anweisungen auszuführen. Vormittags half sie in der Metzgerei aus und wohnte zur Untermiete bei Frau Kirbach. Die Begegnungen mit Egon ließen sich nicht gänzlich vermeiden, doch Iwa passte auf, dass Hetty dabei niemals allein war.

»Ich schaffe das«, flüsterte Iwa. Mehr zu sich selbst als zur jungen Frau.

»Aber natürlich! Du bist so unglaublich gut! Als wäre da wirklich etwas Dunkles ... «

Iwa spürte, wie bei diesen Worten Kälte in ihr Herz eindrang. Tatsächlich hatte sie das Gefühl, dass ein Stück Dunkelheit ihr aus dem Hause von Hohenstein gefolgt war. Manchmal, wenn sie nachts in ihrem Bett lag und gerade dabei war, einzuschlafen, hörte sie ein Röcheln.

Doch sie floh nicht vor ihrer Angst, sondern stellte sich ihr im Tanz, manchmal mitten in der Nacht. Wie ein rauschhafter Taumel erfasste die Bewegung all ihre Sinne, all ihre Gefühle. Wut und Angst, Schuld und Erlösung. Sie bannte einen Kreis, wie Mary Wigman es lehrte, erschuf einen Raum, aus dem nichts nach draußen drang. Sie tanzte bis zur völligen Erschöpfung, bis sie völlig leer war – und gleichzeitig erfüllt.

»Die dunklen Wächter – euer Einsatz!«, rief eine Stimme durch den Raum und riss Iwa zurück in die Realität.

Was für ein Abend! Die Vorstellung war ausverkauft. Noch mehr – es schien ein gesellschaftliches Ereignis zu werden, dem Dresden schon seit Tagen entgegenfieberte. Über tausend Gäste im Zuschauerraum, Presse, Fotografen ... Es war unglaublich, einfach unglaublich!

Die fünf Tänzerinnen, die die Wächter verkörperten, stellten sich auf. Iwa – als Vorletzte. Ihr Herz schlug so schnell, dass sie glaubte, es würde noch vor ihr auf die Bühne springen. Dann trat sie in das Licht der Scheinwerfer, und mit einem Schlag war jegliche Anspannung, alle Aufregung verschwunden. Sie war nicht mehr einfach Wiwi, sie war ein dunkler Wächter. Nun musste sie bloß auf die Gefühle zugreifen, die in ihr schlummerten und die ihr vorher so viel Angst gemacht hatten.

Die Trauer. Die Einsamkeit. Die unbändige Wut.

Alles gehörte zu ihr. Alles wollte raus. Und jetzt, auf dieser Bühne, durfte sie ihre ganze Dunkelheit auf die Zuschauer loslassen.

Iwa gab alles.

Als würde ein Beben durch ihre Glieder gehen. Der Drang nach dem Tanz bäumte sich in aller Heftigkeit in ihr auf. Die bösen Wächter kämpften, mussten aber der Kraft der Oberpriesterin unterliegen. Die Trommlerinnen schmetterten die Töne durch den Saal, um den Triumph zu feiern. Nach und nach nahmen die anderen Tänzerinnen den verzauberten Blumen-Darstellerinnen die leuchtenden Blätter ab, um ihnen die Freiheit zu schenken. Auch Iwa fühlte sich frei und erlöst. Regungslos lag sie mit den anderen Wächtern auf dem Boden. Besiegt. Und doch siegreich und überglücklich.

Sie realisierte kaum, wie der Vorhang fiel und der tosende Applaus einsetzte. Erschöpft trat sie endlich hinter die Kulissen, zog die Haube vom Kopf und löste den Kragen. Die anderen gratulierten einander zum gelungenen Auftritt, doch Iwa fühlte sich außerstande, sich diesem Freudentaumel hinzugeben. Nach der völligen Verausgabung beim Tanz musste sie ein wenig bei sich sein, um die Eindrücke zu verarbeiten und wieder ihrer Selbst bewusst zu werden.

Kurz schloss sie die Augen. Die Umgebung um sie herum wurde zu einem Hintergrundrauschen. Sie nahm nur sich selbst und ihr Inneres wahr. Wie ihr Gemüt sich beruhigte, wie schwer ihre Glieder sich anfühlten, wie fröhlich ihr Herz in der Brust hüpfte. *Ich war, ich bin, ich werde sein.* Mary Wigmans Zeilen aus den *Sieben Tänzen des Lebens* wurden zu ihrem Mantra, sowohl vor dem Tanz als auch danach. Damit schloss sie die Türen zur Dunkelheit, die in ihr lauerte. Verbannte das Dämonische zurück in den Abgrund.

»Iwa?«, tönte plötzlich eine Stimme neben ihr.

Sie blickte auf.

»Vater!«

Sie hatte gehofft, dass er kommen würde. Doch ... ihn wirklich vor sich zu sehen bedeutete etwas vollkommen anderes.

Plötzlich fühlte sie sich wie das kleine Mädchen, das

sich so sehr nach seiner Aufmerksamkeit gesehnt hatte. Hatte ihm das *Tanzmärchen* gefallen? War er stolz darauf, sie auf der Bühne zu sehen?

Nein, stopp!, unterbrach sie sich selbst in Gedanken. Es war vollkommen irrelevant, ob es ihm gefallen hatte. Sie tanzte nicht für ihn. Nicht einmal für das Publikum im Saal. Sondern allein für sich, um ihrer Seele einen Ausdruck zu verleihen, um etwas zu sagen, um einfach nur ... Wiwi zu sein.

Sie schwiegen beide.

Obwohl sie so nah voreinander standen, fühlte es sich an, als würden Welten zwischen ihnen liegen. *Ich halte das nicht mehr aus.* Noch immer sah sie, wie er damals in München an ihr vorbei aus dem Zimmer gegangen war und die Tür hinter sich geschlossen hatte. Diese Tür war immer noch zu.

Sein Gesicht wirkte ratlos. Ein wenig unsicher. Er suchte sichtlich nach Worten und schien keine zu finden.

Sie beschloss, ihm zu helfen. »Schön, dass du hier bist.«

»Aber natürlich ... Ich ... Ich habe mich sehr über deine Einladung gefreut.«

»Wie hat es dir gefallen?«, fragte sie, so ganz ließ sich die Stille zwischen ihnen nicht vertreiben.

Er wich ihrem Blick aus und strich sich über den Bart. »Es war ... gut. Schön.«

Sie hob die Augenbrauen. »Du brauchst mich nicht anzulügen.«

»Ich weiß nicht, was ich sagen soll.« Hilflos breitete er seine Arme aus. »Was willst du denn von mir hören?«

Sie lächelte ihn an. »Was hast du denn bei der Vorstellung gespürt?«

»Ich … weiß es nicht.« Er blickte sich um, als suche er nach Beistand. Aber Hilde Abbing war nicht da, also musste er da allein durch und über seine Empfindungen reden. »Ich habe mich überwältigt gefühlt. Verwirrt. Ahnungslos. Ach, das ergibt bestimmt keinen Sinn.«

»Doch.« Es war mehr, als sie erwartet hatte. »Das ist Kunst, Vater. Man muss sie nicht verstehen oder einordnen können. Es reicht, wenn sie etwas mit uns macht.«

»Nun. Ja. Wirst du irgendwann ein Solo bekommen? Ich habe dich gar nicht gesehen.«

Schon wieder musste Iwa schmunzeln. Herausstechen. Sich aus der Masse hervorheben. Alle Blicke auf sich ziehen. Das war es, was ihrer Familie schon immer wichtig war. »Im Augenblick denke ich nicht an ein Solo. Mit dem Gruppentanz versucht Mary Wigman, ein Zeichen zu setzen. Eine größere Aussage zu treffen als die, die ein Einzelner hervorbringen kann. ›Die Arbeit der Gemeinschaft ist Dienst an der Idee, ist Dienst am Werk‹«, zitierte sie ihre berühmte Lehrerin. »Ich bin genau dort, wo ich sein sollte, Vater. Und tu das, was ich tun muss.«

»Verstehe.« Schon wieder drohte eine Pause zu entstehen, doch dieses Mal war es ihr Vater, der rasch fortfuhr: »Du siehst anders aus. So …« Er räusperte sich.

»Zufrieden?«, half sie nach.

»Ja. So in dir ruhend. Früher warst du so völlig überspannt. Aber jetzt …« Er deutete auf den Ring an ihrem Finger. »Die Verlobung tut dir gut. Schön siehst du aus!«

Iwa verdrehte die Augen. Natürlich. Das Geheimnis ihres guten Aussehens musste die Verlobung sein. Nach den Ereignissen im Hause Hohenstein hatte sie die in München kursierenden Gerüchte um ihre Verlobung bestätigt, um keine unnötigen Fragen aufzuwerfen. Solange die Untersuchungen dauerten und Wilhelm seine Angelegenheiten nach dem tragischen Ableben seines Vaters klären musste, war es wichtig, brav seine erschütterte Verlobte zu spielen. Bis jetzt war es ihnen wunderbar gelungen, keinen Verdacht über den wahren Verlauf der Ereignisse zu wecken. Das ganze Gerede darüber, wann denn endlich die Hochzeitsglocken klingen würden, setzte ihr allerdings zu. Mehrfach hatte sie kurz davor gestanden, den Verlobungsring – ein Smaragd von Wilhelms Mutter – in der tiefsten Schublade zu verstauen, die sie nur finden konnte.

»Jedenfalls …«, begann ihr Vater wieder, »jedenfalls habe ich hier etwas für dich.«

Iwa hob abwehrend die Hände. »Was auch immer es ist, ich brauche nichts von dir! Bitte! Ich will dein Geld nicht.«

Sie hatte etwas von den Anteilen, die er ihr nach den Intrigen des Barons vermacht hatte, verkauft, um die Renovierung von Gisas Blumenladen zu finanzieren. Nachdem dieser in voller Pracht und noch besser als zuvor erstrahlen konnte, hatte sie den Rest sofort wieder ihrem Vater zurücküberschrieben.

»Nein, nein, es ist kein Geld. Sieh mal.« Er holte eine Schachtel hervor.

Ihr Herz wurde schwer. »Ich brauche auch keinen Familienschmuck, Vater. Wirklich nicht.«

Er reichte ihr die Schachtel trotzdem. »Schau einfach rein. Ich könnte mir vorstellen, dass du das haben möchtest. Es hat ein wenig gedauert …, aber ich habe es trotz aller Schwierigkeiten zurückbekommen können.«

Zögernd öffnete Iwa den Deckel.

»Wie …« Es verschlug ihr den Atem. Auf dem samtigen Kissen lag das Collier aus funkelndem Rauchquarz und ein Ohrring ihrer Mutter. Der einzige Schmuck, der ihr wirklich etwas bedeutete! Völlig perplex hob sie den Blick.

Etwas befangen tätschelte der Vater ihre Schulter. »Das andere Ohrring ist noch bei dir, oder? Nun ist es wieder komplett.« Er räusperte sich. »Ich habe nie verstanden, was deine Mutter wollte. Ich verstehe immer noch nicht, was du willst, Iwa. Aber ich versuche es. Wirklich. Bitte hab Geduld mit mir. Du bist der wichtigste Mensch in meinem Leben, und es würde mir das Herz brechen, wenn ich dich verlieren würde. Wie ich deine Mutter verloren habe.«

Iwa blinzelte. Plötzlich kribbelte es in ihrer Nase, und sie spürte, wie ihr die Tränen kamen. »Danke. Danke, dass du es versuchst. Mehr verlange ich nicht von dir.«

»Also … also darf ich zu deiner nächsten Vorstellung wiederkommen?«

»Natürlich. Ich verspreche dir, wir werden uns nicht aus den Augen verlieren, auch wenn wir so weit voneinander weg wohnen. Darf ich dich umarmen?«

Verlegen zog er seinen schicken Smoking glatt, fummelte an den Manschettenknöpfen. »Lieber nicht. Ich … Ach, das ist alles so neu für mich.« Wieder blickte er sich um, dann breitete sich Erleichterung auf seinem Gesicht aus. »Aber ich glaube, da wartet jemand, der … das alles viel besser kann als ich.« Mit einem Kopfnicken deutete er zur Seite. Iwa folgte mit dem Blick in die Richtung, in die er wies, und mit einem Mal hatte sie das Gefühl, als würden warme Sonnenstrahlen ihre Seele berühren. »Wilhelm!«

»Dann lasse ich euch mal lieber allein«, murmelte ihr Vater, verabschiedete sich förmlich und ging.

Wilhelm löste sich von der Wand, an der er gelehnt hatte, und kam auf sie zu. Ein aufgeknöpfter Mantel, verwuscheltes Haar. Sie würde ihn überall erkennen!

»Du bist wieder da!«, hauchte sie, und ihr Herz begann sofort, höher zu schlagen.

»Gerade angekommen.« Er sah müde aus, aber Iwa gefiel es, dass sein Gesichtsausdruck in der letzten Zeit immer entspannter wurde. Langsam gewöhnte er sich wohl daran, dass das Leben auch gut zu ihm sein konnte. »Ich habe gehofft, früher hier zu sein, aber leider hat die Bahn nicht mitgespielt.«

»Immerhin habe ich dieses Mal keine drei Monate ohne ein Lebenszeichen von dir warten müssen, in denen du deine Angelegenheiten geklärt hast!«

»Stimmt, es waren nur zwei Wochen, und ich habe dir jeden Tag eine Postkarte aus der Schweiz geschickt.«

»Es ist also alles geregelt?« Die Polizei hatte das Ableben des alten Barons von Hohenstein nach langwierigen Untersuchungen als einen Unfall ad acta gelegt. Doch es gab noch allerlei Familienangelegenheiten zu regeln, und es musste sich um das Wohlergehen von Alwina von Hohenstein gekümmert werden.

»Das Haus ist veräußert. Alles unter Dach und Fach, der Erlös wird reichen, um den Platz im Sanatorium zu finanzieren. Das Geld vom Verkauf des Gestüts ist auch noch da. Vielleicht investiere ich es in die Eröffnung von Sportinstituten.«

»Du willst Sportinstitute betreiben?«, neckte sie und legte die Schachtel mit dem Collier beiseite.

Er zuckte mit den Schultern. »Für Damen und Herren, vielleicht mit einer Gymnastikabteilung, die nach deiner Mutter benannt werden könnte? Den Wirtschaftsplan habe ich ja schon aufgestellt, warum also nicht? Ich danke dir auf jeden Fall, dass du mit Mary Wigman gesprochen hast. Ihr ...« Er zögerte, um das passende Wort zu finden.

»Hebby«, sagte Iwa. »Wir nennen ihn einfach Hebby.« Seit einem halben Jahr war Mary Wigman schon mit ihm zusammen, und die Liaison tat ihr sichtlich gut. Ihr herzhaftes Lachen hallte oft durch die Räume der Schule, die Blödeleien, die sie sich mit ihm erlaubte, machten die Atmosphäre leichter, ungezwungener.

»Hebby«, wiederholte Wilhelm, »war so nett, mir den Kontakt zu seinem Onkel herzustellen. Wusstest du, dass der bereits Nietzsche behandelt hat?«

»Nein.«

»Jedenfalls hat er einige Untersuchungen bei meiner Mutter gemacht. Ich weiß nicht, ob es ihr je besser gehen wird. Die Hoffnung bleibt. Sie wird immer bleiben. Aber nun ist sie in einem schönen Sanatorium in der Schweiz untergebracht, wo sie es wirklich gut haben wird. Kaum zu glauben, dass sie dort einen Platz bekommen hat! Sie scheint sich dort sehr wohl zu fühlen. Es ist ganz ruhig da, mitten in der Natur, so dass sie sich wunderbar erholen kann. Das Geld vom Hausverkauf wird ihren Aufenthalt dort eine ganze Weile finanzieren können.«

Ein Stein fiel Iwa vom Herzen. Zwar lag die Schweiz weit weg, und ihr war klar, dass Wilhelm so oft wie möglich hinfahren würde, aber dort schien es fortschrittlichere Heilungsmethoden für Patienten zu geben als in Deutschland.

»Es ist also vorbei?«, flüsterte sie.

»Ja.«

»Alles vorbei?«

»Ja!«

»Gott sei Dank!« Sie schlug sich beide Hände vor den Mund. Es fühlte sich an, als würde ihr ein weiteres Stück Freiheit geschenkt werden, jetzt, wo all die Sorgen um die Vorfälle an dem schrecklichen Tag in München wegfielen. »Ich kann es noch gar nicht richtig glauben!«

»Doch. Kannst du.« Er lächelte. Nicht nur seine rauchquarzbraunen Augen leuchteten dabei, sein ganzes Gesicht schien zu strahlen. So gelöst hatte sie ihn selten gesehen. »Wiwi?«

Sie senkte die Hände. »Ja?«

Plötzlich ließ er sich vor ihr auf die Knie fallen, ergriff ihre Hand und schaute ihr tief in die Augen. »Willst du nicht länger meine Verlobte sein?«

Ihr Herz klopfte so heftig, dass sie sein Dröhnen in

ihren Ohren spürte. Ihre Augen fühlten sich mit Tränen. Ohne es selbst wirklich zu bemerken, ließ sie sich ebenfalls auf die Knie sinken, drückte seine Finger. »Ja! Grundgütiger, ja!« Als wäre sie aus einem viel zu langen Fiebertraum erwacht, zerrte sie den Ring von ihrem Finger und gab ihn Wilhelm zurück.

»Ein wenig schade ist es schon.« Er betrachtete den Ring von allen Seiten. »Meine Mutter hat sich so sehr gewünscht, dass ich ihn eines Tages einem tollen Mädchen gebe, wie sie sich ausdrückte.«

»Hast du doch. Nur hat es dir den Ring zurückgegeben, um endlich glücklich zu sein.«

Immer noch schmunzelnd, packte er den Smaragd in die Tasche seines Sakkos und sah sie an. »Ich liebe dich, Wiwi. Ich liebe dich so sehr!«

»Ich liebe dich auch, Wilhelm.« Wie gut es doch tat, diese Worte auszusprechen! Sie hob eine Hand und strich ihm zart über die Wange. »Darf ich meinen Nicht-Bräutigam jetzt küssen?«, flüsterte sie und wollte ihm am liebsten gleich ihre Lippen auf den Mund pressen.

Er lächelte. »Ja, das darfst du.«

Mit beiden Händen umschloss sie seinen Kopf, zog ihn an sich heran und küsste ihn mit all der Leidenschaft, zu der sie nur fähig war.

NACHWORT UND DANKSAGUNG

In diesem Buch kommen mehrere historische Persönlichkeiten vor, zu einigen von ihnen möchte ich abschließend ein paar Worte sagen.

Leni Riefenstahl kennen die meisten Leserinnen und Leser wegen ihrer Nähe zu Hitler und ihrer umstrittenen Arbeit als Regisseurin während der Nazizeit. Doch ihre Karriere begann sie mit dem Tanz, den sie allerdings sehr bald nach ihrer Premiere in München wegen einer schweren Beinverletzung aufgeben musste. Ihre erste Berührung mit Hitlers Gedankengut hatte sie durch die Lektüre von *Mein Kampf* gemacht, danach soll sie mit dessen Ideen sehr sympathisiert haben. Doch dies geschah nach der Zeit, in der dieser Roman spielt. Nach einiger Überlegung habe ich beschlossen, sie als eine junge Frau darzustellen, die für den Tanz lebt, den sie als unpolitisch begreift, doch der Begeisterung des SA-Mannes nicht abgeneigt ist.

Auch Mary Wigman darf man nicht unkritisch betrachten. In ihren Tagebüchern hat sie sich oft über die krisenreiche Zeit der Weimarer Republik beschwert, sich die

»Revolution« gewünscht und die Fackelzüge für ihre »tolle Organisation« und Durchführung bewundert. Sie hat geschwiegen, als die Bücher verbrannt wurden oder als Pogrome stattfanden. Erst als ihre jüdischen Tänzerinnen fliehen mussten oder verhaftet wurden und ihr Tanz zur entarteten Kunst zählte, hat sie das wahre Gesicht der Hitlerdiktatur erkannt.

Berthe Bartholomé Trümpy war Mary Wigmans rechte Hand und ihr eine große Hilfe. Sie leitete viele Kurse und eröffnete später ihre eigene Schule in Berlin, die sie zusammen mit Vera Skoronel führte. Sie war des Öfteren eifersüchtig auf einige Schülerinnen Wigmans, so gab es viele Konflikte mit Gret Palucca, der sofort ein Platz in der begehrten Meisterklasse angeboten wurde. Auch die Bezeichnung »Schulschreck« kommt direkt von ihr: »Es schweben schon langsam Schulschrecks heran. Teils angejahrte magere oder fette Jungfrauen mit ›eigenen Tanzabend‹-Gelüsten. So nach 2 Monaten Arbeit prangte dann auf den Plakaten ›Schülerin von Mary Wigman‹, Wigmans Name womöglich noch größer gedruckt als der eigene.« (Aus: Mary Wigman – Leben und Werk der großen Tänzerin)

Um mehr über die Tanzgeschichte dieser Zeit zu erfahren, empfehle ich folgende Bücher:

Mary Wigman – Leben und Werk der großen Tänzerin von Hedwig Müller, erschienen im Quadriga-Verlag

Schriften und Dokumente von Vera Skoronel und Berthe Trümpy, erschienen im Florian Noetzel Verlag

Palucca – Die Biografie von Susanne Beyer, erschienen im Aviva-Verlag

Zuletzt möchte ich den Menschen danken, die mich bei der Arbeit an diesem Roman sehr unterstützt haben.

Meiner Familie und vor allem meinem Mann für die Geduld.

Meiner Agentin Eva Semitzidou für ihre großartige Unterstützung.

Meinen Testleserinnen Jenny von lyalias_bookaos, Sarah von anoceanfullofbooks und Monja.

Sherin Nagib für stets bereichernde Gespräche über Rassismus, Diskriminierung und Sensivity Reading.

Lili S. Morgan – ohne dich wäre dieser Roman nie fertig geworden!

Nataliia P, Nataliia O, Daria L – Danke für eure Freundschaft, ви просто чудові люди

Triggerwarnung

Dieses Buch enthält Elemente, die potenziell triggern können. Diese sind: *Sexismus, Mysogynie, Ableismus, Gewalt, rassistische Parolen.*

Clara Langenbach
Die Senfblütensaga - Zeit für Träume
Roman

Der Geschmack von Freiheit, die Sehnsucht nach Liebe, eine junge Frau zwischen Pflicht und Gefühl

Metz, Elsaß-Lothringen, 1908: Emma möchte mehr im Leben erreichen, als Ehefrau und Mutter zu sein. Am liebsten würde sie in Straßburg studieren. Stattdessen soll sie mit dem Sohn des Fuhrunternehmers Seidel verkuppelt werden. Emma und Carl sind einander – zu ihrer eigenen Überraschung – sofort sympathisch. Emma ist von Carls Leidenschaft für Aromen und Düfte begeistert und ermutigt ihn, seine eigene Senffabrik zu gründen. Und auch Emmas Unternehmerinnengeist ist geweckt.

Aber was ist mit ihren eigenen Träumen?

528 Seiten, Klappenbroschur

Weitere Informationen finden Sie auf
www.fischerverlage.de

AZ 596-70083/1

Clara Langenbach
Die Senfblütensaga 2 - Wege des Schicksals
Roman

Metz 1914: Emma hat ihr Studium beendet und will sich in die Arbeit in der Senffabrik stürzen. Doch die Familie Seidel erwartet von ihr, dass sie sich um Hochzeitsvorbereitungen kümmert. Sie versucht alles, um aus der ihr zugedachten Rolle auszubrechen. Als die Spannungen in der Fabrik Carls ganze Aufmerksamkeit fordern, will Emma helfen, wo sie kann. Doch immer mehr drängt sich ihr die Frage auf: Will Carl ihre Hilfe tatsächlich, oder sieht er in ihr nur die künftige Ehefrau und Mutter seiner Kinder? Als auch noch der Erste Weltkrieg ausbricht, steht plötzlich viel mehr auf dem Spiel als ihre gemeinsame Zukunft und der Fortbestand der Fabrik.

512 Seiten, Klappenbroschur

Weitere Informationen finden Sie auf
www.fischerverlage.de

AZ 596-70084/1

Clara Langenbach
Die Senfblütensaga 3 - Hoffnung im Herzen
Roman

Düsseldorf 1920: Nach der überstürzten Flucht aus Metz müssen Emma und die Familie Seidel ihre Existenz neu aufbauen. Das Wertvollste, was Emma besitzt, sind Carls Pläne für Senfmaschinen. Aber wie soll sie ohne ihn den Betrieb wieder aufbauen? Emma bleibt nichts anderes übrig, als auf die Gnade ihrer Eltern zu hoffen. Ihre Mutter sieht in der Notlage der Seidels eine wunderbare Chance, sich an der Familie zu rächen. Wird es Emma gelingen, sich in der Gesellschaft zu behaupten, die sich gegen sie verschworen hat?

480 Seiten, Klappenbroschur

Weitere Informationen finden Sie auf
www.fischerverlage.de

AZ 596-70085/1